KB233262

◆ 남성 편 상권 ◆

연변동서방문화연구회 편찬

인물조선족항일투쟁사

제 1 권

연변동서방문화연구회 편찬

인물조선족항일투쟁사
제 1 권

리 광 인 著

세계 반파쇼 승리 60돌에 즈음하여 일본침략자들과 싸우
다 쓰러진 항일선열들에게 삼가 이 책을 드린다!

서 문

김 병 민

(연변대학 총장, 교수, 박사)

2001년 봄인가 제자 류연산 씨의 장편기행문 『혈연의 강들』 재판본에 서문이라고 써준 바가 있다. 이태 만에 또 제자 리광인 씨의 청탁을 받고 『인물 조선족항일투쟁사』(전 4권) 서문을 쓰게 되니 감개가 무량하다. 그것도 역사학부출신도 아닌 조문학부 졸업생이 성과작들을 내게 되니 더욱 그러한 가 보다.

내가 리광인 씨와 인연을 맺게 된 것은 20여 년으로 거슬러 올라간다. ‘문화대혁명’ 후 대학시험제도가 회복될 때 나는 연변대학 조문학부의 선생이었다. 1978년 10월에 조문학부 78년 급(대학시험제도 회복 후의 두 번째 기) 학생들이 입학한 후 나는 이들의 담임교원을 맡게 되었다. 그때 반급에는 리광인이라는 학생이 있었는데 나와 불과 몇 해 연하였다. 헌데 어딘가 얼굴에 그늘이 질 때가 한두 번이 아니었다. 알고 보니 그는 1976년 가을에 뜻하지 않은 ‘억울한 사건’으로 무르익던 입당은 고사하고 공청단조직에서까지 쫓겨나고 거듭되는 비판, 투쟁 끝에 한시기 유치장신세까지 져야 했었다. 대학에 입학한 후 여러모로 ‘신소’ 했으나 해당 부문에서는 알은체도 하지 않았다. 알고 보니 기막힌 일이었다. 앞길이 창창한 20대 젊은이에 대한 무단적인 결론은 나를 분노케 하였다. 그래서 나는 그 시절 대학 공청단위원회 서기로 뛰던 로동문 선생을 찾았고 공청단 연변주위(延邊州委)를 찾았다. 드디어 리광인 씨는 억울한 누명을 벗게 되고 명예를 회복하게 되었다. 늦게야 공청단원마크를 다시 달게 된 리광인 씨는 나를 찾아 거듭 감사를 표시하였는데 20여 년이 지난 오늘까지도 내내 잊지 못해하고 있다.

나와 리광인 씨의 유다른 인연이라 하겠다. 그 뒤 내가 받은 강한 인상이라면 리광인 씨는 조선족항일역사소설을 쓰겠다며 역사 공부에 손을 댔다가 너무 깊숙이 빠져버렸다는 것이다. 작자의 허구에 의한 역사소설이 아니라 진실한 역사를 쓰겠다는 것이 리광인 씨의 소신이었다. 그러던 그는 과연 대학 재학시절에 벌써 항일 인물과 이야기를 써서 척척 신문, 잡지와 책들에 발표하기 시작하더니 대학을 졸업한 후에는 연변 일보사 기자로 뛰다가 아예 연변 역사연구소로 넘어가 조선족투쟁사연구에 몸을 잠군 것이었다.

그로부터 10년 세월이 흐른 1992년, 대학 졸업 10돌 때 보니 리광인 씨는 중국국내는 물론 멀리 일본과 조선까지 드나들며 국제학술세미나와 교류에 뛰어들었고 발표한 논문과 역사소재 글은 무려 100여만 자에 달해 동기동료와 선후배들 가운데서 탄탄한 실력을 과시하고 있었다. 하여 원 연변대학 조문학부 주임 현룡순 선생은 1994년에 연변대학 조문학부가 걸어온 45성상을 한부의 걸작 『겨레의 넋을 지켜』(42만여 자)로 펴내며 조문학부 제25기생(즉 78년 급)을 서술할 때 성과가 뛰어난 몇몇 학생들을 언급하면서 리광인 씨는 "조선족역사연구에 달라붙어 숱한 항일이야기를 써낸" 학생이라고 지적한 바가 있다. 한데서 리광인 씨는 중급직함도 동년배들 이르게 받았고 역사연구 분야의 인정을 받고 있었다. 그러던 리광인 씨가 사단법인 조선민족역사연구소를 꾸리겠다고 직장에 적을 두고 나오더니 거의 10년 간 소식이 끊기었다. 이를 두고 리광인 씨를 알고 있는 교수, 학자님들이나 동료들은 아쉬움을 금치 못하였다. 그래도 명색이 담임교원이라는 나도 아쉽기가 그지없었다.

그러던 2003년 10월 17일, 연변민간문예가협회 제7차 대표대회가 연길호텔에서 성황리에 열리었는데 이 대표대회 주석단손님으로 초대된 나는 우연하게도 협회부비서장으로 뛰는 리광인 씨를 만나게 되었다. 그는 또 사단법인 중국조선민족사학회의 부비서장이기도 했다. 오랜만의 상봉이었다. 리광인 씨는 이번에 한국서 여러 권의 조선족역사저서를 펼치게 된다면서 먼저 출판하게 되는 인물편인 『인물 조선족항일투쟁사』(도합 4권)서문을 부탁하는 것이었다. 그와 이야기를 나누면서 나는 비로소 리광인 씨가 '잠적'한 10년 사이 거의 10권에 달하는 저서를 집필하였다는 것을 알게 되었다. 대학졸업 20년 중 전 10년에 이미 조선족 역사글 100여만 자를 정리, 발표했다면 '하해'(下海)한 후 10년간에는 전 10년의 100여만 자를 훨씬 능가한 알찬 성과를 거두게 되었는데 나는 그의 헌신적 노력에 탄복하지 않을 수 없었다.

『인물 조선족항일투쟁사』는 남성 편 상하권, 여성 편, 소년아동 편 도합 4권으로 무어졌는데 여기에 오른 항일열사는 무려 130~140명에 달한다. 내가 알건대 지난 80년대 이후 20년간 중국경내에서 정리, 발표된 겨레항일 열사전기가 180명 좌우에 달하는데 이번에 출판되는 전 4권까지면 항일열사전기발표는 도합 240여 명이다. 그중 140명 전기가 리광인 씨 혼자의 힘으로 이루어졌다. 후세에 이름도 없이 쓰러질 뻔했던 조선족항일열사

140명을 단신으로 살리고 햇볕을 보게 하였다는 것은 그야말로 기적이 아닐 수 없다. 나는 뒤미처야 이를 알고 내심의 기쁨을 금할 수가 없다. 지금은 중년에 들어선 리광인 씨와 같은 이런 제자들이 조선족역사연구를 망라한 여러 분야의 중임을 떠메고 나간다는 것이 또 얼마나 다행인지 모르겠다.

지금 중국조선족역사연구는 모진 진통을 겪고 있다. 새 일대 연구일군들이 고갈되고 있다면 조선족역사에 관심을 두는 이들이 갈수록 적어지고 있다. 이러한 때 『인물 조선족 항일투쟁사』(전4권)가 출판 된 다는 것은 기꺼운 일이 아닐 수 없다.

민족의 정신은 민족의 역사 속에서 숨쉬고 그것은 역사를 새롭게 창조하려는 지성인들에 의하여 이어지고 있다. 민족의식의 함양과 고양에 있어서 역사교육보다 더 유력한 것은 없을 것이다. 나는 이 책들의 출판을 진심으로 축하하면서 격변기의 진통을 겪고 있는 조선족역사연구에 생기와 활력을 부여하기를 희망한다. 한편 리광인 씨가 조선족역사연구에서 보다 큰 성과를 거두기를 기대하면서 자라나는 우리 후배들이 이런 책들을 읽으면서 건실히 성장하기를 간절히 바라마지 않는다.

차　례

조기공산주의자 이동휘

(1873-1935)

1

조기 공산주의자와 군사가, 교육활동가로 이름 높은 이동휘는 1873년 12월 3일에 조선 함경남도 단천군 파도면 대성리에서 태어났다. 호는 성재고 본관은 해빈이다. 그의 아버지 이성교는 지방관아의 벼슬아치 밑에서 일을 보는 아전으로서 아들 이동휘가 장차 자기 뒤를 잇기를 바랐다. 그래서 아들이 철들기 전에 벌써 아전으로서 지켜야 할 법도와 예의학문을 익히도록 이끌었고 8살 때부터는 아전인 대성재에서 학문을 배우게 했다.

동휘가 철들기 시작할 때 고종 연간의 이씨왕조는 쇠퇴의 길에서 허우적거리고 있었다. 쇠잔한 국력으로는 갈수록 심해가는 외적의 침입을 효과적으로 막아낼 수 없었다. 이런 현실은 어려서부터 아전에서 자라온 동휘에게 심히 영향을 끼쳤다. 나라의 운명을 건져야 한다는 장한 뜻이 소년 이동휘의 심령에서 물결쳤다. 이동휘는 부지런히 글을 읽으며 무예를 익히기 시작했다.

18살 되던 해에 이동휘는 아버지의 염원대로 군에서 일보는 통인으로 발탁되었다. 허나 나라를 좀먹는 부정부패 현상은 그를 너무나도 실망케 했다. 마침내 그는 청동화로를 번쩍 들어 군수 홍종후에게 내동댕이치고 지방관아를 뛰쳐나오고 말았다.

어디로 갈 것인가. 생각던 끝에 무작정하고 서울로 올라가 이미 전부터 안면이 있는 전 지부대신 이용익(李容翊)을 찾았다. 이동휘는 그의 알선으로 무관학교에 들어갔고 졸업한 뒤에는 관전진위대장으로 되어 어전을 지켜 섰다.

1902년 7월, 이동휘는 강화도 진위 대장으로 파견되었다. 그는 군사를 엄히 키우며 나라의 서대문을 강철의 요새로 만들었다.

허나 20세기의 대문에 들어선 이씨왕조는 풍전동화와 같았다. 1905년 11월에 굴욕적인 『을사조약』에 의해 일제 놈들에게 외교권 등을 박탈당하더니 1907년 7월에는 또 군권을 잃고 국군까지 강제해산 당했다.

망국의 설움이 온 나라를 덮었다. 군인들은 울분 속에서 일어나 도처에서 군인폭동을 일으켰으나 실패의 운명에서 벗어나지 못했다. 이동휘는 진위대의 연기우, 김동수 등과 함께 강화도 전등사에서 의병을 무어 봉기를 단행하기로 했으나 역시 성사하지 못했다. 이동휘는 일제 놈들에게 체포되어 유배살이의 고배를 마셔야 했다. 다행히 강화도에서 가까이 보냈던 한 미국인선교사의 도움으로 풀려나왔지만 망국의 운명을 고스란히 받아들일 수 없었다.

이동휘는 새롭게 부흥하는 시대의 사조에 휩쓸려 교육구국의 기치를 들었다. 그는 동지들과 더불어 1906년에 조직했던 비밀단체 『한북학회』를 『서우학회』(西友學會)와 합병시켜 『서북학회』를 내왔다. 『서북학회』의 취지는 다음과 같다.

"우리동포 청년들 속에서 교육을 적극 장려하여 인재를 양성하며 지식으로 대중을 계발시키는 것이 곧 국권을 회복하고 인권을 보장하는 기초이다… 이로부터 오늘 『서북학회』를 발기하는 바이다.”

서북학회의 활동 치중점은 반일계몽운동이었다. 이런 취지에서 서북학회에서는 서북 5도를 상징하는 뜻에서 정주에 오산학교를 세우고 평양에 대성학교를 세웠다.

1907년 9월에 이동휘는 『대한매일신보』 총무 량기택, 대한 『매일신보』 논설주필 신채호, 서북학회 주동인물 이갑, 애국청년 안창호, 오산학교 교장 이승훈 등과 손잡고 비밀정치단체 『신민회』를 조직하였으며 신민회의 주되는 목표를 민족적 자주권실현으로 정했다. 이에 토대하여 이 회를 민중을 계몽하고 정치적으로 결속시키며 민족 산업과 민족문화를 건설할 것을 투쟁과업으로 내세우고 전국을 몇 개 지역으로 나누어 지역마다에 지부를 설치하였다. 평양과 서울, 대구 등지에는 각기 『태국서관』 본관과 분관을 설치하고 민중계몽과 비밀연락의 거점으로 삼았으며 합법적 신문들인 『대한매일신보』, 『황성신문』 등을 통해 민중정치계몽 활동을 드세게 벌였다.

이동휘는 기독교의 명의로 각지를 동분서주하면서 반일애국사상을 설교하였다. 『금일의 평양』이란 제목으로 열변을 토할 때 청중들은 감동되지 않는 사람이 없었다 한다. 그는 늘 눈물로 호소하였는데 그 애국지성이 하도 절절하여 사람들은 산천도 같이 울었다고 비유하여 말하고 있다. 그만큼 이동휘의 명성은 함경도, 강원도 등지에 널리 알려져 한때 『눈물의 애국영웅』으로 소문 높았다.

눈물에 젖은 이동휘의 애국사상과 주장은 각지 민중들의 열렬한 호응을 받았다. 그가 윤치호, 안창호 등과 손을 잡고 활동을 벌리자 개성, 평양, 원산 등지에 학교 170여 개 소가 일어섰다. 강화도에 꾸린 학교만 해도 70여 개소에 달한다. 이동휘는 1리에 하나씩 학교를 세워 삼천리강산에 학교 3000개소를 세워야 한다고 외쳤다.

이동휘 등의 눈부신 활동과 반일계몽운동의 흥기는 일제침략자들의 불안을 자아냈다. 1909년 10월 26일, 안중근이 중국의 하얼빈역두에서 이토히로부미를 포살한 사건이 일어나자 놈들은 이를 계기로 안중근과 관련된 혐의로 『서북학회』의 중견인물이며 무관출신인 이동휘와 애국청년 안창호, 이갑, 류동열 등 신민회 간부들을 체포하여 개성헌병대류치장과 룡산헌병대 유치장에 구속하였다.

이동휘는 룡산헌병대 유치장에 갇힌 후 조선인으로서의 절개를 굽히지 않았다. 일본헌병대 놈들이 심문할 때 그는 두렴 없이 일본 놈들을 꾸짖었다.

"너희들은 같은 동아인으로서 우리 조선 땅에서 이다지 비법적이고 비도덕적인 짓을 하니 너희들이 서양인들의 채찍에 맞아 등골에 구더기가 꿈틀거리듯 채찍자리가 나는 것을 보게 될 날도 멀지 않을 것이다."

이동휘, 안창호 등 반일지사들이 체포되었다는 소식이 전해지자 개성 각 학교의 남녀학생들은 개성헌병대를 에워싸고 안창호 등을 당장 내놓으라고 요구하였다. 일본 명치대학법과졸업생 최석하는 직접 놈들과 교섭활동을 벌였다. 일제 놈들은 신민회간부의 일부를 2~5개월이나 구금해 두었지만 나중에는 석방하지 않을 수 없었다.

2

1910년 봄에 이동휘, 안창호, 최석하, 이갑 등 신민회간부들은 긴급회의를 가지고 일제의 탄압이 가심해지는 형편에서 해외에 망명하여 독립활동을 계속 벌리기로 결의하였다. 회의 후 이동휘 등은 여러 패로 나뉘어 해외 망명길에 올랐다.

1910년 6월, 중국 청도에서 『신민회』간부회의가 열리었다. 이해 봄, 국내회의 후 이동휘는 간도답사길에 올랐다가 청도회의에 참가하였다. 그는 이갑 등과 더불어 무력항쟁을 주장하였지만 일부 사람들은 무력항쟁을 "무모한 거사"라고 반대하였다. 그들의 주장은 산업진흥과 교육 보급, 실력양성이었다. 의견분기로 하여 회의는 일치한 견해를 가져오지 못한 채 결속되었다. 그 후 이동휘는 북간도와 국내 등지에서 활동하다가 '105인사건'에 연루되어 재차 체포되었다.

'105인사건'이란 이러했다. 1911년에 국외에서 활동하던 안중근의 사촌동생 안명근이 군자금모집으로 국내에 들어간 것을 체포하고 이른 바 제1대 조선총독 데리우찌 암살사건을 조작해냈다. 하여 신민회 간부이며 기독교 요인들인 이동휘, 윤치호, 량기탁, 이승훈, 안태국 등 반일애국인사 300여 명이 선후로 검거되었던 것이다. 그중 105명이 기소되었는데 이것을 역사상 '105인사건'이라고 한다. 이동휘는 개성에서 체포되었는데 1년간 옥고를 겪었다.

1912년에 이동휘는 재차 망명길에 올랐다. 그는 러시아연해주와 연변 등지를 다니며 학교를 꾸리고 반일독립단체를 무으며 정력적인 투쟁을 벌였다.

이동휘의 주요 활동무대는 중국의 연변이었다. 그때 연변 조선족들 중에는 간도교육회(1909년 건립) 등 반일단체들이 조직되었는데 서로 티격태격하며 대립하고 있었다. 이동휘는 국자가에 가서 김립, 김하석과 손을 잡고 이들 양자지간의 대립을 애써 제지시키며 힘을 합쳐 독립운동을 모색하며 학교를 꾸리도록 하였다.

1912년 이해 이동휘는 훈춘현 하다문 신풍촌(지금은 쌍신촌에 속함)에 가서 당시 반일지사들과 함께 4년제 사립신풍학교를 세우고 반일계몽운동을 벌였다. 이해 이동휘는 국자가 소영자로 와서 이미 세워진 사립광성학교와 사립길성여자학교의 사업을 도와 나섰다. 한편 김약연, 김립, 구춘선 등 간도교육회의 지도자들과 함께 와룡동 창동학원, 자동의 정동학교, 달라자의 명동학교를 다니며 격앙된 반일연설을 하였다.

헌데 당시 조선족사립학교들에는 조선글로 된 통일적인 교재가 없었다. 이동휘는 진보적 지식인 계봉우 등 인사들을 조직하여 자체의 여러 가지 교과서를 편찬하였다. 이런 교과서들에는 반일민족의식을 고취하며 근대과학지식을 보급하는 다양한 내용들이 담기었다. 특히 수신, 국어, 조선역사, 조선지리 등은 애국주의사상으로 차 넘치었다. 그때 사용한 『고등소학독본』 제2과 『고향』에는 아래와 같은 글발이 있었다.

"오인의 고향은 원수의 수라장이 되어 오인의 자유행동을 허락하지 않는다. 신대한을 건설할 활동지는 외국이 아니고 어디 있겠는가? 그렇다면 우리 조국광복의 대지(大志)를 품은 소년남아들은 고향에 대한 각자의 정을 버리고 해외로 나와 확실한 목적과 강고한 수단으로써 오척의 단구(短軀)를 조국광복의 희생으로 바쳐야 한다. 유골이 어찌 무덤 속에만 묻힐소냐, 남아에겐 어디에나 청산이 있도다."

제4과 『무기의 변천』에는 임진왜란 때 이순신 장군이 한산도에서 일본수군을 격파한 장엄한 역사를 펼쳐 보이면서 그때 거북선을 만들어 세계 수군역사의 전열에 섰는데 지금은 타국에 뒤지고 있으니 통탄하기 그지없다는 반일내용이 씌어졌다.

그때 연변의 조선족사립학교들에서는 보편적으로 이 교과서를 사용하였다. 1920년 '경신년대토벌' 때 이 교과서는 불의세례를 받아야 했다. 일제토벌대가 연변에서 철거한 후 조선족사립학교들에서는 다시 이 교과서를 사용하였다.

당년 조선족이 집거한 연변은 각종 종교단체들의 중요한 활동지대였다. 그 가운데서도 예수교(기독교)는 상당한 세력을 갖고 있었다. 1913년에 이동휘는 여러 동지들과 함께 『간도교육회』를 『간민회』로 개칭하고 조선 이주민들의 '귀화입적'을 제창하며 문화계몽 운동을 앞으로 내미는 한편 예수교의 명의로 활동하게 하였다. 이 시기 이동휘는 훈춘현에 가서 이 현 내에서 영향력이 가장 큰 반일독립지사 황병길과 연계를 맺었다. 그들은 예수교의 명의로 민중을 쟁취하면서 반일의 힘을 키웠다. 하여 짧은 시간 내에 연변의 예수교 신도는 10여 만으로 늘어나 큰 세력으로 발돋움하였다.

일본침략자를 조선에서 몰아내자면 독립무장대오가 있어야 했다. 이동휘는 이 점을 깊이 터득하고 국자가 소영자의 학교지도사업을 다른 사람에게 인계하고 1914년 봄에 김립 등과 함께 현성에서 200여 리 떨어진 왕청현 라자구로 갔다.

라자구는 지금의 길림성과 흑룡강성의 변계에 위치한 편벽한 고장이다. 이 고장엔 조선 이주민들이 적지 않았는데 그들 모두가 연변 개척 초기에 이 고장에 이주해 와서 삶의 터전을 잡은 조선 사람들과 그들의 후손들이었다. 후에 조선서 망명한 의병과 애국지사들이 많이 들어왔다. 그들은 라자구의 삼도하자와 태평구에 사립학교를 세우고 계몽운동에 뛰어들었다. 이동휘는 라자구에 이른 후 김립, 장기영, 오영선(이동휘의 사위), 김영학, 김광은 및 당지 애국지사, 지방유지들과 상의하고 조선 사람들이 많은 태평구에 무관학교를 세웠다. 학생들은 사립태흥서숙의 학생들을 위주로 하고 창동, 정동, 광성, 명동 등 4개 중학교를 망라한 연변 각지와 조선, 연해주 등지에서 모여들었는데 그 수가 300여 명에 달했다. 학교 교장은 이동휘이고 김립, 장기영, 오영선, 김영학, 김광은 등이 지도책임을 맡았다.

태평구무관학교의 기본 교수내용은 군사훈련과 반일독립사상 전수이고 기본취지는 반일독립운동 을 위한 군사골간 양성이었다. 학생들은 과당에서 군사지식을 배우고 운동장과 야외에서 군사훈련을 받았다. 『애국가』, 『독립운동가』의 노랫소리가 산간에 메아리쳤다.

무관학교는 생기로 넘쳤으나 무기가 태반 부족했다. 이 문제를 풀고자 이동휘는 러시아 연해주로 갔다. 무기구입이 뜻대로 풀려갈 때 그는 독일특무혐의를 받고 러시아 경찰한테 붙들려 투옥되었다. 원인은 무기구입 자금이 독일화폐인 데 있었다.

독일화폐는 어디서 나왔을까, 이 사실을 알자면 김립의 동창생 이종오로부터 말해야 한다.

무관학교를 꾸리자면 자금이 있어야 했다. 김립은 일본 도쿄 시절의 동창생 이종오의 도움을 받기로 했다. 종오의 부친 이권익은 목탄장사로 벼락부자가 된 사람인데 이조 말기에 참장에 승진하였다가 러시아주재공사 공사로 되었다. 그는 1910년 한일합병 후 귀환하다가 연변에 머물게 되었다. 그래서 아들 이종오에게 밀서를 띄워 가산을 몽땅 처리해 가지고 연변에 오게 한 뒤이 돈을 안면 있는 독일 외교관의 도움으로 산동에 있는 독일인 은행에 저축해 두었다. 그 후 이권익은 간민회의 활동과 반일계몽과 독립운동에 경비를 대다가 태평구무관학교가 나오자 또 서슴없이 나섰다. 독일화폐가 러시아에서 이동휘의 체포를 초래하고 그를 열렬한 독립운동가로부터 조기공산주의자로 전변시킨 촉매제가 되리라곤 누구도 생각지 못했다.

3

이동휘의 연해주 옥살이는 태평구 무관학교와 연변의 반일독립운동으로 말하면 하나의 큰 불행이지만 또 다행이기도 하였다. 다행이라는 것이 이 옥살이가 그의 인생행로를 개변시켰기 때문이다.

러시아 모지구 감방에는 러시아 볼셰비키 당원들이 적지 않았다. 이동휘는 이 감방에서 처음으로 볼셰비키를 만났고 처음으로 마르크스주의를 알게 되었다. 그는 볼셰비키의 도움으로 러어를 검질기게 배우면서 마르크스와 엥겔스의 『공산당선언』, 레닌의 『유물론과 경험비판론』 등 마르크스주의 이론서적과 『쁘라우다』지를 읽었다.

마르크스주의 새 사상과 새 이론은 이동휘를 새롭게 깨우쳐 주었다. 이때에야 이동휘는 조선인민은 러시아인민들과 마찬가지로 사회주의혁명의 승리를 취득하는 조건하에서만이 민족의 해방과 나라의 독립을 쟁취할 수 있다는 것을 알게 되었다. 그의 사상엔 질적인 변화가 일고 있었다.

이동휘가 연해주에서 옥살이할 때 일제 놈들이 태평구무관학교의 내막을 알아내고 중국의 지방관청을 협박하여 이 학교를 해산시켜 버렸다. 마침 이동휘가 없을 때여서 일부 사생들은 연해주로 가고 오영선 등은 다수 학생들을 데리고 훈춘현 대황구로 옮겨 앉았다. 옥살이에서 풀려난 이동휘는 1917년 1월에 대황구로 왔다.

그때 훈춘현 대황구에는 사립북일학교가 있었다. 이 학교의 전신은 이동휘가 황병길을 받들어 1912년에 이 현의 하다문 쌍신에 세운 신풍학교인데 몇 해 후 대황구로 옮기였었다. 이동휘는 황병길과 함께 당지의 량하구(梁河龜), 김남극(金南極) 등 반일지사들과 상의하고 북일학교를 중학부가 달린 9년제 학교로 만들었다. 이동휘가 명예교장을 맡고 량하구가 교장, 김남극이 부교장을 맡았다.

북일학교 중학부에서는 조선어, 조선역사, 조선지리, 한어, 영어, 러어, 군사, 체육, 수학, 물리, 화학 등 12개 과목을 설치하고 반일독립운동에 뜻을 둔 애국지사들이 교원을 맡았다. 교장 량하구가 일제 놈들에게 체포되어 서울 서대문형무소로 압송된 뒤 이동휘의 둘째사위 오영선이 제2대 교장으로 되었다. 그는 서울 사람이고 일본 유학생으로서 일본서 이누카이 대학을 마치고 사관학교까지 졸업한 반일지사였다.

중학부학생들은 40여 명인데 그들은 태평구무관학교와 본 지방, 연변 각지, 조선, 연해주 등지에서 모여왔다. 학제는 정하지 않았기에 수요에 따라 수시로 들어오고 떠나갈 수 있었다. 중학부가 존재한 2년 남짓한 동안 200여 명 학생들이 이 중학부를 나왔다. 1920년 이전에 이 학교를 나온 학생들은 홍범도가 지휘하는 독립군부대에 참가하여 봉오동, 청산리 등 전투에서 이름을 떨치었고 재교생 중의 적지 않은 학생들은 본현의 연통라자에 찾아가서 황병길의 부대에 참가하였다.

연통라자의 서골 뒤 고개에는 이동휘의 집이 있었다. 그는 이곳에 집을 잡고 황병길과 투쟁을 같이하였으며 수시로 연변과 연해주를 넘나들었다. 당시 연해주 땅엔 근 20만의 조선인이 살고 있었다.

1918년 6월 26일, 연해주 하바로프스크에서 이동휘를 위원장으로 하는 『한인사회당』이 정식으로 창립되었다. 극동공화국 수상 크라스노 슈티코프가 귀빈으로 참석하여 볼셰비키혁명과 한인 문제에 대해 의미심장한 테마를 던지었다.

한인사회당의 조직 구성은 아래와 같다.

위 원 장 이동휘
부위원장 박 애(朴 愛)
선전부장 전 일(全 一)
비서부장 박진순(朴鎭淳)
정치부장 리한영(李漢榮)
교통부장 김 립(金 立)

한인사회당이 창립된 후 이 당의 수령 이동휘는 동지들과 함께 러시아 볼셰비키당과 긴밀한 연계를 가지며 원동지구의 조선인들을 투쟁에로 궐기시키는 한편 동지들을 중국의 동북 등지에 파견하여 러시아 10월혁명의 사상과 마르크스주의 새 사상과 새 이론을 전파하게 하였다.

이 당의 창립에서 이동휘를 도와 결정적 역할을 논 인물은 저명한 국제주의혁명가이며 조선인인 김 알렉산드리아 여사이다.

김 알렉산드리아는 1885년 2월 연해주 추풍의 대잔재란 조선인마을에서 태어났다. 그는 일찍이 어머니를 여의고 아버지의 슬하에서 자랐다. 1897년 중동철도부설이 시작되자 그는 청부업자로 나선 아버지를 따라 중국 동북 땅에 처음 들어섰다.

그 후 김 알렉산드리아는 블라디보스토크의 러시아중학교에서 공부하다가 파란청년 쓰딴께위츠를 알게 되고 결혼하게 되었다.

1915년－제1차세계대전이 터진 이듬해 짜리러시아는 많은 중국인과 조선인을 전선노동자로 부려먹었다. 우랄 등지에는 수천 명 중국인노동자들이 일하고 있었는데 통역이 수요 되자 김 알렉산드리아가 우랄에 갔다. 그는 여기서 우랄의 볼셰비키들과 손잡게 되고 볼셰비키당에 가입하였다.

1917년 러시아 10월혁명 후 김 알렉산드리아는 볼셰비키당의 특수사명을 받고 백파가 도사린 원동으로 나왔다. 그의 과업은 원동의 조선인과 중국인들에게 사회주의 새 사상을 선전하며 그들을 도와 조선인공산당을 조직하는 것이었다.

그 시기 인구가 희소한 원동지구에서 20만의 조선인을 묶어세운다는 것은 용이한 일이 아니었다. 김 알렉산드리아는 1918년 초에 벌써 하바로프스크 볼셰비키당의 주요 책임과 외사 사업위원회 위원의 중책을 짊어졌다. 그는 자기의 뛰어난 재능을 떨쳐 하바로프스크 군영의 첫 패의 소비에트 정권의 전쟁포로들을 국제주의 전사로 개조시키고 원동의 조선인들 가운데서 성망이 높은 이동휘를 알게 되었다. 『한인사회당』이 블라디보스토크도 아닌 하바로프스크에서 창립된 것은 여사와 관계된다. 이동휘는 하바로프스크 볼셰비키당과 김 알렉산드리아의 영향 밑에서 드디어 조기공산주의자로 되었다.

한인사회당의 창립에서 중요한 역할을 한 다른 한 사람은 박진순이다. 그는 짜리러시아시대에 모스크바대학 정치과를 졸업하고 사회주의이론에 비교적 숙달한 인텔리이다. 이동휘를 볼셰비키당에로 이끈 길잡이는 바로 박진순이다. 이동휘는 박진순을 통해 하바로프스크 볼셰비키당의 지시를 전달받았으며 박진순을 통역으로 내세우기가 일쑤였다. 그만큼 박진순은 조선혁명에 대해 일가견을 가진 조선인 혁명가였다.

박애도 한인사회당의 창립에서 큰 역할을 놀았다. 그는 원동지구에 이주한 지 오랜 조선인의 후대이며 출중한 사회 활동가였다. 그는 하바로프스크 볼셰비키당과 동지적인 친밀한 관계를 가지고 활약한 사람이다. 박진순, 박애와 같은 미더운 혁명가들이 있었기에 이동휘는 쉽게 볼셰비키당과 연계를 가지고 한인사회당을 순조로이 창립할 수 있었다.

4

한인사회당은 창립된 후 하바로프스크로부터 조선과 인접한 남우수리 지구로 옮겨왔다.

1919년 3월 1일, 조선에서 전 민족적인 독립만세운동이 일어나자 연해주에서도 독립선언을 준비하고 있던 이동휘는 동지들과 함께 블라디보스토크로 가서 소비에트정권의 지지 밑에서 여러 단체의 힘을 합쳐 독립운동을 크게 내밀려고 작심하였다. 허나 각파 분기가 심해서 연합전선결성이 뜻대로 풀리지 못했다.

이해 4월 25일 이동휘는 블라디보스토크 신한촌에서 한인사회당의 『대표자대회』를 열었다. 이 대회후 박진순, 박애, 리한영 등 3명이 이 당의 대표로 모스크바 공산국제에 가서 공산국제가입을 신청하였다. 그들은 공산국제의 따뜻한 접대와 지지를 받았다.

그 뒤 8월 30일, 이동휘는 대한민국임시정부의 초대 국무총리에 취임하기 위해 김립과 사위 오영선 등과 함께 상해로 갔다. 그가 상해로 떠나자 세칭 노령파라고 하는 대한국민의회의 이르쿠츠크파(즉 이르쿠츠크 공산당인데 1918년 1월 22일에 건립됨)는 이동휘를 변절자, 배신자로 몰아 광범한 성토를 벌였다. 언녕부터 이동휘파와 반목하고 있던 노령파는 좋은 기회를 만났다고 공격에 열을 올리었다.

이동휘가 상해로 이동한 뒤 그의 동지 장도정은 나머지 역량으로 한인사회당을 재차 조직하고 이동휘 당의 활동을 견지하였다. 극동부(극동공화국에 설치된 볼셰비키당의 최고기관)에 설치된 한인부의 5두 박애, 계봉우, 김진, 장도정, 박창은 등은 이동휘를 받들며 따랐다.

당년 상해에는 조선인반일애국지사들이 많이 모여들었는데 상해 임시정부가 수립된 것은 1919년 4월 10일이었다. 이 정부에서 이동휘는 처음 군무 총장으로 있다가 몇 달 후에 국무총리로 추대되었다. 이해 이동휘는 훤칠한 키에 건장한 체구 쩍 벌어진 가슴, 팔자수염을 기른 47살의 사나이였다.

뒤미처 모스크바로 갔던 박진순 등이 원동을 거쳐 상해에 이르렀다. 한인사회당의 세력은 연해주로부터 상해에 옮겨졌다. 하여 임시정부를 들여다보면 실상 민족주의계열과 공산주의계열 두개 부분으로 이루어졌다.

임시정부가 세워진 후 초창기에는 독립이 금시 이루어질듯 자못 활기를 띠더니 시간의 흐름에 따라 그 기세가 시들어갔다. 뒤따르는 것은 사상의 분열과 서로의 대립이었다.

1919년 10월, 안창호, 여운형, 이동휘, 이동녕, 이시영, 신규식 등 요인들은 회합을 가지고 모스크바의 공산국제2차대회에 대표를 보내어 레닌정부와 정식으로 국교를 맺고 독립운동자금을 얻어 보자고 하였다. 그 대표로 여운형, 안공근, 한형권이 선출되었다. 허나 생각이 다른 이동휘는 여비가 마련되자 정사에 능한 자기 동지 한성권만을 밀파하였다. 결과 한성권은 모스크바에서 레닌을 만났고 독립운동자금 60만 루블(이 돈을 어떻게 썼는가에 대해 부동한 설이 많기에 여기서 더 언급치 않는다)을 받았다. 한편 이동휘는 공산주의이론에 밝은 박진순을 공산국제2차대회(1920년 7월 19일부터 8월 6일까지)에 보내었다. 박진순은 한인공산당대표로 이 대회에 참가하였으며 결의권을 행사하였다. 결의권은 공산국제에 무조건가입을 성명한 당에만 주었다고 하는데 박진순은 이동휘의 당을 공산국제성원으로 등록하는 데 성공하였다. 또 대회에서 원동문제를 가지고 훌륭한 연설을 하여 대회참가자들의 이목을 끌기까지 했다고 하니 그동만 특위의 조선인으로서는 참으로 희귀한 일이 아닐 수 없다.

5

이동휘는 임시정부의 국무총리로 된 후 이 정부의 대외정책을 천명할 때 이렇게 강조하였다.

"우리는 손문의 중국 남부정권과 약간의 관계를 가졌지만 어떤 커다란 도움을 기대할 수는 없다. 따라서 볼셰비키와의 결합은 유일한 길이다."

따라서 이준 열사의 장자인 이용을 동로(간도) 사령관으로 보내면서 이동휘, 김립(내각비서 실장) 계봉우(임시정부의 정원의원) 등 3명의 이름으로 간도 대한국민회 회장 구춘선에게 편지(1920년 5월 11일 서한)를 띄웠다.

"우리 민족이 독립을 선포하고 혈전을 주장한 지 2년이 되는 때에 과연 준비한 것이 무엇인지요. 만일 있다 하면 비록 조직적, 구체적은 못되나 간북(墾北 – 간도를 말함) 각단의 실지무력을 포함한 외에는 거의 다 이론상으로 여차여차의 준비한다는 말뿐 그것이 또한 사실과 경우에 불가능한 까닭이 없지 않은데 만일 이 모양으로 하루 이틀 그냥 지연하게 되면 실로 한심한 일이 아닐 수 없으며 또는 간북 각 퇀의 지금 준비한 그 무력만으로 우리가 목적하는 바의 욕망을 만족하였다 할 수 없음은 판연한 사실이었다.

… 그런데 왜노(倭奴)의 폭기가 노령에서 돌발함을 인하여 세(勢)가 부득이 관망 중에 있을 듯 짐작하는 바이오나 실망할 것 없나이다. 동서각국의 성원이 원만한 것은 더 말할 것 없고 우리 독립에 대하여 처음부터 끝까지 가장 밀접히 관계된 레닌정부, 그 정부에 이미 파견한 박진순 군은 그 외교위원회에 가입하였고 다음 한성권 군도 오래지 않아 모스크바에 도달할 듯하오며 그밖에 상해, 천진 등 각처에 내왕한 중요 인물, 곧 러시아 외교원과의 비밀약속도 이미 굳게 한 바가 있습니다… 큰 각오 아래에서 이용 군을 지금 보내오니 그 함께 보내는 10만 원 공채표를 귀회에서 수령하시고 기왕 사관양성비로 확정하셨던 금화 4만 원을 이 군에게 우선 대여하시기를 간절히 바라나이다. 이군이 전하는 이야기를 들으시면 상세히 아시려니와 레닌정부로서 파견인물과

의 직접 약속이 있는데 이르쿠츠크 북쪽 지방으로 근거지를 정하고 사관양성에 착수하는 동시에 비행기, 대포 등 무기를 가급적 준비한 것이며 겸하여 과격군을 제휴하여 최후작전을 할 계획이오니 천재일우의 이 기회의 잃지 말도록…"

이용은 이동휘의 파견을 받고 간도로 온 후 상해 임시정부에서 발행한 10만 원가량의 공채를 간도국민회 회장 구춘선에게 전하고 이동휘의 뜻을 전달하였다. 이용은 간도국민회에서 4만 원가량의 돈을 주자 이 돈으로 명월구에 사관학교를 꾸리고 무장대오 건설에 박차를 가하였다. 1920년 10월 일본군이 연변에서 '경신년대토벌'을 감행하자 이해 말에 이용은 활동무대를 연해주로 옮기었다.

1921년 1월에 이용은 연해주에서 자기를 위원장으로 하는 『한인군사위원회』를 결성하고 이동휘 등을 명예회장으로 내세웠다. 그리고 극동공화국정부와 조선인 부대의 지도권에 대한 교섭을 본격적으로 전개하였다.

1920년 5월에 이동휘는 이용을 간도에 파견한 한편 임시정부에 참가한 김립, 이한영, 김만겸 등과 함께 상해에서 『조선인부대』을 조직하고 여운형 등 민족운동자들을 이 그룹에 끌어들이었다. 조선인 부대는 연해주 한인사회당의 별칭이라고 해도 과언이 아니다. 한편 이동휘도 중국의 공산주의자 및 일본의 좌익세력들과 연계를 널리 가지며 정력적인 투쟁을 전개하였다. 이듬해 1월 10일 조선인 부대는 『한인사회당대표회』에서 『고려공산당』으로 개칭되었다. 이 시기에 이동휘는 임시정부의 국무총리직을 사임하였다.

이동휘는 1920년 초에 박진순 등과 함께 북경, 상해에 가서 조선인들에게 러시아 10월혁명과 마르크스주의, 노농혁명 등 사상을 선전하였다. 잇따라 상해 조선 사람들 속에서 청년들을 위주로 『노농동맹연합회』와 『사회주의연구회』가 조직되고 북경에도 '사회과학연구회'가 나왔다.

1921년 5월에 상해에 조선문인쇄공장을 세우고 공산주의출판물간행에 착수하였다. 이동휘는 박진순과 그 외 몇몇이 공산국제와 소비에트의 선전문서와 잡지 및 마르크스주의 새 서적들을 번역하게 하고 인쇄공장을 통해 출판하여 연변과 동북 각지의 조선족 거주 지구에 보내었다. 이런 출판물에는 『공산당선언』, 『러시아공산당정강』, 『무산계급의 전진방향』, 『노동군합독본』 등 서적과 『서광』, 『공산』, 『효종』, 『새세계』, 『노동세계』, 『적군(赤軍)』, 『적기(赤旗)』 등 수십 종의 간행물이 들어있다. 용정의 대성, 동흥 등 조선족사립중학교 학생들은 이동휘 등이 보낸 『효종』 등 간행물을 받았으며 1922~1923년간에 마르크스주의 학습소조-『광명회』를 조직하였다.

마르크스주의 새서적과 간행물은 1920년 초부터 조선족군중들 가운데서 급속히 전파되기 시작하였는데 이 모든 것은 이동휘 등의 노력에 기인된다.

1921년 5월에 이동휘는 조선 국내와 중국 동북, 연해주 해삼위 등지의 대표들 참가하에 상해에서 『고려공산당대표자회의』를 소집하였다. 회의에서 당 재건을 선포하고 당 선언을 채택하였다. 『공산당선언』에 오른 유물사관의 계급혁명론을 전재하고 『일한합병』 정체, 제국주의적 팽창의 모순을 폭로했다. 그리고 민족적 해방운동은 사회혁명의 일단계이지 목적은 아니라고 지적하면서 "우리는 현 사회의 모든 계급을 철저히 타파할 것이다."고 하였다. 선언은 말미에서 "한인사회당의 명의로서 우리는 이미 제3국제공산당에 참가하였으며 오늘날 우리 당은 곧 제3국제공산당의 독립된 한개 지부이다."고 지적하고 나서 "모든 무산자여, 공산당기치하에 단결하라!"고 호소하였다.

고려공산당은 중앙본부를 상해에 두고 동양 각지에 지부를 두었으며 중국 본토와 만주, 시베리아, 조선 국내 일본 등지에 까지 영향력을 미치었다. 그만큼 당원 총수가 6800여 명에 달했는데 그중 입당 정식절차를 밟은 26살 이하의 청년 정당원이 1500명이었다.

6

1921년 6월 22일부터 7월 12일까지 모스크바에서 국제공산당 제3차대회가 열리었다. 이동휘는 이 대회에 참가하여 고려공산당의 결성경위를 공산국제에 보고하였다. 확고한 지위를 얻기 위하여 고려공산당대표자 회의 후 인차 박진순 등 약간 명을 데리고 상해를 떠나 모스크바로 갔다. 제3차대회 기간 이동휘 등은 국제공산당의 수령 레닌을 만나 뵐 수 있기를 희망하였다. 드디어 이 희망이 현실로 되었다. 7월 14일 오후 5시 레닌이 이동휘 등 조선공산당(공산국제는 이동휘 당을 조선혁명을 대표하는 조선공산당으로 인정)대표를 회견하련다는 통지가 전해졌다.

이동휘는 몹시 흥분되었다. 그는 동지들과 함께 오후 4시부터 서둘다가 회견시간이 되자 레닌의 사무실로 갔다. 레닌의 비서가 그들을 맞아주면서 레닌은 "바쁜 분이니 너무 오래 있지 말아달라"고 부탁하면서 면담 시간이 30분임을 알리였다.

이동휘 등 5명이 문을 열고 들어서니 레닌이 친절히 그들을 맞아주었다. 보매 레닌의 키는 보통이고 허리가 약간 구부정했으며 평범한 양복을 입고 있었다. 앞머리는 벗겨지고 뒷머리가 길고 얼굴은 연했는데 눈은 정기가 차 넘쳤다.

레닌의 사무실은 너무도 평범하였다. 책상 옆에는 가죽 안락의자가 놓이고 옆에 몇 개의 의자가 덧놓이었다. 책상 왼쪽과 오른쪽에는 문서철, 책상 위에는 전화기 3대와 많은 보고서들, 벽에는 마르크스의 초상화와 할투린의 부각상, 난로에는 '흡연금지'의 표시, 레닌 의자 뒤의 책꽂이와 그 옆의 화분에 심은 야자나무―이것이 레닌사무실의 전부였다.

조선 동지들이 들어서자 레닌은 안락의자에서 일어서면서 "조선공산주의자들을 보니 기쁘다"며 앉으라고 권유했다.

이동휘가 "제자로 찾아왔으니 모든 것을 솔직히 말하겠습니다." 하고 조선말로 하자 레닌은 웃으며 그 말을 받았다.

"만족스럽게 접수합니다. 원동 사태에 대해 아무것도 모르니 자세히 이야기해 주시오."

그러면서 레닌은 책상 위의 보고서를 가리키며 말을 이었다.

"조선보고서도 저속에 있지만 아직 읽어보지 못한 것을 사과합니다."

위인다운 레닌의 솔직한 말씀과 친절에서 이동휘 등은 긴장이 풀리었다.

이동휘는 가지고 간 세계지도를 책상 위에 펴놓고 조선의 정치정세와 경제정세를 요약해서 터놓았다. 그는 조선 위치를 가리키면서 조선철도의 북방으로의 연결과 수송능력, 일본자본가들의 전차제조소건설 등을 자상히 설명했다. 그리곤 일본의 조선에서 감행하고 있는 야수적인 만행을 소개하였다.

레닌은 가끔 이동휘의 설명을 끊으며 불의의 질문을 들이댔다. "3·1봉기가 실패한 이유는 무엇인가?", "조선공산당의 형편은 어떤가? 량과 질의 성분은 어떻게 되어있는가?", "조선혁명가들의 투쟁조건은 무엇인가?"라는 것이 질문의 주되는 내용이었다.

이동휘의 설명이 끝나자 레닌이 말했다.

"앞으로의 혁명사변에선 철도와 종업원들의 역할이 중요합니다. 그들은 제국주의를 반대하는 투쟁에 궐기하는 선봉입니다. 당신의 설명을 들으니 우리가 문화중심지에서 살고 있을 때 당신들은 침략자들에 의해 박해를 당하면서 수림과 산골짜기에서 방황했습니다. 당신들을 위한 국제원조를 조직해야겠습니다."

레닌이 말을 끝낼 무렵 한 여성이 사무실에 들어서며 시간이 되었다고 알렸다. 30분시간이 잠간 새에 흘렀었다. 레닌은 25분을 연장하라고 지시하면서 통역 김 아파나시 아르선치예위치에게 말을 건네었다.

"당신처럼 러어를 잘하는 사람이 몇이나 되는지요?"

"한 천 명도 더 될 것입니다."

"동방에 그렇게 완벽한 러어 능력 소유자들이 많은데 그곳 혁명에 대해서는 한권의 책도 안 썼지요. 책을 쓰시오. 그러면 우리가 유럽 여러 나라 말로 번역해서 전 세계가 원동혁명을 알게 하겠습니다."

레닌은 통역의 말을 들으면서 "다음 올 때는 꼭 책을 써 가지고 오시오."하고 덧붙이었다.

면담을 마치고 자리에서 일어나자 레닌은 하나하나의 손을 잡아주었다. 이동휘의 손을 특히 오래 잡으며 믿음과 희망을 안겨주었다.

모스크바에 간 뒤 이동휘는 자기의 지도하에 있는 박애, 계봉우, 김진, 이용 등이 이해(1921년) 4월말에 체포(아용은 이르쿠츠크로 압송 도중 탈출하여 조선인농가에 숨어 있다가 그해 7월에 연해주로 떠나감)되었다는 것과 이해 4월에 『자유시사변』에서 끌끌한 조선독립운동가들이 러시아 적군(赤軍)에 의해 일대참변을 당했다는 놀라운 소식을 듣게 되었다. 『자유시사변』의 배경을 보면 상당히 복잡하지만 이르쿠츠크파와 상해파 사이의 대립투쟁의 계속임은 틀림이 없었다. 이동휘는 천둥마냥 분노하였다. 그는 레닌정부와 공산국제에 엄중한 항의를 제기하여 이르쿠츠크파를 엄중 처벌할 것을 요구하였으며 이른바 『임시고려군사혁명법정』에 의해 군사재판과 구류처분을 받은 박애, 계봉우, 김진, 장도정 등을 구해냈다.

1921년 겨울에 공산국제에서는 극동인민대표대회를 준비하고 있었다. 이동휘는 자기파의 장기영 등한테 이 대표대회의 준비에 서둘게 하고 자기는 대회예정지점으로 된 이르쿠츠크(후에 모스크바로 됨)에 가서 군통수권투쟁을 벌였다. 공산국제의 전보소환령을 받고 모스크바로 갔을 때는 극동인민대표대회가 폐막될 무렵이었다.

극동인민대표대회는 1922년 1월 21일부터 2월 2일까지 진행되었는데 최종회의는 페테르부르크(후에 레닌그라드로 됨)에서 열리였다. 대회기간 공산국제에서는 상해파와 이르쿠츠크파의 화해와 합당을 권고했으나 성공하지 못하였다. 이에 앞서 양파의 임시연합정부를 설립했어도 진전이 없었다. 1922년 5월 중순에 공산국제의 조정과 촉구하에 치타에서 『고려공산당 연합대회』를 열었으나 의연히 성과를 거두지 못하였다. 상해파의 이용, 김규면, 박 이리아 등은 이동휘의 지시하에 연해주와 흑룡주 일대에서 세력규합과 군대재건에 바삐 보내고 이르쿠츠크파는 극동공화국 경내로의 진출을 적극 꾀하고 있었다.

1922년 11월에 치타와 이르쿠츠크 사이의 베르프네우틴스크에서 고려공산당연합대회가 열리였다. 회의참가자는 약 150명이었는데 상해파가 대다수를 차지하였다. 한데서 이르쿠츠크파에서 대회결의방법을 다수결로 하자는 제안을 받아들일 수 없었다. 대표자격이 큰 문제로 나서는 데서 대회는 6일간 열리였으나 결과를 보지 못하였다. 이르쿠츠크파는 마침내 전부 치타를 떠나고 말았다.

일이 이쯤 되니 공산국제에서는 상해파와 이르쿠츠크파 및 무소속계통의 이동휘 등 6~7명에게 모스크바에 집결하라는 지명전보를 띄웠다. 했으나 공산국제집행부에 가서도 각자의 주장을 피력할 뿐이었다. 이해 12월에 공산국제에서는 상해파와 이르쿠츠크파 해산지령을 내리고 상해파의 이동휘 등을 위원으로 하는 꼬르뷰로(고려국)를 조직하였다. 꼬르뷰로는 조선문제의 공산국제집행기관으로서 그의 사명은 전체 조선인의 통일공산당을 조직하는 것이었다.

고려국은 모스크바에서 조직된 뒤 블라디보스토크에 본부를 두고 1923년 2월부터 정식으로 사업을 벌였다. 그들은 조선인 당원의 당파적 감정을 청산하고 시베리아의 조선인공산주의조직을 정리 정돈하는 일부터 착수하였다. 허나 암투와 반목이 심해가고 각자가 자기편의 동지규합에 열을 올리는 데서 고려국은 공산국제의 해산령에 의해 1924년 2월에 해체되고 말았다. 잇따라 조

선공산당을 조직하기 위한 준비위원회-『오르그뷰로』(조직국)이
(1925년 2월에 해체)나왔으나 두개파의 거두들은 새 기관에 참
여하지 못하였다.

꼬르뷰로 시기는 이동휘 정치생애의 마지막 시기였다. 꼬르뷰
로가 해체된 후 이동휘는 블라디보스토크의 당도서관 관장질을
하였다. 때는 일본침략자들이 이미 원동(1922년 말에 철거)에서
물러가고 소비에트정권이 수립된 뒤였다.

1925년 1월 21일에 러·일 기본조약(러·일 두 나라의 치안
을 해치는 행동금지에 관한 상호규정)이 체결되었다. 이에 분개
한 이동휘는 이해 늦은 봄에 블라디보스토크를 떠나 수청(蘇城)
부근의 한 작은 마을에서 은거생활을 시작하였다. 그러다가
1935년 2월 13일에 63살을 일기로 병사하였다. 조선민족 제1
세대의 독립 운동가이며 조기공산주의자인 이동휘는 이렇게 한생
을 일제를 항격하는 성스런 투쟁에 바치며 파란과 곡절 많은 길
을 걷다가 일생을 소리 없이 마치었다.

[참고문헌과 자료]

중국: 『용정문사자료』(1) 46페이지, 76페이지

　　　『조선족백년사화』(2)

　　　『연변문사자료』(2) 8페이지

　　　『백의동포의 영상』 115페이지- 125페이지

　　　『조선족 간사』 81페이지-82페이지

　　　『나의 회억』(류자명 저) 42페이지-44페이지
　　　　　　　　(료녕민족출판사, 1984년)

　　　1989년 9월 6일부 『종합참고』(3)

　　　『레닌을 만나본 조선족 조기공산주의자 - 이동휘』

　　　1989년 12월 3일부 『종합참고』(3)

　　　『레닌과 면담한 이동휘』- 『레닌기치』 면담내용을 발굴

　　　프린트자료: 『조선족근대교육의 선구자 김약연』(조창혁)

　　　량환준자료: 『해당연변역사의 인물보(人物譜)』(1)

　　　강원문자료: 『저명한 교육활동가 이동휘』(1987년 8월 8일)
　　　　　　　　(작자는 원 왕청현교육국 국장)

　　　리광인자료: 황병길의 딸 황정일방문기(1988년 12월 4일-5일)

조선: 『근대조선역사』 330페이지-331페이지

(사회과학출판사, 1984년)

『조선전사』(15) 199페이지

한국: 『한국독립운동의 진상』

『의병항쟁사년표』 475페이지

『한국사대계』 305페이지(일본강점기)

『한국여성독립운동사』 142페이지

『대한민국임시정부사』 14페이지, 20페이지, 28페이지, 36페
이지, 110페이지…

『위대한 한국인 김구』 182페이지, 196페이지

『한국공산주의운동사』(1)

『독립운동가 30인전』 118페이지

훈춘독립운동의 수령 황병길

(1885-1920)

1

1885년 음력 4월 15일, 조선 함경북도 경원군 량하면의 한 가난한 농가에서 갓난애의 울음소리가 터지였다. 이 갓난애가 훗날 조선, 중국, 러시아 3개국을 넘나들며 무장으로 일제를 항격한 저명한 반일지사이며 독립운동가인 황병길이다.

황병길은 어릴 때 천금이라 불렸다. 아버지 황오섭은 남의 집 삵일을 하며 아글타글했으나 생활은 곤두박질만 할뿐 조금도 펴일 줄 몰랐다. 세살에 어머니가 세상을 뜨시자 젖가슴에서 굴러 떨어진 여동생은 입만 쩝쩝거리다가 굶어죽고 철모르는 누나는 여섯 살에 남의 집 민며느리로 들어가야 했다.

어머니가 사망되자 단란한 가정은 산산조각 났다. 불쌍한 천금이는 아버지의 슬하에서 눈물겨운 생활을 하다가 남의집살이로 들어갔다. 가난한 집의 자식 빨리 헴이 든다고 천금이가 예닐곱 살이 되자 자기를 얕보거나 업신여기는 것이 딱 질색이었다.

어느 해 봄철 주인집에서 삼씨를 뿌리게 되었는데 새들이 삼씨를 먹는다고 천금이와 주인집 딸애가 양 쪽에서 새를 말리게 되었다. 주인집 딸애라야 천금이보다 한살 위였다. 장난이 심한 그는 천금이를 골려주기 시작했다.

"이라 워이, 천금인데 가라. 이라 워이, 천금인데 가라."

"이놈 간나, 누구를 업신여겨."

잔뜩 골이난 천금이는 돌을 쥐고 씽하니 달아갔다.

"너 한번만 더 소리쳐봐라. 때려죽이겠다."

"때려라, 때려라."

여자애는 무서워하기는커녕 바싹 접어들었다.

분이 치민 천금이는 정말 돌로 여자애의 얼굴을 쳐놓았다. 대번에 삭은코가 부러졌다. 여자애가 숨이 넘어가는 소리를 쳐대자 부모들이 달아 와 왜 때렸는가고 물었다. 천금이가 사실대로 여쭈자 여자애의 부모들은 자기 딸을 나무람 하면서 "너 정말 남자옳다."고 칭찬했다. 천금의 아버지가 남의 집 삯일을 하고 돌아왔다가 이 소식을 듣고 주인집과 빌었더니 주인집에서는 의연히 자기 딸을 나무랄 뿐이었다.

천금이는 한 해, 두 해 커가면서 주인집아기 켤레를 씻고 아기가 똥 누면 뒤를 닦아주기도 했다. 이것이 가슴에 걸리었던지 여자애의 뒤를 닦아 줄 때면 엉덩이를 살짝 때리며 오돌 차게 말했다.

"이 간나, 나도 잘살 때가 있을 것이다!"

나도 잘살 때가 있을 것이다, 누가 이를 한낱 철부지에 불과한 천금의 입에서 나왔다고 하겠는가. 주인집에서는 천금이의 말이 대견스러워 크면 큰일을 할 놈이라고 머리를 끄떡였다.

9살 되는 해, 천금이는 집에 돌아갔다. 허나 천금이는 너무도 일찍이 세파의 쓴맛을 삼켜야 한데서 굴강한 성격이 자리를 굳히기 시작하였다. 그는 8살에 벌써 두만강을 헤어서 중국 땅 훈춘현 삼가자에 드나들었다. 삼가자 일대는 거개가 만족들이라 말을 알아들을 수 없었지만 그것도 잠간이었다. 그가 남의 일을 직심으로 해주니 만족들은 똑똑한 애라며 서로 자기 집으로 오라고 했다. 만족들은 옷도 해 입히며 여러모로 아껴주었다. 그들 중 누군가 이제 크면 서당도 보내주겠다고 하니 천금이는 "나는 조선 사람이에요."하고 어른스레 대꾸하였다. 그 뜻인즉 민족이 다르니 이것만은 따를 수 없다는 것이었다. 광복 후 그의 셋째딸 정일이가 공작대로 삼가자에 갔을 때 당시 만족들은 그가 병길이의 딸이란 것을 알고 "병길이는 정말 대바르고 똑똑한 사람이었소. 조선 사람 영웅이었지!"하고 엄지손가락을 내밀었다.

조선서 제일 가까운 친척은 8촌이었다. 삼가자로 오가는 몇 해 사이 친척들은 그들 항렬이 모두 병자 돌림이라면서 천금의 이름을 병길이라고 고쳐주었다. 그때 량하면에는 서당이 있었는데 돈이 없는 병길이는 공부할 엄두도 못했다. 배움에 주린 그는 서당 마루 밑에 엎드려 조선어를 한자, 두자 익히는 수밖에 없었다.

병길이는 살겠다고 계속 밖으로 돌았다. 어른들은 은근히 근심이 앞서다가 똑똑한 아이를 버리겠다면서 12살 때 한마을의 여자애 김숙경과 급급히 약혼시켰다. 숙경이는 그보다 한 살 아래였다. 이해 숙경의 집은 러시아 땅으로 이사 갔지만 남의 집 사람이 될 숙경이는 같이 떠나지 못하고 외할머니 집에 떨어졌다. 병길이가 14살 될 때 집안에서는 힘을 합쳐 혼사를 치러주었다.

큰상을 받던 날, 13살밖에 안된 숙경이는 병풍에 그려진 범을 보고 무섭다고 울어댔다. 만류해도 울음을 그치지 않으니 병길이는 그래도 남자노라고 "보라, 범이 산 범이다. 더 울면 범이 나와 잡아먹는다."고 으름장을 놓았다. 그 소리에 숙경이는 겁이 질려 더 울지 못하였다.

멧새의 마음은 들에 가 있다고 병길이는 혼사를 치렀으나 집에 마음을 붙이지 못했다. 살자면 그래도 돈벌이를 나가야 한다는 것이 그의 신조였다. 이 신조 밑에 그는 혼사 후 얼마 안되어 아래 강동—러시아 연해주 땅으로 건너갔다. 아버지가 뒤쫓아 가서 돌아가자고 했으나 들을 리가 만무했다. 몽둥이찜질도 그의 마음을 돌려세우지 못하였다. 그는 아버지에게 자기 마음을 내비쳤다.

"아버지, 내가 돈을 벌면 아버지는 일 아내도 괜찮아요. 한뉘 고생스레 살 수야 없지 않아요?!"

굴강한 아들 앞에서 아버지는 더 만류하지 못했다. 15살까지는 그래도 러시아말을 꽤나 하며 집으로 오더니 16살 때부터는 전혀 돌아오지 않았다. 연해주 땅으로 이주한 조선 사람들이 병길이의 사람됨을 알고 딸을 주겠다고 하니 "나는 이미 서방간 사람입니다."하며 밀막아버리었다.

당시 연해주에는 조선 이주민들이 많이 살고 있었다. 그들 중 일부 사람들은 일제에 의해 조선의 국운을 통탄한 나머지 러시아로 간 반일지사들이었다. 황병길은 그들의 영향 밑에서 조선의 현실에 어섯눈을 뜨기 시작하였다. 18살(1902년)에 지금의 중국 땅 연길현 투도구(오늘의 화룡시 투도구)로 갔고 뒤미처 찾아온 아내를 맞이하기까지 했으나 일·러전쟁 위험이 날로 커가고 있다는 뒤숭숭한 현실에 지면하자 더는 진정할 수 없었다. 그는 아내를 이국땅에 홀로 남긴 채 급급히 연해주 연추 일대에 찾아갔다.

1905년부터 1910년 일제가 조선을 강점할 전후 시기를 계기로 조선서 러시아 연해주로 망명한 애국지사들이 적지 않았다. 이범진, 이동휘, 홍범도, 이범윤, 이위종, 이상설, 서상용, 류린석, 문창범, 강국모, 최재형, 장지연, 정재관, 전명운, 이진룡 등이 그러하였는데 황병길은 이런 망명지사들과 널리 사귀면서 그들과 더불어 반일의 대업에 몸을 잠갔다. 그 후 그는 아내가 경원 량하면으로 돌아갔다는 소식을 듣고 고향을 여러 번 찾았다.

일이 이쯤 되자 일제 놈들은 황병길을 잡으려고 발광하였다. 병길이를 붙잡지 못하게 되자 놈들은 임신 중인 그의 아내와 아버지를 끌어다가 구타를 가했다. 첫 아기가 태어난 후에도 구타를 멈추지 않아 아내는 바로 일어서지도 못했다. 아버지는 허리가 꼬부라지기까지 했다. 새 생명은 어머니 품을 떠나자 죽고 말았다.

황병길은 그때 러시아 연추에서 활동하고 있었다. 그는 고향소식에 마음을 조이다가 사람을 띄우는 한편 마차를 두만강가까지 마중 보내어 아내와 아버지를 연추로 모셔갔다. 모든 것은 비밀리에 진행되었다.

때는 1906년이었다. 결혼 근 10년 만에 이국땅에서 처음으로 아내를 오붓한 살림에 내세우게 된 황병길은 감개무량하기만 했다. 그는 안중근 등과 함께 의병거사에 힘쓰면서도 시간을 짜내어 아내의 일손을 도왔으며 혼사 후 독수공방살이에 신물이 난 아내를 살뜰히 보살폈다. 배우는 것이 힘이라며 지식에 굶주린 아내의 조선어공부를 열성껏 도와주었다. 아내를 "숙경 씨"라고 친절히 부른 것은 이때부터의 일이다.

황병길은 보통키가 좀 넘었는데 천성적인 양머리다. 이런 머리에 금을 한쪽으로 척 내고 검은 바지에 검은 웃옷을 입으니 시체 청년 맛이 다분했다.

1907년에 사랑의 결실인 맏딸 정선이가 태어났다. 할아버지는 손녀를 안아보게 되었다고 종일 웃음이 가실 줄 몰랐다. 이국땅에서 단란한 가정멋을 맘껏 맛보는 황씨가정은 꿀물이 쏟아졌다.

2

1908년 새해가 밝아왔다. 검은색 목수건을 척 두른 황병길은 안중근 등 의협심이 강한 젊은이들과 뜻을 합쳐가지고 연해주 각지 조선마을을 다니며 반일지사들을 널리 사귀며 반일선동에 열을 올리었다. 그들의 목적은 의병대를 뭇는 것이었다.

열혈청년들의 피타는 호소는 연해주의 조선인 사회를 울리었다. 군자금조달이 척척 진척되고 피 끓는 청년들이 구름같이 해변의 연추에 모여들었다. 이범윤이 연추에서 의병대인 산포대(山炮隊)을 조직하자 황병길은 이 단체의 골간으로 활약하였다. 이범윤은 1902년 조선정부로부터 간도관리사로 임명받고 간도에 파견된 사람으로서 간도체류기간 간도에 이주한 조선 이주민들을 보호하기 위해 일찍 사포대까지 조직했던 사람으로서 연해주 일대 조선인들 속에서 성망이 뜨르르했다.

군사훈련의 막을 열어 젖힌 뒤 안중근, 황병길 등은 짜리러시아와 일제 놈들의 첩첩한 저애를 박차고 무기상점 등 가능한 경로를 다해 총과 탄약을 본격적으로 사들이었다. 조선 사람들도 수중의 총기를 적지 않게 지원하였다.

의병대의 기세는 일제침략자들을 놀래었다. 이자들을 알심 들여 주무른 친일주구와 밀정들을 연해주 각지에 내세워 파괴모략활동을 거리낌 없이 감행하였다. 이 활동의 주되는 내용이 군사적 정탐과 짜리정부를 통한 무기탄약 공급금지와 단속, 요언날조 등이었다. 한때 의병대지도 층에서 군자금을 횡령했다는 소문이 널리 퍼지자 군심이 흔들리고 의병대를 떠나는 사람까지 나타났다.

정세는 험악하였다. 초창기의 의병대는 준엄한 시련에 직면하였다. 안달아난 의병대지도층은 조선 사람들 속에 들어가 해석사업을 끈지게 벌였다. 그 속에는 황병길도 섞이었다.

"왜놈들의 요언에 넘어가지 말라, 무기획득 사업이 실속 있게 진척되고 있다, 모두가 의병대의 기치 밑에 힘과 마음을 합쳐 왜놈들과 싸우자, 왜놈을 몰아내야 기우는 주권을 돌려세울 수 있다."

일제에 대한 피맺힌 원한과 조국애로 절절한 황병길의 목소리이다.

안중근을 선두로 한 의병대지도층의 끈질긴 노력은 헛되지 않았다. 의병대는 다시 사기가 충천하고 의병대를 떠났던 사람들이 다시 대오 속에 섰다. 두만강 도하작전준비가 빈틈없이 진행되었다.

1908년 7월 초의 어느 날, 의병대의 300여 명 선발대는 최재형, 안중근, 엄인섭, 황병길 등의 인솔하에 장고봉 일대에서 은밀히 두만강을 건너 조선의 경흥 방면으로 숨어들었다. 덕원습격전에서 적 1개 소대 가량의 수비대를 짓부시고 경흥에서 파견한 약 1개 소대의 응원군을 요정 냈다. 이것이 이른바 경흥전투이다. 첫 전투에서 승전한 의병대는 신심 드높이 소수의 일제무력과 수차의 조우전을 벌였다.

황병길은 7월 10일의 신아산전투와 7월 13일의 고건원전투, 8월 11일의 서수라전투들에서 의병대를 이끌어 적을 본때스레 족침으로서 의병대안에 소문이 자자하였다.

1908년 7월, 첫 전투에서 이긴 의병대지도층은 기고만장해서 일제침략군을 오합지졸로 보았다. 결과 이해 8월에 회령을 들이쳤다가 참패를 당했다. 구사일생으로 연추에 돌아간 의병대는 참으로 꼴불견이었다. 피 끓는 의병들과 의병장들을 잃은 기막힌 현실은 안중근, 황병길 등을 괴롭혔다.

‘원수를 기어이 갚고야 말리라!’

황병길은 두 주먹을 으스러지게 틀어쥐었다.

황병길은 안중근, 김치보 등 11명 친구들과 함께 연추(노오끼엽스크) 부근의 카리란 마을에서 1909년 새해의 첫날을 맞았다. 안중근 등은 김치보가 회장으로 있는 반일독립단체 『한민회』의 성원들이었다. 그들은 지난 한 해 동안의 노고를 회고하면서 열띤 토론을 벌였다. 총적으로 보아 각지 반일의병투쟁은 고조되는 추세였다. 침략자들과의 교전 차수가 1976차, 전투참가자 8만여 명 — 인심을 확 끌어당기는 수자였다. 친구들의 토론은 결사대를 조직하고 군자금을 모으며 의병대를 새로 묶어 일제 놈들과 계속 싸우자는 하나의 의견으로 합치되었다.

토론에 이어 안중근이 사나이로 세상에 태어나 한번 죽기를 각오하면 두려울 것이 없다면서 피로써 서약하는 혈맹을 맺자고 제의하였다. 이 제의는 한자리에 모인 친구들의 일치한 호응을 받았다. 안중근이 품에서 태극기를 꺼내어 상 위에 펼쳐놓고 조막도끼를 내들었다. 그가 선참으로 왼손무명지의 손마디를 자르고 피 흐르는 손으로 태극기에 ‘대한독립’이란 네 글자를 쓰고 그 밑에 이름석자를 써넣자 친구들이 차례로 그의 본을 따랐다. 황병길도 결연히 왼손무명지의 손마디를 자르고 혈서로 맹세하였다. 12명 열혈청년들의 심장은 하나로 이어졌다.

새해 첫날 모임 후에 황병길은 친구들과 더불어 연해주의 조선인 사회에 깊숙이 몸을 잠그면서 의병대 재조직에 전력하였다.

이해 10월 20일, 안중근은 블라디보스토크에서 『대동공보』의 편집장으로 일하는 친구 이강의 전보를 받았다. 안중근이 블라디보스토크로 가보니 이강이 『원동보』(하얼빈에서 간행)신문 한 장을 내주었다. 신문 1면에는 일본 추밀원 원장 이등박문이 러시아의 재정대신 꼬꼬브체브를 만나고저 10월 하순에 하얼빈에 가게 된다는 소식이 실려 있었다.

안중근의 표정은 대번에 근엄해졌다. 그는 하늘이 준 기회로 간주하고 이등박문을 죽여 버릴 비장한 결심을 내렸다.

이날 밤 안중근은 친구들과 한자리에 앉았다. 헌데 이등박문의 하얼빈행이 어느 길이겠는가를 단언키 어려웠다. 심중한 토의 끝에 그들은 김치보를 총지휘로 하는 이등박문암살 총지휘부를 내오고 3개 소조로 나뉘어 행동하기로 하고 안중근과 우덕순이 하얼빈으로 떠났다. 나머지 2개 소조는 심양과 장춘, 수분하 쪽에서 대기하며 행동하기로 하였다. 이등박문이 어디에 나타나면 어디에서 손을 쓸 판이었다. 황병길은 수분하 쪽을 맡고 지체 없이 떠나갔다.

1909년 10월 26일, 이등박문은 하얼빈역두에서 끝내 안중근에게 걸려 황천객이 되고 말았다. 이등박문은 그의 일행과 함께 1909년 10월 16일에 일본을 떠나 18일에 대련에 도착한 뒤 여순, 봉천을 거쳐 26일에 하얼빈에 도착하였다가 안중근의 저격을 당했던 것이다. 이 기쁜 소식에 접한 황병길은 안중근에게 마음속 악수를 보내면서 연해주 거기에서 단지혈맹을 무을 때 사용한 물건들－조막 도끼, 목데기, 손가락마디, 태극기 등을 소중히 건사하였다.

3

1910년 음력 2월에 황병길은 근거지를 중국 측 훈춘현 연통라자 서골로 옮기였다. 그와 동행한 동지로는 오병묵, 김관식, 김홍주, 노종환 등 20여 명이다. 황병길은 가족을 데리고 서골에 간 뒤 독립군부대건설에 박차를 가하는 한편 일본침략자들이 그 전 해 용정에 일본간도총영사관을 설치한 현실에 직면하여 민중 반일계몽을 바싹 틀어쥐었다. 민중반일계몽에서 선차적인 것은 서당교육을 학교교육으로 개조하는 것이었다.

황병길은 구춘선, 이명순, 한명서 등 반일지사들과 손잡고 투쟁을 벌이는 한편 현 내 각지에 가서 사립학교설립에 모를 박았다. 이 시기 저명한 반일지사 이동휘가 훈춘에 가서 황병길을 찾았다. 그들은 힘을 합쳐 1912년에 하다문 쌍신에 4년제 사립신풍학교를 세웠다. 그 뒤 10여 개소의 조선족사립학교가 일어서고 이를 토대로 반일계몽활동이 활발히 벌어졌다. 1917년 초에 황병길은 또 이동휘와 함께 대황구에 가서 원 6년제 북일학교를 중학부가 달린 9년제 학교로 개조하였다. 중학부의 학생주체는 원 왕청현 태평구무관학교의 학생들이었다. 중학부가 존재한 1917~1919년 사이 200여 명의 학생들이 선후로 이 중학부를 다녔는데 거개가 홍범도와 황병길이 지도하는 독립군부대에 참가하였다.

황병길은 민중반일계몽과 더불어 현 내 각지를 돌며 상투깎기운동을 드세게 일으켰다. 춘화의 한집에 들어갔을 때 그 집 며느리가 집에는 상투를 한 사람이 없다고 했다. 헌데 구들에 가득 펴놓은 피낮에는 발자국이 그대로 찍혀있었다. 황병길이 저건 무엇인가고 묻자 여인은 닭이 헤쳐 놓은 것이라고 변명하였다가 나중에는 상투를 한 시아버님이 천정에 올라갔다고 승인했다. 며느리가 내려오라고 소리치니 시아버지가 천정에서 꿈지럭거리었다.

황병길은 늙은이를 안아서 내리운 뒤 상투는 봉건사회의 산물로서 하등 쓸모없다고 내심이 선전하고 상투를 베게 하였다.

그때 대황구에 개척 때부터 모여든 늙은이들이 적지 않았다. 이곳의 한 늙은이는 아무리 선전해도 깎으려 하지 않았다. 황병길이 다부산즈를 입고 나서니 늙은이가 사정을 봐달라고 하소연하였다.

"대감님 어린 법이 어디 있습네까. 70살 먹은 늙은이 상투를 베다니 이게 웬 말이유."

"워디 조선말이 몰라."

황병길은 모르쇠를 대며 어디보자 하고는 머리가위로 제꺽 베버렸다. 뒤미처 병길이를 알아본 늙은이는 상투를 들고 땅을 치며 넋두리를 했다. "요놈 새끼, 황병길 새끼구나. 네놈이 감히 조상이 물려준 상투를 베다니, 어떻게 하면 이 원수를 갚겠느냐…"

일이 묘하게도 1924년경에 이집 손자 김규봉이 황병길의 맏딸 정선이와 혼사를 치르게 되었다. 혼사 날 늙은이는 사돈께 죄를 지었다면서 안 오겠다고 하다가 손자며느리 앞에서 무릎을 꿇으며 참회의 눈물을 흘리었다. 그럴 필요가 없다고 하자 늙은이는 다른 사람이면 몰라도 우리를 위해 싸우다가 간 사람을 대대손손이 욕할 새끼라고 저주했다면서 몹시 괴로워하였다.

황병길은 미신타파에서도 사정을 두지 않았다. 그가 마적달의 오도구에 갔을 때 한집에서 송사가 들었다. 알고 보니 그 집에서 어느 집에 조선두루마기를 시켰는데 안섶이 없다는 것이었다. 우리 집에 오는 물건은 먼저 신을 위해야 한다고 떠들었다. 이집엔 과연 미신단지가 있었다. 뒤미처 안섶도 나졌다.

"왜 이런 짓을 하는거요?"

병길이가 노해서 따지고 들자 주인집 여인이 황황히 대꾸했다.

"신을 모시지 않으면 재해를 입습니다."

"재해는 무슨 놈의 재해요, 하등 쓸모없는 봉건미신이지. 조선 사람 왜 망했는지 알기나 하오, 우매에서 벗어나야 하오, 우매에서!"

그 집에서는 황병길에게서 호되게 질책 받은 뒤 단지에 불을 지르고 다시는 그런 짓을 하지 않았다고 한다.

훈춘과 연해주를 드나들며 활동할 때 황병길의 견강한 뒷심은 이동휘였다. 그들은 모두 기독교의 명의로 군중을 쟁취하며 반일역량을 늘이는 막역한 지기였다. 이동휘는 한때 연통라자 서골에서 한 고개 넘어간 외진 곳에 집을 잡고 있었다. 처남 오병묵의 집까지 두 채였다. 황병길은 늘 이 외진 곳으로 드나들며 지도를 받았고 투쟁방법을 강구하였다. 러시아 10월혁명 전후 연해주로 집을 옮긴 후에도 연계를 끊지 않았다.

이 시기의 이동휘는 반일독립지사로부터 공산주의자에로의 전변기에 들어선 사람이었다. 1918년 6월 26일 이동휘는 하바로프스크에서 『한인사회당』을 조직하고 원동지구의 조선인들을 투쟁에로 궐기시키는 한편 간도 일대에 동지들을 보내 활동하게 하였다. 훈춘의 황병길과 간도국민회 회장 구춘선은 이동휘와 뜻을 같이하는 동지였다. 그 뒤 한인사회당이 고려공산당으로 개칭된 후 이동휘는 고려공산당의 한개 지부를 훈춘의 연통라자에 세웠는데 이 지부의 연락소 소장이 황병길이었다. 한데서 이동휘는 황병길을 통해 훈춘 일대에서 고려공산당의 세력을 확대하면서 마르크스주의사상 전파에 힘썼다. 후에 적들이 "이동휘를 배경으로 하는 위세야말로 바야흐로 전 현을 제압하고 있다."고 한 것은 이 때문이라 하겠다.

1919년 조선서 '3·1'독립만세운동이 일어나고 용정에서 '3·13'반일집회가 있은 뒤 황병길은 이달 16일에 노종환, 량하구 등 반일지사들과 상의하고 3월 20일 훈춘에서도 성대한 반일독립시위를 가지기로 하였다.

3월 20일 오전 6시반경에 훈춘시가지의 조선인들은 집집마다 태극기를 내걸었다. 상점들 에서는 중국인까지도 철시를 단행하였다.

오전 8시경에 훈춘동쪽 동대인구(東大人溝)에 모였던 동골, 황골, 연통라자(烟筒砬子) 등지의 군중 300여 명이 2열종대를 지어 동문 안에 들어섰다. 그 진두에는 60명의 학생들이 서 있었다. 그들은 "조선독립만세!"라고 쓴 큰 기발을 앞세우고 악대주악에 맞추어 노래 불렀으며 태극기를 흔들며 독립만세를 불렀다. 시안에서 황병길과 그 조직자들이 그들을 맞아주고 조선문과 한문으로 된 '독립선언서'를 살포하였다. 시위자들이 서문 밖 광장에까지 행진해가자 시위 대오는 2000여 명으로 늘어났다.

황병길이 조선독립선언축하회를 사회하고 연설하였다.

"…우리 민족은 일치단결하여 가령 가는 길에 산이나 또는 강이 가로놓여도 아니 강적이 있어서 총구 앞에 적수공권으로 서게 되어도 신념을 아끼지 않고 다년간의 소지를 관철하지 않으면 안될 것입니다. 지금 내가 말하는 대오를 위하여 능히 신명을 바칠 결심을 가진 사람은 거수하시오…"

황병길의 격앙된 연설이 끝나자 군중들은 모자를 벗어 높이 들었고 만세를 부르며 찬성의 뜻을 표했다.

이어 노종환, 최병문, 김정규의 연설이 있은 뒤 군중들은 동천(東川)을 향해 시위행진을 단행하였다. 시위자들이 훈춘강가에 이르자 학생들은 음악을, 군중들은 만세를 부르며 빙빙 돌아갔다. 오후 1시경에 황병길이 시안의 군중들과 작별연설을 하였다.

"오늘 아무 지장도 없이 여러분과 같이 예정한 행동을 충분히 할 수 있은 것은 정말 아주 통쾌한 일입니다. 하지만 시내에 계시는 여러분들께서는 이 뒤도 일제관원의 압박이 더 한층 극심해지리라는 것을 각오하지 않으면 안되겠습니다. 이점에 대해서는 참으로 동정을 금치 못하겠습니다. 바라옵건대 희망을 갖고 무슨 일이 있으면 동지들과 서로 의논하면서 근심과 걱정을 나누어주십시오."

이날 훈춘반일독립시위는 외계의 지장을 기본상 받지 않았다. 이를 위해 황병길은 사전에 조선 측과 연계를 가지고 필요한 장총과 단총을 마련했으며 청년학생을 골간으로 한 시위 대오를 빈틈없이 짜고 들었다. 한편 훈춘시가지에서 시안의 노종환, 량하구 등과 시위합의를 본 뒤 훈춘현지사와 당지 육군 영장과도 협의를 보았었다.

이해 3월 28일부터 4월 1일까지 구사평, 사타자, 투도구(하다문향 경내) 등지의 수천 명 군중들이 반일시위를 가지였다. 4월 1일 황병길 등은 또 탑자구에 가서 2000여 명의 군중을 시위에로 불러일으켰다. 해당 자료에 의하면 1919년 3~4월에 훈춘현 47개 지방에서 반일집회와 시위를 가졌는데 참가자 반일군중은 1만 5000명에 달했다고 한다.

4

1919년 3월 31일, 이명순을 회장으로 하는 훈춘대한국민의회가 탄생을 고하였다. 준엄한 투쟁에 직면하여 황병길은 명의상이 의회의 교제과장을 맡았지만 사실상의 지도자는 황병길이었다. 하기에 거사할 경우에는 황병길이 이 단체의 지도자라고 분명히 결정하였다.

훈춘대한국민의회가 설립된 후 황병길은 이 단체를 지도하면서 훈춘의 동구와 남별리를 중심으로 하고 6도구, 훈춘벌, 대황구 등지를 망라한 반일근거지를 건립하였다. 또한 150명 청년회원들로 결사대를 조직하여 중, 조, 러 3국 변계를 오가며 대오를 늘이고 군자금을 모으고 무기를 적극 사들였다.

1919년 4월 27일, 황병길은 군자금 20만 루블을 가지고 연해주에 가서 그곳의 동지들은 통해 적지 않은 무기를 구입해 들였다. 5월 18일, 황병길은 소부대를 이끌고 동녕현 삼차구에 가서 군자금을 모으며 대오확충 사업을 벌였으며 연해주에 또 사람을 보내 무기를 구입해 들였다. 9월 14일, 황병길은 이명순과 함께 훈춘 동쪽 약 70킬로미터 지점에 위치한 사도구 일대에 가서 이곳을 근거지로 군자금을 모집하는 한편 결사대원들에게 먼저 소총을 내주었다.

9월 19일 황병길은 대륙도구에서 회의를 가지고 군자금모집, 무장투쟁 등 문제를 토의하였다. 이명순 등 여러 간부들이 회의에 참가하여 좋은 계책들을 내놓았다. 9월 23일 이명순, 박영호, 나성화 등은 회의결정에 의해 15만 루블을 가지고 연해주 땅 무기 구입길에 올랐다.

몇 달 사이 군자금모집과 무기구입 등은 눈부신 성과를 올렸다. 이해 8월과 9월 사이 훈춘현 경내에서만도 군자금 10만 700여 루블을 모았다. 1919년 말에 이르러 훈춘 여러 반일무장단체의 여러 가지 총이 103자루, 탄알이 5만여 발에 달했다.

1919년 8월에 황병길이 이끄는 훈춘대한국민의회는 구춘선이 지도하는 간도국민회와 합병하고 간도국민회의 한개 지부로 활동을 개시하였다. 이 국민의회산하에는 강병일의 의사단과 최경천의 포수단, 신민단, 복황단(複皇團) 등 여러 무장단체가 있었는데 이런 무장단체들은 황병길이 직접 지도하는 급진단과 보조를 같이하였다.

훈춘대한국민의회는 의회 내에 또 '군정후원회'를 두었다. 황병길이 이 조직의 책임자를 겸하였다. 적들이 주시하는 데서 황병길은 자기의 반일 활동을 합법화하고자 중국지방관청과의 연계 밑에 1919년 말부터 이듬해 초까지 사이 훈춘보안단 패장노릇을 했다.

그 시기 가짜어사가 훈춘에 발을 들여놓았다. 그 정체가 들어나지 않은 데서 현과 육군영부에서는 성의를 다해 접대하였다. 헌데 어사패만은 내놓으려하지 않았다. 황병길은 이에 의문을 품고 직접 어사를 찾았다. 바빠 맞은 것은 현장이었다. 현장은 노황(老黃)이 어디라구 들어 오는가며 눈이 떼꾼해졌다. 어사도 이놈을 냉큼 내쫓으라고 야단 부렸다. 황병길이 벋치고 서자 어사는 권총을 빼들고 위협했다. 황병길도 권총을 빼들고 어사패를 보아야 나가겠다고 했다. 어사가 내놓을 리가 만무했다. 대노한 황병길은 세귀눈을 잔뜩 곤두세웠다. 웃을 때면 양 볼이 오목하게 들어가다가도 세귀눈을 부릅뜨고 성을 낼 때면 웬만한 사람은 감히 쳐다보지도 못하는데 어사가 받아낼 리 만무하였다. 권총을 바투 들이대는 황병길의 서슬에 어사는 단번에 꿇어앉으며 살려달라고 애걸복걸하였다. 진짜 어사패는 금덩어리라고 하는데 이자가 지닌 것은 가짜 어사패였다. 이자는 어사신분으로 나타나 각지에서 숱한 돈을 떼먹은 대협잡군이었다. 이 사건으로 하여 훈춘현 현장과 성장까지도 나떨어졌다고 하는데 황병길은 인기인 물로 위망이 대단하였다.

황병길과 그의 아내 김숙경의 지도 밑에서 부녀활동이 흥기하였다. 1919년 9월 29일, 훈춘시가지의 한 집에서 『훈춘애국부인회』가 조직되었다. 부인회 부회장이 김숙경이었다. 이는 투쟁의 수요를 고려한 것으로서 사실상 회장은 김숙경이다. 그는 남편의 안받침하에 회원들을 불러일으켜 의연금을 모집하고 독립군부대를 후원하면서 드바삐 보냈다.

당년 훈춘현성은 성으로 둘러싸였다. 동서남북에 각기 대문이 있었는데 동문과 서문으로 사람들이 다닐 뿐 북문과 남문은 그리 사용하지 않았다. 서쪽은 일제영사관구역이기에 통행증이 없이 성안에 들어갈 수 없었다. 사람들은 물남으로 통하는 동문으로 다니었다. 황병길은 동쪽성안을 독립군세상으로 만들고 강서당(講書堂)까지 설치하였다. 강서당은 또 담으로 둘렀는데 반일교양의 터전으로 널리 쓰이었다. 외지에서 오는 반일지사들은 여기서 식사하며 주숙할 수 있었다.

훈춘반일독립투쟁의 주요한 터전은 연통라자 서골이었다. 황병길은 오가는 동지들을 염려하여 막처럼 지은 시초의 허수한 집을 크고 널찍한 팔간집으로 개조하였다. 집안에는 손마선, 축음기, 벽시계, 탁상시계, 책상, 소파 등을 갖추고 이불도 많이 마련해놓았다.

집 앞에는 넓은 조련장을 닦아놓았다. 서골에 주둔한 100여명 독립군부대는 저마다 애국부인회에서 지은 군모와 새 회색군복을 떨쳐입고 각반에 철띠를 두개씩 두르고 군사훈련을 받았다. 그때면 전사들과 같이 산뜻한 군복차림을 한 황병길이 이따금 조련장에 나타나서 검열하며 사기를 높여주었다.

어느 날, 황병길이 100여 명 훈련 대오를 집합시키고 굳게 뭉쳐 싸우자는 주제로 연설하였다.

"이조가 부패했기에 나라를 팔아먹고 민 씨가 조정을 통간했기에 나라가 망그러졌다. 이 모든 것을 우리는 보고만 있을 수 없다. 우리는 일떠나서 마음 굳게 먹고 죽기를 겁내지 말고 일제를 몰아내자, 살자고 들면 죽고 죽자고 들면 산다."

황병길의 연설은 훈련 대오의 반일정서를 크게 격발시켰다. 훈련 대오는 조련장이 떠나갈 듯 "독립만세!"를 높이 부르며 군사훈련을 다그쳤다.

1919년 말에 일제는 신문에 요언을 날조하면서 두만강가의 조선독립군이 일본군에 전부 섬멸 당했다고 크게 떠들어댔다. 이에 황병길의 지도하에 있는 훈춘독립군의 한 부대는 1920년 1월 5일 밤을 타서 조선 경흥군 고건원 주둔 일제헌병대 10명을 몽땅 요정 내어 조선독립군이 죽지 않고 살아있다는 것을 세상에 널리 시위하였다.

1920년 4월 말에 황병길은 이명순 등과 함께 현안의 탑도구(오늘의 탑자구)에서 회의를 거치고 훈춘대한국민의회 산하의 급진단, 의사단, 포수단을 합쳐 군무부(또는 경호부)를 설립하였다. 군무부산하에 독립군 제1대대를 두고 대대 안에 4개 중대를 두었다. 회의결정에 의해 황병길이 군무부장으로 임명되고 최성삼, 강석환이 각기 정, 부대대장으로 임명되었다. 간부 임면(任免), 선거제도를 내오고 군무부와 대대, 중대의 간부로서 불법행위가 있을 때에는 가차 없이 파직시키기로 하였다. 부대를 엄하게 다스리기 위하여 또 군율 14조를 내왔다. 이 14조에 의하면 비밀을 누설하거나 강간, 도주, 무기약탈, 군사규율위반, 폭행 등

행위가 있는 자는 무조건 사형당해야 했다.

군무부 산하의 독립군은 400여 명에 달했다. 급양(給養)의 곤란과 일제 놈들이 검시를 고려하여 독립군은 평소 남별리, 이도구, 흑지탕, 투도구, 삼도구 등지에 분산하여 주둔하였으며 농망기에는 자기 집에 돌아가 농사를 지을 수 있었다.

군무부와 독립군 제1대대가 건립된 후 황병길은 부대를 이끌어 남별리, 탑자구, 토문자, 대황구, 두황자 등지에서 일제침략자들을 호되게 족쳤다. 당시 독립군 제1대대 제2중대 중대장으로 근무했던 강석훈은 당년 대대는 황병길의 지휘하에 수차나 두만강을 건너 고건원, 룡당, 경흥 일대의 왜놈들을 족쳤다고 회고하였다. 일본침략자들의 보고에도 이런 내용이 기재되어 있다. "군무부 직속 부대는 경상적으로 함경북도, 함경남도 지역에 들어가 각종 반일 활동에 종사하고 있다.", "황병길 일파는 경원군 룡강을 습격하기 위해 3월 17일부터 행동을 개시하려 결정하고 도독부에 향해 그 뜻을 통보했다. 경계할 필요가 있는 것은 황병길일파라고 한다. 과연 이동휘를 배경으로 한 위세야말로 바야흐로 전현을 제압하고 있는바 그 제반 계획이 그(주: 황병길을 가리킴)에게서 나오지 않은 것이 없다. 그것은 그가 부정행동의 중심인물이기 때문이다."

두만강 건너에서의 신출귀몰은 일제침략자들을 놀래었다. 황병길은 확실히 적들이 큰 위협을 느끼는 중심인물이었다. 허나 황병길은 공로가 있다 하여 자기를 높이지 않았다. 1919년 7월 그는 자기 동지와의 이야기에서 자기가 "훈춘에서 독립운동의 지도자로 활동하게 된 것은 북간도와 니꼬리스크에서 오는 애국지사들의 격려와 조언에 의한 바가 크다."고 터놓으면서 민중의 믿음과 지지가 없었다면 상상할 수도 없었다고 덧붙였다.

황병길이 반일투쟁에 전력을 가할 때 집에는 연로한 아버님과 자녀 넷이 아내 김숙경에 의해 생활을 유지하고 있었다. 40여 평의 토지는 황폐해졌지만 가꿀 여가가 없었다. 그는 남별리, 탑도구, 토문자, 대황구, 두황자 등지의 산속에 비밀 아지트를 마련하고 훈춘대한국민의회와 군무부, 그 산하부대를 지도하였다.

1920년 음력 4월 중순, 황병길이 토문자 일대의 한 비밀 아지트에 거처하고 있을 때 이 비밀 아지트가 연해주 주둔 일본군의 불의습격을 당했다. 가까스로 포위를 헤친 황병길은 셰퍼드를 데리고 마적달로 향했다.

춘화에서 마적달까지 100리 길, 그것도 평지도 아닌 밤의 산길! 황병길은 비를 흠뻑 맞은 데서 급성촉한에 걸리었다. 가까스로 마적달 뒤 골에 이른 그는 어릴 때 한 고향에 같이 있은 어느 집을 찾아 들어갔다. 평소에는 가까이 다니던 집이었다. 그는 급기야 쪽지를 써서 셰퍼드를 띄웠다. 셰퍼드는 곧추 연통라자 서골로 가서 주인집 여인 김숙경을 찾았다.

김숙경은 지기 한사람과 함께 각기 말을 몰아 마적달로 갔다. 때는 늦었다. 남편의 목숨은 시간을 다투고 있었다. 황병길은 숙경 씨를 보자 몹시 반색하였지만 긴말을 나눌 사이 없었다. 그는 아내의 이모저모 고생에 깊은 이해를 표시하며 일제 놈들을 몰아내지 못하고 가는 자기를 통탄하였다. 마지막에 그는 외동아들 정애가 크면 주라면서 3호짜리 싸창 한 자루를 내놓았다.

황병길은 열렬한 반일투사였을 뿐만 아니라 미더운 남편이었고 자애론 아버지였다. 아이들을 어찌나 고와했던지 집에만 들어서면 안아서 하늘에 올리고 무릎에 올려놓고 재롱을 피우게 했다. 또 매 아이들과 다섯 살까지 꼭꼭 존경어를 쓰며 말버릇을 곱게 이끌었다면 젖만 떨어지면 단독으로 자게 했다. 자립성을 키워주자는 심산에서였다.

황병길은 이런 사람이었다. 하기에 저세상에서 부르는 시각에도 외동아들에게 크나큰 희망을 기탁하며 자기가 손수 쓰던 싸창을 맡기는 것이었다.

황병길은 이렇게 저 세상으로 갔다. 그것도 36살의 한창 나이에 말이다. 그가 사망된 후 아내와 네 자식 그리고 독립군 제1대대는 그의 유지를 이어받아 계속 일제와의 성스런 싸움에 나섰다.

<h1 align="center">【주요참고문헌과 자료】</h1>

연변역사연구소 자료: 『황정일방문기』(1960. 4.9-12)
　　1980. 9. 16 역사연구소 부소장 김상헌 다시 정리

연변역사연구소 자료: ⅡC44『황정일의 담화기록』(1980. 7. 20)
　　김상헌 정리

훈춘시 정협문사판공실 자료: 『훈춘조선족소개』(1988. 12)

연변조선족자치주 당안관자료: 3064『김영방문기록』(1960. 4. 27)

훈춘시 정협 문사판공실 자료:

『훈춘조선민족주의자들의 반일무장투쟁개황』(김동준)

연변역사연구소 안화춘 정리자료: 『황병길』

『지부생활』잡지(1985년 제5호) 『혁명의 요람 ‘3.1’학교』(석숭)

연변역사연구소 리광인 방문자료: 『황정일할머니 집에서』(1988. 12.
　　4-12.5)

한국: 『한국여성독립운동사』(3.1운동 60주년 기념) 261-262쪽,
　　300-301쪽

간민교육의 선구자 이동춘

(1872-1940)

1

1885년에 청나라 조정에서 정식으로 봉금령을 폐지하고 두만강 이북, 해란강 이남의 길이 350킬로미터, 너비 20~25킬로미터 되는 지역을 조선 이주민의 개간구역으로 확정하자 생활고에 허덕이던 종성 등지의 조선 사람들이 물밀듯이 두만강을 건너섰다. 1890년에 이르러 무산으로부터 종성대안에 이르는 100킬로미터 두만강 이북이 전부 개간되었다. 그 후에도 종성 일대의 조선 사람들이 계속 두만강을 넘어섰는데 그 속에는 후일 저명한 독립운동가와 교육가로 이름 높았던 20대의 이동춘도 섞이었다.

이동춘은 1872년에 조선 함경북도 종성군의 한 조선인 가정에서 태어났다. 호를 우화(雨華)라고 하였다. 어려서부터 한학에 열중해 온 그는 20대에 들어서자 한어에 제법 숙달하였다. 바다 건너 일본제국주의가 조선을 호시탐탐 노리며 조선정복에 열을 올리자 이동춘은 분하기 그지없었다. 그래서 그는 이주 물결 속에 섞이었던 것이다.

1890년 경인년에 청나라에서는 조선 이주민들에게 '치발역복'

(剃髮易服)을 강요했다. 이른바 '치발역복'이란 조선 사람의 상투를 자르고 청나라 옷을 입어야 한다는 것인데 치발역복을 해야 입적할 수 있고 입적해야만 땅을 부칠 수 있었다. 이것이 연변에서의 조선인 입적의 첫 시작이었다. 이에 불만을 품은 적지 않은 조선 사람들은 다시 강을 건너갔다. 허나 이동춘의 생각은 달랐다. 일본 놈들의 시달림을 받기보다 청나라의 정책에 응하는 편이 나을 것 같았다. 이동춘은 결연히 청나라에 입적하고 치발역복을 하였다. 그가 한어에 정통했다는 것이 원근에 널리 알려졌다. 조선 주재 원 청나라 '총리교섭 통상대신' 원세개는 1894년에 이동춘을 자기의 통역관으로 등용했으며 '파총(巴總)'이란 관직을 내리였다. 후에 청나라 땅을 다시 밟은 이동춘은 신식학당을 꾸려 조선인 자녀들에게 지식을 전수하며 배일사상을 키워 주리라 맘먹고 준비 사업을 다그쳤다.

1907년 3월에 이동춘은 화룡욕분방경력(和龍峪分防經歷) 장조린의 지지와 녕원보 13사총향악(十三社總鄕約) 현덕승의 도움 밑에 민중의 힘을 모아 광제욕 광소사 상천평에 끝내 신식학교인 양정학당을 세웠다. 이 학당은 중국식 초가 14칸으로 이루어졌는데 교실이 3칸이고 숙사가 6칸이었다. 나머지 다섯 칸은 주방과 식당으로 쓰이었다.

양정학당은 연변의 첫 조선족 신식학교(기실은 1904년에 설립된 훈춘현의 동광학교가 첫 학교로 됨.)『서전의숙』(1906년)의 뒤를 이어 일어선 또 하나의 근대 신식학교였다. 그때까지만 해도 사람들은 신식학교를 이단(異端)으로 간주한 데서 자기 자녀들을 학당에 보내려 하지 않았다. 이런 형편에서 이동춘은 동생 이봉춘을 먼저 학당에 보내고 신식학당의 좋은 점을 애써 설

교하면서 녕원보의 13개 사에서 학생 60명을 받아들이었다. 그
때 연길청의 소재지 국자가에 설치된 관립학당에서 4년이 지났어
도 예정한 41명을 채우지 못했다고 할 때 60명 수자는 대단한
일이었다. 이동춘은 민중 속에서 위망이 높았기에 쉽사리 사람들
의 이해와 옹호를 받을 수 있었다.

양정학당은 첫해에 중문, 중어, 일본어, 산학, 체조 등 5개 과
목을 설치하였다. 교원은 둘이었는데 이동춘이 중어, 일본어, 체
조과를 맡고 피원경이 중문, 산학을 맡았다. 경비가 곤란한데서
이동춘과 피원경은 일전 한 푼의 보수도 바라지 않고 심혈을 몽
땅 간민교육에 쏟았다.

학당이 세워진 후 이동춘은 민중의 지지 밑에서 학생들이 재빨
리 통일제복을 입게 했다. 농립모, 헝겊신까지 가뜬히 하니 참으
로 가관이었다. 1907년 10월 청나라 자희태후의 '만수절' 때 이
동춘은 흰 조련복에 농립모, 헝겊신까지 통일한 60명 학생이 국
자가 연길변무공서 앞에서 체조와 노래종목을 공연하게 하였다.
형식은 자희태후의 '만수무강'을 축원하였지만 그 실질은 조선족
들이 일본침략자들 켠에 아니라 청나라 쪽에 서고 있다는 것을
과시하려는 정치적인 거동이었다.

이동춘이 학생들에게 흰 조련복을 입히고 신과 모자를 통일한
것은 그로서의 뜻이 따로 있었다. 조련복은 흰 천으로 하니 백의
동포의 전통적 습관에 어울릴 뿐 아니라 청나라의 치발역복제도
에도 어울렸다. 학당이름을 양정(養正)이라고 한 것도 조선족자
녀들에게 민족의 슬기와 기개를 키워주려는 데 있었다.

양정학당학생들에게는 남다른 외모적 특징이 있었다. 그것은
바로 학생 전체가 일률로 머리를 깎고 키가 고르지 않은 것이었

다. 머리를 깎은 것은 청나라학당의 요구에 부합되는 것이고 키가 고르지 않은 것은 9살부터 20살 이하의 학생들인 데서였다. 개별적인 학생은 30고개까지 바라보았다. 그때 남녀 14~15살이면 시집장가를 갔다고 할 때 나이 많은 학생들이 어린 학생들과 마찬가지로 마음껏 배울 수 있었다는 것은 이동춘의 용의주도한 처사가 아닐 수 없었다. 학생들이 지식수준도 고르지 않은 데서 학당에서는 학생들의 수요에 따라 갑, 을 두 개 반을 편성하고 교수를 달리했다.

이동춘의 피타는 교육열과 조선족들의 향학열은 사람들의 탄복을 자아냈다. 1908년 3월, 화룡욕분방경력 허덕유는 친히 양정학당을 돌아보고 심히 감동을 받았다. 그는 변무독판과 방판에게 올리는 서한에서 "이와 같이 편벽한 산간마을에서 이렇듯 드높은 교육열의와 향학의 진취성을 볼 수 있다는 것은 실로 흔치 않다."고 썼다.

2

학당을 꾸린 초기 이동춘은 녕원보 13사총향약 현덕승 등 유지인사들과 함께 화룡욕분방경력 장조린(허덕유는 그의 후임임)을 찾아 녕원보 13사의 경작지 60헥타르를 학당용으로 넘겨달라고 하였다. 그 뜻인즉 경작지를 통해 학교운영경비를 다소라도 해결하자는 것이었다.

장조린은 이동춘 등의 신청을 즉각에 비준하였는데 60헥타르의 학교 밭에서 나오는 1년 조세가 300원이었다. 이 돈으로 종이, 연필, 등불기름, 기타 비용 등을 해결할 수 있었다. 학생용 종이와 연필비용은 학교 밭 수입에서 떼어 냈다. 교사 짓기와 교과서 구입은 민중이 기부한 돈으로 해결했다.

　1907년 7월 30일에 일본제국주의는 러시아와 『일러비밀조약』, 즉 제1차 비밀조약을 체결하였다. 이 조약에 의하면 중국 동북의 북부는 러시아의 세력범위에 속하고 남부는 일본의 세력범위에 속했다. 이해 8월 20일, 일본군 사이토 중좌가 거느린 연변침략선견대가 연길청 용정촌에 기어들었고 8월 23일에는 공공연히 『조선통감부간도파출소』간판을 내걸었다. 지방군정관원들과 민중이 불안해할 때 이동춘과 현덕승은 두렴 없이 침략자들과 대처하였다. 사이토가 자기명의로 된 공시문을 내붙일 때마다 그들은 선뜻이 나서서 침략자들의 얼림수에 속지 말라고 민중을 일깨워주었다. 각지부형들에게는 일방의 뜻을 강요한 공시문을 믿을 바가 못된다고 찍어 말했다. 한편 양정학당학생들을 거느리고 국자가에 가서 자희태후의 '만수절'을 축하하는 행동을 취함으로써 일본침략자를 반대하는 태도를 명확히 표시하였다. 이에 노발대발한 사이토는 현덕승을 체포(여러 면의 압력으로 후에 내놓음)하고도 성차지 않아 이동춘과 현덕승 등이 양정학당을 꾸리고 학생들을 치발역복시켰다면서 조선통감과 북경주재 일본대사를 통해 청나라 외교부와 교섭까지 벌였다.

　이듬해(1908년) 초까지만 해도 연변지구엔 양정학당과 국자가 관립소학당 1개소(학생 10여 명) 및 용정촌의 사립학교 서전의숙(후에 해산) 등 밖에 없었다. 연길변무공서에서는 변무비를 내여 국자가와 훈춘가에 초고중 완전소학당을, 화룡욕, 광제욕, 모아산앞, 투도구, 동불사, 흑정자, 양수천자, 노투구 등지에는 초등학당을 내오기로 결정하였다.

그때 양정학당은 창립 한 돌을 맞았는데 중국식 장원모양으로 된 교사나 숙사, 주방, 식당, 기숙사가 중국식 체제에 부합되었다. 학당의 규모, 학생수, 운영성과는 관립학당을 훨씬 능가하였다. 화룡욕분방경력 겸 파판처(派瓣處)사무원 허덕유는 양정학당을 관립학당으로 넘기고저 학당의 '간명규약'과 '규정'작성을 도와주고 과목배치와 교원배치를 조절, 보충케 하는 한편 변무독판에게 상주문을 올려 이동춘과 광제욕조선인들의 '교육에 대한 열심'과 '향학의 진취성'을 극구 칭찬하면서 관립학당으로 넘길 것을 제의하였다.

1908년 3월 16일, 오록정(吳彔貞)은 허덕유의 상주문을 친히 비준하고 화룡욕분방경력에 지시문을 하달하였다. 이동춘은 3월 20일에 달라자 분방관청에 일보러 갔다가 이 기쁜 소식을 듣고 변무공서에서 내린 액틀까지 받게 되니 '저으기 감격해마지 않았다.' 그 후 양정학당은 관청으로부터 매달 150냥의 경비를 받게 되었다. 제일 많을 때는 200냥에까지 달했다. 이해(1908년) 길림순무(성장) 진소(陳昭)가 허덕유의 안내하에 양정학당을 돌아보고 기쁨을 감추지 못했다. 그는 즉석에서 필을 들어 『몽이양정(蒙以養正)』이란 제사를 써주었다.

3

1909년 5월 초에 오록정이 길림 변무독판으로 다시 취임하였다. 5월 13일에 그가 규례를 타파하고 조선족 이동춘을 변무공서교섭과 통역관으로 등용한 데서 이동춘은 양정학당을 떠나 국자가로 갔다. 6월 초에 오록정이 『순경학당』을 꾸리자 이동춘은 조선족 가운데서 첫 패의 순경학당학원을 모집하자는 의견을 드렸다. 오록정은 이 의견을 받아들이고 양정학당학생들 가운데서 15명을 모집하라고 지시하였다. 하여 순경학당 47명 학원 중에 조선인학원이 26명이나 되었다.

1909년 9월에 이동춘은 여러 반일지사들과 함께 국자가에 『간민교육회』를 설립하였다. 그는 친히 교재를 만들어 조선인사립학교들에서 쓰게 하는 한편 간민교육회 기관지 『교육보』를 꾸리고 직접 글을 쓰면서 "청년들은 일본침략자와 싸워야 한다."고 호소하였다. 이에 앞서 이동춘은 독립운동가 김립 등과 함께 국자가 부근의 소영자촌에 반일구국을 취지로 하는 광성학당(1908년)을 꾸리고 청년들이 조선어 등 해당과목에 군사지식과 군사훈련을 전수받도록 했다.

1909년 2월에 미국 샌프란시스코에서 『대한국민회』가 건립되었다. 이어 러시아 연해주와 중국의 동북 각지에 지방회가 조직되었는데 이동춘이 대한국민회 간도지회의 외교원책임을 맡았다.

이동춘은 당시 변무공서 교섭과 통역관이면서 또한 동남로 상무국 교섭위원이기도 했다. 1910년 봄에 그는 국자가 동로 초등소학당에 가서 이 학당의 교원과 학생 형편, 학과목배치, 규칙 등 사항을 조사하였다. 이해 5월, 이동춘은 박문용, 이숙우 등과 더불어 원유의 국자가 동로소학당을 간민모범학당으로 고치자는 건의를 제기하였다. 연길지부(知府)도빈은 이 건의를 받아들이고 동로소학당을 간민학당의 모범으로 꾸리라고 지시하였다.

이해 6월부터 간민학당설립을 위한 기금 모으기 활동이 시작되었다. 먼저 기금증서와 찬성원 증서를 찍어 각사의 간민들에게 내주었다. 다음 기금 모으기 인원을 뽑아 각지에 나가 받아들였는데 동전 천 잎을 낸 사람에게는 푸른 글로 된 증서를 내주고 동전 천 잎 이상을 낸 사람에게는 붉은 글로 된 증서를 내주었다. 동전 천 잎을 엄청나게 초과한 사람은 영예찬성원으로 되어 특별증서를 받았다.

간민들에게서 모은 기금을 교사건축과 학교운영경비로 돌리었다. 하여 짧은 몇 달 내에 25칸을 헤아리는 새 교사가 북산소학당의 동쪽가에 우뚝 일어섰다. 학생모집과 잠정규약 작성도 동시에 시작되었다.

11월 10일에 개학식을 성대히 가지고 학교이름을 『간민모범학당』이라고 명명하였다. 학교운영취지는 중국적을 가진 조선 사람들도 중국사람들과 똑같이 교육을 받을 수 있는 권리를 가지게 하자는 데 있었다. 학교운영경비는 간민들이 부담하고 교직원들의 노임은 관청에서 내주었다. 후에 관청에서는 해마다 학당에 일부 보조금을 내주었다. 여러 면의 힘을 합친 데서 이 학당은 재빨리 여러 간민학당의 중심을 이루었다.

연길간민모범학당은 소학반 2개 반과 사범반 한개 반을 설치하고 소학반 학제는 3년, 사범반 학제는 1년으로 하였다. 학생은 간민들 가운데서 80명을 받아들였는데 이들은 학비를 내지 않고 공부할 수 있었다. 소학반은 수신(修身), 국문, 중국어, 산수, 체조 등 다섯 개 과목을 배우고 사범반은 역사, 지리, 각치(格致)교육 등 네 개 과목을 더 배웠다.

교직원은 원칙상에서 중국관청에서 파견했다. 품성이 좋고 학식이 깊은 간민들도 채용할 수 있었다. 학당장은 곽갑관 등 4명이 선후로 맡고 이동춘 등 8명이 교원을 맡았다. 학당에는 또 번역일군도 몇을 두었다.

학당이 세워진 후 줄곧 경비곤란을 받았다. 게다가 관리가 타당하지 못하고 일부 학당찬성원들 가운데서 탐오행위가 있은 데서 학당에 수차례 소동이 일어나기도 하였다.

민국 2년(1912년)에 교사가 낡게 되어 관청에서 기부금을 모아 동서기와집 10칸과 대문 2개를 보수하였다. 학교도 초등반과 고등반을 설치하고 학생을 120명으로 늘이기로 하였는데 실제는 61명밖에 받아들이지 못했다. 민국 3년(1913년) 8월에 이 학당은 경비가 어려운 등 여러 가지 원인으로 하여 제1소학교와 합병할 수밖에 없었다. 1913년에 이동춘은 또 국자가 길신(吉新)여자학교 교장직무를 맡아보았다.

4

1913년 2월, 간도교육회가 간민회로 개칭되었다. 이에 앞서 이동춘은 김약연 등과 함께 민국 지방관청에 신청서를 올렸다. 그들은 신청서에 간민들이 두만강을 건너온 지도 40여 년에 나고 그 수가 수십만에 달하지만 흩어진 상태라는 것과 간민회를 조직하여 조선인의 감정을 나누며 민국의 법률에 복종하고 민국 정부에 의뢰하여 그 보호를 받으련다는 내용을 밝혔다. 국자가 동고로(東古路) 관찰변서(便署)에서는 간민회의 건립을 지지하여 포고문을 내붙이기까지 하였다. 김약연이 회장을 맡고 이동춘이 식산흥업과장(殖産興業課長)을 맡았는데 이동춘은 자기의 집을 간민회회관으로 쓰게 하였다.

이동춘이 조선족교육 사업에 몸을 잠근 지도 어언 여러 해가 흘렀다. 그는 시종 신식배일교육을 제창하면서 낡은 서당 개량에 적극 참여하였다. 허나 조선인교육지사라고 자칭한 정안립(鄭安立)은 자기가 조직한 농무계(農務契)를 내세워 안으로는 서당을 복구하고 밖으로는 서당을 개량한다고 부르짖었다. 정안립은 학교란 이 신식교육이 청소년들에게 널리 침투되는 것을 한사코 반대하면서 낡은 서당교육을 극구 제창하였다. 유망한 청소년들더러 새 것을 배척하고 낡은 것을 따르면서 경물시 따위와 같은 것을 읊게 하였다. 보고만 있을 수 없었다.

1913년 8월의 어느 날, 정안립은 국자가에서 3개현의 해당 인사들이 참가한 회의를 열었다. 회의감시(監時)회장은 친일주구 단체인 『일진회』 회원 남철봉이었다. 본회는 신식교육을 반대하고 서당교육을 복구하려 한다고 선언하면서 자기들이 연변의 교육대권을 틀어쥐려 한다고 공공연히 떠들어댔다.

이때 회장에 들어선 이동춘은 도저히 참을 수 없었다. 그는 남철봉을 가리키면서 사정없이 질책하였다.

"당신은 원래 나라를 팔아먹는 무리를 위해 힘을 파는 자였는데 지금 또 청년들을 해치는 일을 하고 있으니 정말 인피를 쓴 짐승과 같다."

그러면서 즉각 회의를 해산시키라고 강력히 요구하였다.

보수파세력들은 순순히 물러서려 하지 않았다. 이자들은 이동춘을 되는 대로 헐뜯으며 모욕하였다. 허나 회의참가자들 가운데 진보적 인사들이 적지 않았다. 그들이 이동춘을 견결히 지지하여 나서는 데서 정안립을 위수로 한 보수파들은 풀이 잔뜩 꺾이고 말았다.

그 후도 이동춘은 보수 세력과의 투쟁을 한시도 멈추지 않고 신식학교교육을 힘 있게 밀고나갔다. 그는 각지 지명인사들과 손을 잡고 선후로 연변 각지에 중소학교 70여 개소를 세워 수많은 인재를 양성하고 조선족자녀들의 교육조건을 크게 개선시켰다.

1910년 일본이 조선을 삼켜버린 후 민국정부가 중국적에 가입하지 않은 조선 이주민에 대해 백방으로 압력을 가한 데서 입적고조가 재빨리 형성되었다. 그러나 지방관청에서는 ‘국적법이 나오지 않았기에 국제상에서 효력을 발생할 수 없다.’는 이유로 입적수속을 해주려 하지 않았다. 이에 이동춘과 김립은 만 세대의 조선 사람들을 대표하여 1914년에 북경에 가서 민국 국무원에 『만호청원귀화입적서(萬戶請愿歸化入籍書)』를 제기하였다. 청원서는 이렇게 씌어졌다.

“간민들이 수차나 변무독판 오록정에게 청원하였다. 그는 귀화를 허락하였다. 그러나 참모장 진위는 도리어 ‘국적법이 나오지 않았기에 국제상에서 효력을 발생할 수 없다. 잠시 중앙에 올리지 않고 다만 각 지방에 증서를 발급한다.’고 말하였다. 일한합병 이래 일본제국주의는 조선 사람들을 제국천민으로 만들려고 시도하면서 이것으로 자기의 세력범위를 높이며 갈수록 중국의 이익을 해하고 있다. 하여 국무원에 입적수속비준을 청구한다. 국무원에서 비준하기 바란다.”

『만호성원귀화입적서』는 중화민국 국무원의 비준을 받았다. 조선 이주민들은 개인 신분으로 입적수속을 할 수 있게 되었으며 정식으로 국가법률의 보호를 받았다.

그때 민국정부에서는 법령을 내려 조선 이주민들의 토지몰수를 합법화하였다. 이동춘은 또 북경에 가서 초대 대통령 원세개를 찾아 법령에 밝힌 간민들의 토지몰수규정을 철회케 하는 한편 조선 이주민들의 이름으로 토지소유를 합법화하는 데 성공하였다.

겨레를 위한 이동춘의 노력은 이에 그치지 않았다. 그는 이동휘 등 수많은 반일독립지사들을 자기 집에 기숙시키고 함께 독립운동대책을 강구했으며 그들과 함께 제1회 간도국민회총회를 개최하기도 하였다.

1914년 봄에 이동춘은 광성학교의 김립 등과 함께 소영자와 여러 간민학교의 교원 10여 명과 학생 100여 명을 데리고 광성학교 사범반 졸업 명의로 각지 참관유람을 조직하였다. 그들이 화룡현 현립2교(원 양정학당)를 거쳐 모 학교에 갔을 때 이동춘이 사생들과 민중 앞에서 격앙된 배일선전을 하였다. 연설에서 그는 일본제국주의가 삼천리강산을 삼키기도 성차지 않아 용정에 간도일본 총영사관을 세워 못하는 짓이 없다고 하면서 모두가 힘을 합쳐 일본제국주의를 이 땅에서 몰아내야 한다고 열변을 토하였다.

이렇듯 이동춘은 겨레와 함께 숨쉬면서 배일교육과 독립사상을 전수하며 겨레를 일제를 반대하는 성스런 투쟁에도 불렀고 겨레의 이주사와 교육사, 반일독립운동사에 마멸할 수 없는 크나큰 기여를 하였다. 이동춘은 실로 조선민족이 낳은 20세기 초 조선 이주민 가운데서의 저명한 교육가와 반일독립운동가로 되기에 손색이 없다. 그는 지난 세기 10년대 이후에도 계속 민족의 교육과 독립투쟁에 힘을 바쳐오다가 1940년에 용정에서 병으로 세상을 떠났다.

【주요 참고문헌과 자료】

중국: 『연변문사자료』 제5집

　　　『용정문사자료』 제2집

　　　『용정문사자료』 제5집

　　　『연변역사연구』 제3집

　　　『연길부 당안』(선통2년 2호권)

　　　『동남로 관찰사 공서당안』(민국3년 68호권)

　　　『동남로 관찰사 공서당안』(6~1~272호권)

　　　　　1988년 10월 30일부 『연변일보』 3면

한국: 『한국인물대사전(大詞典)』

　　　『한국인명대사전(大事典)』

간민교육회 회장 김약연

(1868-1942)

1

용정에서 륙도하 기슭을 따라 남으로 약 24리 올라가다가 길가에 우뚝 솟은 선바위를 지나면 조선족근대교육의 책원지의 하나로 소문 높은 지난날 명동 지구에 들어서게 된다. 명동지구라 하면 륙도하 북쪽의 성교촌, 중영촌, 명동촌과 장재촌 그리고 육도하 남쪽 켠의 소룡동, 대룡동, 풍락동, 화전동 등지를 통틀어 말하는데 19세기 90년대 이전만 해도 이 지구는 수림이 우거지고 잡초가 무성한 한적한 고장이었다.

1885년에 청정부에서 200여 년간이나 지속된 봉금령을 정식으로 폐지하자 조선 무산으로부터 종성대안에 이르는 200리 두만강 이북이 조선 이주민들에 의해 전부 개간되었다. 조선 이주민의 거주지는 두만강대안으로부터 해란강, 부르하통하, 가야하 유역 일대로 점차 확대되었다. 육도하 양안의 명동지구에 최초의 조선 이주민이 나타난 것은 이 시기의 일이다. 1899년에 이르러 장재촌, 하중영촌, 중영촌, 성교촌, 소룡동, 대룡동, 풍락동 등 7개 촌의 세대수는 약 200세대에 달했다. 이 시기에 조선의 애국지사들이 분분히 두만강을 건너 연변에서 반일계몽운동을 벌리자 그때까지만 해도 용암동으로 불리웠던 명동 땅에도 처음으로 서당이 나타났다.

때는 1901년 4월이다. 2년 전인 1899년에 조선 종성에서 온 이름난 애국지사이며 한학자인 김약연은 이해 봄에 용암동에 주로 한학(漢學)을 전수하는 『규암재(圭巖齋)』라는 서당을 꾸리였다. 김약연의 호가 바로 규암이다.

김약연은 1868년 음력 9월 12일에 조선 함경북도 회령군에서 김용기 선생의 5남매 중 맏아들로 태어났다. 승의공(承議公)의 후손인 데서 살림살이가 괜찮았다. 한데서 그는 8살 때부터 10년간 한학자를 스승으로 모시고 한학을 배울 수 있었다. 이 기간 공자, 맹자의 도를 터득하고 유가사상을 받아들이기도 하였다.

어느덧 김약연은 20대의 끌끌한 젊은이로 자라났다. 이 무렵에 조선에 대한 일제의 침략책동이 갈수록 심해가고 망국의 비운이 온 조선 땅에 꽉 찼다. 이에 분노한 김약연은 결연히 반일독립활동에 나섰다. 27살 때 그는 "어떠한 수단을 써서든지 일제를 이 땅에서 몰아내야 한다… 이 운동을 벌리려면 두만강을 건너는 수밖에 없다."고 말하였다.

31살 나던 해(1899년)에 김약연은 망명길에 올랐다. 이해 그는 반일지사 김정규, 문치정 등 4대 가문의 20여 세내, 140명과 함께 분연히 두만강을 건너 화룡현 장재촌(지금의 용정시 지신진 장재촌)에 삶의 터전을 마련하고 동한이라는 중국인의 땅을 많이 사들이고 개간에 착수하는 한편 서당창설에 모를 박았다. 용암동의 서당은 이렇게 세상에 나타났다.

당시 조선과 인접되어 있는 연변은 조선애국지사들의 해외구국운동의 중요한 거점으로 되고 있었다. '배우는 것이 힘이다.', '배워야만 망국노의 처지에서 벗어날 수 있다.' 이렇게 뜻을 세운 원 의정부 참사 이상설은 이동녕, 박무림 등 몇몇 조선인 애국지사들과 함께 1906년 8월 용정촌에 지금까지 조선족 첫 근대학교로 불려온 서전의숙을 설치하였고 처음으로 조선인학생 22명을 받아들였다.

이상설이 조선밀사로 화란(네덜란드)의 헤이그로 간 후인 1907년 7월 용정에 일제의 『조선통감부 간도파출소』가 세워졌다. 일제를 반대하고 조선의 국권을 회복하자는 서전의숙의 학교 운영방침은 이 파출소 놈들의 불안을 자아냈다. 서전의숙은 끝내 일제 놈들의 핍박과 자금결핍으로 하여 폐교되고 말았다. 그 후 『서전의숙』의 진보적 지식인들과 청년학생들은 각지로 분산되어 가서 사립학교건설에 나섰다.

서전의숙의 창설과 운영에 나섰던 독립운동가이자 교육가인 박무림과 김약연의 사촌동생 김학연 등은 김약연을 찾아 장재촌으로 갔다. 그들을 맞이한 김약연은 1908년 4월 27일에 규암재를 토대로 사립명동서숙을 세우고 서전의숙의 정신을 이어나갔다. 박무림이 명예숙장을 맡고 김약연이 숙장을 맡았다. 문치정이 재무책임을 지고 김약연, 김학연, 남위인, 김하규, 여준 등이 첫 패의 교원으로 되었다. 이때부터 용암동은 명동촌으로 불리우고 명동서숙은 독립지사들을 키우는 배움의 요람으로 되었다.

2

1909년 4월에 명동서숙이 사립명동학교로 개칭된 후 김약연은 인차 『신민회』(1907년 9월에 이동휘 등이 조직한 비밀정치단체)산하의 청년회 회원이며 서울 상동 청년학관 출신인 예수교 신도 정재면을 초빙하였다. 그가 온 후 김약연은 기독교의 감화 밑에 기독교신앙자로 되고 명동교회까지 세웠다.

1910년, 명동학교에 3년제 중학부가 설치되고 이듬해 3월에 여학부가 설치되었다. 교장은 김약연이고 교원들로는 박무림, 장지연, 김철, 황의돈, 박태항, 최기학, 송창희, 박태식, 박경철, 김성환, 김승근, 김치관 등이었다. 이의순(이동휘의 딸), 정신태, 이봉운이 여학부의 교원을 맡았다. 명동학교의 교원 거개가 피 끓는 조선의 반일애국지사들과 진보적 지식인들인 데서 학교의 성망이 높았다. 뜻있는 청년학생들이 연변 각지와 남북만, 조선, 러시아의 연해주 등지에서 육속 모여들었다. 명동학교는 일약 조선 국내의 오산학교와 쌍벽을 이룬 독립지사 양성 기관으로 발돋움했다.

학과목을 보면 소학부에 국어, 성경, 산수, 역사, 지리, 체조 등 13개 과목을 설치하고 중학부에 국어, 수신, 역사, 지지(地志), 신한독립사, 사범교육학 등 23개 과목을 설치하였다. 김약연은 학과목의 중심을 조선민족의 말과 글을 가르치고 조선의 유구한 역사와 지리를 가르치는 데 두고 학생들에게 민족 자부심과 반일의식을 키워주기에 힘썼다. 후에 일제침략자들이 사립학교들에서 조선어와 조선역사, 조선지리를 가르치지 못하게 하던 시기에도 김약연은 제 나름대로 조선어와 조선국문, 조선역사와 조선지리, 조선노래를 의연히 가르치게 하였다. 역사교원은 『안중근전』, 『이순신전』 등을 가르칠 때면 으레 밖에다 보초를 세워놓았다. 그리곤 망국의 울분을 기탄없이 토로하면서 학생들에게 민족의 슬기와 얼을 부어넣었다. 체육교원은 체육시간을 국권회복에 헌신할 억센 역군을 키우는 데 두고 군사훈련을 억세게 틀어쥐었다.

김약연은 친히 한문과 작문을 가르쳤다. 그는 학생이 쓴 작문에 '애국', '반일' 등 글자가 없으면 가차 없이 점수를 주지 않았다. 어떤 학생들이 시간에 잘 집중하지 않고 장난을 피울 때면 그는 자기가 교수를 잘하지 못한 탓이라면서 학생들 앞에서 자기 바지가랑이를 걷어 올리고 회초리질을 해댔다. 이것을 '회초리치기'교양방법이라고 한다. 이런 장면을 보고 수업에 집중하지 않은 학생이라곤 없었다. 다른 교원들도 이 방법을 본딴 데서 이는 은연중에 하나의 교양방법으로 되었다.

김약연은 또 일제침략자들이 창가수업을 몹시 중시하면서 천황주의를 설교하는 수단의 하나로 삼을 때 이를 교묘하게 이용하여 학생들에게 반일정서를 담은 노래를 널리 보급하게 하였다. 그때 명동학교학생들 가운데서 김약연이 몸소 수정한 명동학교의 『교가』와 학도가, 권학가, 운동가, 한산도가 등 노래가 널리 불리워졌다. 그중 『교가』, 권학가, 운동가 가사는 아래와 갔다.

교　가

동해물과 백두산이 마르고 닳도록
바람이 불변함을 이 강산일세
무궁화 3천리 빛나는 강산
4천년 역사 깊은 우리 조국
길이길이 복 되게 보존하려고

권 학 가

바위아래 속난 샘

잔잔벽에 이루어서
여름날과 겨울밤에
쉬지 않고 흐르네

똑딱똑딱 일분일초
무정세월 이루어서
춘하추동 거침없이
쉬지 않고 흐르네

양육강식 이 세상에
유식함이 힘이란다
티끌모아 태산이라
한자두자 배워가세

운 동 가

잘 주물며 익힌 힘줄 번쩍거리고
펄펄 끓는 젊은피가 넘쳐나누나
흰뫼아래 합친 힘을 바이 뽐낼제
바위라도 한번 치면 박산내리라
나가자 싸우자 용감한 기세로
승리의 월계관 우리를 부른다

3

민족의식이 강한 교장의 지도 하에서 명동학교의 과외활동과 사회활동도 무척 활기를 띠었다. 학교에서는 매주 토요일 오후마다 체육, 문예활동이나 토론회, 강연회를 조직하였다. 토론회와 강연회는 주로 『지식이 좋으냐, 금전이 좋으냐』, 『영웅이동만 특위를 창조하느냐,동만 특위가 영웅을 낳느냐?』 등 제목으로 변론을 벌였는데 그 효과가 매우 좋았다.

해마다 단오날이면 운동회를 가지였는데 명동학교에서 단독으로 벌리기도 하고 여러 학교가 힘을 합치기도 하였다. 1912년 음력 단오날에 용정촌부근 대교동에서 ‘제1차 간도학생 운동대회’가 열렸을 때 명동학교의 수백 명 학생들은 북을 치고 나팔을 불고 『애국가』를 높이 부르면서 대회장에 들어섰는데 그 성세가 대단했다.

1914년 단오절에 간민회에서는 국자가 곁, 연집강과 부르하통하가 합치는 넓은 모래밭에서 전간도 조선학생운동대회를 성황리에 열었다. 명동학교의 사생들과 학부형들이 80리 길을 줄곧 걸어서 국자가 운동장에 들어서니 운동장 한 편에는 푸른 우승기가 높이 걸려있었다. 운동장주위에는 숱한 장사치들이 때를 만났다고 영업천막들을 쳐놓고 있었다. 이날 국자가 운동장에는 50개소의 학교선수 499명과 관악대 100여 명이 모였는데 학생들과 학부형, 구경군들까지 합치니 연변 일대 조선 사람들이 다 모인 것만 같았다.

단오절운동대회는 간민회 회장 김약연이 주최하였다. 각 사립학교의 학생들이 『광복가』를 높이 부르며 대회장에 들어섰고 경기도중에 『응원가』 등 노래를 높이 불렀다.

무쇠골격 돌근육 소년남아야
황황한 대한 혼 발휘하여라

다달았네 다달았네 우리 나라에
소년의 활동시절 다달았네
만인 대적 연습하여
후일 공훈세우세
절세 영웅 대사업이
우리 목적 아닌가

운동대회가 끝난 후 각 사립학교의 학생과 군중들은 관악대를 앞세우고 호호탕탕히 시위행진을 하며 국자거리를 누비였다.

명동학교는 말 그대로 민중의 힘에 의해 꾸리는 사립학교기에 경제난이 극심하였다. 이런 형편에서 학교에서는 매 학생당 수업료를 적당히 받으면서 논밭 10일경(약 만 평)을 다루었다. 그래도 경비가 부족하여 선생들은 노임을 따로 받지 않았다. 독신선생들은 돌림차례로 학부형집에서 식사하거나 하숙집을 정해놓았고 여기에 드는 나무와 쌀을 학부형들이 부담하였다. 가족이 있는 선생들에게는 학교 밭을 얼마간씩 떼 주었다. 선생들이 입는 옷도 학부형들에게서 거둔 쌀을 팔아 해결하였다.

학교운영경비는 이렇듯 어려웠으나 학교는 전체 사생들의 노력과 학부형들이 안받침 속에서 갈수록 활기를 띠였다. 학교운영회에서는 10년간 애써 모은 의연금 8000여 원으로 1917년에 신식교실을 갖춘 새 교사를 일떠세웠다. 김약연은 학교운영에 보다 힘쓰는 한편 민중교육에도 힘을 아끼지 않았다. 그는 명동학교를 둘러싸고 명동촌, 장재촌, 신동촌 등 6개 마을에 야학을 꾸리고 문화를 널리 보급하며 반일계몽운동을 활발히 벌였다.

4

　1909년 김약연은 이동춘 등과 함께 지방관청의 지지하에 『간민교육회』를 조직하고 회장으로 취임하였다. 『간민교육회』는 본부를 국자가에 두고 각지에 지회를 두어 조선 이주민을 조직화하며 반일의식을 힘써 고취하였다.

　이 시기 간민교육회에서는 조선인마을마다에서 모범농촌활동을 벌리며 경제적 향상을 도모하게 하는 한편 명동학교를 중심으로 각지 사립학교학생들을 널리 동원하여 마을길을 닦고 깨끗한 우물을 파 위생시설을 갖추게 하였으며 야학을 열어 문맹퇴치운동도 맹렬히 벌였다. 생산조합, 판매조합, 소비조합을 세워 농촌부흥을 도모하기도 하였다.

　조선인교육의 발전을 위하여 간민교육회는 각 사마다 권학위원을 1명씩 두어 교육 회비를 받아들였다. 또한 간민교육회의 기관지 『교육보』를 간행하여 반일을 주장하고 신학을 제창하였으며 러시아 연해주 조선인 사회의 『권업신문』과 미국의 『신한민보』까지 주문하여 조선인 사회에 보급시켰다.

　1909년 2월에 미국의 샌프란시스코에서 『대한국민회』가 설립되었다. 『대한국민회』의 취지는 당지 조선인교육과 실업을 진흥시키고 반일독립사상을 선전하며 자유평등의 대한독립을 실현하는 것이었다. 이러한 취지는 해외조선인들의 호응을 받아 연해주와 중국의 동부지구들에 지방회가 잇따라 조직되었다. 김약연 등은 연해주의 이강 등을 통하여 대한국민회 간도지회를 조직하고 그 기구를 간민교육회안에 설치하였다. 『간도지회』는 중앙총회의 직속지회로 되고 간도교육회의 간부들이 이 간도지회의 책임을 겸했고 김약연이 총부책임을 짊어졌다.

1913년 초에 이동휘가 명동촌에 온 후 김약연은 이동춘 등과 함께 간민교육회를 『간민회』로 확대, 발전시키고자 민국 지방관청에 신청서를 올리었다. 이해(1913년) 2월, 국자가 『동남로관찰사서』의 지지하에 간민회총회를 정식으로 건립하고 김약연이 회장을 맡았다. 김약연은 간민회간부들과 함께 조선인들이 중국적에 가입하여 일본의 통치에서 벗어나자고 애써 권고하면서 간민회 가입을 동원하였다. 길림정부에서도 저들의 이해관계로 간민회의 건립과 조선인의 입적을 지지한 데서 화룡, 연길, 왕청 등지에 간민회 지회가 육속 건립되었다. 그들은 힘을 합쳐 입적운동을 벌리고 반일계몽운동을 크게 내밀었다. 했으나 토지가 없는 조선 이주민들이 토지소유권을 가지며 일본의 통치에서 벗어나게 하자는 목적과 동기는 좋았으나 일부 '입적'지주들이 지방관리들과 결탁하여 조선인의 무조건 입회를 강박하고 '회비'와 여러 가지 명목의 민재(民材), 관청에서 내려오는 돈 등을 협잡해 먹은 데서 민분이 컸다.

이맘 때 유림파반일단체인 '농무계'의 인사들의 틈을 탔다. 이들은 언녕부터 조선인의 입적을 심드렁해하며 신학운동을 반대하던 차에 기회를 만났다고 간민회의 일부 '문제'를 '죄악'으로 크게 떠들어댔다. 그들은 수만 명 조선인의 서명 날인한 이른바 『간민회』해산요구청원서를 만들어내고 '거민등장(擧民登狀)'대표 수천 명을 국자가 동남로 관찰사서 문 앞에 내세워 '소송청원'운동을 벌였다. 이에 동남로 관찰사서에서는 1914년 6월에 간민회와 농무계의 해산을 선포하였다. 관청에서는 일본 놈들이 간섭하여 조선족내부모순이 보다 격화될까봐 두려웠던 것이다. 간민회가 해산된 후 대한

국민회간도지회도 자취를 감추었다. 연해주의 지방총회가 이 시기에 재정 등 여러 가지 문제로 마비상태에 빠진 데서 간도지회는 지도기관과 연락기관을 잃었다.

5

1918년 미국대통령 윌슨이 내놓은 『민족자결론』은 해내외 각지의 조선인들을 크게 고무하였다. 미국의 조선인들은 파리강화회의에서 조선독립 문제를 해결해보려는 염원에서 그해 11월 중순에 미국 샌프란시스코에서 전미 조선인독립청원집회를 가지고 파리에 파견할 조선인대표를 선정하는 한편 이 운동을 위한 의연금모집활동을 하였다. 이 소식이 일본 고베의 해당신문들에 실리고 로령 연해주 땅에 전해졌다. 이 소식은 연해주의 조선인반일지사들을 통해 다시 연변 땅에 알려졌다.

연변의 반일지사들은 조선 고종 황제의 인산, 즉 국장(國葬)을 계기로 요배식(遙拜式)을 가지고 독립운동에 헌신할 것을 선동하기로 했다. 1919년 2월 6일, 김약연은 해당지사들에게 연해주에 편지를 띄워 '집회를 조직하며 조선독립선언을 세상에 널리 알릴 것'을 희망하였다. 한편 김약연은 강봉우, 정재명, 김영학, 강백규 등과 함께 강봉우의 집에서 비밀회의를 열고 연해주에서 독립선언서를 발표하는 날 연변에서도 운동을 벌리기로 결정하였다. 이 운동이 전 민족적인 거족적 운동으로 되게 하고자 연락지점을 중국의 북만, 러시아 연해주 및 조선으로 분공하였는데 김약연이 러시아에로의 연락을 책임졌다.

1919년 2월 11월부터 김약연, 정재면 등 여러 사람들이 육속 연해주로 떠나갔다. 김약연은 연해주에 가서 그 곳의 반일애국지사 이동휘, 여운형과 함께 『독립선언서』 연합작성과 같은 날 발표 등 문제를 토의하였다. 이와 때를 같이 하여 간도 『독립선언운동의사회』가 조직되었다.

김약연이 연해주로 간 뒤 상품 속에 넣어 보낸 서울의 『독립선언서』가 명동학교에 전해지자 이 학교에서는 『독립선언서』를 등사하여 인차 연변 각지에 띄웠고 개산툰의 정동학교와 연계를 맺고 300여 명의 '충혈대'를 조직하였다.

3월 13일 아침 김약연이 가르친 명동학교의 제자들이 명동학교에 모여든 덕신사와 지신사 등지의 군중들과 함께 호호탕탕히 용정으로 향하였다. 이들이 용정에 다다르니 평강벌의 학생들과 남여노소 수천 명이 용드레우물거리에서 일본영사관 순사 놈들에게 막혀 꿰고 지나지 못하고 있었다. 명동학교학생들이 진두에서 왜놈순사들을 밀치며 나가자 두 대오는 노도같이 대회장으로 휩쓸어 들었다.

정오 무렵에 회장은 점점 인산인해를 이루었다. 용정촌은 물론 부근 백리안팎의 달라자, 개산툰, 투도구 등지의 조선족학생들과 남여노소가 모이다나니 상부국 동산기슭엔 어느덧 2만여 명의 군중이 모이었다.

대회회장인 김영학이 대회를 사회하고 『조선독립선언서포고문』을 낭독하고 『공약 3장』을 발표하자 독립만세 소리가 천지를 진동했다. 이어 3명의 대표가 연단에 올라 일제의 만행을 단죄하며 격앙된 어조로 조선독립을 부르짖었다. 대회참가자들은 희비에 싸여 흐느끼고 환호하면서 태극기를 휘둘렀다.

대회가 끝나자 대회참가자들은 300여 명 '충혈대'를 선두로 내세우고 ‘충혈대’ 기발과 ‘정의, 인도’라는 플래카드를 추켜들고 성세 호대한 시위행진에 나섰다. 시위행진이 적들의 무자비한 탄압을 받고 17명(19명이라고도 함.) 시위자들이 장렬히 희생되었다. 3월 17일, 300~400명 군중들은 제창병원 마당에서 14의사의 장례식을 성대히 가진 후 열사들을 용정촌 동남쪽의 합성리 동산묘지에 모시였다. 열사들 묘지 앞에는 『충열사제공지묘(忠烈士諸公之墓)』라고 새긴 비석을 세웠다.

그 후 ‘3·13’에서 중상 입은 투사들 중 또 3명이 희생되다 보니 용정 ‘3·13’반일집회에서 희생된 열사는 도합 17명(19명)이나 된다. 그들 중 대다수는 김약연의 영향을 몹시 받은 사람들인데 17살의 김병영은 명동학교 중학부의 학생이다.

이것이 용정 ‘3·13’반일대집회에서의 명동학교학생들의 개략적인 과정이다. 연해주에서 이 소식을 들은 김약연은 3월 21일에 연변으로 돌아왔다. 허나 이 소식을 탐지한 군경들이 그가 통과할 길목을 누비는 데서 국자가 부근의 와룡동의 한 동지 집에 몸을 숨기였다. 김약연의 신변이 위태롭게 되자 그와 친교가 두터운 연길도윤 도빈이 적들의 마수가 뻗치기 전에 약연이 중국적에 입적하였다는 것을 조건부로 속임수 ‘연금’을 시키기로 하였다.

3월 하순에 김약연은 국자가부근의 소완자(연길시 장백향 인평촌)에서 해당회의를 부르고 연해주회의정신을 전달하였다. 회의정신의 요지는 다음과 같다.

첫째, 2월 25일 러시아에 『전한국민의회』를 조직하고 러시아에 조선임시공화정부를 건립하기 위해 준비를 다그친다.

둘째, 앞으로 독립운동의 계획을 토론하였다. 첫 계단에 독립선언서를 발포하고 민중성세를 일으키며 둘째 계단에 무장투쟁방침을 제정하고 조선을 진공할 계획을 토론 결정한다.

김약연의 설명에 의하면 러시아에 또 상기계획을 실현하기 위하여 간도에서 결사대원과 군자금을 모집하여 김하석 등이 러시아로 가서 책임지고 훈련시킨다는 내용도 토론하였는데 이동휘, 최재형, 홍범도, 이범윤, 문창범 등의 찬성을 받았다고 한다. 회의에서 러시아회의정신을 시달하기 위하여 김약연은 『독립선언운동의사회』를 『조선독립기성회(期成會)』로 개칭하였다.

3월 31일, 소완자 부근의 적암평사람 이동식은 김약연의 지시를 받고 국자가 대화인쇄소에 가서 기성회의 모집금영수증 500장을 인쇄하려다가 중국경찰에게 발각되었다. 이날 김약연은 와룡동에서 중국경찰에게 체포되었다.

한 자료에 의하면 김약연은 상해 『대한민국임시정부』의 초청을 받고 상해로 가다가 중국 경찰에 체포되어 2년간 감금당했다고도 한다.

1920년 10월, 일제침략자들이 연변에서 악명이 자자한 '경신년대토벌'을 감행하였다. 적들은 수백 명 명동사람들을 학교마당에 집결시키고 독립운동자들을 대라고 야단쳤으나 누구하나 응하지 않았다. 악이 난 적들은 명동학교를 불살라버리고서야 명동촌에서 물러섰다. 신임교장 김정규는 당지 조선인들의 부추김 밑에서 전교사생들을 이끌어 폐허위에 다시 아담한 새 벽돌교사를 일떠세웠다.

이 시기가 1921년이다. 중학부의 림계학 등 진보적 선생들이 학교의 실권을 틀어쥔 데서 학교의 성망은 다시 올라갔고 각지에서 학생들이 구름처럼 모여들었다.

1922년 가을 이후 김약연은 명동학교 교장으로 재임하였다. 그 이듬해 용정의 간도일본 총영사관에서는 각지 사립학교에 한명의 교원을 파견하여 일본어를 가르치게 하면서 조선어와 조선어문 등 교재를 취체(取締) 해버렸다. 김약연은 이에 굴복하지 않고 일본어로 된 교재를 죄다 조선어로 번역하여 가르치게 하였다.

그런데 김약연이 재임한 후 학교에 대한 교회의 통제가 갈수록 심해졌다. 1924년 갑자년 흉년으로 하여 그 이듬해 중학부가 취소되고 성망이 높은 중학부의 림계학 등 진보적 교원들과 일부 학생들이 용정의 여러 중학교로 옮겨지자 명동학교도 교회에서 경영하는 남여공학학교로 되었다. 김약연은 친히 성경과를 가르칠 뿐만 아니라 재학생들과 사회청년들이 사회주의운동에 나서는 것을 극력 막아 나섰다.

그때 갓 창립된 용정의 여러 중학교에서 세차게 일어나던 사회주의 새 사조와 반종교운동은 거센 물결마냥 명동학교를 휩쓸었다. 용정에서 공부하던 명동의 청년들이 그 진두에서 새 사상을 전파하면서 교육이 종교와 분리해야 한다고 힘 있게 호소하였다. 사회주의자들과 조선공산당 지하활동도 날따라 활발해졌다. 1928년에 명동학교의 재학생들과 졸업생들은 힘을 합쳐 명동교회의 장로 겸 교장인 김약연과 날카롭게 맞서 나섰다.

김약연은 학생들의 일치한 반대와 사회여론의 압력을 이겨낼 수 없었다. 이해(1928년) 김약연은 부득불 교장직무를 사임하고 일가식솔을 데리고 용정으로 가는 수밖에 없었다. 그는 용정에 간 후 기독교 목사의 신분으로 계속 반일 활동에 나서다가 1942년 10월 24일에 불행히 병으로 사망하였다. 그때 그는 75살이었다.

지금 김약연의 묘소는 용정시 지신진 장재촌의 뒷산기슭에 고이 모셔져있다. 그 옆에는 김약연의 아내 안연(安淵) 여사의 묘와 맏아들 김정근(金楨勤)의 묘가 가지런히 모셔져있다. 세 무

덤에는 1985년 6월 22일에 세운 비석이 각기 세워져있는데 김
약연의 묘비에는 "1868년 음력 9월 12일. 함경북도 회령군 출
생, 1942년 10월 24일 용정에서 사망"이라고 씌어져있다.

『원종교』 창시자 김중건

(1889-1933)

소래 김중건은 근대조선민족이 낳은 열렬한 독립혁명가이고 교육실천가이며 사상가이고 철학가인 동시에 재능이 뛰어난 시인이다.

1

소래는 도호가 소래(笑來)이고 법명이 마루진, 별호가 불페, 연산 또는 몰나이며 두만강을 건너서는 원백이라는 이름을 가지기도 하였다.

신라말기 경순왕의 후예 경주인 소래 김중건은 1889년 12월 6일 함경남도 영흥군 고녕면 련동리에서 태어났다. 가정이 워낙 극빈한데다가 신세 또한 불운하다 보니 어머님 젖 끝에서 떨어지기도 전에 벌써 친척집 양자로 들어서지 않으면 안되었다. 낳은 집이나 기른 집이나 신세 가긍하여 어려서부터 이 세상 모든 것을 비판하게 되고 허무한 공상에 빠지기가 일쑤였다. 소래는 자기의 『나의 40년』에서 말하다시피 "소등에 앉아서도 터무니없는 딴 세계를 많이 동경해 보았으며 성풀이 삼아 유다른 장난을 많이 해서 온 동리의 욕도 트림나리만치 도맡아 먹어보았다."

소래는 7~8살 때부터 동리 서당에서 한문(漢文)을 배우며 영특한 재질이 월등했으나 양부모의 일손을 돕지 않으면 안되었다. 산에 가서 솔가지 한 묶음을 해가지고 오다가 산 임자에게 쫓기어 가시덤불에 엎어진 채 하느님을 부르며 통곡하던 일도 그 시절이었다. 때론 나무그루나 낫날에 다치어 손에서 피가 철철 떨어졌지만 집에 돌아가 자기의 응석을 받을 친어머님도 없었다.

"오오! 세상이란 본래 이런 것이더냐? 대처(大處)놈 아이새끼들은 무슨 팔자를 타고나서 그리두 잘 너덜거리느냐? 나는 무슨 죄로 날마다 이런 무서운 피를 흘리게 되느냐? 세상이 어째서 이리두 고르지 못하랴?…"

어린 몸이 먼 하늘을 우러러 애닲은 하소연을 터놓았으나 이 세상 굽어본다는 하느님도 무심하기만 했다. 한데서 소래는 소싯적 때부터 부득불 인생을 의심하게 되고 사회현실에 불만을 품었으며 반역아의 기질이 마음 한구석에서 싹터갔다. 이는 소래가 그 시절에 지은 한시에서도 확연히 드러났다.

벽에 기대여 문득
초나라군사의 노래를 들으니
후닥닥 일어나서
장검을 빼어들고 휘둘러보네

이 시를 지을 때 소래는 겨우 11살이었다. 때는 일본이 조선의 경제명맥을 우롱하며 식민지화를 다그치는 시기여서 온 나라에 원성이 꽉 찼다. 이에 격분한 소래는 11살 밖에 안되었으나 일제의 군사, 침략의 마수를 『초나라군사의 노래』에 비유하면서 과감히 칼 빼어들고 원수를 족치려는 장한 기개를 표달하였다.

소래는 운명의 조롱으로 12살 때에 맘에 없는 결혼을 강요당했지만 반역아의 기질만은 변함없었다. 12~13살 때에 서당훈장의 가르침에 순순히 응하지 않았고 어른들의 의견에도 대담히 쐐기를 박아 '호로자식'이란 말까지 들었다. 독서를 일삼는 일개 소년에게 벌써 권위주의, 봉건주의의 냄새를 풍기는 고루한 윤리나 제도, 사상이 다 비위에 거슬렸다. 『맹자』를 외우다가 중도에서 내버렸다면 불경이나 선경 같은 것은 꿈에도 읽어볼 뜻이 없었다. 『주역』도 두세 괘나 보고는 팽개쳤다. 그에게 있어서 유학은 나라를 다스리고 천하를 태평하게 할 도리가 못되었다. 하여 그는 유학이라면 죄다 부인하던 나머지 동리 뒤 산인 련대봉 산 중에 산실을 짓고 입산수도(入山修道)하면서 자기의 독창적인 '구세진결(救世眞決)'을 찾기에 몰두하였다.

그러던 1906년경의 어느 날, 소래는 『대한매일신보』를 두어 장 얻어 보다가 '토국민신보(討國民新報)'사설을 읽고 느끼는 바가 컸다.

당시 대한매일신보는 영국인이 경영하는 신문이었지만 황성신문, 만세보, 제국신문 등에 못지않게 앞장서 조선의 자주독립정신과 개화사상을 선전하고 있었다. 그 무렵에 친일파 일진회에서 경영하는 『국민신보』가 친일매국을 서슴지 않고 감행하자 대한매일신보는 『토국민신보』 사설을 실어 국민신보의 친일매국언론을 단죄하면서 신문명, 신교육의 개화사상을 고취하였다.

"오오! 개명이란 이런 것이다. 왜놈의 것은 아닌가 보다! 에라 그 게나 좀 해 보자!"

그전까지만 해도 소래는 소위 『신학문』이라면 분노부터 앞섰고 덮어놓고 '왜놈의 글'이라고 점찍었다. 대한매일신보의 글을 읽고 보니 사정이 달랐다. 『신학문』을 배척할 것이 아니라 어서 빨리 받아들여야 했다.

'개화 문명하는 길이 구국하는 일이 아니겠는가!'

이렇게 생각한 소래는 산실에서 나와 집에 돌아왔으며 50여 명 학생을 모아 렴명학교를 꾸리고 개화사상을 선전하면서 계몽사업을 벌였다. 마을의 완고한 보수 세력들의 방해와 욕지거리도 그의 결심을 돌려세울 수 없었다. 그야말로 김중건의 생애와 사상에서의 일대 방향전환이었다. 그의 말을 빈다면 '재래 엉터리없는 구세사상의 몽상아로부터 돌연히 애국사상의 신청년으로' 번지였으며 '열렬한동만 특위사상아'가 되었다.

그때 소래는 갓 20고개에 올라선 열혈청년이었다.

2

소래의 아버지는 천도교전신인 동학당 때부터의 열렬한 신도였다. 한데서 소래는 어려서부터 '척양척왜(斥洋斥倭)', '보국안민, 광제창생(保國安民, 廣濟蒼生)' 등의 동학구호의 영향을 심히 받았다. 동학당에서 친일단체-일진회가 생겨나자 소래는 입산수도 시절에 『일진회를 꾸짖음』이란 글을 써서 지대한 분노를 표시하였다. 허나 그는 『재래의 동학이나 일진회가 나쁜 것은 다 손씨가 일본에가 있는 사이에 다른 가짜신자들이 한 짓』이라고 보았다. 손씨가 귀국한 후 천도교가 진짜로 '보국안민 광제창생'의 도를 행한다고 하자 그는 귀가 솔깃했다. 그때 전국적 구국운동을 꿈꾸던 소래는 1909년 봄에 서울에 올라가 천도교에 투신하였다. 구국운동을 벌리자면 종교계만큼 안전한 곳이 따로 없었다. 이해 소래 김중건은 21살이었다.

1909년 첫해 천도교 중앙총부에 몸을 잠그고 천도교를 깊이 믿은 데서 교주 손병희(孫秉熙)는 김중건을 지극히 총애하였다. 이해 지방에 내려갔다가 지방 신도들이 상층의 착취와 시달림을 몹시 받는 것을 목격하고 심히 놀랐다. 후에 천도교상층인물들의 사치한 생활 꼴을 보고 또 한번 놀랐다. 가난살림에 잔뼈를 굳혀 온 그로서는 도무지 받아들일 수 없었다. 모든 종교에 대한 반대의식이 강하게 자리를 잡았다. 이에 따라 그는 단식이나 생식을 해가면서 자기의 독창적인 학설연구에 달라붙었다.

서울에 간 이듬해 겨울 소래는 극원철학인 『천기천경(天機天經)』을 저술하고 자기의 정치이상을 담은 대공화무국론을 만들어 냈다. 따라서 도호를 독소(獨笑)라고 지었다. '소래'라고 고친 것은 그 직후의 일이다.

이때부터 소래는 세상을 더는 비관하지 않고 천도교청년계에 "광제창생이란 거짓문제 아래에서 빠져죽는 창생을 건져내자!"는 구호를 제기하였다. 그는 "천도교를 개혁하여 그것으로 조선혁명의 본진을 삼고 조선을 독립하여 그것으로 구세 사업과 기반을 삼으려"고 영흥에 '21결의단'이란 비밀결사를 조직하고 서울과 지방의 천도교청년들을 상대로 개혁운동을 비밀리에 벌였다. 그는 천도교의 3년 생활을 마치고 고향으로 돌아갔다.

서울에 있은 기간 그는 서울선비들과 널리 사귀면서 시를 주고 받기도 하였는데 그중 한규설(韓圭卨) 대감과 화답한 시가 비교적 손꼽힌다.

금년봄 내처음 목서화를 떠나서
험한 파도위에 일엽편주같이 나섰노라
꽃나비 쌍쌍 발넘어서 춤추었고
반디불을 밝혀 풀밭에 놀았는데
호랑이를 잡으려면 그 굴로 들어갈것이오
고기를 낚으려든 어찌 미끼가 없을소냐
형제여 쥐머리꼴을랑 닮지 마소
땅은 10극으로 통했으니 도가
다른 곳엔 없네라

이 시에서 소래는 독립운동마당에 나서서 일제와 싸우려는 장한 뜻을 구김 없이 나타냈고 투쟁예술의 필요성을 강조하였다.

서울의 문인들과 명인들은 놀라마지 않았다. 한규설, 손의암(孫義巖) 등은 김중건을 '비범한 재사(才士)'라고 극구 칭찬하면서 자기들에게는 "아름이 벌어서 안기지 안한다"고 탄복했다.

1912년 24살 때 소래 김중건은 고향 산당에서 『대종원부경(大宗元符經)』을 저술한 뒤 '함남 천도교신인발기회'준비에 분주했다. 그러다가 함관령(咸關嶺)에서 하마터면 살해될 뻔하였다. 회의지점인 함흥에 가니 어떤 자들은 그를 경찰의 손아귀에 밀어 넣으려 시도했다. 이미 약속된 동지들 중에도 주저하는 티가 나타났다. 그는 그만 고향에 돌아가 구이봉산실(九而峯山室)에 몸을 잠그고 말았다.

1913년 1월 1일 소래 김중건은 구이봉산실에서 원종(元宗)이라는 새 주의의 종교를 창립하고 1913년을 건원원년이라고 불렀다. 그는 원종교의 기본사상이 인류를 구제하고 세계를 개조하는 정도대법이라고 생각하고 이것을 하나의 새 주의 새 사상이라고 하였다. 종교적 색채를 띠게 된 것은 일종 투쟁책략이었다.
이에 대해 그는 이렇게 자술하였다.

"나는 산실에서 이미 모든 종교를 반역할 것을 자맹까지 또는
여러 동지에게 선전까지 하였건마는 이 주의를 처음 발전하겠음
에 그때 조선의 정치적 정세에 견디어 낼 필요를 생각하여 무가
내하로 소위 종교정책을 쓰게 하였다. 그때 사내(寺內)무단 총독
의 폭압 아래에는 종교일색 이외의 것은 무엇이든지 다 엄두도
낼 수가 없게 되었던 것이었다."

소래는 종교란 하나의 우상숭배에 불과하다면서 모든 종교를
인정하지 않았다. 『현대사상가』 제2절에서 그는 "민중에게 종교
는 아편과 같다"고 하였으며 『장검가』에는 이렇게 썼다.

　　　종교의 탈박을 뒤집어쓰고
　　　궁잔한 민중의 피 빨아먹는
　　　음흉한 사귀놈 배를 갈라서
　　　대중의 눈앞에 폭로시켜라

보는바와 같이 소래의 종교태도는 불보 듯 뻔하다. 당시 사회 환
경 속에서 투쟁을 견지하자면 종교적 색채를 띠지 않을 수 없었다.
소래의 『원종』사상은 그의 극원철학과 『대공화무국』주의로 구
성된다. 극원철학은 그의 우주관을 말하고 대공화무국주의는 그
의 정치사회 이상을 말한다. 원종교의 정치사회 이상은 자유평등
과 압박착취가 없는 이상적 사회를 건설하는 것이었다.
이런 취지 밑에서 소래는 1913년 여름에 서울로 올라갔다. 서
울행차의 목적은 원종교의 전법과 동지 획득이었다. 마침내 동제

사조직의 비밀운동과 맞띄게 되어 그는 중국국민당대표 진황미(陳黃美)를 만나려고 관서로 갔다. 헌데 진대표가 도중에서 피살된 데서 동제사운동이 좌절되고 소래는 일본경찰의 요시찰 대상이 되었다.

조선 국내에서 활동하기 자못 어려웠다. 소래는 활동무대를 만주에 옮기고 농촌주의의 기발 아래서 무자본주의를 행할 것을 결책하였다. 하여 그는 먼저 고향에 돌아가 미치광이로 가장하기도 하고 주색계에 빠지기도 하면서 일제 놈들의 시선을 따돌리었다. 그러다가 1914년 봄에 윤인중(尹仁中)과 김전(金田) 두 사람을 데리고 살짝 두만강을 넘어섰다.

3

그때 러시아연해주에서 독립운동가들이 군사를 일으켜 나돈다는 소문이 자자하였다. 소래는 이에 큰 희망을 품고 발길을 연해주와 가까운 훈춘에 돌리고 이름을 원백이라 고치었으며 훈춘성의 새풍이란 촌에서 학교선생노릇을 하였다. 그때에야 그는 군사소식이란 헛소문이 아닌가고 여겼지만 내친걸음을 돌릴 수는 없었다. 지방 기독교우회에 서한을 띄워 '협동응합책'을 제기하였더니 즉각 호응을 받았다. 허나 국자가(연길) 방면으로부터 소래가 천도교의 아무개라는 비방과 욕설이 날아들어 덕운룡천이란 고장에 옮겨 앉지 않을 수 없었다.

1914년에 제1차세계대전이 터지였다. 대전 뒤의 세계정세가 크게 변동될 것을 고려하여 마땅한 준비가 있어야겠는데 서울에 가기로 한 동지까지 무소식이니 조급한 마음을 어찌할 수 없었다.

'에라! 나는 나대로 해야 되겠다!'

소래는 간도의 정세를 시험해보고 연해주의 소식도 알고 있은 데서 스스로의 결심을 내리고 건원 3년(1915년)을 안도현 도전동에서 지내면서 자기의 소위 농촌주의운동으로 다복식 정책을 실현하려 시도하였다. 그때까지도 약속한 동지가 도착하지 않은데서 소래는 1916년 봄에 북만에 가서 법회총사를 설치하고 농촌주의운동을 개시하였다. 여름에 일제관헌의 검거로 서적을 압수당하고 경내추방명령을 받게 되자 안도 땅에 다시 들어섰다가 장백현으로 향하였다.

어딜 보나 우중충한 산과 태고연한 천고의 밀림뿐이었다. 동지 5~6명을 데리고 도보로 밀림 속을 헤치며 장백현 왕개동을 거쳐 덕수란 곳에 이르렀다. 덕수는 인차 원종촌으로 되고 건원학교가 일어섰다. 건원학교는 1916년 이해에 제1회 졸업생까지 배출시켰다. 소래는 영향실조와 여러 가지 곤경 속에서 위병을 얻어 창창한 앞길에 그늘이 비끼었다.

소래는 홀홀히 쓰러질 수 없었다. 그는 애써 학생들을 가르치며 숱한 저서들을 써냈다. 그런 중에도 안도를 잊을 수가 없어 1918년 봄에 시간을 타서 안도에 가 보기도 했다.

1919년에 조선서 대중적 '3·1운동'이 일어났다. 이 소식을 듣고 『조선독립선언서』를 볼 때 소래는 빈손으로 만세를 부르는 것이 장쾌해보이면서도 적수공권이라는 여기에는 미를 느낄 수 없었다. 시국을 알아보려고 무송에 조기백(趙基伯)을 파견한 뒤 침묵을 지키었다. 후에 안도에서 온 한 동지한테서 정세소개를 받고 동지 30여 명과 함께 덕수를 떠났다가 중무리(中武里)에서 마적들한테 붙들려 한 달 만에 겨우 살아나왔다. 대진단(大震

團)을 뭇고 군자금을 모으기 시작한 것은 그때의 일이었다.

1920년 봄에 동만에 나온 후 화룡현 장인강 십리평에 원종학교를 세우고 독립운동에 투신하였다. 이해 10월 일제침략자들이 감행한 경신년대토벌로 하여 주인집이 불을 맞고 동지 김정락(金正洛)이 총살당하였다. 소래는 그의 법훈이 일군에게 발각된 데서 천보산에 끌려가 시꺼먼 총구 앞에 나서게 되었다. 아슬아슬한 찰나 소래는 『동양대세와 세계대세』란 일장연설을 하여 구사일생으로 풀려났다.

그때 "용정에 가서 총영사관의 양해를 얻어가지고 일하는 것이 상책"이라고 권유하는 인사가 있었지만 소래는 이에 응할 수가 없었다. 그는 "만일 표면만으로의 양해를 얻는다면 원종은 반드시 개가죽을 둘러써야 될 것이"라고 하면서 왜놈의 토벌혼이 될 뻔했던 동지들을 이끌고 1921년 새해벽두에 안도 땅에 다시 들어섰다. 이해 봄에 토질병 홍공포증이 돌아 사랑하는 동지 여럿이 병사하고 소래도 간신히 죽음을 면했다.

마적의 행패, 경신년대토벌, 토질병의 발생－연이어 덮쳐든 세 가지 액운이 소래에 대한 타격이 너무도 컸다. 했으나 상술한 세 가지 액운도 소래를 꺼꾸러뜨리지 못했다. 1921년 가을에 소래는 화룡현 삼도구원화동에 원종총사를 설치하고 그 밑에 종리사, 학무사, 보성사, 외무사 등 4개사와 대정원을 두었다.

이와 전후하여 원화동과 그 일대의 천수평, 청두구, 수평동, 복골 등지에 11개소의 4년제 원종학교가 일어섰다. 장인강과 평강벌 일대를 합치면 지금의 화룡시경내의 원종학교가 20여개 소에 달했다. 교과서는 소래가 편찬한 프린트본이었다.

원화동원종학교에서 소래는 직접 수업을 맡고 원종교와 조선역사, 조선지리 등을 가르쳤다. 식사는 학부형들의 집에서 하였는데 노임은 단돈 한 푼도 받지 않았다. 원화동노인들의 회억에 의하면 소래는 이마가 넓고 눈이 움푹하며 수염을 팔자처럼 틀어올렸다고 한다. 말은 변설이라고 하는데 자기가 지은 노래를 부르며 춤출 때면 정말 볼만했다고 찬사를 아끼지 않았다. 이런 사람이 노할 때면 누구도 마주 볼 염을 못했다지만 평소는 아주 화기로웠다고 하지 않는가.

무슨 기념일 때거나 강연회 때면 온 마을이 모여들었는데 부녀들도 떳떳이 연단에 올랐다. 원종학교학생들은 졸업 후 학교에 남아 선생질하다가 다른 곳에 가서 원종학교를 꾸리며 원종교를 선전할 의무가 있었다. 원화동 원종학교 제1회 졸업생 안학선(항일열사)은 본교에 남아 교원질 했다. 황필항(항일투사)은 원종교 선전과업을 지니고 지금의 화룡시 팔포강에 파견되었다.

1921년 겨울에 소래는 뜻밖의 사건에 휘말려들어 그 외 3명과 함께 투도구 일제영사분관에 검거되었다. 원인은 이러했다. 1920년 10월 청산리독립전쟁 후 동만을 중심으로 한 여러 독립군부대들이 밀산에 일시 집결하여 서일을 총재로 한 대한독립군단을 편성하였는데 부단장에 김중건이란 이름이 있었다. 한 권총청년이 이 위임장을 가지고 동만에 나왔다가 그만 일본경찰의 손아귀에 들었다. 소래 등은 이렇게 검거되었던 것이다.

1922년 새해 벽두에 용정의 일제 총영사관에서는 소래에게 중국재류금지 3년 명령을 내리고 중국 경내에서 구축하였다. 그때 총사의 조직은 내무, 외무, 학무, 재무와 각 위원회 그리고 위생원, 대정원 등으로 구성되고 지방조직은 주무, 학무, 외무, 재무 등으로 구성되었다. 소래의 지도로 동만과 조선 함남 등지에는

40여 개소의 지방조직과 학원 등이 설치되어 반일계몽이 활발해
졌다.

소래가 집 떠난 지 9년 만에 조선의 고향집에 들어서니 아버
지는 왜놈의 모진 매질에 종신 어혈이 들어 신음 속에 계시고 할
머니 황씨는 손자를 애타게 고대하다가 눈이 어두워지고 속이 재
가 된 나머지 운명하였었다. 소래의 아내 되는 사람은 5년간 왜
놈들의 끝없는 수색과 위협에 시달려 말이 아닌데 9년 동안이나
고스란히 남성의 정조를 지켜온 남편을 의심하기까지 하니 한심
도 했다. 더구나 그전의 영홍 21결의단 사건으로 40여 명이 대
검거에 휘말려들고 그 후 고향의 가가호호가 놈들의 수색을 면치
못하고 취조를 당했다고 하니 기막히기만 했다. 후에 안일이지만
소래의 셋째동생 중립이는 일제헌병대에 끌려가 한바탕 얻어맞고
병이 들었는데 1920년에 소래 형을 찾아 장백, 안도를 거쳐 간
도에 들어섰다가 일제대토벌 때 형님이 천보산에 끌려갔다는 소
식을 듣고 되게 앓았었다. 안도에서 형님이 재차 체포되어 총영
사관에 잡혀갔다는 기별에 접하자 병세가 급작스레 악화되어
1921년 말에 타향에서 세상을 떠나고 말았다.

참혹한 현실이었다. 크나큰 타격에 소래의 병은 더하기만 하였
다. 때론 눈앞이 캄캄해지고 때론 남몰래 발버둥질하면서 엉엉
울기도 했으나 소래는 이번에도 꺼꾸러지지는 않았다. 그는 일제
에 대한 끝없는 원한을 지니고 일제의 요시찰망에도 불구하고 고
향과 그 일대를 새 주의로 개화하기에 몰두하였다. 그리고 정세
의 변화에 따라 경리원을 설치하고 총사를 대건축하며 건원중학
과 만종학원을 창립한다는 3대법훈을 내렸다. 허나 1924년의 동
만 미증유의 대흉년으로 말미암아 이 3대법훈도 결과를 보지 못

하였다. 그 사이 소래는 화룡현 원화동에 있던 원종총사를 평강
벌 개척리로 옮기였다는 보고와 총사의 토지가 전부 잃어졌다는
소식을 접하고 속이 바질바질 탔다. 개척리는 용정과 가깝다는
지리상 위치를 보아도 택할 바가 못 되었고 물질적토대가 없이
총사를 운영한다는 것은 더구나 어려운 일이었다.

4

1925년 벽두에 소래가 화룡현 개척리로 가자 침체 중에 있던
총사는 다시 활기를 띠였다. 농우회와 여성농우회가 잇따라 조직
되고 『새바람』잡지가 고고성을 터치였다. 한편 소래는 어려운 형
편에서 총사 대건축일을 벌였다. 도중에 조선 영흥, 단천 등지의
지방조직이 죄다 파괴되고 중국의 장백, 선화(善化) 등지의 조직
이 중국관청에 의해 해산당하여 건축예산이 대폭 꺾이는 데서 원
뜻대로 건축을 마무리하자면 오랜 시간이 걸려야 했다. 그해 말
에 총사는 3층대 높은 집으로 일어선 대건축물의 위층에서 사무
를 보았다.

1926년 초여름, 소래는 만종학원과 건원중학을 합하여 농대학
원을 설립하고 신건총사 안에서 집중적 고등교육을 실시하였다.
교원이 10여 명이고 학생이 100여 명인데 학생 대부분이 조선
을 독립하기 위하여 조선각지에서 모여온 열혈청년들이었다.

처음 새 주의는 위인의 출현을 기대하였다. 교육방침도 위인주
의교육이었다. 농대학원을 계기로 소래의 사상에는 큰 변화가 일
어났다. 그는 총사에서 날마다 가지는 연합조회석에서 자기 인생
관의 국한성을 지적하면서 재래의 위인주의교육을 민중주의교육

으로 바꾼다고 선언하였다.

20년대 중엽에 이르러 조선공산당 ML파, 화요파 등 조직이 홍기하였다. 개척리 일대에도 화요파사람들과 용정의 동홍중학교 학생들이 드나들더니 조선공산당화요파 기층지부가 조직되고 사회주의운동과 반종교투쟁이 기세 드높이 전개되었다. 1926년만 해도 소래의 학생들 중에서 20여 명이 연명으로 원종교에서 탈퇴한다고 성명하고 사회주의운동 켠으로 넘어갔다. 용정과 지방의 조선공산당 화요파사람들은 원종교반대를 선언하고 개척리에 가서 소래와 설리(說理)투쟁, 즉 이론투쟁을 벌였다.

이 무렵에 소래는 농우회를 농우총연맹으로 개편하고 사회주의운동에 대체하였다. 그는 사회주의, 공산주의를 승인하고 또 앞으로 승리할 수 있다는 것도 부인하지 않았지만 지금은 시기상조라는 것이었다. 이런 주장 밑에 그는 자기 학생들이 공산운동에 참가하는 것을 반대하였다. 사회주의자들이 이런 주장을 용인할 리 만무하였다. 투쟁은 갈수록 소래에게 불리하였다. 워낙 총사 사무를 농우회에 위탁하고 어디론가 떠나리라 작심했던 소래는 1927년 벽두에 또 사회주의자들의 도전에 직면하였다.

그때 조선 국내에서 정우회가 해체되고 신간회가 조직되어 전민족적인 단일전선을 형성한다는 소식이 전해졌다. 1927년 총사에서 소집한 '3·1운동'기념회석상에서 소래는 자기의 새 주장을 천명하였다.

"나의 고대하던 민족적 단일전선이 촉성되게 되는 이날에 우리 ABC운동도 역시 방향을 전환하여 그들과 한길로 나아가리라!"

한편 소래는 자기만이 옳다는 재래의 독시주의를 버리고 실제적 혁명운동에 투입하기 위해 새 근거지를 북으로 옮길 준비를

다그쳤다. 이해 뜻밖에도 검거선풍, 즉 ‘새바람사건’이 일어나 소
래 등 7명이 일제 놈들에게 체포되고 석판인쇄기와 새바람잡지
등 각종 서적 두 트럭을 압수당하였다. 소래 등은 투도구영사분
관에서 취조를 당한 뒤 용정총영사관 공판을 거쳐 서울복심법원
에 압송되었다. 검사가 3년행을 주장하니 소래는 이에 불복하여
법정이 다시 개정되었다. 법정에서 소래는 일장 학설강의를 하여
적들을 어리둥절하게 만들었다.

1927년 10월 4일부 『동아일보』는 제4면에 『법정에서 학설강
의』, 『혁명의 성공은 피값과 정비』, 『무국주의 김중건공판』이란
제목 아래 공판과정을 보도하였다.

“무국주의라고 하여 세상의 흥미를 끌게 하던 소위 원종교창립
과 김중건 외 5명의 치안유지법 공판은 3일 오전 아홉시부터 경
성복심법원 제2호 법정에서 말광(末廣) 판사의 심리로 개정되었
는데 피고 김중건은 자기네는 결코 혁명을 주장한 것이 아니라
혁명의 성공은 혈가와 정비례된다는 것과 세계의 진화는 경제조
직의 개조에 있으며 ‘다윈’의 인류 진화는 인생을 평면적으로 본
것이나 자기는 입체적으로 본다는 등 해석하기 어려운 진술을 하
여 통역을 괴롭게 하였더라.”

이날 소래는 법정에서 그쪽 법률의 약점을 묘하게 포착하고 혁명
이 아닌 혁명을, 즉 이론가로 나타나 ‘행위’가 아니라 ‘학설’이라고
주장하여 적들을 미혹시키고 무죄석방을 받는 데 성공하였다.

소래는 원산에서 며칠 머무르면서 종법회의에 대한 법훈을 발
포하고 고향을 거쳐 환사 하였다. 총사내부는 수습하기 어려울
정도로 분열되고 많은 사람들이 사회주의 켠으로 넘어갔다. 소래
의 사업과 10여년 심혈도 결국 수포로 돌아갔다.

5

1928년 봄 소래는 제고문(提告文) 형식으로 운동의 방향전환과 민족적 단일전선실시 등 제 조건을 성명하고 새 사람을 찾아 북으로 독행하였다.

봉밀라자에 이르러 수일간 지체하면서 『어린이원종』을 쓰는데 동지 셋이 뒤따라왔다. 할바령을 넘을 때 소래는 『개인본위 합법적 재중단일운동선』의 결성을 희망하였다. 이것이 안된다면 다시 재래의 원종을 움직이려고 하였다.

소래는 돈화를 거쳐 경박호에 가서 한동안 휴양한 뒤 녕안 일대의 하음자에 이르러 장백현 덕수 시절의 옛 법도들을 만나 북만 운동의 앞길을 내다보았다. 하음자에서 농촌주의실험을 목적으로 한 주의촌건설안을 작성하고 가을에 농우동맹을 조직하였다. 녕고탑에 조선민사를 세우고 자기의 주장을 펴나가려 했으나 여러 독립단체와 사상단체들의 파쟁으로 결과를 보지 못하였다. 지방에 가서 북만 운동계의 두령들을 만나보아도 허사였다. 그래도 소래는 낙심치 않고 제 주장대로 여름철과 겨울철에 특별강좌와 순회연극을 조직하고 화전농사와 숯구이를 하면서 노야령 심산에 총본영을 설치하려고 하룻밤에 보통 세 시간 정도 자면서 정력적인 투쟁을 벌였다. 먹는 것은 잡곡, 감자밥이고 입는 것은 광목에 물들인 것인데 자기 제자나 동지들이 헌옷을 입고 임무수행에 나설 때면 서슴없이 자기 옷을 입히곤 하였다.

1929년 봄에 녕안현 팔도하자 주의촌인 어복촌이 일어섰다. 중앙부와 각 부서가 설치되고 청소년단, 장년단, 부녀단 등 조직체가 무어졌다. 촌 안에서는 배급카드제를 실시하고 저녁에는 독

서 강좌를 열었다. 하음자, 이도하자 두은구 등지의 농우동맹은
농촌주의 기발을 높이 들었다.

소래의 분투목표를 농우동맹의 백만결속운동, 만주대십자정책,
동방약소민족해방운동대연맹 등 세 가지로 나누어 볼 수 있다.
이른바 농우동맹 백만결속이란 중앙의 조선혁명운동지도처, 농우
동맹중앙부, 진우회, ABC당 등 모든 역량을 집중하여 혁명운동
자 백만의 대집단으로 결속한다는 것이고 만주대십자정책이란 여
순, 대련으로부터 흑하까지의 철도선남북과 만주리에서 수분하까
지의 철도동서—동서남북 4개 선의 중요역마다 비밀조직을 둔다
는 것이다. 이런 비밀조직들은 팔도하자의 중앙명령을 전달, 연
락해야 하는데 완성 후는 상해로 갈 것을 명령하기로 돼 있었다.
이쯤이면 조선혁명백만단체의 대표 소래선생과 인도의 간디, 중
국국민당의 대표 등 여러 민족의 수령들로 동방약소민족해방운동
대연맹을 결성할 것이었다. 1930년 9월 1일 소래는 진우회 등
산하 여러 조직과 재만동지들에게 돈이나 몸이나를 모두 조국광
복을 위해 바치라는 명령을 내리고 동만과 남만, 북만 각지에 특
파원을 띄워 동지규합과 무기, 군자금조달에 전력하게 하였다.
하여 동녕현에 파견된 제1진은 이 현에 총사령부를 두고 있던 왕
덕림구국군부대와 연합전선협의를 맺게 되고 동녕 지방의 기독교
회를 자기들 전선에 가담시키는 데 성공하였다.

했으나 1930년 전후를 계기로 원 조공당의 사람들이 그들 나
름대로 어복촌을 사회주의, 공산주의 켠으로 이끌려고 날카로운
투쟁을 벌리며 왕덕림부대에 쐐기를 박은 데서 서로 간에 반목불
신하게 되고 소래의 사업은 준엄한 시련에 봉착하였다.

소래는 일찍 공산주의건, 사회주의건, 민족주의건 모두 하나의

반일전선에 단합되어야 한다고 주장하였지만 당시 동만과 북만에 존재한 공산당의 좌경노선에 지대한 불만을 품었기에 왕덕림의 구국군을 망라한 여러 반일단체들과는 연합전선을 맺으려 했으나 공산당과는 연합하려 하지 않았다. 이런 소래선생을 공산당에서 그만둘 리 만무하였다.

1933년 3월 24일 소래 김중건은 45살을 일기로 공산당에 의해 암해 당하였다. 그의 이른바 '죄명'은 '용정총영사관의 기밀금을 받아먹고 민생단을 조직하였다'는 것이었다. 이는 소래를 없애기 위한 허위죄명이었다. 그때의 형편에서 민족모순이 첫째가는 모순인 이상 응당 독립운동가와 통일전선을 맺고 공동의 원수―일제 놈들과 싸워야 했지만 좌경노선의 악과는 소래를 적측으로 떠밀었다.

소래는 마르크스주의를 자기의 길동무로 간주한 혁명의 동맹자였다. 다만 나아갈 주장이 다를 뿐이었다. 그는 마르크스주의자는 아니었지만 일찍 자기가 지은 노래 『꽃묶음』에서 마르크스와 레닌, 손중산을 찬양한 적이 있다.

굶어죽는 얼어죽는 만국무산자
살리는 주의
계급투쟁을 선동하여서 대혁명
열쇠준 마르크스 동무에게
월계화 한 묶음을 들여나주세
에엘화 만세로구나

뻬뜨로그라드 사탄의 궁전
붉은기 바람에 허물어졌네
노동자 아버지 레닌다왈씨

공산소비에트 세운 공으로
월계화 한 묶음을 들여나주세
에엘화 만세로구나

사역만대표 반제국운동은
신해혁명은 고사하고도
국민당애쓰던 손중산 선생
3민 5권의 지성의 값으로
월계화 한 묶음을 들여나주세
에엘화 만세로구나

소래는 또한 14절로 된 자기의 노래 『방아소리』에 자기의 주
장을 이렇게 밝혔다.

일하는건 간데 족족 죄다 못살고
노는 놈만 골라가며 그리 잘사니
이건 실로 신세팔자 탓이 아니라
정말정말 사회제도 그른 탓이지

이렇게도 불합리한 모순된 세상
혁명개조 않고는 어찌 살음등
그렇기에 우리 원종 농촌주의는
고루 잘살 세상을 만든답니다.

소래는 또 망국노의 슬픈 신세를 토로하면서 소년들에게는 투
쟁, 단결의 기치 들고 새 세계를 창조하라고 호소하고 여성들에
게는 남존여비의 속박에서 벗어나 여성해방의 길로 나아가라고

호소하고 전 민족에게는 반일투쟁에 총궐기하라고 호소하였다. 그의 최대의 역사적 실수는 일본제국주의를 때려 엎기 위하여 싸우는 공산당 측과 척을 진 것이라 해야겠다.

소래가 암해되고 일제의 토벌이 들이닥치니 소래의 반일전선은 붕괴되기 시작하고 그가 창시한 원종교는 점차 자취를 감추었다.

소래 김중건은 조선과 중국 동북에서 줄곧 반일의 기치를 들고 독립운동을 벌리면서 『천기대경』, 『대종원부경』, 『밀운담』, 『몰나집』, 『신강록』, 『새주의』, 『련산집』, 『사상집』 등을 저술하였다. 그가 지은 노래는 무려 수천 편에 달하는데 대부분이 일제놈들에게 압수당하고 흩어져 87편 800여 수가 겨우 전해지고 있다. 이밖에 한시 10여 편, 시 120여 편이 있으며 수필수감이라고 할만한 작품 40편, 철리와 사상에 관한 수필 280편, 격언과 시사평론적 수필 290편이 『련산집』, 『몰나집』, 『쪼각사상』에 각기 실려 있다. 1969년 6월에 한국에서는 전해지고 있는 소래의 사상, 문화유산을 모아서 『소래집』 1, 2권을 출판하였으며 1983년에는 『소래의 철학과 사상』 1, 2권을 다시 출판하였다.

소래 김중건은 실로 반일독립혁명가와 교육가, 실천가, 사상가, 철학가, 시인으로 되기에 손색이 없다.

【주요 참고문헌】

『소래집』(1, 2권)

단재 신채호

(1880-1936)

단재 신채호는 그의 호 단재가 상징하는 것처럼 일편단심 조선의 독립과 민족사의 정기를 천추에 길이 빛내기 위해 일생을 분투한 열렬한 독립운동가와 계몽사상가이며 탁월한 사학가와 작가이며 정력적인 정치, 문필활동가였다.

1

신채호는 처음 호를 일편단생(一片丹生)으로 쓰다가 너무 길어 단생이라고 줄이고 다시 단재라고 고치였다. 아호와 필명은 무아생(無涯生), 금산협혈인(錦山夾頁人), 연시몽인(燕市夢人), 한놈, 적심(赤心) 등을 썼으나 그중 단재란 호가 가장 널리 쓰이었다. 중국으로 망명한 후에는 일제의 감시망에서 벗어나기 위해 류맹원(劉孟源), 박철(朴鐵), 옥조숭(玉兆崇), 왕국금(王國錦), 윤인원(尹仁元) 등 가명을 쓰기도 했다.

그의 본관은 고령으로서 가계를 보면 대대로 문과에 급제하여 선비의 전통을 이어온 사족(士族)집안이었다. 조부 성우는 일찍이 정모문과에 급제하여 임금께 간하는 일을 맡아보는 사간원의 정륙품 정언(正言)벼슬을 하다가 고향인 충북 청원군 랑성면 귀래리로 낙향하여 농사일을 거들며 사숙을 꾸리였다. 그는 안동 권씨 부인을 맞아 21살 때인 1849년에 외아들 광식이를 두어 선비로 키웠으나 기울어지는 가세를 돌려세울 힘이 없었다. 손자 채호가 태어날 무렵에는 자기 처가인 충남 대덕군 산내면 어남리 도리미(일명 봉소골)마을 외딴 묘막에 옮겨 앉아 째지게 궁핍한 생활을 이어가야 했다.

1880년에 광식이는 32살이었다. 이해 부인 밀양 박씨가 태기가 있더니 12월 8일(음력 11월 7일) 귀염둥이 아들을 보았다. 맏아들 신재호에 이어 8년 만에 안아보는 옥동자였다. 처음에 이름을 채호(寀浩)라 했다가 채호(采浩)라고 고쳐지었다.

신채호는 태어나서부터 병약하여 앓음자랑도 끝이 없었다. 그러던 일곱 살 때 기둥같이 믿던 아버지가 훌렁 세상을 떠났다. 어머니와 재호 형은 흐느끼며 울었으나 어린 채호는 아버지를 그의 고향 충북 청원도 랑성면 추정리 가래울에 묻도록 어리둥절할 뿐이었다.

아버지가 세상을 뜬 후 살림형편은 더욱 궁핍했다. 할아버지는 이듬해 일가식솔을 데리고 친척들이 많이 모여 사는 충북 청원군 랑성면 귀래리 고두미로 이사하였다. 채호는 6살 때부터 형 재호와 함께 서당에 다니었다.

할아버지는 가난 속에서도 두 손자에게 가세를 춰 세울 큰 기대를 걸고 엄하게 학문을 가르쳤다. 하여 채호는 아홉 살 때 벌써 『통감』 전질을 해득하고 한시를 곧잘 지었다.

그러나 이에 만족할 채호가 아니었다. 한학자인 할아버지의 훈도 아래 10여 살 때에는 행시(行詩)까지 척척 지어냈고 이태후에는 『사서삼경』을 숙달하였다.

그만큼 신채호는 소싯적부터 문학과 깊은 인연을 맺었다.『리순신전』등 조선고전문학작품들과『삼국지』,『수호전』,『열국지』등 중국고전소설들과 당시(唐詩) 등을 탐독한 것은 그 시절이었다.

소년 채호에게 풍모와 재질이 한창 피어날 때 뜻하지 않은 재난이 덮치었다. 끔찍이 믿고 따르던 형 재호가 20살에 순흥 안씨 형수와의 슬하에 향란이라는 일점혈육을 남기고 요절했다.

채호와 재호 사이의 우애의 정은 각별했다. 아버지가 사망된 후 형도 농사를 거들고 가사를 돌보는 한편 동생과 같이 학문과 문장에 몰두하면서 자신들의 긍지를 키워왔었다.

아버지 사망 때와 같은 크나큰 충격, 소년 시절의 한 가닥 믿음의 뿌리가 절단되니 채호는 일순 눈앞이 캄캄해나며 눈물을 거둘 줄 몰랐다. 훗날 고달픈 망명생활 중에 그는 한시『형님기일에』를 써서 망령에 대한 그리움을 나타냈다.

1895년 신채호가 16살 때, 형이 세상 떠나 3년 만에 할아버지와 어머니의 의사에 따라 풍양 조씨를 맞아 성례를 올리고 상투를 풀어야 했다.

1895년 8월, 국모 민비가 왜적에 의해 시해되었다. 이것을『을미사변』이라고 하는데 두메산골에서 이 소식을 받아들인 소년 신채호는 솟구치는 의분을 참을 길 없었다. 19세기 말, 외세의 침략으로 급속히 기울어져가는 국운을 두고 통탄했다.

2

18살 되던 해 신채호는 천원군 목천에 있던 대학자이며 고관인 양원 신기선 대감댁을 드나들면서 신구학문의 장서 속에 빠지었다. 그가 짧은 시간 내에 대부분의 장서들을 독파했을 때 신기선은 놀라마지 않았다. 책 한권을 끄집어내고 어렵고 까다로운 대목만 물었는데 채호의 대답은 청산유수였다. 이에 신기선은 "너는 이 나라를 뒤흔들만한 대학자가 될 소양이 충분하다"고 크게 감동된 나머지 서울의 성균관에 천거하여주었다.

1898년 가을, 이해 19살밖에 안된 신채호는 서울에 올라가 3년제 대학인 조선의 최고학부 성균관에 입학하였다. 그는 재능과 실력이 월등하여 성균관에서 가장 총애 받는 제자로 되었다. 성균관 관장 이종원은 자기를 아는 사람은 오직 신채호 한사람뿐이라고 했고 당대의 지사이며 성리학 대가였던 성균관 경학(經學) 담당 스승 이남규는 자기의 제1제자에 신채호라고 거듭 외웠다. 그의 명성은 온 서울장안에 뜨르르하였다.

1898년은 신채호로 말하면 인생의 전환점이 되는 뜻 깊은 한 해였다. 어릴 때부터 전수받아온 유교사상은 이 시기부터 자리를 내고 새로운 사물－자산계급개화사상이 자리를 틀기 시작했다.

신채호는 서울에 올라간 그해 늦가을 『독립협회』에 참가하여 소장파로 활약하였다. 1896년에 조직된 이 독립협회는 조선의 애국문화운동을 지도한 첫 애국단체였다.

이해(1898년) 겨울, 독립협회는 기습적인 해산명령을 받고 대대적인 검거선풍에 휘말려들었다. 소장파 신채호도 이승만, 이승훈, 안창호, 박은식, 이동휘, 이갑, 안병찬 등과 함께 체포되어 첫 옥살이를 당했다. 다행히 나이 어리고 신기선이 힘써준 덕에 대검거선풍에서 쉬이 풀려나왔다.

이때의 신채호는 완전히 다른 사람이었다. 그는 교육계몽운동과 언론애국운동으로 쓰러져가는 나라를 붙잡으려고 결의하고

1901년 가을 충북 청원군 랑성면으로 금의환향하였다. 그때 집에는 할아버지가 안계시고 어머니 등 여러 식구가 있었으나 가정을 돌볼 겨를이 없었다. 그는 밤이 깊도록 친구 신규식, 신백우 등과 몇 차례 모임을 가지고 인차리(仁次里)에 운동학원을 세웠다. 채호와 규식은 동향관계에다가 서울공부, 독립협회의 같은 소장파 회원이었기에 친분이 이만저만이 아니었다. 그들은 굳게 손잡고 민중의 민족의식을 깨우쳐나갔다.

그때 신규식은 서울에 중동학교를 세우고 또 청동학교까지 세워 몹시 바삐 보냈다. 신채호는 신규식, 신백우와 토론하고 문동학원을 랑성면 광저리의 신충진 사랑방에 옮기고 상동학당이란 간판을 건 뒤 셋이 함께 개화자강운동을 활발히 벌였다.

1905년 2월 신채호는 향리에서 성균관박사로 임명되었다는 통보를 받았다. 그러나 그는 봉건관리란 이 길을 택하지 않고 결연히 상투를 잘라버리었다. 그로 말하면 낡아빠진 상투는 봉건에 대한 예속을 의미하였다. 그 뒤 성균관학생들은 모두가 머리를 깎고 개화물결속에 뛰어들었다.

1905년 여름, 신채호는 서울 『황성신문』사 사장이며 애국계몽사상가인 장지연의 청을 받아들이고 『황성신문』의 논설기자로 들어갔다. 『황성신문』은 독립협회의 기관지의 하나로서 매주 2회씩 간행되던 『대한황성신문』의 판권을 인수받아 1898년 9월 5일 국한문혼용의 일간신문으로 창간된 신문이다. 『대한매일신보』 등과 함께 자주민권사상과 개화독립사상을 고취하는 데서의 중심적 언론기관으로 된 데서 민중의 큰 지지와 환영을 받고 있었다.

일본은 조선을 식민화하기 위하여 1905년 11월에 이또 히로부미(이듬박문)를 특명전권대사로 서울에 파견하였다. 이달 9일 서울에 도착한 이또는『한일신협약』안을 제시하고 강제체결을 서둘렀다. 이것이 이른바『을사5조약』이다. 드디어 11월 17일 캄캄한 밤에 전문 5조의 이른바『을사조약』이 강압적으로 체결되어 조선은 일본의 보호국로 전락되어 외교권을 완전히 박탈당하고 일제의 통감정치가 실시되었다.

이튿날 11월 18일『을사조약』이 발표되자 온 나라가 분격에 떨었다. 나라 민중은 리완용 등 매국5적을 규탄하면서 불법조약의 무효를 극구 주장하였다. 19일에 통곡소리가『황성신문』사를 뒤덮었다. 신문을 앞질러 제작하고자 주필 장지연이『시일야방성대곡(是日也放聲大哭)』사설을 써내려갔다. 주필이 설움에 북받쳐 끝을 맺지 못하자 논설기자 신채호 등이 나서서 계속 필을 들었다.

사설은 일제의 무모한 강압체결을 규탄하고 5조약에 조인한 대신들을 개돼지보다 못한 매국적이라고 통책하였다.

11월 20일에『황성신문』에 이 사설이 실리자 온 서울, 온 나라가 울음바다로 번지였다. 일대충격과 분노가 전체 조선을 휩쓸었다. 피 눈이 된 적들은『황성신문』을 즉각 압수하고 무기정간 처분을 내렸으며 장지연, 신채호 등 10여인을 구속하였다. 장지연이 단독기사라고 거듭 강조한 데서 신채호 등은 얼마 안되어 풀려나왔지만 주필은 64일간 옥살이를 해야 했다.

『황성신문』이 정간된 후 신채호는 울분 속에 잠기였다. 이 시기 그는『대한매일신보』의 총무 양기탁의 권유로『대한매일신보』의 논설위원(후에는 주필)이 되어 삐어난 글을 쓰면서 만천하 애독자를 끌었다. 특히 1905년 12월 28일에 발표한 사설『재시일유방성대곡(在是日又放聲大哭)』은 2천만동포의 울분과 비통을 힘 있게 자극하였다. 신문의 부수는 상승선을 그으며 대폭 늘어났다.

일제 놈들은 『대한매일신문』을 폐간시키기 위해 갖은 음모와 획책을 시도했으나 신채호를 선두로 한 언론진은 불굴의 기개와 투지로 일제 및 그 친일분자들과 날카롭게 맞서 싸웠다.

1906년 봄에 『대한자강회』가 조직되고 그 이듬해 11월에 『대한협회』로 다시 발족하였다. 신채호는 여기에 적극 참여하였으며 『대한협회회보』창간호에 『대한의 희망』이란 쟁쟁한 글을 발표하여 민중에게 희망의 복음을 안겨주었다.

3

신채호는 『대한매일신보』재직기간 언론인, 역사연구가, 애국계몽사상가, 전기작가로 활약하면서 국권회복과 민족자강에 토대를 둔 전기 민족주의사상을 확립하였다. 그는 『대한협회회보』에만도 『대한의 희망』, 『역사와 애국심의 관계』, 『성력(誠力)과 공업(功業)』, 『대아(大我)와 소아(小我)』 등 계몽논설을 발표하였다. 그가 『황성신문』과 『대한매일신보』의 논설기자와 논설주필로 있는 사이 한편 또 한편의 글들이 그대로 육탄 되어 적진을 쪼개며 민족의 심장을 움직여 놓았다.

당시 조선침략의 원흉 이또 히로부미는 "조선의 신문이 가진 권력은 강대한바 나의 백언(百言)보다 신문의 일필이 조선인민을 감동케 하는 힘이 더 크다"고 비명을 올리었다.

1907년 『정미7조약』이 또 강압 체결되어 군대마저 해산 당했다. 신채호는 필봉을 무기로 일제와 날카롭게 맞서 싸우는 한편 이회영, 전덕기, 량기탁, 이동녕, 안창호, 이갑, 김구, 려준, 이동휘, 김진호, 김영선, 이관직 등 12명의 반일지사들과 함께

1909년 9월에 비밀결사단체 『신민회』를 창립하였다. 신민회의 취지와 목적은 신채호가 집필했다.

　비밀결사 『신민회』가 조직된 후 신채호는 『대한매일신보』 주필로 신민회의 대변인일을 하면서 『신민』의 표본이 되었다. 어느 날 『대한매일신보』사장 베델이 신채호를 찾더니 미국 유학 갈 생각이 없는가고 물었다. 그가 나라 이 판국에 외국유학이 다 뭔가고 하자 베델은 사양하는 줄 알고 '세계적인 대학자가 되도록' 주선해주겠다고 했다. 이때 그는 우선 감사를 드린 뒤 '우리 이 겨레와 나라 속에 몸담고 있는 나로서 운명을 같이해야 하는 관계'라고 하면서 단호히 막아버렸다.

　사실 그러했다. 신채호가 세계로 진출하여 세계적인 대학자로 될 그런 힘을 갖고 있었으나 조선수난의 현실을 두고 떠날 수 없었다.

　민족수난의 년대에 신채호의 생활은 고달프기만 했다. 서울에 올라 온 후 그는 북악산아래 삼청동구석에서 셋방살이를 하였는데 그 무렵에 어머니가 사망한 데서 집식구는 부인 조 여사와 갓난아이 관일 그리고 조카 향란이었다.

　헌데 부부생활은 종시 어울릴 줄 몰랐다. 할아버지와 어머니가 주선한 조혼이여서 마음없는 데다가 가정이라는 이 세계에 좀처럼 맘을 두지 않고 학문 등에만 몰두하니 몽매하고 무디기만 느껴지는 아내가 고을 리 없었다. 하기에 그의 아내는 서울에서 해산할 때 남편이 산모를 위해서 병풍을 사서 쳐주었다고 평생 처음으로 호사했다고 하면서 저런 위인이 자식을 귀여워하겠는지 알길 없다고 자기 신세를 한탄까지 했다.

　이러던 조 여사는 끝내 일을 저지르고야 말았다. 아들이 태어난 후 젖이 부족하다고 남편이 『독수리표』우유 10여 통을 사왔는데 조 여사는 분량과 온도를 조절할 줄 몰라 젖먹이를 죽이고 말았다. 젖에 체해 죽었던 것이다.

신채호는 분노했다. 그는 우유통들을 삼청동내가에 내다가 도끼로 난도질했고 1909년에는 아내에게 약간평을 사주어 친정으로 돌려보냈다. 그는 이렇게 부부인연을 영원히 끊어버렸다. 여기에는 불만, 불신이 크게 역할 했겠지만 해외로의 망명을 앞둔 지사의 결심도 홀시할 수 없다.

신채호는 빈약한 풍채에 허식이나 외모를 모르는 기이한 성격의 소유자였지만 두 눈만은 날카롭게 빛나고 비범한 예지가 빛발쳤다. 사회를 대할 때면 추상같이 범접 못할 인상이다가도 사람을 대할 때면 아주 화기로웠다.

그는 당시 진보적 신문, 잡지들인 『황성신문』, 『대한매일신보』, 『대한협회월보』, 『기회학회월보』, 『가정잡지』, 『소년』 등에 수십 편의 정론을 발표하고 『을지문덕』(1908), 『이순신전』(1908), 『동국거걸 최도통』(1910) 등 전기문학을 발표하여 옛 영웅을 새 영웅으로 받아들여 국권을 찾자는 의도를 표명하였다. 특히 『사론(史論)』, 『독사신론(讀史新論)』(『대한매일신보』 1908년 8월 27일~12월 13일)과 논문 『동국고대선교고』(『대한매일신보』 1910년 3월 31일) 등을 발표하여 애국적인 사학견해와 근대사학의 개척자로서의 체계적인 사관을 보여주었다. 하여 그는 당시 '조선유일의 사학가', '한문학계의 태두', '대도활부적(大刀活釜) 평론가'로 소문 높았다. 그는 민족혼을 부르짖으며 역사의 한복판에 나선 조선의 대표적 역사 학가였다.

1909년 12월 일제는 친일단체 『일진회』를 내세워 한일합병 건의 성명을 채택한 뒤 황제, 통감, 이완용에게 소위 '합방상주문

및 청원서'를 제출하였다. 신채호는 『한일합병론자에게 고함』이란 논설을 발표하여 일제 놈들의 광분과 친일단체의 매국행위를 세상에 까밝혀놓았다. 허나 일제 놈들은 무력강압으로 합병절차를 다그쳤다. 8월 22일에 『한일합병』조약을 강압체결하고 8월 29일에 세상에 공포하였다.

이에 앞서 신채호는 망국의 치욕을 예감하였다. 일제 놈들의 눈초리가 따르는 데서 그는 신민회간부들과 함께 서울의 이갑, 양기택의 집에서 비밀회의를 열고 해외망명을 시도하였다. 그들은 산동반도의 청도에서 회합하되 분산하여 떠나기로 합의를 보았다.

그때 신채호는 『대한매일신보』에 『동국거걸 최도통』을 연재하고 있었다. 하여 그는 망명을 앞두고 틈틈이 원고를 써두었다가 신문사에 나가 원고뭉치를 단번에 내놓았다. 조카딸 향란이는 믿을 만한 동지에게 생활비를 주어 맡기고 모든 거래관계들을 깨끗이 청산하였다. 그러나 남한테서 얻은 『동사강목(東史綱目)』만은 돌리지 않았다.

4

1910년 4월 8일, 신채호는 『동사강목』 한 벌을 넣은 보따리를 가지고 소리 없이 서울을 떠났다. 도중에 그는 정주오산학교에 한시기 체류했다가 압록강을 건넜으며 중국 안동현에서 윤선을 잡아타고 연태를 거쳐 청도로 갔다. 이동휘, 이갑, 안창호 등 신민회간부들도 여러 경로를 거쳐 무사히 청도에 이르렀다.

이해 6월 하순경에 『청도회의』가 열리였다. 그러나 회의참가자들의 의견이 각이한 데서 일치한 결론을 가져오기 어려웠다. 이동휘를 중심으로 하는 급진론자들은 나라가 망한 때에 당장 싸움터에 나서야 한다고 주장하고 안창호를 중심으로 한 점진론자들은 해외동포들이 산업진흥으로 교육을 보급시켜 힘을 기른 뒤 다시 보자고 하였다. 신채호는 실력양성이나 독립투쟁이 모두 중요하지만 역사의식의 무장이 중요하다고 강조하면서 무장투쟁노선을 견결히 주장함으로써 그의 급진적인 민족주의입장과 열렬한 애국사상을 보여주었다. 재정실력자 이종호도 급진론에 기울었다.

청도회의는 한주일이 걸려서야 자금을 모아 중국 북만의 밀산현에 땅을 사고 사관학교를 세우며 그곳을 모든 독립운동의 기지로 삼자는 것과 신채호 등을 사관학교 교관질을 시키자는 데로 합치되었다.

신채호는 회의 후 대부분 인사들과 같이 영국기선을 잡아타고 블라디보스토크의 신한촌으로 갔다. 그는 블라디보스토크에서 『해조신문』복간과 『청구신문』출판에 참여하면서 또다시 언론활동에 나섰다.

신채호는 1910년 8월의 망국비보를 접하고 비분에 떨었으나 거꾸러질 수는 없었다. 그는 1911년에 블라디보스토크에서 『광복회』를 조직하고 부회장으로 활동하였다. 광복회는 본부를 블라디보스토크에 두고 서북간도 등지에 지회를 설치했는데 회원이 2만여 명에 달했다.

1911년 12월에 블라디보스토크에서 조선인단체 『권업회』가 조직되고 기관지 『권업신문』이 창간되자 신채호는 초빙을 받고 주필로 나서서 연해주와 중국 동북지방의 조선인들에게 민족독립사상을 선전하는 데 큰 역할을 놀았다. 이밖에 『대양보』의 주필로 나서기도 했다.

1913년에 신채호는 신규식의 전갈을 받고 이해 겨울경에 북만의 밀산 일대를 거쳐 상해에 가서 신규식이 조직한 독립운동단체 ─『동제사』의 중심인물로 나섰다.

상해에서 신채호는 박은식 등 여러 동지와 함께 『박달학원』을 개설하였다. 박달학원은 단군의 얼을 살려 민족의 독립정신을 키우자는 데 취지를 둔 교육기관이었는데 신규식이 뒷바라지 등 후원을 맡아 나섰다. 이 학원에서 신채호는 청년들에게 역사를 올바르게 가르치며 독립정신고취에 열을 올렸다.

신채호는 신규식의 거처에서 열린 영어 야학반에도 열성을 올리었다. 대부분 사람들은 영어를 배워 구미에 유학하기 위해서였으나 신채호는 영어로 된 원 저서를 독파하기 위해서였다. 국내 시절에 자습기초를 닦은 그는 영어 야학반에서 수준이 상당히 높은 영어책을 배웠는데 그 지식으로 『로마흥망사』, 『영웅숭배론』 등 원 저서를 자습으로 독파하였다.

상해 시절 신채호는 블라디보스토크 시절처럼 여전히 생활고와 위병에 모대이었다. 얼굴은 부은 듯 늘 누르스레하고 걸어 다닐 때면 위가 아파 늘 배를 지그시 눌렀다. 시간만 있으면 언제고 거리의 책가게들에 나갔지만 돈이 없어서 선 자리에서 보곤 하였다. 어떤 책은 다 볼 때까지 며칠이고 다니었다. 때론 가겟방주인의 싫은 소리를 들으면서 베끼기도 하였다. 한손을 아래 배에서 뗄 줄 몰랐다. 어떤 때는 너무도 배가 아파 갑자기 숨넘어가는 소리를 지르기도 하였다. 그는 이렇게 상해바닥의 책가게마다 돌며 조선에 관계되는 지식을 널리 섭렵하였고 조선역사의 한복판에 나섰다.

1914년 봄에 신채호는 경남 밀양출신의 독립지사 윤세용, 윤세복 두 형제의 초청을 받고 봉천성 환인현 홍도천으로 갔다. 윤씨형제는 1910년에 망명한 뒤 당지에 동창학교를 세우고 조선인 자제를 가르치고 대종교를 포교하면서 각지의 독립운동가들을 손잡아주고 있었다. 신채호는 여기서 『대종교』에 입교한 뒤 이곳에 머무른 몇 달 사이 동창학교에서 조선역사를 강의하기도 하고 반일계몽교재 『조선사』를 집필, 발간하기도 했으며 조선사연구를 위하여 집안현경내의 고구려 옛 유적지 등을 답사하고 장래 독립군활동기지건설문제로 장백산에 올라 현지답사하기도 했다.

신채호는 1915년 초에 환인현을 떠나 북경에 가서 정착생활을 하였다. 이해 3월 그는 상해에 가서 신규식, 이상설, 박은식 등 여러 지도자들과 함께 수차 모임을 가지고 『신한혁명단』을 조직하였다. 조직목적은 중한합작과 독립운동추진이었다. 그 후 신채호는 다시 북경에 돌아가 사학연구에 골몰하였다.

북경 시절에 그는 중국의 『중화일보』, 『북경일보』에 활달한 필치로 반일애국사상을 담은 정론 등을 적잖게 발표하여 당대 중국문인들의 절찬을 받았다. 이 시기 그는 또 낭만주의 중편소설 『꿈하늘』(1916년), 역사소설 『백세로승의 미인담』, 『일목대왕의 철퇴』, 『일이승』, 『류화전』 등을 창작하고 사화와 자유시들을 써냈다. 그 중 조선민족이 처한 현실적, 역사적 과제와 독립운동의 길을 상징적 수법으로 쓴 『꿈하늘』은 후에 발표된 소설 『용과 용의 대격전』과 더불어 그의 문학의 대표작을 이루었다.

1916년 8월 15일에 대종교의 창시자 나철이 자결하였다. 그는 구월산에서 순국하면서 일본정부에 보내는 장서를 남기였다. 환인현에 가서 대종교에 몸을 잠갔던 신채호는 통분을 달랠 길 없어 『도제사언문(悼祭四言文)』이란 추도사를 지어 탁월한 애국자를 추모하였다.

신채호의 추도사는 대종교인과 독립운동가들에게 세찬 충격을 안겨주었다. 이듬해 그는 조카딸 향란의 혼사문제와 사랑하는 제자 김기수 사망으로 하여 해외망명 후 단 한 번 사선을 헤치며 고국 땅을 다녀왔다.

북경망명 시절의 신채호는 예이제 없이 빈궁에 시달렸으나 조선사연구와 집필에 박차를 가하면서 상해와 동북 연해주 등지에 가끔 나타나기도 했다.

1918년 무오년 섣달(양력 1919년 1월) 동북에서 해외독립운동지도자 39명의 명의로 된 『대한독립선언서』가 발표되었다. 신채호는 신규식, 박은식, 김약연, 이범윤, 조소앙 등과 함께 여기에 서명했는데 조소앙이 기초했다고 한다. 한때는 신채호가 작성했다고 알려지기도 했다. '선언서'는 '대한민족의 자립을 선포'한다면서 조선에 대한 일제의 강제병탄의 죄악을 맹렬히 규탄하였고 우리 독립군이 일제히 궐기하여 '육탄혈전'으로 '독립을 완성'하자고 만천하에 호소하였다. '선언서'의 독립주장은 연해주 『광복회』 이후 신채호의 일관한 입장과 주장인바 가령 조소앙이 작성했다손 치더라도 그가 성균관 시절 신채호를 받들어 서리발치는 『항일성토문』을 썼다할 때 '선언서'도 신채호와의 의기투합이 아닐 수 없다.

『대한독립선언서』는 당시 가장 빨리 나온 선언서이고 무장독립투쟁을 가장 높이 외친 선언서다. 이 선언서는 그 후 조선 '3·1운동'의 서곡으로 된 『2.8독립선언』(일본의 유학생들을 중심으로 발표된 것)이나 조선의 전반 '3·1운동'에 큰 영향을 끼치었다.

신채호는 북경에서 조선 3·1독립만세운동의 소식을 듣고 이

때야말로 조선이 독립할 수 있는 절호의 기회라고 인정하고 해외 각지의 망명지사들과 넓은 연계와 접촉을 가지는 한편 지체 없이 상해로 달려갔다.

5

1919년 4월 10일, 상해 프랑스조계지안의 보창로 32번지의 한 주택에서 임시정부수립회의 즉 제1차 임시의정원회의가 열리였다. 회의에서 신채호를 비롯한 해내외 각지 주요인사 29명이 참가하였는데 임시정부의 인원구성을 두고 첫 회합부터 팽팽히 맞섰다. 조선 국내와 일본에서 온 '국내파'들은 국내에서 이미 독립선언을 한 33인이 중심이 되어야 한다고, '해외망명파'들은 1910년 국치 이후 해외에 망명하여 목숨 걸고 싸워온 독립투사들이 중심이 되어야 한다고 각기 주장하였다. 임시정부 수반문제에서는 국내파, 해외파를 막론하고 견해가 각이하였다. 미국의 이승만 박사가 제기되자 신채호는 견결히 반대해 나섰다. 여론의 지지가 이승만한테로 기울어지자 신채호는 격분에 치를 떨다가 좌중의 위협만류를 박차고 분연히 퇴장해버렸다. 그는 조선을 외세에 맡겨 통치하려는 것은 1905년의 『을사조약』의 재판이라고 보았다.

회의는 다음날 11일까지 밤새도록 계속되었다. 2일간의 회의를 거쳐 국무총리에 끝내 이승만이 당선되고 대한민국정부가 수립되었다.

7월에 있은 제5차 임시의정원회의에서 신채호는 의정원 위원장의 중책을 맡고 전원위원회와 각 상임위원회를 주재했으나 이승만에 대한 태도는 변함없었다. 회의기간 춘원 이광수가 그보고 『독립신문』주필을 맡아 임정대변일을 해달라고 청들었으나 신채호는 밀막아버렸다.

8월에 제6차 임시의정원회의가 열리였다. 이 회의에서 이승만 대통령추대문제가 정식으로 제기되었다. 신채호는 극도로 분노하여 의정원 전원위원회 위원장직과 의정원 의원직에서 결연히 사임하였다. 9월에 러시아의 대한국민의회와 한성임시정부, 상해임시정부가 외형상 대한민국 임시정부로 통합되고 이승만이 대통령에 추대되었다. 신채호는 주간신문『신대한』의 주필을 맡고 임정기관지『독립신문』과 맞서 나섰다. 이 시기를 전후하여 신채호는 상해, 북경 등지에서 『신대한 동맹단』 부단주(副團主), 『대동청년단』 단장, 『대한독립청년단』 단장으로 활약하며 무력급진노선을 추구하였다고 한다.

상해에 머무르는 기간에 신채호는 여러 민중대회의 초청을 받고 늘 연단에 나서서 해당 조선역사에 관한 보고를 하군 하였다. 어느 한 차례 보고에서 그가 임진왜란 시기 이순신 장군이 수군을 지휘하여 거북선으로 발끝까지 무장한 일본해군을 쳐부셨다는 이야기를 보는 듯이 생생하게 말했을 때 누구하나 감동되지 않은 사람이 없었다. 그 자리에 임시정부의 요인들인 안창호, 김구 등도 있었다.

『신대한』이 폐간된 후 신채호는 북경으로 가서 『제2회보합단(普合團)』조직에 참여하고 내임장으로 추대되었다. 보합단의 본부를 처음 북경의 한 거리에 두었다가 후에 장가구로 옮기였다.

보합단은 대한민국군정부의 역할을 놀면서 군사 활동도 활발히 펴나갔다. 신채호는 직예, 하남성방면의 책임을 맡고 군자금모집과 단원모집에 힘 다했다. 한편 동북의 독립군단체통합과 항일독립전쟁에 목적을 두고 1920년 9월에 북경에서 박용만, 신숙 등의 안받침으로 『군사통일촉성회』를 발기하였다. 그리곤 남만과 북만에 각기 대표를 파견하여 당지 군사지도자들과 교섭하게 하였다. 신채호도 직접 봉천으로 갔으나 독립군의 주력이 청산리전투 후 시베리아로 이동한 뒤여서 뜻을 이루지 못하였다.

1920년 4월 신채호는 이회영의 부인 이은숙 여사의 중매로 북경연경대학의 유학생이고 망명지사인 박자혜를 만나 재혼하였다. 이해 신채호는 41살이고 박자혜 신부는 28살이었다.

결혼 후 신채호는 가정의 따스함을 맛보았다. 이듬해 음력 1월 보름에는 맏아들 수범이까지 보았으나 그 기쁨은 오래가지 못하였다. 1년에도 수십 번 더 이사해야 하는 망명자의 생활, 개인생활에 대한 서투름과 무관심 등으로 하여 그는 남편, 아버지로서의 구실을 바로 할 수 없었다. 하여 그는 젊은 아내와 이렇게 말했다.

"나는 가정에 등한한 사람이니 임자도 미리 그렇게 알고 혹 마음에 섭섭히 생각 마시오."

아내는 처음 이따금 투정도 부려보았지만 남편의 생활방식과 투쟁정신을 이해한 다음부터는 존경이 앞서고 남편을 성심껏 도와 나섰다.

아내의 이해와 도움 속에서 신채호의 활동은 보다 활기를 띠였다. 1921년 새해 첫 달에 그는 북경에서 중문 월간잡지 『천고(天鼓)』를 창간하였다. 김창숙과 함께 나섰는데 그가 쓴 『신년신간축(新年新刊祝)』에 이런 구절이 있다.

"하늘의 북이여, 한번 치면 우렛소리가 나고 두 번 두드리면 기세가 산과 같으며 세 번 치면 의사들이 구름같이 모여든다. 다섯 번, 여섯 번 두드리니 적의 모가지가 낙엽처럼 흩날린다."

신채호는 이 글을 북경 북신교 초두골목의 셋집에서 썼는데 한 구절 쓰고는 높은 소리로 읊어보는가 하면 또 몇 줄 쓰고는 붓을 멈추고 무릎을 치기도 하고 탄식도 했다. 그는 저도 모르게 글속에 끌려들어갔다.

『천고』가 도합 7호까지 속간되는 기간 신채호는『조선독립 및 동양평화』등 여러 편의 시사 논설을 실었다. 이런 논설문에서 그는 민족 독립사상을 힘주어 고취하면서 무력항쟁의 필요성을 지적하였다. 그는 또 현 규정의 재력도움으로 한때 한문 잡지『효종』을 발행하기도 하였다.

1921년 봄에 신채호는 미국에 있는 박용만이 보내온 편지를 받았다. 편지에는 이승만이 대통령의 직함으로 미국 대통령에게 조선의 위임통치를 청원하였다는 내용과 이에 대한 재미동포들의 분노 등등을 적고 미국 윌슨 대통령에게 제기하였다는 '위임통치청원서' 원문과 번역문이 들어있었다.

박용만은 무력독립전쟁노선을 주장하는 사람이었다. 그의 편지를 받은 신채호는 분통이 터져 울먹거렸다. 박은식과 김창숙도 펄펄 뛰다가 통곡하였다. 그들 셋은 이승만을 임시정부에서 축출해야 한다면서 임시정부의 국무총리 이동휘 등 여러 요인들을 찾아 제출하였으나 헛물만 켜자 1921년 봄에 북경에서 이승만폭로성토대회를 열었다. 이날 모임에서 이승만성토문을 작성하여 세상에 더 널리 폭로하기로 결의하고 신채호에게 맡기였다.

1921년 4월 19일 신채호는 통탄의 눈물을 흘리며 '성토문'을 썼다. '성토문'의 발표는 결국 임시정부에 대한 부인이며 이승만에 대한 불신임안이었다. 북경의 체류인사를 중심으로 한 각계인사 54명이 이 성토문에 서명하였다. 그리곤 북경, 상해, 천진, 동북, 연해주 등지를 다니며 당지 반일지사들과 널리 연계하면서 무력항쟁의 뜻을 펼쳐나갔다.

신채호 등이 발기한 『군사통일촉성회』 등의 끈질긴 노력으로 1921년 4월에 북경에서 군사통일주비회가 열리였다. 회의에는 북간도, 서간도, 원동, 하와이, 조선 국내 등 10개 단체의 대표들이 참가하였는데 그 주요 목적은 동북과 원동의 독립운동단체들을 통합하기 위한 것이었다. 회의주요인물은 신채호, 박용만, 신숙 등이었다.

회의에서 동북과 원동의 군사단체문제에서 의견을 같이하고 군사통일 기관 및 독립전쟁지휘권 귀속문제를 토의하였다. 회의 중에 이승만의 위임통치청원문제가 드러나 회의는 이승만을 성토하는 장소로 변하였다. 결국은 임시정부까지도 불신임하게 되어 국민대표회의를 열어 상해 임시정부의 해체와 군사지휘권문제를 해결하기로 결정지었다. 4월 27일에 회의는 임시정부 해체요구 통첩문을 임시정부에 발송하고 29일에 대표를 상해에 띄워 임시정부의 해산을 최후로 통첩하게 하였다.

이해(1921년) 5월 21일. 신채호는 국민대표회소집을 가속화하기 위해 김정묵, 박봉래 등과 함께 『통일책진회』를 발기하고 『통일책진회발기취지서』를 작성 발표하였다.

망명생활에서 신채호는 또 하나의 해—1922년을 맞았다. 이해 그는 생활의 쪼들림과 역사연구 및 독립운동전력 등 문제로 하여 아내와 두 살밖에 안된 아들 수범이를 서울로 돌려보냈다. 그때 아내는 임신 5개월이었지만 뾰족한 수가 없었다.

아내와 아들 모자간을 보낸 후 신채호는 하숙생활을 하면서 여러 계통의 독립운동을 활발히 내밀었다. 1922년 5월 10일에 국민대표주비회가 정식으로 건립되고 각지에 국민대표회 촉성회가 조직되었다. 이는 그의 피타는 노력과 갈라볼 수 없다. 한편 신채호는 역사와 씨름하면서 조선사의 연구와 집필에 몰두하였다.

<h2 style="text-align:center">6</h2>

1922년 겨울, 의열단 단장 김원봉(약산)이 신채호를 찾았다. 여기에는 그럴만한 사연이 있다.

의렬단은 1919년 11월 동북 길림성에서 조직된 항일비밀결사인데 폭력투쟁을 목표로 내세웠다. 조직당시 '공약10조'라는 내부적인 강령과 수칙은 있었으나 만천하에 의열단의 폭력투쟁의 정당성을 천명할만한 무엇이 없었다. 내부 단원들의 사기를 높여주고 폭력 속에 담긴 반일투쟁 정신을 일반 민중에게 널리 알리자면 쇠 소리 나는 선언문을 작성해야 했다. 누구한테 말길 것인가. 단의 참모격이며 이론가인 류자명은 신채호를 추천하였다. 김원봉도 평소 신채호가 저명한 역사 학가이고 독립운동의 대선배이며 투철한 독립운동가라는 것을 익히 알고 있었다. 그래서 김원봉이 신채호를 찾았었다.

김원봉은 신채호와 이야기하는 가운데서 그가 진부하고 고루한 독립운동가가 아니라 의열단의 폭력반일과 그 투쟁노선을 포섭해주는 대선배임을 알고 의열단의 행동강령과 투쟁목표를 숨김없이 털어놓으며 의열단의 혁명선언문을 작성해줄 것을 바랐다. 신채호는 쾌히 받아들이고 그와 함께 상해로 가서 프랑스조계지안의 어느 집 지하실에 설치된 고성능 폭탄 제조실을 돌아보았으며 중국인 모 전염병원장의 부인 조씨 댁에 거처를 잡았다.

그로부터 한달 남짓이 지난 1923년 1월, 장장 6400여 자에 달하는 『조선혁명선언』 일명 『의열단 선언』이 탈고되었다. 이로부터 의열단의 폭력적 태도는 한층 정당화되고 이론적 지도를 가지게 되었다. 의열단에서는 선언문을 인쇄에 교부하였으며 의열단원이 휴대하는 필수품의 하나로 되어 조선 국내와 중국, 일본 각지에 널리 뿌려졌다.

『조선혁명선언』이 발표된 후 의열단의 항일무력투쟁은 일대 앙양을 가져왔다. 1923년 1월 김상옥의 종로경찰서투탄사건, 1923년 3월 김시현, 황옥, 유석현 등의 폭탄반입사건, 1924년 1월 김지섭의 일본 도쿄 이중교투탄사건이 잇달아 일어났다. 그들은 모두 『조선혁명선언』을 품속에 간직하고 독립항쟁에 나선 투사들이었다. 1926년 12월에 나석주가 동양척식회사와 식산은 행투탄총격사건을 일으켰는데 이것은 신채호와 김창숙이 밀모한 것이다. 신채호는 유사시에 쓰려던 폭탄 2개를 내주었고 서울의 아내한테 나석주의 길 안내를 부탁하였다.

신채호의 『조선혁명선언』은 일제강점하의 민족주의독립운동의 극치를 보여주고 있다. 그는 이 선언문 서두에서 '강도일본'이란 격렬한 용어를 사용했는데 이는 독립사상 공개문서에서의 최초사용으로 된다. 그는 『조선혁명선언』을 통해 『민중직접혁명』론을 정립하고 폭력에 의한 독립투쟁노선과 전략을 내세웠다. 의열단의 명의로 발표되었지만 그를 알거나 그의 글을 읽어본 사람은 모두 "이는 단재의 글이군!"하며 감탄했다.

1923년 정초에 각지 각파의 독립운동가들이 상해에 모여 국민대표회를 열었다.

3월 중순에 임시정부개조안이 의사일정에 오르자 회의 참가자들은 임시정부를 조직, 개편하자는 소극적인 개조파와 결렬청산하고 조직을 새로이 하자는 적극적인 창조파로 대립되었다. 하여 5월에 이르러 국민대표회는 철저히 실패하고 말았다. 그는 창조파의 맹장으로 활약했다가 회의결과에 크게 실망하였다.

신채호는 지긋지긋한 파쟁에 질리었다. 이로부터 오는 허탈은 큰 것이었다. 게다가 처자를 멀리 서울로 보냈건만 자기의 의식주조차 해결하기 어려웠고 조용히 앉아 글을 쓸 자리조차 없었다. 1924년 초봄에 그는 중국인 진씨(일설은 북경대학 교수 리석증이라고 한다)의 권고로 누구에게도 알리지 않고 북경에 있는 관음산에 가서 6일 고행 끝에 입사하여 몇 달간 지냈다.

그때 류자명은 북경에 없었다. 그는 뒤늦게야 신채호가 어디론가 '출가'하고 없다는 것을 알았다. 후에 북경에 돌아오니 또 '귀가'하였다는 것이었다. 그해에 류자명이 신채호를 찾으니 그는 '출가'와 '귀가'의 원인을 돌려주었다.

"내가 관음사로 간 것은 불교를 믿어서가 아니라 다만 조용한 곳을 찾아 한맘으로 역사글을 집필하기 위해서였소. 헌데 입산하니 사정이 다르더구만. 그곳은 내가 상상한 것처럼 세속에서 벗어난 도화원이 아니었소. 그곳도 현실세계와 이어져 복잡하기 그지없었다니까. 조용히 앉아 저술에 힘쓴다는 것은 여간 어려운 일이 아니었소. 그래서 돌아온 거요."

그 후 류자명은 신채호와 거의 같이 있었다시피 하며 대만 동지들인 범본량, 림병문 등과 가까이 보냈다. 하루는 그가 밖에 나갔다가 자기의 처소로 돌아오니 책상 위에 신채호가 남긴 글쪽지가 있었다. 글쪽지에는 "나는 또 관음사로 가기로 결정했소!"라는 글이 적혀있었다. 급해난 류자명이 급급히 신채호의 처소로 가니 마침 그는 떠나지 않고 있었다.

"어떤 곤란이 있어도 다시 출가해선 안됩니다."

류자명이 말하자 신채호는 선선히 응답하였다.

"나는 이미 다시 가지 않기로 결심했소. 그러나 계획 중에 있는 역사논문과 저서는 될 수 있는 한 계속 써내려가야겠소."

그 후부터 신채호는 자기의 역사논문들을 서울의 동지들한테 보내었고 『조선일보』와 『동아일보』 등에 육속 실리기 시작했다.

7

그 시절에 신채호의 세계관은 극히 복잡하였다. 그는 파쟁에 시달리는 민족독립운동에 실망과 의혹을 던지기도 하고 『조선혁명선언』에서 제시한바와 같이 『민중혁명론』에 환희 고무되기도 하였다. 그는 당시 중국공산주의운동의 선구자이며 마르크스주의의 전파자이며 북경대학교수 겸 도서관 관장인 리대소에게 쓴 편지에 이렇게 썼다.

"… 저는 전후 10년간을 정처 없이 방황하며 지루한 세월을 지치고 시달리며 초로같이 깃들이고 언 쥐같이 마시면서 구차히 쇠잔한 목숨을 보존하여 올뿐이니 나아가서는 능히 국난을 타개하지 못하고 물러가서는 능히 전야에 몸소 밭 갈아 숨은 지사를 벗하게도 못합니다.

국가흥망이란 일조의 돌발이 아니라는 것을 비로소 알았으니… 그러면 장차 이 몸이 나갈 곳은 어디일가? 〈유어도 아니오, 전어도 아니 어니 못 속으로 들어가라! 솔개도 아니 어니 하늘 우로 올라가랴!〉라고 한 시를 외며 눈물이 주르르 흘러내립니다…"

이 편지에서 신채호는 자기가 걸어온 투쟁의 발자취를 더듬으면서 고뇌에 찬 자기 심정을 피력하였으며 극히 고통스러운 모대김 속에서 새로운 길을 찾아 나섰다.

신채호는 리대소한테 도서열람 초청편지를 썼다가 북경대학교수 리석증을 만나 그의 소개로 리대소를 만났으며 북경대학도서관에 무상출입하였다. 그는 리대소와의 친분을 두터이 하면서 직접 마르크스 – 레닌주의를 접촉할 수 있었으며 그것에 대한 이해를 같이하였다. 또한 조선인 조기공산주의자들인 이동휘, 김립 등과 이미 밀접한 관계를 맺고 있었다. 중국의 손중산이나 로신도 그가 아주 존경하는 인물들이었다.

더욱이 밝힐 것은 그가 중국공산당의 기관지 『향도』와 마르크스의 『자본론』을 읽었고 러시아 10월혁명을 긍정하였다는 점이다. 이는 그가 당시의 창작품들인 수필, 정론 등에서 그대로 나타내고 있었다. 그는 리대소를 중국공산주의운동의 선구자로 우러르며 '학계의 영수'로 '우레같이 익히 듣고 항상 사모하여마지 않았다'는 것은 그의 마음의 진실한 발로가 아닐 수 없다.

신채호는 1923년을 전후하여 현실을 심각히 정시하게 되었다. 내분과 파쟁에 휘말려 든 독립운동가의 현실, 일제의 『자치론』 등 회유책에 말려든 타협주의경향, 임시정부의 독립로선인 외교론, 준비론 등은 그에게 환멸과 염오감을 안겨주었다. 1923년 5월의 결렬은 그를 크게 실망시켰다. 1923년 이후 독립운동이 침체와 시련을 거듭하니 더욱 그러했다. 이런 가운데서 신채호는 자산계급민족운동에 점차 실망을 느끼고 몽롱하나마 무산계급의 민중혁명에 동경하게 된다. 이점은 1925년의 평론 『랑객(浪客)의 신년만필』,

1928년의 정론 『선언』과 『조선혁명선언』, 소설 『룡과 룡의 대격전』 등을 보면 확연히 알 수 있다. 이런 글들에서 그는 민중혁명을 지지하고 무산계급의 폭력혁명을 긍정 옹호하고 있으며 새 사회를 지향하고 있다. 『선언』에서 신채호는 마르크스주의사상의 긍정적 영향을 받은 흔적을 보이고 있으며 『랑객의 신년만필』에서는 "유산자보다 나은 무산자의 존재를 잊지 마라"고 하였다.

상술한바는 신채호를 단순히 민족주의자로만 결론할 수 없으며 민족주의란 이 차원에서만 평가할 수 없다는 것을 제시해주고 있다.

중국에서의 새 사상의 흐름과 심각한 정치, 사상변혁은 신채호를 크게 충격하였다.

그러나 신채호는 그가 걸은 길과 1920년대의동만 특위적 조건과 제한성으로 하여 민족주의란 이 범위를 철저히 벗어날 수 없었으며 당대 사회사조의 하나였던 무정부주의적 사조의 영향도 받지 않을 수 없었다. 하여 그는 한때 무정부주의를 민족독립투쟁의 일익으로 이용하려고 『무정부주의 동방연맹』대회에 참가하고 주역을 담당하게 된다.

1924년을 중심으로 한 북경망명 시절에 신채호는 조선역사연구를 조선민중의 애국사상을 불러일으키는 중요한 도경으로 삼고 조선사연구에 전력을 다했다. 그는 일찍 1908년 『대한협회회보』에 발표한 「역사와 애국심과의 관계」에서 자기 조국의 유구하고도 찬란한 역사를 잘 알아야만이 애국주의사상을 발양할 수 있다면서 이렇게 의미심장하게 썼다.

"역사의 공적이 이러한 까닭에 말을 배우며 그 어머니가 무릎에 안고 개국공신의 업적을 들려주며 걸음을 배우매 그 아버지가 공원에 데리고 가서 건국위인의 동상을 참배한다. 학교강의에 어느 전쟁에서 개선하던 정황을 설명하면 온 강당이 기뻐 날뛰며 연설과정에 강토의 어느 부분을 빼앗기던 국치를 통탄하면 만청중이 울음보를 터뜨린다. 오호라 역사가 없으면 나라의 백성들에게 애국심이 어데서 생기리오!"

신채호는 이같이 역사교육의 중요성을 인식하고 역사를 애국심과 희망의 무궁한 원천과 원동력으로 보았기에 북경망명 시기에 『전후삼한고(前後三韓孝)』 등 조선고대사에 관한 무게 있는 논문을 집필했고 이미 쓴 원고들을 크게 수정하고 투고했으며 『조선상고사』(총론), 『조선상고문화사』, 『전설시대사』, 『역사총론』, 『선랑사통론』 등 역사저서를 써내면서 광막한 역사의 처녀지를 개간하였다. 하여 1924년 10월 20일부터 이듬해 3월 16일까지 『동아일보』에 『고사상 리두문 명사해석법』, 『'삼국지'동이렬전교정』, 『평양패수고』, 『전후삼한고』, 『조선역사상 1천년래 제일대사건』 등 6편의 역사논문이 실리게 되었다. 『조선고대의 문자와 시가의 변천』, 『광객의 신년만필』 등 평론들이 실린 것도 이때의 일이다.

1925년에 '의열단'의 주요 성원 모두가 광주에 가서 황포군관학교에 들어가고 류자명이 혼자 상해에 남아 통신연계임무를 맡았다.

이해 어느 날 류자명은 천진으로 갔다가 북경에 들려 신채호를 만났다. 그때는 중국공산당과 국민당이 긴밀히 합작하여 북벌을 준비하던 시기였다. 류자명한테서 국공합작소식과 그 속에 조선인투사들도 적지 않다는 소식을 들은 신채호는 자기 일처럼 기뻐하면서 중국혁명에 희망을 크게 기탁하였다. 북벌군에 조선 사람들이 수백 명 있었으니 그럴 만도 하였다.

그날 밤 신채호는 온밤 잠을 이루지 못하였다. 그는 언녕부터 리대소 등과 접촉하면서 그들의 영향을 심히 받은 터에 중국혁명이

승리하면 조선도 희망이 있게 된다면서 이렇게 속심을 터놓았다.

"나는 중국 서한시대의 역사 학가 사마천의 책을 매우 즐기오. 『보임안서(報任安書)』와 3굴원렬전』에 대해선 더욱 그러하오."

그러면서 그는 굴원의 불운한 처지에 깊은 동정을 표시하였다. 왜냐면 옛날 굴원의 처지와 지금 그의 처지가 아주 흡사하였기 때문이다. 그가 굴원의 "초사(楚辭)를 아끼는 것은 이런 연유였다."

"매 번 곤란에 부딪치거나 번뇌에 잠길 때 『굴원렬전』을 읽으면 정신이 맑아지거든!"

이는 신채호가 이 밤에 류자명과 나눈 마음속의 말이었다.

1925년 이후 신채호는 조선사연구와 집필생활을 계속하다 눈이 나빠지기 시작하여 무척 고생한다. 이런 형편에서 그는 실천운동을 꾀하면서 1924년 후반에 북경에서 조직된 독립운동의 무력행동단체 『다물단(多勿團)』과 깊은 관계를 맺고 지도하며 1927년에는 민족주의자와 사회주의자가 어울린 항일독립의 통일전선단체인 『신간회』조직의 국외발기인의 한 사람으로 된다. 1928년 4월에는 천진에서 개최된 『무정부주의자 동방연맹대회』 주동인물로 나타난다.

『무정부주의자 동방연맹대회』는 조선, 일본, 중국, 인도, 대만 등지의 대표 100여 명이 참가한 국제성회의였다. 이 무렵에 재중조선인 무정부주의자들도 북경에서 회합을 가졌는데 신채호가 손수 '선언문'을 기초했다. '선언문'은 "우리의 생존은 우리의 생존을 빼앗은 우리의 적을 없애버리는 데서 찾아야 하고", "우리 민중이 열망하는 자유평등의 생존을 얻어 무산계급의 진정한 해방을 이루어야 한다"고 지적하였다. '선언문'은 또 "우리 무산민중의 생존할 길이 여기 이 혁명에 있을 뿐"이고 "우리 무산민중의 최후

승리는 확정 필연적인 사실"이라고 긍정하면서 "우리 동방민중의 혁명이 만일 급속도로 진행되지 않으면 동방민족도 그 존재를 잃어버릴 것"이라고 민중을 환기시켰다.

이 '선언문'에서 신채호후기사상의 승화를 보게 된다. 이 '선언문'에 반영된 '민중혁명'의 사상, '무산계급의 진정한 해방'사상은 그의 초기사상, 즉 민족독립투쟁의 민족주의범위를 훨씬 벗어났다.

1927년 이후 신채호는 실명을 앞두게 되어 어린 아들이 보고 싶다고 연계를 달았다. 하여 아내는 1928년 1월 8살짜리 아들애를 데리고 북경에 가서 한달 남짓이 지냈다. 옹근 6년 만에 만나는 그들이지만 무산대중의 해방을 위해 몸 바쳐 싸우리라 맹세코 나선 신채호는 그들 모자간을 다시 돌려보내야 했다.

신채호는 일제와의 판가리싸움을 맹세하고 폭탄제조소를 설치하는 등 직접행동에 나섰다. 자금이 수요 되자 그는 대만인 동지 림병문과 협의하고 4월 하순부터 6만 4000원에 해당한 외국환 200장 위조하였다. 4월 25일 림병문이 대련은행에서 현금 4000원을 찾아낸 뒤 일본 고베 일본은행에 가 위체액면 2000원을 찾다가 일경에 체포되었다.

5월초에 신채호는 분담액 1만 2000원 위체를 바꾸고자 일본에 갔다. 이때의 그의 이름은 중국인 류병택이었다. 그가 고베를 거쳐 모지에서 항춘환이란 배를 타고 대만 기륭항에 이르니 일본 수상서원들이 이미 기다리고 있었다.

신채호는 이렇게 체포되어 대련으로 호송되었으며 대련경찰서에서 혹독한 고문을 당했다. 워낙 병약한 신채호는 몇 번이나 정신을 잃었으나 일본인 앞에서 나약한 모습을 나타내지 않았다. 그는 불굴의 의지와 신념으로 한번 또 한번의 고문을 이겨냈다.

그해(1928년) 10월 24일, 『신간회』동지이고 『조선일보』중국 특파원인 이관용이 대련 령전툰감옥으로 첫 면회를 왔다. 그때 그들은 서로 손을 굳게 잡은 채 아무 말도 못했다. 한참 문안이 오가다가 부탁이 말이 나왔는데 영국의 석학 H.G. 웰즈의 『세계문화사』와 일본어설명의 에스페란트(세계어) 문전(文典) 1책, 윤백호집이었다. 그밖에 조선겨울옷 한 벌과 조선버선 몇 켤레를 부탁했지만 제일 부탁하고픈 것은 아들에 대한 교육이라고 했다.

"… 제대로 교육받으며 크고 있는지 걱정되오. 또 아내도 고생이 많을 텐데…"

신채호는 뒷말을 잇지 못하였다.

그가 감옥에서 미결수로 있으며 갖은 고초를 겪을 때 그의 부인 박자혜도 갓 태어난 아들 두범과 9살 되는 큰아들 수범이를 데리고 서울인사동 69번지에서 산파업, 물장사를 하면서 가까스로 생계를 유지하고 있었다. 게다가 남편에게 책과 옷을 몇 차례 부칠라니 그 고생이란 이루 말할 수 없었다.

신채호는 가족이 당하고 있는 고초를 너무도 잘알고 있었지만 어찌할 바이없었다.

"내 걱정은 마시고 부디 수범형제를 데리고 잘 지내시며 정할 수 없거든 고아원으로 보내시오."

그는 특히나 맏아들 수범을 지극히 사랑하며 항상 아들의 교육 문제를 걱정했으나 이런 비통한 편지를 띄우지 않을 수도 없었다.

그 후 신채호는 몇 차례의 재판을 겪었으나 그때마다 슬기롭게 응부하며 독립혁명가의 떳떳함을 나타냈다.

1930년 4월 28일, 신채호는 2년 남짓한 기간의 지리한 재판 놀음 끝에 대련법정의 1심공판에서 10년형을 언도받고 여순관동 형무소로 이감하였다. 5월 9일에 최종공판을 받았는데 역시 10년징역형이었다. 중죄의 사상범이라 하여 독방에 갇히고 411번이란 '죄수'번호를 달았다.

여순형무소, 20년 전 안중근 의사가 피살 순국한 형무소에서 신채호는 두 주먹을 부르쥐었다. 병고에 시달리며 육신은 쇠잔해가도 의기만은 여전하였다. 그는 적들 앞에서 항상 의연한 자세를 가지였고 눈에는 서기가 서리였다. 그는 차차 명망 있는 학자로, 불굴의 독립운동가로 널리 알려졌다.

"저 신채호 씨는 비록 우리의 적이지만 감히 범접키 어려운 큰 학자이며 위대한 인물임이 분명해."

서로 주의가 다른 일본인간수들도 내심으로 흠모해마지않았다.

1930년 6월 중순에 이미 『동아일보』에 연재되었던 조선고대사논문들이 동지들에 의해 『조선사연구초』란 제목으로 정식 출간되었다. 1931년 여름부터는 『조선상고사』도 제목이 바뀐 『조선사』와 『조선상고문화사』(1931년 10월 15일부터 12월 3일까지, 이듬해 5월 27일부터 5월 31일까지 40회에 거쳐 연재)가 『조선일보』에 연재되어 독자들의 지대한 관심을 보았다. 그중 『조선상고사』는 신채호가 여순감옥에서 1931년 늦은 봄 혹은 초여름에 신백우한테 보낸 것인데 그해 6월 10일부터 10월 14일까지 연재되었다. 이 소식을 들은 그는 『조선사』는 "완전한 원고가 아니어서 고쳐 쓸 여지가 있는 저술"이라면서 무척 안타까워했다.

사실 이 저서는 '민족사학의 선구자'로 불리우며 민족사관의 수립을 실현한 선각자의 노작이었다. 『조선사연구초』, 『조선상고사』,

『조선상고문화사』 등 3편은 신채호의 대표저서들인데 거의 모두가 북경 시절의 연구 성과들이다.

신채호는 바로 이런 사람이었다. 그는 옥중이라는 험악한 환경에서 마음먹었던 저서-『조선 사색 당쟁사』와『대가야 천국고』,『정인홍공 약전』 등을 완성하지 못하는 것을 무엇보다도 한스러워하였으며 일제에 대한 뼈에 사무치는 증오로 불탔다.

그는 옥중에서 홍벽초에게 보내는 글에서 다음과 같이 썼다.

아- 이 세상에서 다시 면목으로 상봉하게 될지가 의문입니다. 형에게 한마디 말을 올리려고 이 붓이 뜹니다. 그러나 억지로 참습니다. 참자니 가슴이 아픕니다마는 말하련 즉 뼈가 저립니다. 그래서 아픈 가슴을 부둥켜 쥐고 운명이 정한 길로 갑니다.

뼈가 저리도록 가슴 아픈 운명이 정한 길-이것이 신채호의 어찌할 수 없는 현실이었다.

8년 고역과 지리한 병마는 신채호의 몸을 도저히 회복할 수 없는 지경에 빠뜨렸다. 감옥안의 병감입원도 소용없었다. 당황해난 여순형무소당국에서는 그를 맡아서 보호해줄 든든한 사람이 있으면 가출옥시키겠다고 하였다. 고국의 친지들이 신채호의 옛친구이고 일가벌이 된다는 부호 한사람을 물색하여 형무소에 통지하니 신채호는 펄쩍 뛰었다. 당시 그 부호는 친일파로 전락 되였었다. 친일파에게 자기의 붉은 마음이 담긴 몸을 내 맡길 수 없다는 것이 신채호의 소신이었다.

죽음을 앞두고 신채호는 감옥내의 한 청년투사에게 이렇게 말했다.

"내가 죽으면 시체가 왜놈들의 발끝에 채이지 않도록 화장하여 재를 바다에 띄워주오."

1936년 2월 18일, 신채호는 갑자기 뇌일혈이 발작하여 생명이 경각을 다투었다. 이와 때를 같이하여 서울의 박자혜 여사는 형무소당국의 급전을 받았다.

"신채호, 뇌일혈, 의식불명, 생명위독!"

급보를 받은 박 여사는 한성상업학교 1학년생인 큰 아들 수범(16살) 이와 같이 울다가 수표동의 신석우를 찾았다. 신석우는 비보를 각 신문사에 알리고 신채호의 여러 동지들과 함께 만일을 고려하여 장례 등 문제를 토의하였다. 그들은 투사의 유언을 알면서도 훗날 자손들을 위해서도 국내로 모셔야 한다고 결정하면서 310원의 조위금을 모아주었다.

2월 19일 오후 3시경, 보석 중에 있던 서세충이 총독부 경무국의 동의 밑에 신채호의 부인과 아들형제와 함께 북행열차를 잡아탔다. 그들은 20일 밤에 여순역에 도착하여 전화로 연계해도 소용없었다. 한 여인숙에서 뜬눈으로 보내고 이튿날 아침 형무소에 다다랐으나 오후 2시 넘어서야 비극적 상봉을 이룰 수 있었다. 그것도 곡성을 내면 축출한다는 조건부와 전옥(典獄), 의사, 간수들이 입회한 가운데 말이다.

신채호는 독방의 차디찬 시멘트바닥 다다미 위에 누워있었다. 얄팍한 한 이불이 그를 덮어주고 있을 뿐이었다. 부인과 두 아들이 곁에서 흐느꼈으나 그는 아무 느낌이 없었다. 이제 한두 시간 정도, 길어서 자정을 넘기지 못한다는 의사의 말에 맏아들이 창백한 아버지의 얼굴모습을 지켜보며 유언을 청해도 묵묵부답이다.

"면회시간이 다 되었으니 나가시오."

매정한 간수들이 가족을 떠밀었다.

"운명이 얼마 남지 않았다고 하니 두 시간이라도 있게 해주오.

아니 한 시간이라도 더…"

가족들이 애원해도 허사였다.

그로부터 한 시간 후.

하냥 조선의 독립과 무산민중의 해방을 부르짖으며 일제와 불요불굴하게 싸웠던 단재 신채호는 심장의 고동을 멈추었다. 1937년 10월 17일, 형기만료 1년 8개월을 앞두고.

때는 1936년 2월 21일(음력 1월 28일) 오후 4시 20분! 나이는 57살, 준확히 말하면 만 56년 2개월 14일!

이튿날 22일 이른 새벽, 박 여사 등 일행은 마차를 가지고 형무소로 갔다. 허나 운명 후 24시간 내에는 움직이지 못한다는 호령, 게다가 신채호가 운명한 시간이 형무소의 문한(門限) 시간 후라 돌아서지 않을 수 없었다. 23일에야 그들은 유해를 모시고 화장터로 갈 수 있었다.

유물을 보니 판결문과 도장, 시를 지은 수첩 2권, 편지 10여 통, 중국통화인 대양 은화 2개, 20문짜리 동전 10여 개, 이밖에 크로포트끼, 안재홍, 이선근의 저서와 이름모를 에스페란트어 책 등!

신채호는 일생에 숱한 문화유산을 남기었다. 그중 문학창작만 해도 발표되지 않는 유고까지 하여 정론, 수필, 평론, 소설, 사화, 시가 등 무려 100여만 자나 된다. 그는 실로 근대 조선민족이 낳은 열렬한 독립운동가와 계몽사상가, 탁월한 사학가와 작가, 정력적인 정치문필활동가로 되기에 손색이 없다.

필자가 단재 신채호 선생의 존함을 처음 들은 것은 연변대학 재학 시절(1978~1982)이다. 그때 필자는 조선어문학부 78년급생이었는데 졸업논문으로 『신채호의 문학』을 쥐게 되었다. 그때까지만 해도 중국에서는 신채호연구가 첫발자국도 떼지 않은 때여서 조선어문학부의 현룡순, 리정문, 허룡구, 권철 등 선생들에게 약간의 자료가 있을 뿐 사회에서는 신채호의 이름조차도 모르고 있었다. 그래서 필자는 권철 등 선생님의 알선으로 1981년에 연변대학도서관에 여러 달 박혀있다시피 하면서 지난 60년대 조선의 해당 문학신문과 문학잡지들을 모조리 뒤지게 되었다. 마침 조선의 문학신문과 문학잡지들이 구전이 잘 보관되어 있는 상태였다. 본격적인 집중 수집은 이해 11월이었다. 필자가 필기본과 복사본들을 선생님들에게 보이니 그분들도 이렇게 풍부한 줄은 몰랐다고, 더욱이 『꿈하늘』 등 신채호 작품은 전혀 상상외라고 하시였다.

그 후 우리 학급 담임선생님이시였던 현임 연변대학 총장 김병민 선생께서 지난 80년대 조선유학 시절에 신채호의 문학작품을 접촉하고 본격적으로 수집 정리하였으며 처음으로 『신채호 문학연구』 저서(1988년 5월)를 펴내게 되었다. 신채호는 이렇게 세상에 널리 알려졌다. 유감스러운 것은 지금도 이곳에서의 신채호연구는 소수의 몇몇 학자님들께만 국한되어있다는 점이다.

이 책에 싣는 『단재 신채호』는 필자가 1992년 3월 1일부터 3월 4일 사이에 쓴 글이다. 쓸 때 필자는 신채호 선생의 생평, 더욱이 가족사에서 한국에서 출판된 최홍규 선생님과 임중빈 선생님의 저서 참고에 특히 주의하였음을 밝히는 바이다. 두 분 선생님께 감사한 마음이다.

[참고 문헌과 자료]

중국 : 『조선족백년사화』(1) 『걸출한 학자 신채호』

　　　　『신채호문학연구』(김병민 저) 『료녕민족출판사』(1988년 5월)

　　　　『나의 회억』(류자명 저) 『료녕민족출판사』(1984년)

　　　　『세계사연구동태』(1981년 2월) 『조선애국사학가 신채호』

　　　　『문학과 예술』(1986년 제5호) 『신채호의 시(유고)를 두고』(김
　　　　　　병민)

　　　　『문학과 예술』(1991년 제4호) 『재신채호의 문학유고에 대한
　　　　　　자료적고찰』(김병민)

조선 : 『문학신문』

　　　　『용과 용의 대격전』(1)(1964년 7월 10일)(신채호)

　　　　『용과 용의 대격전』(2)(1964년 7월 14일)(신채호)

　　　　『용과 용의 대격전』(3)(1964년 7월 17일)(신채호)

　　　　※(조선의『문학신문』에서『용과 용의 대격전』연재, 조선에서 신
　　　　　　채호의 창작유고가 나가기는 이것이 처음!)

『문학신문』:

　『꿈하늘』(1964년 10월 20일)(신채호)

　『꿈하늘』(1964년 10월 23일)(신채호)

　『꿈하늘』(1964년 10월 27일)(신채호)

　『꿈하늘』(1964년 10월 30일)(신채호)

　『꿈하늘』(1964년 11월) (신채호)

　『문학신문』(1964년 10월 20일)

　『탁월한 작가 신채호의 문학에 대하여』

　『문학신문』:

　『신채호작품－독자』(1)(1964년 11월 13일)

　『신채호작품－독자』(2)(1964년 12월 4일)

　『신채호작품－독자』(3)(1964년 12월 18일)

　『조선문학』(1965년 제1호-3호) 신채호의 정론:『정육과 애국』,
　　　　『리해』

　『조선문학』(1965년 제2호)『신채호와 그의 문학』(안함광)

　『문학연구』(1965년 제2호)

　『랑만주의 개념설정과 혁명적 랑만주의 발생문제』(주룡길)

　『청년문학』(1965년 제2호)

　『물심량계의 병진』(신채호),『실패자의 신성』(신채호)

　『청년문학』(1965년 제2호)

　『애국의 격정으로 넘치는 신채호문학』(허률)

－신채호 서거 29주년을 기념하여

『아동문학』(1965년 제2호) 『신채호선생의 애국심』(문승우)

『청년문학』(1965년 제5호) 『조국애에 불타는 신채호』(작가일화)

『문학신문』(1966년 2월 18일) 『대한의 희망』(1) (신채호 정론)

『문학신문』(1966년 2월 22일) (제3면 옹근면)

『신채호의 혁명적 랑만주의 소설 창작과 의의－그의 서거 30주
　　년에 제하여』(주룡길) 등등

『조선문학』(1966년 제5호) 『대아와 소아』(신채호)

『조선문학』(1966년 제9호) 『역사와 애국심』(신채호)

한국: 〔주요 참고문헌〕

　　『신채호의 민족주의사상』－생애와 사상(최홍규 저)

　　『선각자 단재 신채호』(임중빈 저)

탁월한 문호 김택영

(1850-1927)

1

1905년 9월 9일, 이삿짐이라야 고작 책궤 몇 짝뿐인 56살의 김택영 선생이 스무 살 넘는 딸과 부인을 데리고 인천에서 중국으로 오는 배에 몸을 실었다. 일찍 저명한 애국계몽시인으로, 열렬한 반일민족독립운동가로, 문학, 역사, 철학, 미학 등 분야에서 크나큰 기여를 하던 이 탁월한 문호는 바로 이해에 일본이 조선을 강박하여 『을사조약』을 체결하게 되자 나라의 비운을 가슴 아프게 느낀 나머지 분연히 모든 직무를 사직하고 망명선에 오른 것이었다. 흰 두루마기에 정자관을 받쳐 쓴 김택영은 멀어져가는 조국산천을 바라보니 쓸쓸한 마음을 어이할 수 없었다. 그는 조국을 등져야만 했던 애달픈 심정을 시 『9일 배길에 올라』에다 토로하였다.

비류성밖 바다물은 쪽빛으로 푸르른데
만리에 바람 불어 주흥이 거나하구나
뉘라서 화륜선 빠른 배가

문사(文士)를 태우고 강남으로 떠날줄 안다 하였던가

동으로 살기가 불어 음계(陰計)가 들끓는데
그 누가 나라 위해 이 환난을 구할고
저녁놀 뜬 구름이 천지에 물드는데
몇 번이고 머리 돌려 삼각산을 바라보네

김택영 일가는 난바다에 부대기다가 1905년 10월 3일에 상해에 이르렀다. 산설고 물설고 낯선 상해거리에서 김택영은 옛 친구인 중국 입헌파의 수령 장건을 찾았는데 그의 뜨거운 환대를 받았다. 김택영과 장건은 1882년부터 교분이 있었다. 1882년 이해 장건이 관장경의 모사로 조선에 머무르고 있을 때 김택영과 절친한 사이로 지냈던 것이다. 이튿날 장건은 김택영 일가를 강소성 남통시에 생활의 터전을 잡게 하였다. 이때부터 강소성 남통시 서남영거리에는 백발이 성성하고 미목이 청수한 조선선비 한분이 있게 되었다.

<h2 style="text-align:center">2</h2>

김택영은 1850년 10월 15일 조선 경기도 개성 자남산 남쪽 행정에서 고고성을 터치였다. 그는 자를 우림이라 하였고 호를 창강, 별명을 소호생, 소호당, 소호당주인, 만호를 장미옹이라 하였다. 그의 선조는 소호 김씨인데 고려 때의 애국충신으로서 일찍 경상도 화개군에서 살았다. 후에 김택영이 늘 자기 글에서 '한국화개 김택영'이라고 자칭한 것은 이 때문이다.

김택영은 아버지의 알선으로 일곱 살 되던 해에 유학자 전상겸을 스승으로 모시고 배움의 길에 들어섰다. 그때 읽은 것은 주로 한문과 유가경전인데 그 시절에 유달리 총명이 과인하고 시와 글에 능하여 개성 원근에 명성이 뜨르르하였다. 그는 17살에 서울에 가서 성균시초시(成均試初試)에 입격하여 뛰어난 시적 재능을 과시하였다.

김택영은 10대의 나이에 벌써 구지욕이 굴뚝같았고 문학에 대해 남다른 흥취를 가지였다. 고루한 과시문체는 19살 되는 해에 시적 학식이 깊은 유학자 백기진 선생을 스승으로 섬기면서 고문학에 몸을 푹 잠갔다.

허나 김택영은 벼슬에 뜻이 없었다. 그는 23살 되던 해인 1872년에 서재를 박차고 평양, 해주, 금강산과 동해안 등지 조국 유람길에 올랐다. 유람은 그에게 문학적 시야와 생활적 공간을 풍부히 마련해주었다. 이런 생활체험이 있었기에 이해 그는 『대동강에서 배놀이하고 돌아오며』, 『금강산에서 단발령까지』, 『통천총석정』 등 서정 시편들을 연이어 써냈는데 이는 시인으로서의 그의 새로운 출발점이 아닐 수 없다. 이 시기에 김택영은 중국과 조선의 역대문학가들의 명문을 탐독하면서 시에서는 리백, 두보, 소동파, 왕사정 등의 수법을 받아들이고 산문에서는 사마천, 한유, 소동파, 귀유광 등의 풍격을 따라배우기에 무척 힘썼으며 『기』(氣)와 『신운』(神韻) 등 고전적 미학명제들에도 손을 댔다.

1878년에 김택영은 두 번째로 유람길에 올랐다. 삼천리금수강산은 그 어디가나 이태 전(1876년)의 심한 왕가물피해가 역력했다. 민중은 봉건통치배들의 포악한 정치와 경제적 수탈 밑에서 허덕이고 있었다. 뜻 아닌 조국의 현실은 젊은 시인의 끝없는 탄

식과 울분을 자아냈다. 그의 붓끝에서는 『농사집의 노래』(1876
년), 『추석전날의 농사집의 탄식』(1876년), 『의거의 노래』
(1878년) 등 훌륭한 시들이 마구 쏟아져 나왔다. 『추석전날의
농사집의 탄식』에서 그는 풍덕마을에 유숙하면서 보고 들은 농민
들의 처참한 생활상을 동정어린 격조로 나타냈다.

일년내내 가물고
서리마저 일찍 내렸네
늦벼는 걷지도 못하였으니
콩이나 팥인들 소출이 나랴
올해에 이처럼 쪼들리는건
농부, 그대의 잘못이 아니네
내 들판을 거닐어보니
찬 구름만 쓸쓸히 깔렸구나
외로운 연기는 빈터에 서리고
이랑마다 물오리 목이 메누나
때는 벌써 명절이 다 되었는데
조상의 무덤엔 무얼 가져가랴
낫들고 나가서 벼라고 베여보니
짧은 이삭 쭉정이가 절반이로구나
관솔불 밝혀 방아를 찧노라
밤이 깊도록 쉬지도 못하네
저렇게 하여 조상은 섬기련마는
손님대접은 무얼로 하나
그래도 집안엔 쥐가 있고
들판엔 참새가 떼지어 나는구나
참새야 제발 덤비지 말아다오

정말이지 이 곡식 목숨마냥 소중탄다

택영은 이 시에서 생활에 쪼들리는 건 농부의 잘못이 아니라고 지적하면서 사회 밑바닥에 깔려있는 노고대중의 질고를 보는 듯이 그려냈다. 이런 생활체험에 토대하여 택영은 1885년만 해도 『호박탄식』, 『가을 궂은비를 한탄하노라』 등 시들을 써냈다.

해살 펴지는 포전에 나가보니
떼지어 나는 벌 사람 쏘누나
올해 호박농사 잘되지 않아
헛꽃만 피여 벌새끼 기를뿐
아침내 따도 바구니 안차니
돌아가 처자 보기 부끄럽네
산골에선 고기부치 구경도 못해
호박반찬만 상동무 하였더니
이젠 그것마저 없어져
귀한 손님 오면 어찌할고
아~ 내 군색함이 이러하오니
공자도 땅파기가 야비타 했겠지

시 『호박탄식』이다. 택영은 이 시에서 산골에서 호박조차 한 끼 따끈히 먹을 수 없는 기막힌 처지를 생생히 그려냈다. 『가을 궂은비를 한탄하노라』에서는 때 아닌 장마 비로 곡식과 집터마저 잃어야 했던 참상에 온몸을 바르르 떨었다.

한탄하노라 가을비를

굳은비 억수로 쏟아져
끝끝내 물바다 이루고
천리 도회지엔 개구리 저자되였네
도처에 비명소리 애처로운데
저마다 처자 데리고 보금자리 떠나누나
다 여문곡식 물에 잠겨 썩어가니
아 불쌍한건 우리 백성들뿐
온 들판엔 찬구름만 덮였는데
농부들 호미 팽개치고 떨쳐나섰네
안타까워라
물에 잠긴 저 곡식은 어쩐달 말인고

상기 실례들이 적나라한 부정 면 폭로라면 근로인민의 소박한 내면세계를 긍정적으로 시에 담기도 했다. 『송곡농사집의 노래』(1876년), 『맑은 못을 바라보며』(1882년) 등이 그러하다. 그중 『송곡농사집의 노래』를 보면 아래와 같다.

산마을에 꽃이 피니
시절도 좋을시고
농사군 할아버지
새 숲을 걸으시네
꾀꼴새며 제비야
노래를 하건말건
듣는건 산비둘기
비맞이 울음일세

택영은 시에서 노동대가로 바꿔온 산곡마을 농민들의 기쁨과

평화로운 참모습을 펼치었다.

3

　김택영은 시단에 등장하자부터 찬란히 빛나는 시적 재능을 쭈욱 쭈욱 펼쳐갔다. 1883년에 서울에 와 있던 청나라 문사 장건은 시를 통해 김택영과 두터운 친분을 맺었으며 중국에 널리 소개하였다. 김택영은 19세기말기에 벌써 조선 문단의 '거수'로, 이조 말기를 대표하는 '3대시인의 한사람'으로 그 이름을 만방에 떨치었다.

　1891년에 김택영는 42살을 잡았다. 이해 그는 서울과거시험에 합격되어 성균 진사가 되었다. 이에 앞서 그는 역사지식을 고심이 연찬하여 깊은 학식으로 역사저작들을 펴내 개성에 명망이 높았기에 1894년에 의정부주사에 편사국편수(編史局編修), 내각기록국 사적(史籍)과장으로 부임되었다. 이듬해 1895년에는 중추원 참사관 겸 내각기록국 사적과장으로 승진하였다. 이 시기에도 그는 시 창작을 늦추지 않고 『달밤에 구성진 피리소리를 들으며』(1894년), 『봉황새』(1894년) 등 많은 서정 시편들을 써냈다.

　김택영은 나라의 역사기록관으로 근무했지만 일반 어용학자들과는 판연히 달랐다. 그는 실사구시의 사적적 입장에서 봉건폐정을 없앨 것과 민족의 문명개화를 극구 주장하였다. 그는 조선의 개화파를 공개적으로 지지, 변호했고 『영관개록』, 『만국지지』 등 영국, 일본의 계몽서적을 편집 혹은 번역 출판하여 만천하의 지리, 산천, 풍토, 사회제도, 학술 등 제반 상황을 나라 안에 널리 소개하였다.

1896년은 상서롭지 못한 재난의 해였다. 이해 학부대신 신기선이 쓴 『유학경위』에 서양교를 비난한 글귀가 있어 서양선교사들의 물의가 일었다. 신기선은 물론 그 글에 서문을 써주었던 김택영마저 비난을 면치 못했다. 이에 김택영은 주동적으로 사직하고 고향 개성으로 낙향하여 시문으로 나날을 보냈다. 시집 『소호자시』가 출판된 것은 이때의 일이다. 고향 시절에 그는 백년간이나 금물로 되어오던 실학대가 박연암의 문집을 처음 공개적으로 편찬하고 『동국력대사략』, 『동사집략』 등을 저술, 간행하였다.

1898년에 김택영은 예소보좌관(禮所輔佐官)으로 되었다. 이 듬해에 학부대신 신기선의 알선 밑에 보좌관의 신분으로 학부편집국에 근무하다가 1902년에 육품승훈랑(六品承訓郎)이 되었다. 1903년에는 홍문관편집소 위원으로 되어 정삼품 통정대부(通政大夫)로 승격하였다.

4

1905년에 일제가 조선과 굴욕적인 『을사조약』을 체결하자 김택영은 통분한 나머지 망명의 길에 올랐고 중국의 남통에 발을 들여놓게 되었다. 그는 장건의 도움으로 '한묵림인서국'(翰墨林印書局)에 취직한 뒤 조선 문화유산의 정리, 출판에 심혈을 쏟으면서 시와 산문들을 많이 발표하였다.

내 마음 싸늘하기 화로밑에 죽은 재라
이국땅 하늘아래 고국보기 어렵도다
유난성은 글을 읽어 어디 쓰려하였던고

공연히 애강남부(哀江南賦) 지어 슬픈 정만 더하누나

이는 김택영이 1905년에 지은 시 『고국의 10월사변을 회상하여』 중의 한절이다. 이 시에서 그는 망국의 설움안고 음독자결한 의관 조명세와 시종부관 민영환의 순국을 슬퍼하면서 어찌할 수 없는 자기의 망명처지를 남북조동만 특위의 애국문인 유신에 비기며 글로 나라를 건지지 못하는 울분을 한껏 터놓았다.

1909년 조선의 애국지사 안중근이 하얼빈역에서 일본조선침략 원흉 이등박문을 쏘아 죽였다는 소식을 듣고 홍분을 금치 못해 즉석에서 시 『안중근이 나라 원수 갚았다는 말을 듣고』를 지어냈다.

평안도 장사가 두 눈을 부릅뜨고
양새끼 죽이듯 나라원수 죽였구나
죽기전에 들은 소식 하 좋아서
국화곁에 미친듯이 노래하며 춤추네

해삼위 하늘가 맴돌던 독수리
하얼빈역 내려서자 벼락불 터졌네
6대주 호걸들이 깜짝 놀라서
가을바람 낙엽지듯 수저를 떨구네

1910년 8월 29일, 일본이 조선을 완전히 병탄하였다. 이 비보에 접한 김택영은 대성통곡하면서 사흘 동안 흰 상복을 지어입고 제를 올리다가 장시 『어허 애달파』를 써서 망국의 설움을 쏟았다.

아, 동서남북 어디를 가도 땅 아닌 곳이 없는데
나는 어쩌다 이 땅에 태어났는고
고왕금래에 하고 많은날 가운데
이 몸은 어쩌다가 이때를 만났는고
하늘에 소리쳐 물어보고 싶어도
하늘은 입다물고 말이 없도다

이는 장시 『어허 애달파』의 한 구절이다. 김택영은 그 후에도 고국산천과 인민들을 잊지 못해 많은 망향시를 발표하였다. 또 조선의사(義士)들을 대표하여 중국정부에 『진정표』를 써 올리고 조선애국지사 신규식, 안창호 등과 거래하면서 고국을 성원, 지지하자는 뜻을 피력하였다.

1911년 10월에 중국에 신해혁명이 폭발하여 근 300년간의 청조봉건통치를 뒤엎었다. 이 기쁜 소식이 강소성 남통시에 전해지자 김택영은 흥분된 마음을 걷잡을 수 없었다. 그는 그 자리에서 붓을 날려 『중국의병사에 감동되어』란 제목으로 시 다섯 수를 썼다. 그중 한수를 적으면 다음과 같다.

무창성안에서
우레가 울자
음침하던 사면팔방
삽시에 뒤흔들렸네
300년간 천제
취해 나자빠졌더니
가엾어라
오늘에야 깨여났구나

이 시에서 김택영은 아세아대륙을 뒤흔든 무창봉기의 역사적 의의와 승리를 열정적으로 노래하였으며 청조통치를 뒤엎은 데 대한 내심의 기쁨을 그대로 토로하였다.

김택영은 생애의 후기에 들어선 후 중국인민에 대한 요해와 사랑이 깊어졌고 이것이 점차 새로운 정착의식으로 변하여 중국을 제2고향이라고 일컫게 되었다.

1912년 1월 손중산 선생의 임시대통령 취임과 중화민국의 탄생은 승리의 서광마냥 김택영의 마음을 밝혀주었다. 희망의 봄을 안은 김택영은 즉시로 중국국적에 가입할 것을 남통정부에 정식으로 신청하여 비준을 받았다.

5

김택영은 중국에 22년간 체류하면서 중국의 이름난 계몽 사상가이고 번역가이며 시인이었던 엄복, 자산계급개량주의자이고 학자, 시인인 량계초 등 사람들과 깊은 친분을 맺고 늘 시로 서로 화답하였다.

아래 엄복과의 화답시만을 보기로 하자. 유신변법을 주장하고 정주학을 비판한 엄복이 『천연론』을 번역, 소개하자 김택영은 선진문명을 받아들이고자 번역한 엄복을 높이 평가하였다.

그 누가 한나라와 송나라 경전의 스승되려나
학술은 오늘 또 발전하여
『천연론』을 번역해냈을젠
밤에 우누나 귀신이 황포강에 와

......

엄복이 김택영에게 준 화답시는 이러하다.

    이 고장에 피신해 온 김통정
    오래전에 시 잘 짓는다고 이름났어라
    자기 조국 슬퍼하는 눈물
    화로의 재 적시누나
    ......
    물과 부평초 떨어지지 못하듯
    그대와 나 이 고장에서 막역이 벗되어
    어려운 그 시절에 그대 수재 만났네
    그대의 시와 리백, 두보의 시
    같기도 하고 다른데도 있어라
    ......

엄복은 이 시에서 시인 김택영을 높이 평가하여 리백과 두보에 비기였다. 자기와 택영이와의 사이는 '물과 부평초 떨어지지 못하듯'한 친분관계라고 노래하였다.

김택영은 이렇듯 탁월한 시인이다. 청말 문단의 기수 량계초는 김택영의 시에 탄복을 표시했고 청말 중국학자이며 시인인 유월은 김택영의 시는 '당시(唐詩)의 엄격한 격률과 송시(宋詩)의 청신한 풍격을 겸비'하고 있다고 찬탄을 아끼지 않았다. 이조 말기의 시인 이건창은 김택영을 일컬어 근대의 '시신(詩神)'이라고까지 하였다.

김택영은 한생에 수많은 시(한시)를 창작, 발표했는데 『소호당집』에 수록된 것만 해도 1000여 수가 된다. 그의 시들을 대체로 연민시, 우국시, 저항시, 망향시, 정론시, 생활시와 풍물시 등으로 나누어 볼 수 있는데 양적으로 가장 많은 것은 문인, 벗들 간의 정을 노래한 시들이다. 이런 시들에서 율시, 절구, 고시가 절대다수를 차지한다.

김택영의 창작활동은 시의 범위에만 머무르지 않았다. 그는 산문도 많이 써냈는데 헤아릴 수 있는 것이 500여 편에 달한다. 이런 산문들은 거개가 문예성격을 띠고 있다. 그중 가장 뚜렷한 것이 전기문학이다.

전기문학에서의 대표작은 장편전기 『안중근전』이다. 『안중근전』은 집필하기 시작해서부터 완성, 발표하기까지 전후 7년이 걸렸다. 이 전기에서 김택영은 안중근이 태어나서부터 죽을 때까지의 전반 생애를 생동한 예술형상으로 다루면서 그의 애국심을 두드러지게 부각하기에 힘썼다.

산문에서 수필과 기행문 창작도 성과가 뚜렷하다. 『시진창강실기』(1907년), 『한묵림서국 련못에서 노닐며』(1906년), 『움직이는 정자』(1915년), 『백운정기』(1914년), 『일송전기』(1899년), 『황주월파루 보수기』(1903년) 등이 대표작이라 할 수 있다.

산문창작에서도 높은 예술적 기량을 보여주었다. 하기에 중국 학자 손정계는 김택영의 산문이 '당, 송 8대산문가와 같은 문풍이 있다'고 높이 평가하였다.

김택영은 역사저서도 여러 종 되는데 그 대표작으로는 『한국역대소사(小史)』를 들 수 있다. 이 책을 쓰기 위해 김택영은 수십년의 품을 들였다.

김택영은 남통에 이주한 후 많은 저작을 써냈다. 남통에서 출판한 저서만 해도 시, 산문, 역사, 논문, 잡언, 부, 전기 등 무려 30여 종이다. 대표적 문학작품집으로는『소호당집』12권, 『창강고』14권, 『차수정잡수』4권 등이고 대표적 역사저서로는『한국역사소사』28권이다.

그의 저서는 출판된 후 늘 많은 수량이 조선에 배포되는데 제1차로 찍은『신자하 시집』1000부는 거의 전부 조선에서 가져갔다.

한묵림에서는 김택영한테 주로 자기 저서를 출판하도록 편리를 도모해주었다. 경비는 사회 여러 면의 지지를 받았다. 시집『창강고』의 출판을 위해 남통시 국립전수과(專修科)의 학생들과 중학교, 사범학교의 교직원들이 돈을 모았고 조선의 벗들이 후원을 아끼지 않았다.

열렬한 반일독립운동가 김택영은 자기의 필로 반일민족독립을 제창하고 성원하였으며 중국 국내에서 일어나는 정치적 사변들에 깊은 관심을 모았다. 그는 원세개의 굴욕행위로 빚어진『21개조약』의 체결을 통책하였으며 중국의 자강자립을 주장하고 5.4운동의 애국적 주류를 찬동하였다.

지난세기 20년대에 중국 땅에는 어지러운 군벌혼전이 그칠 새 없었다. 김택영은 험악한 시국을 통탄하면서 비관과 슬픔 속에서 방황하였다. 이때 북벌전쟁이 일어나자 그는 희망을 북벌군에게 기탁하였다. 북벌군이 1926년 반년 남짓한 기간에 군벌 오패부, 손전방의 수십만 명 주력부대를 소멸하고 중국의 절반 땅을 점령하자 김택영의 기쁨은 한량없었다. 북벌군에서 수백 명에 달하는 조선인열혈남아들이 싸우고 있다는 소식을 들었을 때의 기쁨은 더이를 데 없었다. 김택영은 일가식솔들과 함께 북벌전쟁의 승리를 마음껏 환호하면서 '북벌은 중국의 면모를 일신시킬 것이며 북벌군이야말로 진정한 애국애민의 군대이다.'고 열광적으로 찬양하였다.

6

기대가 크면 실망도 큰 법이다.

1927년 4월, 국민당 장개석은 '4.12'반혁명정변을 일으켜 공산당원과 혁명자들을 닥치는 대로 체포하고 학살하였다. 김택영은 앞길이 캄캄했다. 게다가 어지러운 세상에 한묵림인서국에서는 로임도 내주지 못하는데 불쌍한 세 아들이 연이어 죽어나가자 김택영은 절망의 천길 나락 속에 굴러 떨어졌다.

'개와 쥐가 살판치는' 이런 국면이 '언제가야 끝나겠는가?'

김택영은 고통과 울분 속에서 몸부림치다가 이해 4월말에 아편약을 먹고 자결하였다.

『남통보』가 김택영의 죽음을 부고하자 남통사람들은 비통에 잠기였다. 남통시 인민들은 성대한 추도식을 가지고 중조문화교류에 기여한 이 탁월한 문호를 추모하였다. 5월 7일 김택영의 유체는 당조시인 락빈왕의 묘와 함께 남통의 명승지 량산의 양지쪽에 장중히 모셔졌다.

김택영은 자기의 전 생애에 100여만 자에 달하는 방대한 저서를 세상에 남겨 놓았다. 그의 시문집으로는 『창강고』, 『소호당집』, 『소호당속집』, 『정간 소호당3집』, 『합간 소호당집』, 『재편 소호당집』, 『차수정잡수』 등이 있고 역사저작으로는 『동사집략』, 『한국역대소사』, 『한사계』, 『교정삼국사기』 등과 『숭양기구전』, 『재편숭양기구전』 등 기전체문집이 있다. 이밖에도 그는 『박연암선생문집』, 『신자하시집』, 『명미당집』, 『매천집』, 『려한10가문초』

등 10여 종의 조선고전문학집을 편집, 출판하여 중국에 조선의 전통문화를 널리 소개하였다.

창강 김택영이 남긴 사상과 유산은 자못 거대하고 풍부하다. 그가 일생동안 쌓아올린 불멸의 유산은 조선민족의 문학사 뿐만 아니라 중화민족의 문학사, 사상사에 빛나는 한 페이지를 장식하였다.

신해혁명참가자 신정

(1879-1922)

중국의 신해혁명 시기에 30대의 한 조선인이 손중산 선생을 따라 청조를 뒤엎고 민국을 창건하는 위대한 혁명투쟁에 뛰어들었다. 이 조선인의 이름은 신규식이라고 부르는데 열렬한 반일민족독립운동가이며 자산계급민주혁명의 선행자이며 이름난 민주주의적 시인, 작가, 교육가였다. 그의 일생은 고통과 통분과 눈물과 피 그리고 투쟁으로 일관된 일생이었다.

1

신규식은 1879년 1월 13일 조선 충청북도 문의군 동면 계산리에 있는 시골선비 신룡우와 최씨사이의 둘째아들로 태어났다. 우연적인 일치라 할까 그의 탄생일은 중국의 말대황제 선통과 같은 날이었다. 이런 우연적인 일치는 신규식에게 신비로움을 던지어 그의 일생이 비극적 색채를 띤 일생이라고 암시하여주는 듯하였다.

충청북도는 경치가 아름답고 물 맑으며 인재가 배출되는 것으로 그 이름이 높다. 신규식은 명문가족의 선비인 아버지와 어머니의 미덕을 한몸에 이어받고 충북의 산천경개의 수려함을 비껴담아서인지 어려서부터 총명이 과인하여 세살에 벌써 글을 읽을 줄 알았다. 그는 어린 시절에 서당에 들어가 한문을 익히고 사서오경을 통달하였으며 글을 짓고 시를 썼는데 어른들은 그를 신동이라고 손꼽았다. 호는 예관, 자는 공집이며 또 여서, 일민, 청구, 한인, 산로 등의 별호를 썼다.

신규식의 소년 시절은 이조 500년의 봉건전제통지가 풍전등화의 불운한 처지에 빠지고 일본과 국내열강들이 조선에 침략의 검은 마수를 뻗치던 암담한 시절이었다.

나라의 어지러운 정치와 사회의 부패상, 일본의 침략적 근성은 소년 신정의 주의를 환기시켰다.

갑오전쟁이 터질 무렵, 신규식은 15살이었다. 그때에 벌써 쪽발이 왜놈을 배척해야 한다는 격문을 지어 통책하였으며 서당의 학우들도 동년군을 무어 무예를 부지런히 익히었다. 어려서부터 군사놀음에 남다른 흥취를 갖고 있던 그라 무예훈련에서 제법 솜씨를 폈다. 하여 그는 몇 번이나 체포되었으나 동년군 대장으로서의 뜻을 조금도 굽히지 않았다.

이태 후 신규식은 서울에 올라가서 공부에 몸을 잠기었다. 때는 조선에서의 일본의 세력이 나리로 창궐하고 그 침략음모가 백일하에 드러나는 시기였다. 나라 안에서는 당파싸움이 꼬리에 꼬리를 물고 탐관오리들의 위법란기 현상이 열을 올리고 있었다. 신규식은 평소 말수가 적고 쉽사리 성을 내지 않은 성격의 소유자였지만 더는 참을 수 없었다. 그는 정의를 주장하면서 날카로운 필치로 나라의 암둔한 현실을 쪽 발가 놓아 관아의 미움을 사고 학교에서 퇴학하였다.

그 후 신규식은 전문 한어학교에 입학하여 3년간 한어를 배우다가 22살에 서울의 육군사관학교에 들어갔다. 각 학과의 성적이 월등한 데서 그는 선생들의 사랑을 몹시 받았다. 그러나 학교당국의 부정행위와 불합리한 점에 대해서는 묵과할 수가 없었다. 그는 끊임없이 공격을 들이대며 동맹휴학을 시도하였다. 동맹휴학을 할 때 마침 시골에서 앓게 되어 그는 일대 재난을 면하게 되었다. 사관학교의 규정에 의하면 사단을 일으키는 우두머리들을 가차 없이 군법의 다스림을 받아야 했다. 신규식은 사관학교를 졸업한 후 보병영 육군 참위로 되었다.

1905년 일본은 불평등 『보호조약』을 체결하도록 조선을 핍박하였다. 드디어 이완용 등 을사 5적의 배신행위로 하여 『을사조약』이 체결되고 조선은 전부의 주권을 잃어버리고 말았다. 조선민족의 망국노신세, 고향에서 이 피눈물의 소식을 접한 신규식은 비분에 모대기다가 지방진위대의 힘을 모아 쪽발이 왜놈들과 생사판가리를 하려고 서둘렀다. 왜놈들의 탄압으로 이 계획이 수포로 돌아간 뒤 그는 극도의 고통 속에 빠진 나머지 독약을 주어들었다. 집식구들이 제때에 발견하고 구급조치를 대여 목숨을 건졌으나 오른쪽 눈의 시신경이 피해를 입었다. 이때부터 그는 앞을 곧추 정시하지 못하고 옆으로 흘겨보게 되어 '예관'이란 아호를 붙이게 되었다. 험악한 세상과 쪽발이들을 옆으로 흘겨보게 된 것은 이때부터의 일이다. 그 후 신규식의 건강은 날로 못해갔다. 정신적인 고통이 주는 결과이기도 하였다.

1907년에 일제는 무모하게도 조선군대해산령을 내리였다. 이 해 신규식은 군복을 벗은 후 결연히 반역을 꾀하다가 여러 번 옥에 갇히었다.

'일제를 몰아내자면 민중을 각성시켜야 한다! 민중을 각성시키자면 무엇보다도 먼저 교육을 틀어쥐어야 한다!'

신규식은 실천투쟁 가운데서 이점을 절실히 느끼고 동지들을 규합하여 학회를 뭇는 한편 선후로 중등학교, 청동학교와 문도학교 등을 꾸려 젊은 세대들에게 민족정신과 민족의식을 게으름 없이 부어넣었다. 그는 또 잡지를 발간하고 실업단체를 꾸리며 반일투쟁의 경제토대를 마련하기도 하였다.

1909년 10월, 신규식은 조선민족의 의사 안중근이 하얼빈역두에서 조선침략의 원흉 이또 히로부미를 처단했다는 통쾌한 소식을 들었다. 이 소식에 접한 신규식은 인차 시 『하얼빈의거를 찬양하여』를 써서 안중근을 높이 칭송하였다.

> 청천백일의 벽력소리
> 전세계 잠든 넋 깨우도다
> 의사 한번 성내매 간융이 꺼꾸러지니
> 독립만세 3창에 조국광복 되리로다

후에 안중근이 여순에서 일제 놈들에게 살해당했을 때 신규식은 『여순에서 살해당한 이를 애도하여』란 시를 써서 의사의 장렬한 최후를 심절이 추모하였다.

그때 충청도는 의병운동의 중심지의 하나였다. 민중까지 일어나 의병을 도와 나서니 일제 놈들은 잔인하게도 의병이 나타난 구역과 의병들을 원호한 집을 모조리 불살라버리었다. 신규식의 집도 충청도의 부호로서 의병원호에 발 벗고 나서다가 큰 변을 당할 뻔했다. 다행히 신규식이 외지에 있었기에 그 번 고비를 넘길 수 있었다.

1910년은 불운한 한해였다. 이해 8월, 『한일합병』이 되자 조선은 온통 울음의 바다, 원한의 소용돌이에 휘감기였다. 독립국가로서 당당한 반만 년의 역사로 자랑하던 조선은 역사무대에서 사라져야 했다.

"나라를 잃고 살아서 무슨 의미가 있을손가!"

신규식은 극도의 절망으로 몸부림치다가 또다시 음독자살의 길을 택했다. 허나 죽음의 신은 그를 부르지 않았다. 대종교의 교조(敎祖) 나철에 의해 구원되어 생의 행렬에 다시 가담하게 되었다.

신규식은 잃어버린 나라를 되찾고서 재기를 맹세하였다. 그는 '청산은 옛모습 잃고 낙엽은 지는 가을 알리'는 조선의 암담한 현실에 더는 실망하지 않았다. 반일독립의 길만이 조선민중이 걸어야 할 길이었다.

1911년 봄에 신규식을 반일구국의 진리를 찾아 중국으로의 망명길에 올랐다. 고향땅을 등지고 압록강을 건너 설 때 그는 망국의 뼈저린 슬픔을 어이할 길 없어 시 『서울을 떠나 압록강을 건느며』를 썼다.

그는 처음 압록강 건너 요동 땅에 적(籍)을 두었다가 중국 자산계급혁명의 선진분자들이 상해에 집결하였다는 소식을 탐문하고 주저 없이 심양, 산해관, 북경, 청도, 교주만을 지나 상해로 향했다. 산해관을 지날 때 망향시 『산해관에 이르러』를 지어 읊었다.

청구 땅엔 해가 지고
산해관엔 하늬바람 불어치는데

충정으로 불타는 섭군의 말삼
이 가슴 한없이 후덥혀주네

이 시에서 그는 일제에 의해 빛을 잃은 조선을 통탄하고 일제의 검은 손길이 중국 땅에 뻗치었음을 '하늬바람'에 비유하면서 원수들과 끝까지 싸워나갈 뜻을 피력하였다.

2

1911년 4월 27일, 자산계급정당인 중국 동맹회 수령 손중산과 황흥은 광국에서 황화강봉기를 일으켜 청조의 통치에 심대한 타격을 주었다. 봉기는 적아 역량대비가 현저한 데서 1주야 만에 실패하고 많은 혁명당인들이 피못에 쓰러졌다. 금방 북경에 이른 신규식은 이 소식을 듣고 애끓는 마음을 가라앉힐 수 없어 붓을 들었다.

서울 떠나 어언간 삼천리
해질무렵 연경에서 옛 친구 만났구나
중화의 희소식 정말인지
눈물겨워 오래동안 말못하였네

그는 망명의 기나긴 노정에서 목격한 청조봉건통치의 부패상을 해질 무렵에 비유하면서 황화강봉기에 환희 고무되기도 하고 실패로 비분에 잠기기도 하였다.

신규식은 북경에 더 머무를 수 없었다. 그는 지체 없이 동맹회의 지명인사들이 많이 모인 상해로 떠났다. 교주만을 거쳐 상해에 이른 후 그는 중국동맹회에 가입하였다. 그는 중국혁명이 성공하면 나라 잃은 조선에도 자유의 희망이 있게 된다는 도리를 깨닫고 인차 중국적에 입적하고 이름을 신정이라고 고쳤다.

황화강봉기가 실패한 후 동맹회 등 혁명단체들에서는 대규모의 무장봉기를 온양하였다. 그때 중국관내에는 장사에 나선 극소수의 조선 사람들이 있었을 뿐 반일에 뜻을 둔 조선인지사들은 거의 없었다. 신정은 홀몸으로 중국의 정치무대에 등장했으나 조금도 외로움을 느끼지 않았다. 그는 바야흐로 타오를 신해혁명의 불길을 어둠에 잠긴 아세아의 대륙을 밝혀 줄 희망의 등대라고 보았다.

1911년 10월 10일 새벽 무창에서 천지를 진감한 무창봉기가 일어났다. 혁명군은 하룻밤의 격전을 거쳐 무창성을 공략하였다. 한양과 한구의 호북신군도 봉기의 횃불을 들었다.

이 나날에 신정도 동맹회의 주요회원으로 활약하면서 손중산과 황흥을 따라 무창봉기에 참가하였다. 한편 『민권보』에 수중의 자금을 서슴없이 내놓아 국민혁명사상을 보다 널리 선전하도록 하였다.

봉기가 승리한 후 혁명당인들은 혁명정권을 건립하고 호북군정부를 세웠다. 청정부는 저들 군대를 무창에로 마구 내몰았다. 정세가 위급해지자 황흥회 창시자이며 동맹회 수령의 한사람인 황흥이 혁명군총사령으로 추대되어 무창으로 떠나갔다. 신정은 시 『보검』을 지어 황흥에게 드렸다.

흉악한 원수부터 목을 자르고
이웃의 배신자도 소멸하소서
요물들을 모조리 박멸하거든
태평양에 넣어서 피로 씻으소.

그는 청조 봉건통치배들을 『흉악한 원수』라고 단죄하면서 그자들을 모조리 박멸할 것을 바랐으며 황홍에게 두터운 신임을 표시하면서 혁명의 승리를 기탁하였다.

1912년 1월 1일 손중산 선생이 남경에서 임시대통령 취임선서를 하고 중화민국의 탄생을 장엄히 선고하였다. 이에 신정은 기꺼이 일필휘지했다.

험악한 세상에 거룩하신 분 태어났네
강남땅 험난한 길 누비시여
바라고 바라던 무창봉기 일으키던 날
천군만마 한결같이 호응하여 나섰네
　　　　　　　　　─『손중산에게 드림』

공화의 새 일월에
천지가 개벽했네
사해의 만백성 행복을 누리며
천대만대 모셔가세 중산 선생을
　　　　　　　　　─『손중산 대통령을 축하하여』

두수의 시에서 신정은 중국자산계급혁명의 선구자인 손중산 선생을 '해와 달'에 비유하면서 그에 대한 다함없는 존경과 신뢰를 표달하였다.

신해혁명은 근 300년간의 청조봉건통치를 뒤엎었다. 신정은 이 위대한 투쟁에 직접 참가한 유일한 조선인전사이다. 당시 '중국에는 손문, 조선에는 신규식'이라는 말이 널리 퍼지였다.

원세개가 신해혁명의 전취물을 앗아간 후 신정은 상해를 떠나지 않았다. 신정은 동맹회의 기관지 『민권보』의 발행을 위해 자기의 여비까지 써가면서 물심 면으로 받들어 나섰다. 원 청나라 조정과 일제 중국주재영사관에서 피 눈이 되어 신정을 체포하려하는 데서 그는 잠시 프랑스조계지에 피신하지 않을 수 없었다.

그 후 중국 상해로 망명한 조선인지사들이 점차 많아졌다. 1912년 7월 신정은 그들을 토대로 반일독립단체 『동제사(同濟社)』를 조직하고 동제사를 독립운동의 중심기구로 삼았다. 동제사는 신정 외에도 박은식, 김규식, 신채호 등 300여 명으로 이루어졌는데 상해에 본사를 두고 구미 각지에 분사를 두었다. 신정은 동제사의 이름으로 수십 편의 비밀편지를 써서 인편에 조선 각지에 띄웠다. 그 목적은 국내에서 성세 호대한 민중반일시위운동을 일으킴으로써 국제여론을 환기시켜 조선의 독립을 앞당기자는 데 있었다.

신정의 노력은 이에만 그치지 않았다. 그는 중국과 조선 두 나라 혁명지사들의 단결과 친선을 도모하고자 『신아동제사』를 발기하고 조직하였다. 이 사의 참가자들은 모두가 중국 국민당의 선진분자들이었다. 이들 가운데는 송교인, 진기미, 호한민, 료중개, 당소의 등이 망라되었다. 신정의 가슴은 확 트이는 것만 같았다. 그는 북받치는 감격을 억수를 길 없어 『제재다사들 장하구나』라는 시를 지었다. 그는 풍랑에 같은 배를 타고 그리운 강산, 님 계신 곳 찾아가는 지사들이 장하다고 하면서 '모두가 사공이요 키잡이라/ 일심으로 피안을 향해/ 어기어차 저어 가'자고 감격을 마음껏 터놓았다.

같은 해 1912년에 신정은 『민권보』의 서 편집 소개로 당년의 중국에서 영향력이 제일 큰 자산계급의 진보적 문인단체 『남사』에 가입하였다. 그는 류아자 등 진보적 문인들과 두터운 우정을 맺고 수차나 『남사』의 시인모임에 참석하여 격정이 도도한 주옥같은 시편들을 내놓았다. 또 그들과 함께 조선의 역사와 문화를 연구하고 조선혁명을 논하면서 『한국통사(痛史)』, 『이순신전』, 『안중근』 등 저서를 펴내고 잡지를 꾸렸으며 『진단보』를 출판하여 조선혁명의 대외 선전품으로 삼았다. 신정은 『환구중국학생회』에도 참가하여 유익한 활동을 벌였다.

신정은 중국국민당 대리 이사장 송교인과 진영철 두 선생과 자별한 사이로 지냈다. 진 선생이 원세개 졸개들에 의해 피살된 후 주위환경이 험악했지만 신정은 만사불구하고 진선생의 저택으로 달려갔다. 그때까지도 진선생의 시체는 침대에 쓰러진 채로 있었으며 온 얼굴이 총알흔적으로 피가 낭자했다. 신정은 "호남아 나라를 위하여 죽었으니 살아서 영웅이요 죽어서 빛나도다"하고 실성통곡하면서 벗의 이름을 부르고 또 불렀다. 신정은 진선생의 저택으로 달려가 애도를 드린 첫 사람이었다. 송교인이 피살되었을 때 그는 3일간 단식하며 애도를 표시하였다. 서혈아, 오록정 등 민주혁명가들이 피살되었을 때에도 애도시들을 발표하여 그들을 심절이 추모하였다.

3

신정은 열렬한 독립혁명가일 뿐만 아니라 직심스런 종교가였다. 앞에서도 간단히 언급한 바지만 그는 1910년에 『한일합병』으로 극도의 고통에 빠져 자살을 시도하다가 대종교의 1대종사인 나철에 의해 구원된 적이 있다. 그 뒤 그는 나철의 세례를 받아

대종교신도가 되였었다.

　대종교는 나철이 1909년 중광절에 처음으로 포교한 새로운 종교이다. 나철은 『을사조약』 때 역적대신을 저격했다가 유배살이를 해야만 했다. 유배살이에서 풀려나온 후 그는 서울에서 대종교를 포교했는데 신정은 이 교를 조선의 국교로 보면서 대종교가 존재하는한 조선의 민족정신이 살아있다고 여기였다. 그는 일제가 조선을 삼켜버린 후 종교의 명의를 빌어 독립활동에 나섰다.

　상해에 간 후 신정은 주일마다 교우들과 더불어 예배를 드렸다. 그는 매번 3월 15일 어천절과 10월 3일 개천절 그리고 8월 29일 국치기념일이면 상해의 조선인들을 모여 놓고 기념회를 가지였다.

　신정은 예리한 눈길과 더부룩한 구레나룻, 위엄 있는 수염을 가진 사나이였지만 담배와 술을 입에 대지 않았으며 도박이나 장기류 등 세속적인 오락과는 인연이 없었다. 망명생활에서의 떨어질 수 없는 '반려'는 한 폭의 단군초상과 하나의 조선지도였다. 그는 이른 아침과 저녁이면 단군초상과 조선 지도를 펼치고 묵묵히 기도를 드렸다. 남들이 다 주무는 밤중이면 조용히 흐느껴 울곤 하였는데 조선이 독립하기 전에는 울음이 그칠 것 같지 않았다. 그는 아버지가 별세하셨다는 불행한 소식에 접했을 때 몸소 제문을 쓰고 3개월이나 향을 태우면서 아침저녁으로 아버지의 유상에 묵도를 드렸다.

　1915년에 신정의 셋째 동생 신건식이 항주의 적산부 부근에서 고려사옛터를 발견하였다. 이 고려사는 원래 옛날 항주의 명승고적의 하나로서 고려 시대에 성덕태자가 항주에 와 출가했을 때 지은 옛터였다. 그때 고려사안에는 성덕태자의 신상(神像)이 모셔지고 매일 향불이 그칠 줄 몰랐는데 누누 수백 년 세월이 흐르자 볼품없이 파괴되어 원 모양이 거의 없어졌다. 신정은 이 소식을 듣고 '선인들의 유적을 없애는 것은 후손들의 죄'라고 탄식하면서 많은 자금을 희사하여 사원을 다시 수건하게 하였다. 그리곤 친히 '고려사'란 편액을 써주고 자기의 감회를 시로 표달하기도 하였다. 그때로부터 고려사란 이름이 다시 사람들의 입에 오르게 되었다.

1915년 5월, 원세개는 전국인민의 반대에도 불구하고 외교부에 지령하여 일본정부가 중국을 멸망시키기 위하여 제기한 매국적『21개조』를 받아들이도록 하였다. 신정은 분노한 나머지 시『남사에 드림』을 지어 '국권 잃고 전철을 밟는 것이' '슬프다'고 통분해 마지 않았다. 그는 또 비분강개하여『동사 여러분에게 드리는 글』을 써서 남사에 보내었다. 글에서 그는 '폭풍우에 천지가 캄캄하고 검은 물결이 온 누리를 삼킬 듯 흘러드는데 막아서는 자 없'고 '여론기관도 경고의 글 한편 없'다고 개탄하면서 '조선의 망국의 교훈'을 환기시켰으며 '친애하는 중화민족의 인인지사'들이 '조선의 뒤 길을 걷'지 말라고 간절히 피력하였다.

1916년 이후『남사』는 점차 봉건문화의 복고조직으로 굴러 떨어졌다. 신정은 류아자 등과 함께 추호의 미련도 없이『남사』에서 퇴출하고 독립운동을 위해 동분서주하였다.

신정은 조선의 희망은 젊은 세대에 있다는 것을 누구보다도 잘 알았다. 하기에 조선의 열혈청년들 가운데서 그의 존함을 가슴깊이 새기고 국내서 상해로 찾아가는 이들이 적지 않았다. 이에 신정은 상해의 프랑스조계지에『박달학원』을 세우고 청년들에 대한 훈련과 양성에 전력을 다하였다. 그가 초빙한 교수들은 거개가 조선 국내서 명성이 뜨르르한 박은식, 신채호, 홍명희, 문일평,

조소앙 등 혁명수령들이었다.

박달학원은 선후로 3기에 걸쳐 100여 명을 졸업시켰다. 신정은 청년들의 지향에 따라 그들을 중국의 여러 대학에 보내거나 구미나라에 보내어 유학시켰다. 그는 또 당계요, 정잠 등 여러 고급장령들과 연계를 가지고 자기의 학생들을 보정군관학교, 천진군수학교, 남경해군학교, 오송상선학교, 호북강무당, 광동강무당, 운남군관학교, 항주체육학교 등에 보내어 군사교육을 받도록 하였다.

철기군 등 네 열혈청년이 운남강무당에 가게 되었을 때 신정은 이렇게 말하였다.

"공부하기 위해서 제군들이 조련장의 철봉에서 떨어져 죽거나 과당 내에 뇌출혈로 숨지어도 별문제이다. 주되는 것은 제군들이 꼭 사람이 되는 것이다. 제군들은 반드시 삼천만망국노를 위해 기개를 떨쳐야 한다. 제군 개인의 영광은 곧바로 삼천만동포의 영광이다. 부디 잘 배우기를 바란다."

이 기간에 신정은 청년들의 주숙, 식사, 로비 등과 출국여권수속까지 해주고야 시름을 놓았다. 그만큼 청년들을 그를 믿고 따랐다. 대조신이라고 하는 중국청년은 선생을 숭배하던 나머지 자원적으로 선생의 신변을 지켜 섰다. 이 청년은 일본 놈들이 몇 번이나 가장하고 신 선생을 납치하려 할 때 선뜻 나서서 구해주었다.

1917년 8월에 스웨덴의 수도 스톡홀름에서 만국사회당대회가 열리였다. 신정은 대회에 대표를 파견하여 조선독립을 기원하는 건의서를 보냈는데 만장일치의 승인을 받았다. 이듬해에는 예관이란 이름으로 파리강화회의에 조선독립요청전보를 띄웠는가 하면 이해 모스크바에서 열린 원동약소민족대회에 대표를 파견하기도

하였다.

　1919년 초에 신정은 김규식을 파리에 파견하여 조선민족대표를 행사하게 하는 한편 선우혁, 김철, 서병호, 김순애, 백남규 등 독립운동가들을 비밀리에 국내에 보내어 ‘3·1운동’준비를 다그치게 하였다. 일본에는 조용은, 장덕수, 이광수 등을 파견하여 재일동포들과 연계를 가지며 독립선언문을 기초하게 하였다. 이와 때를 같이하여 상해에 고려교민친목회를 조직하고 기관지『우리의 소식』을 발행하였다.

<h1 style="text-align:center">4</h1>

　1919년 서울에서 대중적 ‘3·1’독립만세운동이 기세 드높이 일어났다. 4월 23일 13도대표들이 모여 한성정부 - 임시정부를 수립하였는데 신정이 법무총장으로 위임되었다. ‘3·1운동’과정에 연해주에 조직된 대한국민의회와 상해의 대한민국임시정부가 형식이나마 상해 임시정부로 통합된 후 신정이 법무총장으로 취임하였다. 그는 이듬해에 임시정부의 국무총리 겸 외무총장으로 추대되었다.

　1921년 10월 국무회의는 결의를 지어 신정을 특사로 광주의 중국호법정부에 파견하여 상해 임시정부를 승인 받도록 하였다.

　이해 10월 26일 새벽 신정과 그의 일행은 상해의 회산부두에서 프랑스의 우편선에 올랐다. 오전 9시에 윤선이 부두를 떠난 뒤 신정 등은 윤선에서 밤낮 이틀을 보내고 10월 28일 오후에 향항에 이르러 동아호텔에 주숙을 정하였다.

　이튿날 오전 신정은 향항 황후길거리에 자리 잡은 당계요 장군

댁의 초인종을 눌렀다. 당계요장군은 신해혁명 때의 신정의 동지였다. 그는 자기 집에서 문뜩 신정을 만나게 되자 기뻐 어쩔 줄 몰라 했다.

"이 동생이 신선생과 갈라진지 여러 해 만에 향항에서 이렇게 만날 줄은 정말 뜻밖입니다. 대단히 고맙습니다."

그는 신정의 두 손을 잡고 이슥토록 놓을 줄 몰랐다.

서로의 사이에 허물없는 이야기가 오갔다. 당계요가 조선의 독립운동형편을 묻자 신정이 '3·1운동'의 경과를 쭉 이야기하고 그 번 남하목적을 툭 털어놓았다.

"대단히 좋은 일이군요."

당계요는 자못 감탄하면서 말을 이었다.

"조선인민은 망국의 인민이 아닙니다. 당신들은 조만간에 일어날 것입니다. 이제 내가 운남에 돌아가게 되면 조선을 위해 군사인재를 많이 키워주겠습니다."

그러면서 그는 경제상에서 10만 원을 지원하겠다고 선뜻 표시하였다.

이날 저녁 신정 일행은 당계요와 오래도록 술상을 같이하고 회포를 터놓았다.

10월 29일 오후에 이들 일행이 광주에 이르렀다. 이튿날 아침 신정 등은 이해 5월에 세워진 비상대통령부에 가서 신해혁명 때의 여러 옛 친구들을 만나 인사를 나누고 찾아온 뜻을 피력하였다.

"대한민국임시정부가 상해에서 수립된 지 3년이 되지만 서로간의 방문이 없었습니다. 지금 호법정부가 수립되고 손중산 선생이 국정을 장악하니 우리 임시정부에서는 저를 특사로 파견하여 손중산 선생께 충심으로 되는 경의를 드리라고 했습니다."

신정은 계속하여 남하의 주되는 목적은 호법정부의 정식 승인을 받자는 것과 원조를 바라는 것, 친구들을 만나는 것이라고 말하였다.

11월 3일 오전 신정 등은 비상대통령부의 접대실과 외교부를 거쳐 손중산 대통령의 저택으로 안내되었다. 손중산 선생이 그들을 뜨겁게 맞아주었다.

"재작년에 상해에서 대통령각하를 만나 뵌 후 이렇게 늦게 찾아오니 미안하기 그지없습니다."

신정이 진심으로 사과하자 손중산 선생이 그의 말을 받았다.

"선생은 저의 오랜 동지로서 먼길을 조여 이렇게 찾아 주시니 대단히 감사합니다. 이번에 선생이 또 국사의 신분으로 오게 되니 더더욱 기쁩니다."

이날 신정일행은 손중산 선생과 두 시간 남짓이 담화하였다. 신정은 신해년에 중국에 망명 온 후 대통령을 따라 제1차혁명에 참가했던 정경과 민국이 세워진 10년 사이의 정치정세, 호법정부가 수립된 후의 중국통일의 희망을 구김 없이 터놓으며 임시정부를 대표하여 손대통령과 호법정부의 여러 요인들에게 숭고한 경의를 드렸다. 이어 임시정부의 서류를 올리었다. 서류는 임시정부측이 제안한 호혜조약 5관이었는데 그 내용은 아래와 같다.

1. 상해 임시정부는 호법정부를 대중화민국 정통정부로 승인하고 그 원수와 국권을 존중할 것.
2. 대중화민국 호법정부는 상해 임시정부를 승인할 것.
3. 중화민국 군사학교에 조선인학생을 받아주도록 할 것.
4. 500만 원을 차관해 줄 것.

5. 일정한 지역을 조차해 주어 대한독립군을 양성하는 데 사용
   할 수 있도록 허락해 줄 것.

   손중산 선생은 제1관과 제2관, 제3관을 선뜻 수락하였다. 제4
관과 제5관에 대해서는 목전 광동 한개 성의 힘으로 답을 주기
어렵다면서 차관과 조차는 북벌계획이 완성된 후 꼭 전력을 다해
해주겠다고 진정으로 약속하였다. 이날 밤 대통령부에서 70여 명
요인들이 참가한 만찬회가 열리었다. 팽개치다.
   11월 18일, 중국 측에서 북벌선서식을 6가지였다. 이날 손중
산 선생이 대원수의 옷차림으로 신정 특파사절을 정식으로 접견
하였고 상해 임시정부 광주대표가 호법정부가 주재하는 데 동의
하였다.
   했으나 1922년 5월 손중산 선생이 의거했던 광동군벌 진형명
이 배반한 데서 '남만 군벌에 의거하여 북양군벌통치를 뒤엎는
다.'는 환상은 수포로 돌아갔다. 손중산 선생이 광주를 떠나 상해
로 피난하자 신정은 크게 놀랐다.
   "중국의 불행은 어찌하여 이리도 깊은가? 중산 선생이 알심 들
여 개척한 사업이 모두 물거품으로 되니 이는 중국의 큰 불행일 뿐
만 아니라 조선의 큰 불행이다."하고 하늘을 우러러 장탄식하였다.
   손중산 선생의 피난이 신정에게 주는 타격이 너무도 컸다. 신
정은 그날 병석에 드러눕고 말았다. 그의 수면과 음식, 말수는 날
마다 죽어들고 눈가의 우울한 빛은 날따라 짙어만 갔다. 그는 늘
창문가에 서서 파아란 하늘을 하염없이 바라보면서 중얼거렸다.
   7월의 어느 날 신정은 또 창가에 나섰다. 그는 애상적인 눈길
을 저 하늘에 던지다가 갑자기 고통스레 부르짖는다.

"나에게는 죄가 없다!… 나에게는 죄가 없다…다시 만나자 벗들이여, 나는 간다… 임시정부를 잘 유지하시라, 3천 만 동포를 위해 노력하시라… 나는 간다… 나에게는 죄가 없다…"

그 후 신정은 음식을 전폐하더니 더는 말 한마디 하지 않았다. 25일간이나 내내 그 상이 장상이었다. 입에 댄다면 매일 끓인 물로 조금 목을 추길 뿐이었다.

신정의 병은 더욱 악화되고 몸은 보기 흉하게 여위어갔다. 동지들은 보다 못해 강압수단으로 음식물을 주입시키었다. 이때에 이르러 그는 더는 반항하지 못하게 되자 번쩍 뜬 두 눈에 노기를 잔뜩 담았다. 손중산 선생이 돈을 보내어 병 치료를 다그치도록 했으나 소용없었다.

단식 25일 만인 8일 초닷새 날, 신정은 상해 애인리 57번지에 있는 그의 처소에서 끝내 한많은 세상을 하직했다. 생명을 마감 짓는 순간 그는 흐리멍덩하게 "정부! 정부!"를 연속 불렀다. 그는 슬하에 일남일녀를 남기고 44살의 생애를 마치였다. 그의 영구는 상해 홍교로에 위치한 만국공동묘지에 안장되었다.

신정은 일생에 산문대표작으로 불리는 장편 정론『통인』과 시집 『아목루』를 남기였다. 『통인』은 '한국혼'이라고도 하는데 1920년 10월 상해『진단주간』에 연재되었다. 시집『아목루』는 신정탄생 60돌 때 사천성 동경에서 출판된 그의 유일한 시집이다. 시집에는 그가 1909년부터 1922년까지 사이에 창작한 140여 수의 율시와 산문들이 수록되었는데 모두가 고한문으로 씌어졌다.

한민회와 노인단 단장 김치보

(1860-1941)

20세기 10년대 반일독립운동사를 펼치면 열렬한 독립운동가로 되어 묵묵히 제2선에서 독립운동을 지지, 선원한 한 투사가 있다. 투사의 이름은 김치보(1860~1941, 金致甫)이고 당년의 러시아 연해주에서의 '한민회' 회장이고 '노인단' 단장이었지만 국사로 불리는 '독립운동사'에는 김치보의 몇몇 사건의 골자와 윤곽이 조금 보일 뿐이다.

김치보는 원적이 조선 평양이고 1860년 음력 9월 17일 태생이다. 조선서는 김성준으로도 통하고 만주와 러시아에서는 김감령으로도 불렸다. 그의 경력으로 보면 김치보는 조선 리조 말기의 4품관으로서 선후로 평양 군수와 종성 군수로 지내기도 했다. 지난 90년대 초반에 필자가 훈춘시 춘화진에 가서 김치보의 가족을 찾았을 때 이 사실을 다시 확인하여 보았다. 그들 가족에서는 김치보의 종성군 군수 임명장을 1968년도까지 줄곧 정히 건사하였었는데 창호지(백지)에 씌어진 임명장은 길이가 600밀리미터(㎜), 너비가 400밀리미터였다고 한다. 임명장에는 구한말의 외부대신, 학부대신이었던 리완용의 도장(길이와 너비 각기 90밀리미터)까지 찍히었단다.

1905년 일본침략자들에 의해 이른바 『을사보호조약』이 체결되고 이완용이 '을사오적신'(乙巳五賊臣)으로 떠오르자 김치보의 분노는 절정에 달하였다. 그는 군수고 뭐고 죄다 내동댕이치고 결연히 러시아 연해주로 가서 신한촌에 반일독립단체 '한민회'를 꾸리고 회장으로 활약하였다. 한민회 지휘부는 김치보가 독립운동 후원을 목적으로 꾸린 『덕창약국』(德昌葯局)에 설치되고 김치보가 친히 한민회의 재무와 후근, 무기 공급을 도맡았다.

한민회는 항일구국의 기치를 든 철저한 독립운동단체로서 안중근, 우덕수, 조군선, 김성화, 탁공규 등이 주요 회원으로 나섰다. 1909년 새해 첫날 그들 11명은 회장 김치보와 함께 연해주 연추(즉 노오끼엽스크) 부근의 카리란 마을(김치보 가족사에는 신한촌으로 되어 있다)에 모이었다. 자연히 1908년 한 해 동안의 노고가 회고되고 열띤 토론이 벌어졌다. 토론은 나중에 결사대를 조직하고 군자금을 모으며 일제 놈들과 계속 싸우자는 데로 모아졌다.

일이 이쯤 번져지자 안중근은 피로써 선약하는 혈맹을 맺자고 제의하여 나섰다. 모두가 호응할 것은 불 보듯 뻔하였다. 그들의 앞에는 인차 안중근이 품에서 꺼낸 태극기가 놓여졌다. 안중근이 먼저 조막 도끼로 왼손무명지의 손마디를 자르고 흐르는 피로 태극기에 '대한독립'이란 네 글자를 쓰고 서명하자 모두가 그대로 행하였다 김치보, 안중근 외 10명은 서로 두 손을 으스러지게 틀어잡았다.

김치보와 안중근은 뜻이 맞는 동지이자 막연한 지기였다. 그들은 나이 거의 20년 격차에도 불구하고 서로 어울려 돌아갔다. 어느덧 한민회에서 반일독립을 도모한 지도 옹근 2년, 김치보가 블라디보스토크에서 조선인학교를 꾸리며 단체의 후근 일에 몸을 잠굴 때 안중근은 그를 도와 대업을 받들며 매일 육절포(권총) 사격연습을 늦추지 않았다. 하도 이악스레 접어드니 술병을 공중에 던지고 쏘아도 백발백중이었다. 사격에 숙달하여 작은 산새들도 쏘아 맞혔다는 것은 이런 연유였다. 그러니 잠도 포근한 모양이었는데 잠잘 때면 베개를 빼내어도 그는 세상모르고 잠만 잘 잤다고 한다.

드디어 기회가 왔다. 1909년 10월 20일, 일본 추밀원 원장이고 조선침략의 원흉인 이등박문이 러시아의 재정대신 꼬꼬브체브를 만나려고 10월 하순에 하얼빈에 간다는 소식이 알려졌다. 김치보와 그의 동지들인 안중근, 우덕순, 조도선, 김성화, 탁공규, 황병길 등이 신한촌 덕창약국에 모여 이등박문을 죽여 버릴 거사를 의논하였다. 이어 김치보를 총지도로 하는 이등박문 암살 지휘부가 세워졌다. 하지만 이등박문의 하얼빈행이 어느 길인가가 밝혀지지 않은 데서 그들은 3개 소조로 나뉘어 하얼빈, 장춘, 심양, 수분하 쪽으로 가서 대기하기로 결의하였다.

이해 10월 26일, 이등박문이 끝내 하얼빈 역두에서 안중근의 총에 맞아죽었다. 이 희소식이 전해지자 김치보는 누구보다도 더 기뻐하였다. 이날을 위해 김치보는 안중근 등과 더불어 얼마나 신고하였는지 모른다. 지난 2년간 안중근은 줄곧 김치보의 집에 머무르면서 대사를 도모하며 피어린 항쟁에 나섰고 사격연습을 게을리 하지 않았었다. 허나 역사는 편면적으로 안중근에게만 기울어져 안중근이 주도한 것으로만 알려졌다. 사실 알고 보면 '단지혈맹'도 의문점이 없지 않다. 김치보의 집에서 그의 한민회 수하에서 활동을 벌린 안중근은 김치보와 19년의 격차를 두고 있지만 안중근이 사전토의도 없이 태극기를 꺼내고 조막 도끼로 먼저 왼손무명지를 자르고 '대한독립' 네 글자를 쓱 서명하였다는 것은 믿기가 어렵다. 필자는 모든 자료가 그렇게 되어 있기에 따를 수밖에 없었을 뿐이다.

1909년에 들어선 후 무력으로 조선을 병탄하려는 일제 놈들의 야욕은 날따라 백일하에 드러났다. 국내의병항쟁이 일제의 야만적인 무력탄압으로 쇠잔해진 데서 반일애국지사들은 국제회의에 대표를 파견하여 조선의 입장을 밝히면서 일제의 병탄야욕을 폭로, 저지시키려고 서둘렀다. 만국평화회의에 밀사를 파견하려는 운동이 러시아 연해주를 중심으로 상해, 미주의 애국지사들 사이에서 재빨리 형성되었다. 운동과 밀사파견에 필요한 자금은 연해주, 북간도, 상해, 미주 등지에 사는 동포들에 의해 풀려갔다.

네덜란드(화란)에서 열리는 국제회의밀사는 이상설과 이준이었다. 『세계인명대사전』 이상설 조목에 의하면 그는 1905년에 일제에 의해 "을사보호조약이 체결된 후 통분을 금치 못해 가두에 나서서 울면서 대중에게 연설하고는 두문불출하다가 1906년에 블라디보스토크에 망명"하고 있었다. 그때 '한민회' 회장으로 있은 김치보는 이상설과 가까운 모양이었는데 그는 국제회의 밀사파견의 적극적인 추진자였다. 이상설이 이준과 함께 밀사로 파견되자 김치보는 그들 둘의 모든 경비를 지출하였고 그해 4월, 시베리아 열차로 블라디보스토크를 떠날 때 역에 나가 바래였다.

김치보는 뒤미처 이상설과 이준이 도중에 러시아 수도에서 러시아주재 한국공사의 아들 이위종을 대동하여 네덜란드의 헤이그에 닿았으나 일본 측 대표의 무리한 방애를 받았다는 것을 알게 되었다. 더욱이 회의참석 자격마저 얻지 못한데 분격한 이준이 머나먼 이역 땅에서 순국했다는 비보에 접하고 통분하기 그지없었다. 그 뒤 유랑 길에 올랐던 이상설이 미국을 거쳐 블라디보스토크로 돌아왔을 때 김치보는 마음을 활 열어 뜨겁게 맞아주었다. 또한 1910년 성명회에서 취지서, 즉 성명서를 내여 이른바 일제의 '한일합방'을 세계만방에 호소하며 규탄할 때 그들은 힘을 합쳐 밤낮으로 헌신하였다.

사실이 그러했다. 1910년 경술국치의 비보가 러시아 연해주에 전해졌다. 이해 8월 17일(음력 7월 13일), 블라디보스토크에 체류 중인 조선의 반일지사들은 분노하여 '성명회'(聲鳴會)를 결성해 가지고 일제침략자들의 조선병탄의 부당성을 각국 정부에 통절히 호소하면서 조선병탄반대운동을 드세게 벌였다. 이 운동의 진두에는 유린석, 이범윤, 이상설, 김학만, 차석보, 김좌두, 김치보 등이 서 있었는데 김치보는 명실공히 성명회의 중심인물의 하나였다. 이상설도 끼이었는데 그들은 힘을 합쳐 격문을 산발하고 동지를 모집하는 한편 유일한 독립운동기관지 『대동공보』에 일제 놈들을 단죄하는 전문기사를 실었다.

성명회에서 발표한 취지서는 일제침략의 부당성을 폭로하면서 각국 정부와 사랑하는 동포들에게 강렬한 호소를 내뿜었다.

취지서는 "저 아름다운 삼천리강산은 우리 시조 단군께서 전하신 바이며 신성한 아 2천만 동포는 단군의 자손"이라면서 "차라리 2천만의 생명을 희생하는 일이 있더라도 5천 년의 조국을 버릴 수 없기"에 "조국을 사랑하고 중국을 사랑하는 우리 동포"들은 "속히 힘을 합하고 소리를 같이"하기를 희망하였다. 나중에 취지서는 "아아! 주저하지 말지어다. 우리들의 사랑하는 동포여, 아아!"를 연발하면서 끝을 맺었는데 찬동자의 주의사항과 더불어 유린석, 이범윤, 김학만, 차석보, 김좌두, 김치보 등의 이름이 정히 적혀있다.

이해 8월 23일, 조선이 병탄 당했다는 비보가 확실해졌다. 김치보는 성명회의 동지들과 함께 격문 1천매를 인쇄하여 러시아와 북간도 각지에 배포하면서 유혈적인 방법으로 조선병탄을 저지하자고 호소하였다.

그 후에도 김치보의 활동은 멈추어지지 않았다.

1919년 3월, 조선에서 위대한 '3·1독립만세운동'이 활화산마냥 터져올랐다. 잇따라 북간도, 연해주 등지에서도 독립만세시위행사가 곳곳에서 벌어졌다. 독립만세운동 이후 연해주의 항일독립운동은 러시아 볼셰비키파의 힘 있는 후원 아래 부문별 비밀결사를 무어 항일구국활동의 길로 나아갔다. 그중 주요한 단체는 '노인단'(1919년 10월), '대한국민의회', '독립단', '임시위생회' 등이었는데 '노인단'의 단장이 바로 김치보였다.

1919년 이해 김치보는 60살이다. 그는 1910년 경술국치를 전후하여 조직된 '노인회'의 토대 위에서 이름을 노인단으로 바꾸고 본부를 블라디보스토크에 설립하였다. 해당 자료에 따르면 노인단의 단원들은 46살 이상 70살까지의 조선인 남녀들이었는데 독립운동에 뛰어든 조선청년들을 받드는 데 그 취지를 두었다고 한다.

김치보의 책임은 무거웠다. 그는 이에 못지않게 노인단의 명의로 장서(長書)를 작성하고 일본정부에 보내어 독립권 환부를 요구하는 한편 이발, 정치윤, 윤여옥, 차대유, 안태수 등 대표를 뽑아 대표단을 무어 서울에 파견하여 조선총독부에 떳떳이 독립요구서를 제출하고 서울 종로에서 독립연설을 발표하게 하였다.

김치보 '노인단'의 활동은 이에만 그치지 않았다. 한때 세상을 들썽케 한 노 의사(老義士) 강우규의 남대문밖 일제 총독 사이토 습격사건은 그 돌출한 실례라 하겠다.

1910년 일본침략자들은 조선 삼천리강산을 병탄한 후 피비린 무단적 통치를 강행하였다. 1919년 '3·1독립만세운동' 이후부터는 수단을 바꾸어 문화적 통치를 시도하였다. 그야말로 양의 탈을 뒤집어쓴 승냥이의 심보였다. 제2대 조선총독인 육군대장 하세가와(長谷川)가 일본으로 소환되고 해군대장 사이토(齊藤)가 제3대 총독으로 파견되었다. 이 소식에 접한 노인단단원들은 의논이 분분하다가 사이토란 이 섬나라 승냥이를 불벼락으로 영접하자고 입을 모았다. 결과 64살의 강우규(1856년생)가 나서게 된다. 그가 떠나는 날 김치보와 노인단의 단원들은 서로 붙안고 작별인사를 하였다.

1919년 9월 2일 오후 5시에 새로 부임한 사이토는 동부인하여 서울 남대문 역에 내리였다. 플랫 홈에는 영접하러 나온 사람들로 붐비었다. 사이토는 점잖은 미소를 지으며 환영군중들에게 연신 답례를 하였지만 그 자리에 나선 강우규에겐 침략자의 우두머리로 밖에 보이지 않았다. 그가 맨 마지막에 선 데서 틈탈 수가 없었다. 나중에 강우규는 기회를 찾다가 사이토 부부가 역전에서 쌍두수레에 오르려고 할 때 주저 없이 수류탄(작탄, 폭탄이라고도 하여 엇갈린다)을 던지었다. 사이토는 부인을 부축하여 수레에 오르게 한 후 디딤대에 올라서려다가 불벼락을 맞았다. 하늘이 도왔을까, 사이토는 천명으로 살아나고 대신 30여 명의 사상자가 났다.

강우규는 혼란한 틈을 타서 그 자리를 빠지었지만 뒤따른 대검거에 수많은 조선청년들이 끌려들어가 시달리는 것을 듣고 있을 수만 없었다. 그는 유치장에 갇힌 청년들을 구출하려고 떳떳이 남대문헌병대를 찾았고 떳떳이 단두대에 올랐다.

한때 일제 놈들을 경악케 했던 일본총독 사이토 습격사건, 독립운동사의 한 페이지를 빛내인 강우규는 김치보가 이끄는 '노인단'의 단원으로 되기에 손색이 없었다.

1918년 8월 이후 러시아 원동지구에 출병한 일본침략자들은 도처에서 조선의 애국지사들을 학살하며 미쳐 날뛰었다. 김치보의 노인단도 여러 독립단체들과 마찬가지로 일제 놈들의 무자비한 탄압을 받았으나 김치보는 결코 투쟁을 멈추지 않았다.

했으나 1922년 말을 계기로 정세는 갑자기 돌변을 가져왔다. 바로 일본군의 철병이었다. 원동지구에서 1918년 6월의 체코 군의 봉기와 뒤를 문, 일, 미, 영, 불 등 연합군 간섭군의 출병으로 말미암아 시베리아전쟁은 4년 동안이나 지속되었는데 1920년 이후 고국작전하고 있던 일본군은 드디어 블라디보스토크를 마지막으로 철병하지 않을 수 없었다. 1922년 11월 15일에 원동정부(국동공화국)가 레닌의 소비에트정권에 통합되고 시베리아 전역에 소비에트정권이 수립되면서 연해주의 조선인무장들은 역사사명을 끝내고 분화되기 시작하였다. 1923년 이후 시베리아에서 소비에트 사회주의 건설이 시작되면서 소련공산당과 정부는 조선인 각 파지간의 파벌투쟁이 날따라 치열해지는 데서 그 시기 흑백을 가리지 못하고 조선인의 일체 무장활동에 금지령을 내리였다. 따라서 조선인 각파 책임자들은 잠시 감금되었다가 풀려나오는 비극을 겪어야 했다. 김치보도 으레 갇히기도 하고 풀리기도 하였다.

1922년 말을 계기로 러시아는 소비에트사회주의공화국연맹(즉 소련)으로 세계에 나타났다. 소비에트체제하에서 항일독립무장이나 독립단체들이 독자적 활동을 한다는 것은 대중없는 일이었다. 이런 형편에서 김치보는 야밤에 독립운동가 엄인섭이와 같이 일가식솔을 데리고 소중국경을 넘어 중국의 훈춘현 동흥진에 와서 자리를 잡았다.

중국 땅에서의 새로운 생활이 시작되었다. 그때부터 그는 농사를 지으며 생계를 이어갔는데 시끄러움을 피해 이름을 김감령으로 바꾸었다. 그가 사망된 것은 1941년 11월 18일이다. 목숨이 경각에 달했을 때 김치보는 아내와 자식들에게 소련에서 갔고 온 종성군 수임명장과 혈서, 시, 여러 문건 등 50여 점을 맡기면서 이제 조선이 독립하면 나라에 바치라고 신신당부하였다. 인생을 다하면서도 그는 이런 문건들은 자기 생명보다도 더 중요하다고 강조하였다.

　　김치보는 생전에 아내 김선녀와의 사이에 5남매를 두었다. 그
들로는 맏아들 꼬랴, 둘째 김철수, 셋째 김갑수, 큰 딸 김순덕,
작은 딸 유바이다. 1923-1924년경에 김치보는 일가식솔을 거
느리고 가만히 국경을 넘어설 때 동행한 것은 아내 김선녀와 큰
딸 유바, 둘째아들 철수, 셋째아들 갑수였는데 그때 맏이 꼬랴는
대학공부 중이여서 따라서지 못하였다. 그는 소련의 어느 대학인
가 졸업하고 소련중앙 조선인대표위원회에서 사업하다가 스탈린
이 서거한 후 4년간 옥살이를 하였다고 한다. 풀리어 나온 후
'우수또부'에서 생활하다가 사망(꼬랴의 아내 사망 원인은 모름)
했는데 필자가 취재할 때 그 자식들이 우수또부(?)에 살고 있다
고 했다.

　　그 외 자식들은 아래와 같다.

　　둘째 김철수는 흑룡강성 이춘시 대풍구에서 살다가 1968년에
사망, 셋째 김갑수는 역시 흑룡강성 이춘시 대풍구에 생활, 임업
국의 자동차 운전수로 일하다가 1990년에 사망.

　　큰딸 유바(소련이름)은 훈춘시 동알라에서 생활하다가 사망.

　　작은딸 김순덕(중국 태생)은 필자가 방문할 때 60살이고 남편
김려병은 67살로서 도문시 향상가에 살고 있었다. 이 막내딸이
슬하에 두 아들과 두 딸을 두었는데 필자는 이들 막내딸의 남편

황병만의 알선으로 훈춘시 춘화진에 가서 이들 가족을 만나보고 김치보의 투쟁역사와 가족사에 접하게 되었다. 황병만은 필자가 연변일보사 기자 시절의 동료이고 선배, 그때 그는 연변일보사 인사처 처장 사업을 하고 있었었다.

유감스러운 것은 김치보가 목숨처럼 아끼었던 50여 점 문부가 뜻하지 않게 전부가 소각되었다는 점이다.

1961년경에 김치보의 아내 김선녀는 막내 딸 김순덕의의 집에 약 2년간 거처했는데 모든 문부를 가지고 있었다. 1963년에 이 문부는 셋째 김갑수한테 넘어갔다. 1968년 말 문화대혁명 기간에 김갑수의 친척 되는 분이 붙들려 투쟁을 맞게 되었다. 이 친척은 바로 김갑수의 집 앞에 자리 잡고 있었는데 이로 하여 김갑수는 사상투쟁이 치열하였다. 부득이한 형편에서 그는 어느 날 저녁 50여 점의 문부를 꺼내다가 부엌에서 태워버렸는데 가마 안의 물이 끓어 번졌다고 한다.

이는 필자가 지난 90년대 초에 김순덕과 그의 일가족을 방문하고 들은 이야기와 자료들이다. 허나 그때까지만 해도 있는 약간한 자료가 잘 이어지지 않은데다가 필자가 연구일터를 떠나 사업에 손을 대고 있은 데서 자료를 더 발굴하며 전기로 써낼 겨를이 없었다. 다행히 김치보 투사에 대한 모든 자료는 필자가 갖고 있었다. 이번에 기회를 만나 『인물항일투쟁사』 네 책을 펴내게 되었는데 이제 더 정리하지 않으면 열사전기에 오를 기회를 전부 잃게 된다. 하여 필자는 여러 날의 시간을 들여 해당 자료와 문헌들을 뒤적이다가 2003년 10월 6일에 드디어 김치보 투사 투쟁사실을 글로 엮어내게 되었다.

(주: 김치보의 셋째아들 김갑수가 말했다는 데 의하면 이조 말년

에 조선에서는 이름난 사람들의 이름을 대동강변 바위 절벽에 새기
였다고 하는데 거기에 새겨진 김성준이 바로 김치보라고 한다.)

용정 3·13의사 채창헌

(?-1919)

1919년 용정 3·13반일운동 17명(어떤 자료는 19명) 의사(義士) 가운데는 충렬대 지휘자로 활약하다가 쓰러진 채창헌 의사가 있다. 하지만 채창헌 의사에 대해 관련 자료가 따르지 못하는데다가 의사의 유가족을 찾지 못한 데서 의사의 전기가 정리되지 못하고 의사는 응당 받아야 할 대우를 받지 못하였다. 그러던 우연한 기회에 필자는 의사의 유가족 채경숙 여사를 찾게 되고 취재하는 가운데서 채창헌 의사의 가족내력을 다소 헤아리게 되었다.

채창헌 의사는 오늘의 화룡시 동성진 홍진촌사람이다. 20세기 10년대는 연길현 수신향 오도구 홍영촌으로 통하였다. 의사의 출생시간은 알 수가 없지만 채경숙 여사가 구술한 데 의하면 의사는 오도구 홍영촌 출생으로 알려진다. 채경숙 여사는 2003년에 75살로서 1929년생인데 여사의 친할아버지 채창묵은 채창헌 의사의 맏형이었다. 채창묵은 오도구에서 서당훈장으로 있었고 아래 채인묵, 채창호, 채창헌 세 동생을 두었다. 즉 4형제였는데 채창헌 의사는 형제 중 막내로서 장가도 못간 총각으로 있다가 3·13에서 사망되었다. 의사의 셋째 형 채창호는 반일 활동에 종사하다가 러시아 땅 연해주, 즉 아래 강동으로 간 뒤 종무소식이고 넷째 형 채인묵은 종적을 알 수가 없다.

채창헌 의사의 부모님에 대해서는 알려지는 것이 없다. 단지 형제가 4형제라는 것뿐인데 맏형님 채창묵은 서당훈장 질을 하며 학자로 이름이 높은 분으로서 채창헌 의사는 어려서부터 맏형님 네 집에서 자랐다.

의사의 맏형이고 채경숙 여사의 친할아버지인 채창묵은 광복 전에 당지에서 사망했고 슬하에 7남매를 두었다. 헌데 험악한 세월에 차례차례 여섯이 죽다보니 채경숙 여사의 아버지 채경천 하나만 생존했을 뿐이다. 그래서 채경천을 독자라고도 했다. 후에 장가들면서 강영옥을 아내로 맞아들이고 딸 채경숙 여사를 보았다. 광복 후 채경천은 팔가자 중남에서 철도 노동자로 일하다가 60년대 초 48살로 사망하고 그의 아내 강영옥은 70년대에 66 살로 사망하였다. 지금 채경숙 여사는 슬하에 아들 하나와 딸 하나를 두었는데 아들 현철수(1955년생)는 연변대학 예술학원 재직 중이고 딸 현옥회(1963년 생)는 연변주 당학교 법률학부 학부장으로 띈다.

채경숙 여사를 통해 헤아린 채창헌 의사의 가족형편과 유가족 실태이다. 해당 자료를 보면 채창헌 의사의 생평줄거리는 이러하다.

원 연변역사연구소 부연구원이었던 차성파가 권립의 주필로 된 『중국조선족사연구』(연변대학출판사, 1993. 7)에 발표한 글 ―『3·13의사고증』에 의하면 채창헌 의사는 연길현 수신향 대오 도구 사람으로서 교원이었다. 이 글에서 차성파 선생은 1916년 12월, 일본사람의 해당 조사 자료를 인용했는데 이 조사 자료에 는 채창헌 의사가 '오도구하촌, 성교촌' 사람으로 알려지고 천주교계통에서 꾸린 사립경애학교 교사로 근무했다. 이것이 오도구

골을 통해 알 수 있는 유일한 자료인 것 같다.

다음 볼 수 있는 자료는 1999년 9월에 연변인민출판사에서 출판한 『용정 3·13반일운동 80돌 기념문집』의 약간한 자료이다.

상기 『기념문집』에 연변대학 박창욱 교수와 연변 제1사범학교 교원 리경애는 같이 『간도국민회를 재차 논함』이라는 논문을 실었는데 이 논문에 의하면 채창헌 의사는 3·13운동에서 희생된 박문호, 최익선 등과 더불어 왕청현 "라자구사관학교 시절부터 철혈광복단에 참가하였는데 그들은 3·13운동 전에 희생할 각오를 하고 결사대를 무었고 또한 충렬대의 지도로 있었다. 특히 교원 출신들인 박문호, 채창헌, 최익선은 그날 시위 대오를 지휘하면서 중일 군경들과 도리를 따지면서 방선을 넘으려 하였는데 반동 군경들의 사격에 기수 공덕흡이 넘어지고 뒤이어 기발을 이어지고 전진하려던 박문호, 채창헌, 최익선 등이 연이어 적탄에 맞아 넘어졌다."

『간도국민회를 재차 논함』에는 또 15만 원 탈취거사의 한 사람인 최봉설의 회억자료를 언급하고 있다.

"최봉설의 회억에 따르면 박문호는 창동학원의 교원이었는데 1915년에 남공선 교원과 함께 림국정, 최봉설, 최익선 등을 데리고 라자구사관학교에 갔다가 림국정, 남공선과 함께 노령에 들어간 후 다시 돌아와서 서고성자에서 소학교교원을 담임하고 반일운동을 하였으며 채창헌, 최익선 등은 림국정, 윤준희, 최봉설과 함께 일찍부터 철혈광복단에 가입하였다고 한다."

이 최봉설 회억자료 역시 채창헌 의사 바깥 활동 중 유일하게 보이는 자료인 것 같다. 의사의 생평에 대해 이 이상 자료는 찾아보기 어려운 실정이다. 하나 상기자료는 의사의 반일 활동에 대해 중요한 실마리를 제공하고 있다. 철혈광복단가입이나 라자구사관학교 생활이 그러하다.

철혈광복단은 1915년 좌우에 그제 날 간도와 노령(연해주)의 조선인 반일열혈청년들이 조직한 비밀결사조직으로 알려진다. 아직 누가, 어디에서, 어떻게 조직했는가 하는 자료는 보이지 않지만 이 철혈광복단이 그 후 미국, 상해, 천진, 북경, 서울, 평양 등 각지의 반일의사들이 많이 망라된 것은 사실이다. 이 철혈광복단의 주요 성원들에는 1920년 15만 원 탈취거사의 주모자들인 최봉설, 림국정, 윤준희 등이 속했는데 채창헌 역시 철혈광복단의 주요 성원으로 활약했다.

1915년(어떤 자료는 1914년 12월)에 이동휘는 왕청현 라자구 태평구에다 여러 동지들과 함께 사관학교를 꾸리였다. 이 학교는 일명 '태평구무관학교' 혹은 '대전자무관학교' 또는 '라자구사관학교'로 불렸는데 1916년에 중국 지방관헌의 '해산령'에 의하여 더는 유지할 수 없는 형편에서 훈춘현 대황구에 옮겨가 북일학교에 편입되었다. 라자구사관학교가 갓 섰을 때 채창헌은 창동학교 교원인 박문호 그리고 림국정, 최봉설, 최익선 등 철혈광복단 성원들과 함께 이동휘를 찾아 사관학교에 들어갔다. 사관학교가 일제 놈들과 중국 지방관헌에 의해 취체(取締)된 후 채창헌은 오도구로 돌아와 사립학교에서 교편을 잡으며 반일 활동에 몸을 내번지었다.

그러다가 채창헌은 용정 3·13반일운동 때 박문호, 최익선 등과 함께 희생을 각오한 충렬대의 지휘자로 뛰다가 적탄에 맞았고 1919년 3월 17일부터 22일 사이 불행히 희생되었다. 이에 대한 자료는 여러 곳에서 모두 보이고 있다.

─간도국민회 회장 구춘선이 1920년 7월 14일에 띄운 『통달

문(通達文)』(즉 통지)의 '의사성명(義士姓名)'에는 채창헌이 박문호와 같이 국민회 산하 서지방 사람으로 적히었다.

─사방자(四方子)로 된 『북간도』책에 채창헌은 17의사 중의 한사람으로 올랐다. 이 책에서 채창헌은 김병영, 김종묵과 같이 3월 17일 이후 사망자로 나타났다.

─김정규 선생이 쓴 1919년 3월 15일 일기에는 채창헌이 오도구 사람으로 밝혀지고 부상자로 씌어졌다.

─『현대사자료』 27, 조선(3)이 1919년 3월 14일부 『독립신문』을 인용한 데 의하면 채창헌은 역시 대오도구로, 중상자로 나타난다.

─용정촌 상부분국 국장 장은적이 올린 '사상선인성명청단(死傷鮮人姓名淸單)'에는 채창헌이 교습(敎習)으로 알려진다.

─1919년 4월 26일에 곽종희가 외교총장에게 올린 3·13 부상자 명단에는 채창헌이 오도구 교원으로 적히었다. 이는 당시 연길현 지사 류연기의 보고에 의한 것이다.

─항일 노간부인 량환준 선생이 『연변문사자료』(2)에 실은 『5·30폭동 이전의 명동학교』에서도 3·13의사 17명 가운데 평강오도구사립학교 교원 채창헌이 들어있다고 지적하였다. 량환준 선생은 지난 세기 20년대 후기 조선공산당만주총국 고려공청회(화요파) 선전부장이었다.

상기 여러 자료들과 유가족의 증실 자료에 의하면 채창헌은 당년 '용정 3·13반일운동'에서 쓰러진 17명 의사(19명이라고도 함.) 가운데의 중요한 한 사람이다. 했으나 그의 유가족을 찾지 못한 데서 채창헌 의사 연구는 그 이상 진척을 보이지 못하였다.

오늘 채창헌 의사의 유가족─의사 맏형님 채창묵의 손녀를 찾은 데서 가족관계를 이쯤이라도 밝힐 수 있음을 다행으로 생각한다.

상야의 붉은 피

(1907-1930)

"자고로부터 약소민족이 어떤 강자에게 침략을 당하였을 때에
는 반드시 그 민족 중 위인열사들이 일어나 그 민족을 대표하여
혁명전에 국궁진쵀(鞠躬盡瘁)하다가도 필경 죽고야 마는 것은
인류역사에서 가장 비장하고도 영쾌(英快)한 일이다."

1930년 12월 12일

―『상야의 붉은 피』에서

1

강학제(姜學悌)는 조선 함북도 경성군 룡성면 수북동의 한 농
가의 둘째아들로 태어났다. 그의 일가는 1910년에 정든 고향을
등지고 두만강을 건너 오늘의 용정현 동성향 아래 골안의 허무니
란 곳에 봇짐을 풀어놓았다가 다시 평강벌에 위치한 투도구 아래
마을에 자리를 옮겨놓았다.

모아산 아래의 백가더기(광신향 광신 4대 뒤언덕)에 이주한
후 학제는 용정 영신소학교를 졸업하고 사립동흥중학교에 진학하

였다. 중소학 시절의 학제는 공부가 월등 하였을 뿐만 아니라 동만 축구계에서 월계관을 다투던 유망한 선수였다. 그만큼 운동가의 성격이라고 평판이 자자하였다. 그는 어려서부터 '기개 특수하고 담략이 원대'하였는데 항상 세계 제1유의 비행사가 되어 조선민족을 빛내길 원하였다. 가세가 극빈하여 소원 성취할 수 없게 되자 "백 년이 3만 6천일인데 행여 세상에 나온 이 몸이 어찌 약탕관을 앞에 놓고 포대기 속에서 땀을 내다가 구구히 집에서 죽겠는가."고 하면서 남아는 남아다워야 한다고 입버릇처럼 말했다. 하기에 끌날같은 청년으로 자라난 그는 동흥중학교 내에 사회혁명을 둘러싸고 양해와 비양해로 두 파가 분립할 때에 제3차 동맹퇴학생의 앞장에 서서 대성중학교에 진학하였으며 러시아 10월혁명의 사상을 받아들이고 마르크스－레닌주의 이론을 한자 한자 깨치었다.

대성중학교에서 중학공부를 마친 학제는 1927년 2월부터 동만도 조공청(朝共靑)의 책임자로 활동하다가 그해 6월에 조선공산당에 가입하였다. 학생 시절부터 현실의 모순을 깨달은 그는 현실사회를 불질러버릴 장한 뜻을 품고 가정을 떠나 혁명의 초행길에 올랐다. 그는 동지들인 박윤서, 김철 등과 함께 동만과 북만의 넓은 지역을 넘나들면서 계급 전 제1선에서 혁명적 군중기반을 마련하며 항쟁의 봉화를 높이 들었다.

한번은 그가 평강벌의 어느 농민강좌에서 『우리의 3중 압박』이란 제목으로 장편연설을 하게 되었다. 마르크스의 『자본론』과 『러시아혁명사』 등을 항상 몸에 지니고 다니며 짬만 있으면 보군하던 그는 다음과 같이 '3중 압박'을 개괄하였다. "현하 우리의 처지가 여성은 남자에게, 무산계급은 자산자에게, 조선민족은 일본제국주

의에게-이러한 3중 압박에 당면하였다. 우리의 전도는 여성은 남
성의 압박으로부터, 무산자는 유산자의 압박으로부터, 조선민족은
일본제국주의 압박으로부터 해방을 얻지 아니하면 안되는 것이다."

2

1928년에 학제는 당의 지시로 상급군사부에서 중요한 책임을
짊어졌다. 반일무장투쟁을 벌리기 위하여 그는 1928년 겨울에
용정에서 7명으로 구성된 '철혈단(鐵血團)'을 꾸리고 자금을 준
비하여 반일무력조직을 내오며 특무, 주구를 숙청하며 무장투쟁
을 진행하는 것을 주요 과업으로 내세웠다. 그 이듬해 봄에 학제
는 동지들과 함께 북만의 녕안에 가서 강습반을 꾸리고 수백 명
남녀투사를 양성해내고 동북만에서 반동분자를 소탕하고 10만여
원에 달하는 고리대문서를 빼앗아 소각해버리고 부호의 곡물
300여 석을 빈민들에게 나눠주었다.

1929년 어느 날 강학제는 세린하에 가서 상술한 내용의 문제
를 가지고 회의를 조직했다. 이때 투도구영사분관놈들이 달려들
었다. 학제는 회의참가자들을 인차 해산시키고 자기도 뒤따라 나
섰는데 놈들에게 쫓기다보니 그만 방향을 잃었다. 칠흑 같은 캄
캄칠야에 지척을 분간할 수 없었다. 밤을 새우며 무작정 허리 치
는 풀숲을 지나고 수림을 헤치고 하나 또 하나의 고개를 넘으니
불빛이 반짝이는 투도거리가 시야에 안겨들었다.

용정과는 거리가 퍼그나 되었다. 때는 먼동이 희붐히 틀 무렵
이라 경거망동할 수 없었다. 그는 투도구아래 첫 마을에 있는 형
수 장명숙의 본가집을 찾았다. 사돈집에서 그는 두만강보다 더

길어 보이는 고달픈 긴긴 낮을 보내고 밤이 되어서야 노곤해진 몸을 끌고 용정부근에 있는 집에 들어섰다.

"손자가 왔구나."

이제나 저제나 마음을 조이며 손자가 오기를 학수고대하던 할머니가 반색했다. 두 동생은 제꺽 일어나 바깥으로 망보러 나가고 형수는 집문을 지켜 섰다.

"밤고양이 신세고야 저 쪽발이들을 언제 몰아내겠나."

시름이 가득 실린 할머니께서는 낙루하며 한숨을 뽑는다.

"할머니, 너무 근심 말아요. 우리가 고생하지 않고 누가 왜놈을 몰아내겠습니까. 우리 후대들을 한뉘 고생 속에서 살게 할 수야 없지 않아요."

언제 보나 쾌활한 학제였다.

"글쎄 말이다."

할머니는 엊저녁 일을 되뇌며 손자의 신변을 걱정했다.

전날 저녁이다. 30여 세대 마을에 용정총영사관 놈들이 나타나자 개들은 자지러지게 짖어댔다. 밖에서는 벌써 가슴을 짓찧는 군화소리가 어지럽게 저벅거렸다.

"또 왔구나!"

지긋지긋한 세파 속에 살아가는 학제 할머니는 눈이 덩둘해졌다.

홀연 정지문이 벌컥 열리며 눈깔이 표표한 일본 순사 놈들이 조선족 순사 놈들을 앞세우고 쓸어들었다.

"학제 놈이 왔다지?"

두목인 듯한 놈이 도끼눈을 부라렸다.

"안 왔소."

학제 어머니는 무표정하게 대답했다.

"제밀할, 수색햇!"

눈살이 꼿꼿해진 놈은 학제 어머니를 와락 밀치고 구들에 누워 있는 학제 할머니를 툭툭 찼다.

집 안팎은 창졸간에 수라장을 이루었다. 구름노전을 들어내고 구들돌까지 번지였어도 나질리 없었다. 놈들은 학제 어머니를 앞세우고 채찍을 안기며 마을에서 멀지 않은 서학동으로 우르르 떠나갔다. 그곳엔 학제의 여동생의 시집이 있었던 것이다.

이는 전날 저녁 당한 일이었다. 놈들은 한달에도 몇 번씩 달려들었는데 그때마다 학제네 온 집 식구들은 고충과 곡경이 여간한 것이 아니었다. 하지만 학제의 할아버지, 할머니, 부모 그리고 형님과 형수, 두 남동생들은 궁량 넓은 학제를 원망 한번 하지 않았다. 학제가 집에 오면 두 동생은 뛰어다니며 마을의 골간들을 모여오지 않으면 마을밖에 나가 눈이 초롱초롱해서 망을 보았고 형수는 문밖에서 동정을 살폈다. 어머니는 서까래를 문에 쳐놓았다. 김철, 황기범 등 그의 동지들이 오면 어느 때건 끼니를 마련해주고 간혹 며칠씩 머무르는 혁명자들은 팔간집 안방에 숨겨주면서 극진히 돌봐주었다.

3

1929년 학제는 무산군중을 위한 결사적 투쟁에서 김씨라는 한 여성 혁명자와 백년가약을 맺었다.

1930년 1월, 용정에서 조선의 광주학생운동을 지지 성원하는 성세 호대한 반일학생시위투쟁이 벌어졌다. 강학제는 조직의 지시를 받들고 대성, 동흥, 은진, 명신 등 6개 학교의 학생들을 선동하여 이 투쟁에 참가시켰다.

"일본제국주의는 물러가라!"

"일제의 민족차별시정책을 반대하자!"

용정 중소학교의 수천 명 학생들이 손에 태극기와 수기를 들고 구호를 높이 불렀다. 용정총사령관의 일제경찰들이 출동하였으나 너도나도 같이 일어나는 학생들의 물결을 막을 수 없었다. 은진학교와 명신학교의 학생들은 영국조계지인 동산에서 규모가 큰 반일성토대회를 가지었으나 일제경찰들은 속수무책이었다.

그 나날에도 강학제는 군사자금준비와 무장구입에 드바빴다. 하루는 천도경편열차 안에서 일제 놈 몇을 습격하고 질주하는 차창밖에 몸을 훌쩍 날리었다. 북만 땅 녕안에서 모 동지가 놈들의 추격을 당하였을 때에 그는 홀로 길목을 지키다가 원수를 쓸어 눕히고 동지를 구해내었다. 그는 늘 동지들과 "비겁하고 용속한 자는 혁명가의 자격을 상실한자"라고 말했다.

1930년 2월, 조직의 지시에 의해 '철혈단'을 해체하고 그 주요 성원들이 가짜가정을 무어 녕안으로 전이하게 되었다. 어떤 동지들이 잘 달통되지 않아할 때 그는 자기의 주장을 구김 없이 피력하였다.

"우리의 운동이 만주에 있어서는 조선의 운동과 퍽 다르게 된다. 우리가 거주한 지점이 중국인 이상 우리는 중국혁명에 합류하여야 한다. 조선과는 유기적 연락을 취하게 된다. 또 이제부터는 종래의 비밀을 초월하여 공개적으로 대중화에 노력하지 않으면 안된다."

한편 그는 김철 등과 함께 후사를 처리하면서 대중성을 띤 유격대를 조직하고 유격대의 지휘자로 되었다. 1930년 4월에 중국공산당에 가입한 후(그때 동만에 조선족중국공산당 당원이 불과 몇이 되지 않았음) 그는 아내랑 같이 비밀리에 녕안 화검구(오늘의 강동향 해방촌)에 가서 새로운 투쟁에 뛰어들었다. 당에서 '5·30참안' 5주년을 기념하여 군중적 폭동을 발기하자 강학제는 폭동에 필요한 무장과 작탄 구입에 나섰다. 5월 말에 그는 당지 동지들과 헤어졌다. 동만 행차를 앞두고 무거운 몸이 된 아내와 터놓을 말이 많았으련만 그는 아내와 동만 폭동이 성공된 후 다시 만나자는 약속만을 남기고 떠나갔다.

그해 5월말에 연길현 광신향 승지촌에서 김근(열사)을 총책임자로 하고 김철(열사)을 총지휘자로 하는 '폭동지휘부'가 성립되었다. 폭동지휘부에서는 용정, 투도구, 천도철도연선을 중심으로 군중적 폭동을 단행하기로 결정하였다. 폭동지휘부의 주요 지도자의 한사람인 학제는 용정방면의 폭동과 적들의 주요 요소에 대한 습격을 책임졌다.

드디어 약정한 시간이 되었다. 싸창을 품에 지닌 학제는 몇몇 동지들을 이끌고 일제 동척판사처 사무실에 2개의 작탄을 던지었다. 그중 하나가 폭발하였는데 그 파괴력이 컸다. 그들은 거리 안에 폭동삐라를 산발하면서 해란강을 가로지른 용정 서쪽 천도경편철도에 숨어들어 불을 질렀다.

이날 새벽에 세 개 대로 나뉘어 진 용정방면의 폭동대원들은 전기회사에 돌입하여 발전소 배전판의 설비들을 짓부셔 용정을 암흑세계로 만들었다. 몇몇 주구의 집에 불을 달고 용정 동쪽에서 조선으로 통한 전선대를 끊어버리고 전화선을 절단해버렸다.

4

각지의 폭동은 모두 우리의 성공으로 끝났다. 6월초의 어느 날 '폭동지휘부'에서는 모 곳에서 다과회를 열고 피로를 풀었다. 시흥이 도도해난 학제는 당장에서 즉흥노래를 지어 불렀다.

벼르고 벼르던 만주폭동은
이제야 바로 성공하였다.
맹호와 같이 달려 나갈 때에
왜놈도 그의 개다리도 다 죽은 듯
곡괭이 도끼소리에 전기회사 부서질 때
용정시가 그믐밤이요 영사관이 지옥이로다
동척에서 터지는 폭탄소리
철교가 불에 타는 그 광경
부호의 집 잿더미 되었고
교통이 쇠줄 썩은 새끼더라
비호와 같이 달려들었고
잠룡과 같이 숨었으니
장렬하다 우리 붉은 위력
신기하다 우리 붉은 군대
명년 이날 만주벌에 소비에트를 건설하자
개선고를 울려라 둥둥
만세 만세 소비에트 만만세!

만좌가 박수갈채를 보냈다. 다과회는 보다 성황을 이루었다.

6월 9일 밤에 그는 몇몇 동지들과 더불어 집에 나타났다. 뜻밖의 출현에 일가로소는 기뻐 어쩔 줄 몰랐다. 집식구들은 '5·30폭동' 후 거의 매일이다시피 놈들의 주시를 받아야 했다. 학제는 집식구들을 위안하면서 미래의 전망을 터놓았다. 그리곤 형수가 지어준 밥을 먹고 어둠 속에 표표히 사라졌다. 후에 들으니 그길로 용정 영국더기에 있는 한 친척집에 들렀다가 용정에서 10여 리 떨어진 승지촌에 올라갔다고 하였다.

사실은 승지촌 본 마을이 아니었다. 조직에서는 투쟁의 수요를 고려하여 승지촌에서 서북으로 몇 리 떨어진 하승리 서쪽 평퍼짐한 산언덕에 홀로 된 비밀 아지트를 마련하였는데 폭동지휘부는 이 비밀 아지트에 설치되었었다. 6월 10일 강학제는 폭동지휘부의 동지들과 함께 이 비밀 아지트에 설치된 '고동소리'신문사에서 차후 투쟁에 관한 중요 제의안을 토론하였다.

회의는 새벽녘까지 계속되었다. 홀제 회의장소는 불의지변을 당했다. 간도일본총영사관의 순경 수십 명이 와르르 덮쳐들었다. 지휘부 식모가 밀정이라는 말이 있다. 놈들은 밤도와 포위진을 쳤다. 동척에 던졌던 작탄도, 천도철도를 불 지르던 때의 싸창도 파묻고 없었다. 유일한 무기는 학제 수중의 호신용 단총뿐이었다.

분초도 지체할 수 없었다. 학제는 "혁명자의 경우가 본래 이러하오. 우리는 혁명을 위하여 죽을 뿐이요!"하면서 단총을 들고 동지들의 포위돌파를 엄호하였다. 그가 단신으로 막아서며 걸 싸게 답새기는 통에 놈들은 감히 접근하지 못한 채 맹렬히 총질을 해댔다. 그는 "나의 영혼이 멀리 구천에 가서라도 폭탄이 되어 너희들을 복멸하리라!"라고 외치며 연해연방 명중탄을 안겼다.

그는 단신으로 두 시간 남짓이 견디어냈다. 그사이 몇몇 동지들은 부근 산중으로 자취를 감추었다. 폭동 총지휘 김철이 중상을 입었고 학제도 복부에 심한 상처를 입었다. 하지만 그는 한발자국도 물러서지 않았으며 지하족 한쪽이 벗겨져 나간 줄도 몰랐다. 나중에 그는 놈들에게 더럽게 죽지 않으려고, 양심과 지조에 그늘이 지지 않게 하려고 최후의 일탄을 남겨서 자총자결로 24살의 순결한 삶을 마감 지었다.

동지들은 학제가 순직한 후 그의 옛 잡기장에서 1929년에 쓴 고상하고도 순결한 시를 발견하였다.

혁명은 나에게 책임
혁명은 나에게 직업
책임이니까 무거워도
직업이니까 죽는 날까지

우리의 적은 그 무엇인가
현사회의 부와 귀, 그놈들
우리의 도움은 그 누구인가
불평을 같이하는 전 세계 프로 층
우리의 무기는 굳은 단결로써
우리의 성공은 붉은 피에서

이는 혁명전에서 굳세게 싸운 그의 불타는 마음을 그대로 담은 전투적 시였다.

현실의 반역아, 현 제도의 개혁자인 강학제는 민중의 해방과 자유를 위해 전 세계 무산자의 이익을 위해 '영원의 나라로', '다시 돌아오지 못할 그곳으로', '최후의 길'로 떠나갔다.

동지들의 가슴을 갈피갈피 저미는 절통한 이 소식이 북만에 전해졌다. 2백여 명의 동지들이 녕안에 집결하여 애도식을 거행하였다. 동만 당 조직에서는 추도삐라를 민중에게 널리 살포하였다. 『조선일보』 등 서울 여러 신문들에서는 학제의 비장한 최후를 실었으며 『간도신보』는 이튿날 소식을 보도하였다. 특히나 『간도일보』는 호외를 발행하였다.

비밀아지트에 설치된 우리 '고동소리'신문은 "우리의 금번 대폭동은 6, 7차 대검거에 관한 반항결과임을 알아야 한다"면서 "숭고하다, 장렬하다, 우리 철혈장사 상야 동지는 철과 혈 글자 그대로 실천하였으니 우리는 철과 혈로써 동지의 령에 맹세를 드리며 철과 혈로써 동지의 업을 계속하자"고 대중에게 호소하였다. 그의 동지들은 학제의 모습이 눈에 삼삼히 안겨온다면서 추억의 파도를 거슬러 숱한 회억문, 추도사 등을 써냈다. 조직의 위탁을 맡은 리××, 최×× 두 동지는 1930년 안으로 열사의 약전, 시와 동지들의 회억문, 일화, 가송 등을 한데 묶어서 『상야의 붉은 피』라는 소책자를 묶었다. 이 소책자에는 강학제의 아내 김씨와 두 남동생의 회억 글도 있어 사람들의 눈길을 더 끈다.

빛나는 그 이름 한별

(1895-1932)

1

지난 30년대 초기 연변의 건당 사업에서 마멸할 수 없는 업적을 쌓은 한 공산당원이 있다. 그의 이름은 한별, 원명은 김인묵이라고 부르는데 조선 평안남도 태생이다. 그는 1919년 조선 '3·1운동' 이후 소련 연해주로 갔다가 초기 조선인 공산주의자들이 꾸린 고려공산당(이르쿠츠크파)에 참가하여 혁명의 생애를 시작하였다.

한별은 1926년에 연해주 땅을 떠나 중국 왕청현으로 왔다. 이 시기의 한별에 대해서 잘 알 수 없으나 소련 땅에서 보고 듣고 겪은 들끓는 사회주의현실은 그를 크게 고무하였다. 그는 연해주에서 마르크스주의를 접수하고 초기조선인 공산주의자로 왕청현에 나타났다.

2

1927년 10월에 한별은 조공당 동만도(화요파) 선전부장 중책을 짊어졌다. 투쟁의 수요로 그는 활동지대를 연길현, 화룡현 일대로 옮기었다.

그가 연길현 의란구 남동에서 활동할 때 이 고장의 여성 혁명가 김영신을 알게 되어 사랑을 속삭이게 되었다. 드디어 1929년에 남동에서 결혼하고 부부로 되었는데 이듬해 그들 사이에는 사랑하는 딸애가 있게 되었다. 했으나 한별은 가정의 안일한 생활에 얽매일 수 없었다. 그는 동지들과 함께 화요파 동만도 산하각지로 다니며 조직을 늘이면서 혁명투쟁을 지도하여야 했다.

화룡, 연길 땅에서의 주요 활동무대는 장인강, 내풍동, 삼도구 등지였다. 1927년에 한별은 화룡현 장인강으로 가서 당지의 청년골간들에게 당규약을 학습시키고 조공당 조직을 건립하도록 이끌었다. 그의 주요노력으로 하여 화룡현 평강벌 일대와 삼도구의 원화동, 청산, 단포동, 연강 등지에 조공당 기층세포가 우후죽순마냥 조직되고 한패 또 한패의 동지들이 혁명의 장도에 오르게 되었다.

1929년 말부터 앙양된 동만에서의 조선광주학생성원 시위투쟁은 중공만주성위의 중시를 불러 일으켰다. 날로 높아가는 동북조선족인민들의 반일기운에 고무된 만주성위에서는 조선의 3·1운동 11돌을 계기로 집회 또는 시위투쟁을 단행하여 조선족군중들의 반일의식을 보다 제고시키기로 하였다. 이에 조선공산당 만주총국 동만도 화요파는 3·1운동 11돌을 계기로 대규모적인 대중시위투쟁을 벌리기로 하고 동만과 북만에 각기 '3·1운동 11돌 기념 준비위원회'를 조직하기로 결정하였다.

1930년 1월, 조공만주총국 선전부장 장시우가 연길현 수신향 내풍동(현 화룡시 동성진 명풍촌) 류태순(조공당 평강구역국 책임비서)의 집에 나타났다. 그는 류태순의 집에서 조공당 동만도 지도자들인 김창일(일명 윤복송, 동만도 책임비서), 강석준(동만도 조직부장), 한별(동만도 선전부장), 리동선(연변학생연합회 간부) 등과 함께 자리를 하고 조공당 만주총국의 지시를 전달한 뒤 '3·1운동 11돌 기념 준비위원회'를 결성하기로 하였다. 그해 2월 20일 경 리동선을 총지휘로 하는 '준비위원회'가 정식 조직 되고 조공당 동만도의 지도를 받게 되었다. '준비위원회'가 표면 지도라면 리면 총지도는 조공당 동만도였다.

'준비위원회'가 조직된 후 한별은 장시우, 강석준, 김창일과 함께 내풍동의 류태순과 강만홍(공청회 만주총국의 간부)의 두 집에 기숙하면서 밤마다 선전삐라 원고를 쓰고 등사했다. 약 30만 장의 선전삐라와 격문, 몇 천 폭의 수기(手旗)가 짧은 시간에 만들어졌다. 그들은 이 삐라와 수기를 동만 각지의 당, 단 기층 세포를 통해 즉각 동만 각지에 배포하였다.

2월 28일 장인강, 이도구, 소오두구, 개척리, 내풍동, 대동구 등지의 수천수백 명 시위자들이 투도구로 진격하였다. 이튿날 3월 1일에는 보다 많은 사람들이 시위에 떨쳐나섰다. 투도구, 용정, 나아가 전 간도가 들끓었다. 투도구 일본영사분관과 용정총영사관의 놈들이 시위 대오를 해산, 탄압하려고 미쳐 날뛰었지만 타오르는 투쟁의 불길을 꺼버릴 수가 없었다.

3월 5일, 한별은 장시우, 김창일, 강석준, 류태순, 리동선과 더불어 내풍동에서 다시 자리를 같이하고 이번 시위투쟁을 총화 하였다. 또 '준비위원회'를 '동만폭동위원회'로 이름을 바꾸고 폭동위원회가 계속 표면에서 혁명단체와 혁명군중들을 불러일으켜 무기와 자금을 마련하고 5월 1일에 일제히 폭동을 단행하기로 결의하였다. 헌데 이 폭동준비가 3월 하순에 일본간도총영사관에 알려져 검거선풍이 터지면서 5월 중순까지 100여 명이 검거, 체포되고 그중 49명이 서울 서대문형무소로 압송되었다. 다행히 한별은 이면지도 위치에 섰기에 적들에게 체포되지 않았다.

3

1930년 1월, 조선족 공산당원 왕경이 중공만주성위의 파견을 받고 연변에 와서 연변당 조직 재건 사업에 착수하였다. 조공당 동만도 소재지 내풍동에서 왕경을 맞이한 한별은 혈육을 만나기라도 하듯 반갑기 그지없었다. 언녕부터 중공당 조직을 찾던 한별이었고 한별을 견실한 공산주의자로 믿은 왕경이었다.

이해 3월에 한별은 왕경의 소개로 선참 중국공산당에 가입하였으며 왕경의 조수로 되어 중공동만 특별 지부에서 건당 사업에 본격적으로 나섰다.

한별이 왕경과 함께 선참으로 착수한 곳은 내풍동이었다. 이 고장은 조공당 화요파 동만도 소재지다보니 각지 화요계의 투쟁 골간들이 늘 드나드는 곳이었다. 이해 4월에 한별과 왕경은 내풍동 류태선의 집에서 원 공청동만도 선전책이며 삼도구지부책임 리철한을 만났다. 온 삼도구 일대를 혁명화 하는 데 주도적 역할을 한 이름난 혁명가였다. 이날 리철한은 한별의 소개로 중국공산당에 가입하였고 왕경이 수속절차를 밟아주었다. 같은 시기 류태순이 또 한별의 소개로 중공당에 가입하였다. 이들은 1930년 '5·30폭동' 전에 입당한 10여 명 중공당원 중의 선진분자들이었다. 이 10여 명 조선인들은 무엇과도 바꿀 수 없는 당의 보귀한 재부, 중공동만 특별 지부의 지도역량은 한층 강화되었다.

1930년 4월, 중공동만 특별 지부에서 '붉은 5월투쟁'을 발동하여 투쟁 가운데서 원 조공당 당원들을 검열하고 당 조직에 받아들이기로 한 뒤 또 상해의 '5·30폭동' 5돌을 계기로 대중적 '5·30폭동'을 발기하기로 결정하였다. 조공당 동만도 엠엘 계통에서도 그해 4월 중공만주성위 특파원의 신분으로 연변에 온 박윤서의 지도 밑에 '5·1투쟁행동위원회'를 내오고 투쟁방안, 폭동계획을 토의하자 조공당 동만도 화요계통에서 적극 호응하여 나섰다. 비록 '제3차간도공산당사건'에서 큰 손실을 입기는 하였으나 중공동만 특별 지부에 김창일, 한별이 있은 것이 다행이었다. 그들은 한별과 김창일의 주선으로 화요파의 당원과 소속군중들로 용정과 삼도구의 폭동에 참가하기로 하고 리동선을 수신향 내풍동에 파견하여 폭동계획을 토의하게 하였다. 그들은 소오도구, 내풍동, 비암 등지의 동지들은 용정폭동에 참가하고 장인강, 청지하 등지의 동지들은 투도구 폭동에 참가하기로 하였다. 시간이 긴박한 데서 한별은 자기가 직접 삼도구 원화동에 있는 안학선을 찾아 같이 삼도구 폭동계획을 세웠다.

비가 지겹게 내렸던 5월 29일 밤 10시경 명신사 박달평의 단포동 뒷산에 삼도구(오늘의 화룡시소재지) 일대 혁명군중 수십 명이 모이었다. 조공당 삼도구 현임지부책 안학선이 회의를 사회하면서 동만 특별 지부에서 파견된 동지의 보고가 있게 된다고 소개하였다. 이 동지가 다름 아닌 한별이었다.

한별은 보고에서 국제국내정세를 분석하고 일국일당제에 대하여 말하였다. 그는 치중하여 한 나라에는 하나의 당이 있어야 하고 여러 개 당이 존재할 수 없다, 공산국제의 지시에 좇아 조공을 해산하고 중공을 건립한다, 중국공산당의 통일 지도하에서 혁명을 하여야 한다고 지적하면서 '5·30폭동'을 단행하는 원인과 의의에 대하여 자상히 설명하였다. 회의에서는 안학선, 최룡화의 지도하에 각 부서와 담당구역을 부공한 뒤 30일 0시가 되자 각기 행동하였다.

잇따라 충신장의 친일지주와 주구들의 집에 불길이 치솟고 선전삐라들이 도처에 흩날렸다. 청파호에 파견된 조는 부근의 전선줄을 끊어버리고 도끼로 전봇대를 찍어 넘겼다. 한별의 지시와 지도 밑에 삼도구의 혁명군중들이 맨 먼저 행동하여 연변 '5·30폭동'의 서막을 열어놓았다.

'5·30폭동' 이후 한별은 왕경을 안내하여 장인강으로 가서 투쟁의 시련을 겪은 한패의 동지들을 중공당에 받아들이게 되었다. 장인강은 조선공산당(화요파) 조직이 일찍이 뿌리박은 고장이었다. 공산국제의 '일국일당' 원칙이 제기된 후 동만도 화요파 계통에서는 이 원칙을 접수하기 시작하였다. 그 시기인 1930년 3월 조공당 엠엘파 계통의 박윤서 등이 장인강에 가서 오늘부터 원 조공당 당원들이 중공당원으로 넘는다고 선포하면서 '연변당부 장인강지부'를 조직하였다.

이해 6월, 한별과 왕경을 장인강에 가서 원 조공당 화요파 당원회의를 소집하고 상급의 지시정신에 따라 원 조공당의 동만도 일체 조직을 해산시킨다고 선포하였다. 동시에 3월에 건립한 '연변당부 장인강지부'는 동만 특별 지부가 아닌 이른바 '연변당부'에서 비준한 것이기에 여기서 해산시킨다고 선포하였다. 그 이유는 성위에서 비준하지 않았다는 것이다. 이어 그들은 당원은 집체로 흡수할 수가 없고 반드시 당의 조직원칙에 따라 개별적으로 수속

을 거쳐 입당해야 한다고 설명한 뒤 개별심사를 거쳐 리동선, 조
군필, 주현갑, 김병수 등 한패의 투쟁골간들을 중공당원으로 받
아들였다. 그해 7월 초, 장인강 첫 패의 당원들은 장인강 봉의동
에서 당원대회를 열고 리동선을 서기로 하는 중공장인강지부를
정식으로 건립하였다. 당원은 18명이었는데 지부 아래에 봉의동
소조, 신풍동 소조, 부흥평 소조 등 3개 소조를 두었다.

동년 6월 한별은 또 왕경을 안내하여 삼도구로 갔다. 그들이 원
화동 상촌의 안학선 집에 들어서자 안학선이 반가이 맞아주었다.

"몹시 고대했습니다."

"그럴 줄 알았습니다."

한별은 안학선의 두 손을 굳게 잡아주었다. 안학선의 집은 연
일 우리 동지들로 분주하였다.

1930년 6월 하순의 어느 날 안학선의 집 뒤 고방에 우리 동
지들이 빼곡히 들어앉았다. 이날 안학선, 최료화 등 한패의 동지
들이 하나하나의 수속을 거쳐 중국공산당에 가입하였으며 이 동
지들로 중공삼도구 구위를 설립하였다. 안학선이 구위 서기로,
최룡화가 조직부장으로, 윤동호가 선전부장으로, 장수가 군사부
장으로, 황정옥이 부녀위원으로 선출되었다.

4

동만 '5·30폭동' 이후 조선족들 가운데서의 중공당원 발전 사
업이 본격적으로 시달림에 따라 당원수가 급격히 늘어났다. 이해
6월 한 달 사이만 해도 당원 수는 원래의 10여 명으로부터 200
여 명으로 장대해졌다. 왕경, 한별, 김창일 등의 지도와 노력으

로 중공삼도구 구위, 개산툰 구위, 평강 구위가 육속 건립되었다. 새 시기에 적응될 당의 통일지도기구를 조직할 문제가 급선무로 나섰다.

1930년 7월 하순, 연길현 의란구 남동의 남쪽 골짜기 빈집에서 중공연화중심현위를 내오기 위한 당원대표대회가 열리었다. 중공만주성위 순시원 료여원은 회의에서 국내외 정세와 당의 영도를 강화할 문제에 대해 연설하면서 적당한 때 화룡현과 연길현을 망라한 중공연화중심현위를 건립하기로 하였다. 회의에는 료여원, 왕경, 마준, 박윤서 등 15명이 참가하였는데 한별과 김영신도 이번 회의의 주요 참가자였다. 그들 부부는 의미 있는 눈길을 주고받으며 회의정신을 드팀없이 집행하자는 결의를 다졌다.

그해 8월 13일, 화룡현 평강구 약수동에서 왕경 등 19명(그중 출석대표 9명, 참가자 7명, 방청 3명)이 참가한 제1차 연화당원대표대회가 소집되었다. 대회는 4일간 계속되었는데 7명 위원과 2명 후보위원을 선거하고 연화중심현위를 정식으로 건립하였다. 한별은 현위 제1임 선전부장으로 되고 아내 김영신이 현위 제1임 부녀부장으로 되었다.

중공연화중심현위의 건립은 동만 혁명투쟁의 새로운 발전을 표징 한다. 연화중심현위는 건립된 후 연변 지방폭동을 조직할 문제를 중심과업으로 내세우고 현위의 주요 성원들은 현 내 각지에 가서 이 폭동을 지도할 당의 기층조직 확대 사업을 활발히 벌였다. 중공연길 구위, 로투구 구위, 용정 구위, 하마탕 구위, 옹성라자 구위, 훈춘 구위가 우후죽순마냥 일어섰다. 연화중심현위는 현위 소재지를 용정에 두고 산하 9개 구위를 지도하게 되었다. 한별은 낮과 밤이 따로 없이 당면 투쟁에 관한 현위의 해당문건을 기초,

등사하기에 바빴다. 그 바쁜 가운데서도 한별은 10월에 왕청 현위 제1임 부녀위원으로 부임되어 간 아내를 그리며 부부일심으로 당의 사업의 승리를 위해 끝까지 싸울 결의로 가슴을 불태웠다.

1930년 9월 25일, 중공만주총행동위원회는 중공연화중심현위 건립과정에 대한 료여원의 보고를 청취한 후 연변에 중공동만 특별위원회를 건립하고 연화중심현위를 연화현위로 고치며 왕청현위와 훈춘현위를 건립하며 료여원을 동만 특위 서기로 임명하기로 결정하였다. 이해 10월 료여원은 조선족 양림과 함께 연길현 무산촌에 가서 회의를 열고 중공동만 특별위원회를 정식으로 건립하였다. 따라서 연화중심현위가 연화현위로 개칭되고 한별이 의연히 연화현위 제1임 선전부장으로 되었다.

1930년 10월, 중공연화현위는 당내 '좌'경로서의 영향으로 연화현 총행동위원회로 탈바꿈하고 현위산하의 기층 구위와 지부도 모두 행동위원회로 되었다. 연화총행동위원회는 10월혁명 13돌 기념일을 계기로 도시와 농촌들에서 대규모적인 지방군중폭동을 단행하기로 하고 그 준비 사업을 다그쳤다.

선전삐라와 격문 등이 선행되어야 했다. 한별의 사업량은 가배로 되였지만 그는 동지들과 함께 몸을 내번지며 일했다. 때론 너무도 지쳐 동지들이 쉬면서 해라해도 그는 미소로 답례하며 일손을 멈추지 않았다.

시간은 하루하루 흘러갔다. 1930년 말경에 연화현 총행동위원회는 취소되고 연화현위가 회복되었지만 폭동의 제반과업은 조금도 변하지 않았다. 그때 현위연락소는 용정의 복흥가에 설치되었는데 한별은 동지들과 함께 여기에 주숙하면서 사업을 밀고나갔다.

그러던 1930년 11월 6일, 일본간도총영사관의 순경들이 낌새를 채고 용정 복흥가의 현위연락소를 불의 습격하였다. 미처 어쩔 사이도 없이 한별은 현위 서기 배동건, 현위 부녀부장 리정숙 등 현의 주요 간부들과 함께 불행히 적들의 손에 쥐였다. 이날 용정 구위의 간부들까지 도합 40여 명이 체포되었다. 이어 10여 명의 동지들이 또 적들의 마수에 걸리었다. 연화현위가 재차 큰 파괴를 당한 것은 1931년 봄, 연화현위가 소재지를 용정으로부터 모아산 너머 조양천 부근의 무산촌을 옮긴 것은 1931년 2월의 일이다.

5

한별과 그의 동지들은 적들에게 체포된 후 인차 용정의 총영사 관 유치장에 갇히었다. 유치장에서 갖은 취조를 당하였지만 한별 은 한 공산당원의 고귀한 절개를 조금도 흘트리지 않았다. 적들 은 한별 등을 한동안 들볶다가 서울 서대문형무소로 압송하였다.

한별은 서울 서대문형무소에서 갖은 고문과 혹형을 당했으나 시종 혁명가의 본색을 잃지 않았다. 그러다가 그는 '예심취조' 중 혹형으로 인한 중병으로 하여 1932년에 옥중에서 불행히 옥사하 였다. 그때 한별은 30대의 한창 나이었다.

불행은 이에만 그치지 않았다. 한별의 두 돌 밖에 안되는 딸애 는 엄마의 등에 업히어 다니던 중 병마에 시달리다가 죽었다.

한별의 아내 김영신이 귀여운 딸애를 잃고 슬픔을 씹어 삼키며 사업에 몰두할 때 서울 서대문형무소에 갇혔던 남편이 희생되었 다는 비보가 날아들었다. 남편의 희생은 너무나도 큰 타격이었으 나 그는 이 슬픔을 백배, 천배의 힘으로 이겨냈다. 그는 남편과 딸애를 잃었으나 혁명승리의 신심을 잃지 않고 투쟁의 진두에서

억세게 싸웠다. 그러던 중 김영신은 1932년 겨울에 화룡현 평강
구로 갔다가 적 토벌대 놈들에 의해 영용히 희생되었다.

평강벌의 군중수령 소성규

(1908-1937)

후날의 연변 '5·30폭동'의 주요 지도자의 한 사람인 소성규는 화룡현 수신향 수성촌(오늘의 화룡시 서성진 명암촌 일대)의 소씨라고 하는 조선족 반일지사의 가정에서 고고성을 터치였다.

1

소성규의 아버지는 소승호라고 부른다. 그는 항렬에서 맏이고 그 아래에 세 남동생을 두었고 한때 독립군에 참가하여 활동한 적이 있었는데 워낙 천성이 강직하고 반일사상이 농후한데서 세 동생은 물론 온 가정을 반일사상으로 이끌기에 힘썼다. 이런 가정에서 태어난 소성규는 어려서부터 아버지의 성품을 고스란히 물려받았다.

성규의 어린 시절, 서당을 다니던 그 시절에 조선 사람 남자들은 모두 머리채(외태)를 땄다. 그러던 어느 날 서당 다니던 성규가 잃어져 집안에서는 야단을 쳤다. 아홉 살짜리가 없어졌으니 놀랄 만도 하였다. 며칠 후에 성규가 절로 집에 들어섰다. 보니 머리채를 잘라버리고 신식머리를 했었다. 투도구에 가서 깎았다면서 이도구부터는 저절로 걸어왔다고 했다. 그러면서 서당에는 안 다닌다면서 이도구에 가서 신식학교에 입학하였다. 이는 성규가 아홉 살 때의 일이다. 성규의 아버지는 "그 놈이 앞으로 큰일을 해낼 놈!"이라고 대견스러워 하였다.

1922년경에 성규는 소학교를 졸업하였다. 이해에 그는 아버지의 지지하에 용정으로 가서 그 전해에 세워진 사립동흥중학교에 입학하였다. 그러니 동흥중학교의 제2기생 되는데 학교의 학생들은 거개가 연변 각지와 소련 연해주, 남만, 북만에서 온 학생들이었다. 하기에 학생들은 물론 선생들까지도 신식사상에 푹 배어 있었다. 마르크스주의 전파와 사회주의사상의 영향은 성규를 노농혁명의 길로 나아가게 하였다.

소성규는 동흥중학교 제2회 졸업생으로 사회에 진출하였다. 그의 주요 활동무대가 화룡현 평강구였기에 20년대 중기에 그는 벌써 '평강벌의 군중수령'으로 널리 소문이 났다.

1925년에 소성규는 신식사상으로 무장한 화룡현 사광사 웃천평(오늘의 용정시 개산툰진 광소촌)의 홍혜순과 자유 약혼하였다. 이는 봉건의 쇠사슬에 얽매였던 그 시기로 보면 놀라운 혁명이었다. 한때 웃천평은 온통 그들 남녀에 대한 이야기로 차고 넘쳤다.

1925년 이해 혜순이는 보통학교를 졸업하였다. 보통학교의 선생은 공부가 월등한 혜순이를 용정의 광명여교에 입학하라고 하였다. 소성규는 대성중학교로 가야 한다고 주장하였다. 혜순의 어머니가 학비를 대기 어려워 주저하자 소성규는 자기가 대겠으니 근심하지 말라고 하였다.

혜순이는 용정 대성중학교에 입학한 후 하숙집을 잡았다. 어느 날 그의 어머니가 혜순의 손아래 여동생 인순이를 데리고 쌀 주머니를 이고 하숙집으로 찾아갔는데 저녁에 소성규가 들어서더라나. 그는 가시어머니 될 분에게 깍듯이 인사를 올리더니 오늘 저녁 어느 극장에서 조선말 『장화홍련전』 극이 있다면서 표 넉 장을 내밀었다. 그때 인상이 하도나 깊어 그날의 어린 인순이는 70살이 된 후에도 잊을 수 없다고 필자와 말하였다. 극 구경 마치고 돌아온 후 성규와 혜순이는 윗방의 혜순의 낮은 책상 위에 걸터앉아 서로 팔을 끼고 책을 보았는데 혜순이 어머니는 별 것만 같아서 방문을 빠끔히 열고 들여 보다가 자기가 부끄러워 도리어 제꺽 방문을 닫아버렸다고 한다.

1926년 혜순의 집은 화룡현 룡두산으로 이사하였다. 성규의 뜻이었는데 그때 성규의 집은 이미 수성촌서 룡두산 장경촌에 이주하여 생활하고 있었다. 1926년 이해 소성규는 조공당 동만도(엠엘파) 당원으로 되었다. 인차 조공당 동만도 공청책임자로 승격하였다. 혜순이는 중학교를 중퇴하고 룡두산에 가서 소성규를 도와 지하혁명투쟁에 나섰다. 그때 성규는 용정 등지에서 활동하고 있었다.

소성규는 혜순이네가 룡두산으로 이사하였다는 말을 듣고 인차 혜순이네 집에 나타났다. 그는 양복차림에 넥타이까지 매였는데 손에 개화장까지 척 잡으니 제법 신사 같았다. 이런 차림이면 적들이 감히 범접하지 못한다고 했다. 그날 저녁 성규는 뒷방 혜순이 칸에서 오랜만에 만난 혜순이를 꼭 안았는데 둘이 학교 때 형용 등으로 웃고 떠들며 춤추며 상봉을 즐기는데 인순이는 그 장면을 깰라 감히 뒷방 문을 열지 못하였다. 그 후에도 올 때면 언제나 조용히 바깥 뒷방 문을 "똑똑" 노크하고 들어섰다는 성규다.

그 무렵에 성규는 결혼식을 선포했다. 결혼식이라야 밤중에 동지 몇을 청하여 간단히 술상을 나누고 동지들은 과자 약간 근으로 축하하니 끝이었다. 혁명가만이 할 수 있는 신식결혼식, 소성규는 바로 이런 사람이었다.

2

1928년 9월 3일, 조공당 동만도 엠엘 계통에서는 국제무산청년절을 맞으며 용정, 국자가를 중심으로 수천 명 청년학생들이 참가한 반일 대시위를 단행하였다. 소성규는 반일 대시위의 주요 획책자와 지도자의 한 사람이었다.

"일제침략세력을 몰아내자!"

"조선의 절대적 독립을 이룩하자!"

동만에 울려 퍼진 구호소리는 하늘땅을 진감하였다. 간도일본총영사관의 군경들이 동원되어 시위 참가자 72명을 체포하였는데 이것이 세칭 '제2차 간도공산당사건'이다.

이 사건이 소성규 등 지도자들에게 주는 교훈이 심각했다. 이에 소성규는 이해(1928) 겨울에 용정에서 동지들인 김철, 강학제, 황기범, 김광진 등과 함께 7명으로 구성된 무장단체 '철혈단(鐵血團)'을 꾸리고 자금을 준비하여 반일무장을 조직하며 특무와 주구를 숙청하며 무장투쟁을 진행하는 것을 주요 과업으로 내세웠다.

1929년 봄에 강학제 등은 북만의 녕안에 가서 강습반을 꾸리고 수백 명 남녀투사를 키우는 일에 나섰다. 소성규는 1926년 이후부터 조공당 엠엘 계통의 뿌리를 박아가던 화룡현 평강벌로 갔다. 소성규는 아내 홍혜순과 아버지, 삼촌들 그리고 여러 동지들과 손잡고 평강벌 각지에서 조공당 건당 사업을 활발히 벌였다. 하여 1926년부터 1928년 사이 20년대 후기에 이르러 수성촌과 룡두산을 중심으로 한 약수동, 어랑촌, 쟈피거우, 중평리, 대동구, 초남구, 청지허 등 해란강 양안에 조공당 동만도 엠엘계통의 세포조직들이 육속 뿌리를 내리였다.

성규의 아내 혜순이는 조공당 룡두산 세포조직 책임자로 나섰다. 이 세포엔 성규의 둘째삼촌 소승언, 셋째삼촌 소승범, 넷째삼촌 소××도 망라되었는데 혜순은 회의 때마다 시삼촌들을 "소 동무, 소 동무!"하고 불렀다. 혜순이 친정어머니가 시삼촌들을 어찌 동무, 동무 하는가고 나무라자 혜순이는 "회의 할 때면 동무라 해야지, 삼촌이라 하겠는가"며 저도 우습다고 깔깔 웃었다. 성규는 당내에서는 나이관계, 친척관계에 구애되지 말아야 한다면서 아내의 '동무'란 부름을 견결히 지지하여 나섰다.

1928년 10월 2일, '간도공산당 제2차사건'에서 사립룡산학교가 문이 닫기고 성규의 아버지와 셋째삼촌이 군벌군대에 체포되어 연길감옥으로 압송되었다. 그들은 3년 징역살이를 해야만 했다. 했으나 소성규는 그로 하여 질겁하지 않았으며 온 평강벌을 혁명의 불도가니로 끓게 하였다.

그 바쁜 나날에도 소성규는 아내의 해산달을 잊지 않았다. 1929년 정월에 다부산즈 차림에 손에 부채를 쥔 성규가 집 문을 열고 들어섰다. 마침 아내 혜순이는 난산이여서 집안사람들은 쩔쩔 매고 있었다.

"이걸 어쩌나?"

그 시각 소성규는 실성한 사람 같았다. 그는 변성명하고 의사를 데려오겠다며 투도구로 내달았다.

"이거 야단났구나. 도처에서 성규를 잡으라고 아우성인데."

성규 가시어머니가 발을 동동 굴렀다. 재빠른 인순이가 달아나가며 아저씨를 불렀다. 그제야 성규는 제정신이 들었다. 다행히 혈육들이 만사불구하고 마을의 민간의사를 청해 온 데서 새 생명은 드디어 어머니의 모진 진통 속에서 이 세상에 광림하였다.

산모도 무사하고 성규도 무사하였다. 양심 있는 민간의사는 성규의 출현을 눈감아주었다. 성규는 새 생명이 딸애라고 경자라고 이름을 지었다.

소성규는 다시 피어린 싸움터로 달려갔다. 동만을 들썽한 1929년 말과 1930년 초의 조선 광주학생성원 반일시위를 성규는 동지들과 더불어 성공적으로 지도하였다.

3

1930년 4월, 중공만주성위에서는 중공동만 특별 지부를 도와 '붉은 5월투쟁'을 발동하여 투쟁 가운데서 원 조선공산당 당원들을 검열하고 당 조직에 받아들이게 하기 위하여 조선족 박윤서를 연변에 파견하였다. 박윤서는 원 조공당 엠엘파 만주총국의 수령 인물이었다. 이때의 박윤서는 이미 중공당원(1930년 3월에 입당)이었다. 이해 4월에 그는 자기 동지들인 김철, 강학제, 소성규 등을 중국공산당에 받아들이고 이들을 주체로 '5·1투쟁행동위원회'를 조직하였다. 그들은 만주성위의 지시에 근거하여 "일본제국주의를 타도하자!", "토지혁명을 실시하고 소비에트정부를 수립하자!" 등 구호를 제기하고 투쟁책략을 확정하였다. 용정지구의 총지휘는 김철이 맡고 강학제가 폭동지휘를 맡았다면 소성규는 평강구 쪽에 파견되어 그 지구의 민중을 발동하기로 하였다. 소성규는 또 중공당원이며 황포군관학교 출신인 동지 신춘을 약수동에 보내어 호응하게 하였다.

5월 1일, 용정의 200여 명 노동자들이 동맹파업을 단행하여 '붉은 5월투쟁'의 서막을 열어놓았다. 이에 호응하여 소성규는 신춘 등을 지도하여 그들이 약수동의 수백 명 농민군중들을 지휘하여 즉시 반제반봉건시위를 단행케 하였다. 소성규의 관심하에서 약수동과 그 일대의 투쟁은 5월 하순에 이르러 토지혁명 단계에로 발전하였다. 이 시기에 소성규는 박윤서를 안내하여 직접 약수동에 가서 구체적으로 지도하면서 소비에트정권 수립 사업을 힘 있게 내밀었다. 5월 27일, 약수동상촌의 팔간집 마당에서 끝내 약수동 소비에트정부가 수립되었다.

수백 명 군중들은 "일본제국주의를 타도하자!", "지주의 토지를 몰수하여 빈고농민들에게 나누어주자!", "소비에트수립을 옹호한다!" 등 구호를 높이 부르며 연속 사흘 동안 시위투쟁을 가지었다. 이 기간 일제주구 몇 놈이 처단되고 지주와 고리대금업자들의 재산이 몰수되어 빈고농민들에게 분배되었고 그자들의 고리대 문서와 소작료계약서 등이 소각되었다.

약수동 소비에트정부의 수립은 동만(연변) 5월투쟁의 고조를 상징한다. 이 소비에트정부는 동만 뿐 아니라 전 동북치고 첫 번째로 세워진 인민의 정권이었다.

5월 30일, 망국의 비운이 짙게 덮였던 동만 땅에는 봄우레마냥 천지를 진감한 '5·30폭동'이 일어났다. 이에 앞서 중공동만 특별지부에서는 상해의 '5·30사건' 5돌을 계기로 이 농민폭동을 계획하였는데 소성규가 또 평강구에 파견되었다. 그는 연길현 상의

향 세린하의 와룡동 김윤봉의 집에서 리주현(중평리), 장룡석, 손철운(약수동), 김윤봉(세린하), 박태진(강성촌), 서명화(룡수평), 김갑(강성촌), 리영근(소오도구) 등 각지 대표들이 참가한 긴급회의를 부르고 폭동지시를 전달하고 토의하였다. 회의에서는 투도구의 일본영사분관, 조선인 거류민회, 일제보통학교, 상부국, 중국육군병영, 공안국과 친일주구를 폭동의 주요 공격목표로 정했으며 폭동시간을 결정한 다음 폭동대를 파괴, 방화, 응원 3개 대로 나누고 행동부서를 구체적으로 짰다. 폭동대는 해란강을 계선으로 수남, 수북대로 나누었다. 소성규는 또 아내 홍혜순과 연계를 가지고 수남 폭동대의 준비와 지휘를 빈틈없이 짜고들 것을 부탁하였다.

폭동 준비가 비밀리에 긴장이 진척되었다. 해란강 이남의 대동구(화수), 수평동, 소오도구 등지의 혁명군중들은 홍혜순, 오창길 등의 지도하에 여러 마을에 있는 엽총들을 새 잡이를 한다는 명의로 거두어들이고 폭죽을 준비하고 작탄을 만들었다. 해란강 이북의 약수동, 장인강, 세린하 등 일대의 혁명군중들은 박세진 등의 지도하에 엽총 18자루와 석유와 솜 등을 장만하였다.

5월 30일 밤 해란강 이남의 폭동대는 홍혜순(열사), 오창길(열사), 김응수(열사) 등의 지휘하에 투도구 남쪽 해란강 다리목 버들방천에 와서 매복하였다. 해란강 이북의 폭동대는 박세진(열사), 박상활(열사), 리경천(열사) 등의 지휘하에 약수동과 그 주위의 산등성이에 보초를 세우고 투도구 신흥소학교 뒤 북산언덕에 대기하였다.

30일 밤 11시, 민회사무실에 불이 일자 수남, 수북 폭동대들은 각자의 분공에 따라 일시에 행동을 개시하였다. 응원대들은 엽총을 쏘았고 폭죽에 불을 달아 석유통에 넣었다. 총소리, 폭죽소리에 놀란 일본영사분관의 경찰들은 겁에 질려 시내에 나오지도 못하고 영사분관 벽돌담장에 숨어 눈먼 총질만 하였고 중국 상부국 경찰들도 집안에 처박혀서 머리도 내들지 못했다. 수북, 수남 폭동대들은 투도구 시내의 조선인민회 사무실과 몇몇 친일주구의 집에 불을 달고 곳곳에 작탄을 던지고 일본영사분관에 대고 총질을 하였다. 영사분관 담벽에 탄알 자욱이 어수선했다. 방화와 파괴임무를 완수한 폭동대는 "만세!"를 부르고 반일구호를 외치면서 시내에서 철수하여 귀로에 올랐다. 이날 새벽 사도구(룡호촌)의 일본보조서당도 수남 폭동대의 홍혜순 등에 의해 타버렸다.

이도구의 혁명군중들은 이날 밤 구산장(서성진)에 있는 보조서당과 조선인민회 사무실을 태워버리고 삼도구-투도구, 구산장-와룡호, 장인강으로 통하는 전화선을 끊어버렸으며 몇몇 주구들 집에 불을 질렀다.

소성규가 면밀히 짜고 들며 전면 지도한 투도구를 중심한 평강벌 해란강 양안의 '5·30폭동'은 원 조공당 엠엘 계통과 화요 계통이 힘을 합친 데서 비교적 원만한 결과를 가져왔다. 이는 지난 반일 군중투쟁에서 종래로 있어 본적이 없는 일로서 원 조공당의 파벌에서 벗어난 중공당원으로서의 소성규의 넓은 도량과 투쟁예술을 보여준다.

일제 놈들은 당황해 났다. '5·30폭동'이 용정, 투도구, 이도구, 삼도구와 천도철도연선을 중심으로 하여 넓은 범위 내에서 일제히 터졌으니 그럴 만도 하였다. 간도일본총영사관 총영사는 간담이 서늘해서 일본 척무성과 외무성에 급전을 쳐 증원 병력을 요구하였는데 조선총독부는 일본경찰 200여 명을 출동시키기로 하였다.

4

'5·30폭동' 직후 용정은 말 그대로 살풍경을 이루었다. 놈들이 온 시내를 샅샅이 누비며 검거선풍을 일으킨 데서 동만 '5·30폭동' 지도자의 한사람이었던 소성규는 용정에서 그만 놈들에게 체포되어 서울 서대문형무소로 압송되었는데 그때 그의 나이는 22살 한창 꽃나이였다.

서대문형무소에서 일제 놈들은 소성규에게 짓궂은 심문과 혹형을 가하면서 그에게서 무엇을 알아내려고 광분하였다. 갖은 회유도 물거품으로 되었다. 그래도 심문을 맡은 법관 놈은 그의 마음을 돌려보려고 서둘렀다.

"자, 이제라도 늦지 않으니 길을 잘못 들어섰다는 성명만 신문에 내면 내놓을 뿐만 아니라 높은 벼슬도 줄 수 있다. 어때?"

소성규는 놈들을 쓰게 쏘아보며 언성을 높였다.

"닥쳐! 네놈들이 망할 날은 멀지 않았다! 혁명은 꼭 승리할 것이다!"

놈들은 소성규의 마음을 돌리지 못하였다. 그때 소성규와 같은 시기 체포된 동지들은 67명에 달했다. 『동아일보』 1932년 4월 22일 보도에 의하면 67명 중 공판에 회부된 것은 35명인데 놈들은 소성규를 무기형에 언도하였다. 그리고도 소성규를 다시 구슬렸다.

"자, 앞길이 구만리 같은 사람이 무슨 외고집이야? 어서 자수하고 나가 사람답게 살아보라고. 그 좋은 인물체격이 아깝지도 않은가? 더구나 아내와 딸까지 있는 사람이!"

일편단심 혁명에 충직한 소성규는 구역질이 났다.

"허튼소리 그만둬. 죽음을 겁내고야 네놈들과 어찌 맞서 싸울 수 있었겠느냐?"

놈들은 구슬려도 안되니 소성규에게 고춧물을 먹이는 등 악형을 들이댔다.

"어리석은 놈아! 그래도 혁명이냐?"

놈들이 혹형을 가할수록 소성규는 "나의 사랑 공산주의 만세!", "공산당 만세!"를 높이 외치군 하였다. 그때마다 감옥에 갇혀있는 많은 동지들이 공산주의 만세, 공산당 만세를 따라 외쳤다.

서대문형무소에서 이미 7년이란 세월이 흘렀다. 소성규는 놈들의 시달림을 받아 사경에 이르렀다. 바빠 맞은 놈들은 소성규를 보석 출옥시켰다.

이해가 1937년이다. 소성규는 투도구 영사분관에서 담가에 들려 집에 왔다. 집에 이른 그는 마당에 있는 나무단에서 이슥토록 눈을 떼지 못하였다. 이 나뭇단은 1930년 여름 아내 혜순이가 집에 들지 못하고 낮마다 강가에 나가 버드나무를 줍는 척하며 위장하고 모은 것인데 어느덧 제법 산더미를 이루었다. 성규가 보석 출옥할 때까지도 삭은 나무 몇 단이 남아있었는데 그 나무를 보노라니 아내에 대한 그리움에 갈마든 성규였다. 아내는 갔지만 그는 아내와 함께 지냈던 뒷방부터 보고 싶었다. 집안사람들이 그를 끼고 뒷방에 들어서니 성규는 방안에서도 떠날 줄을 몰랐다. 이전 일을 생각하니 혜순이가 살아있는 것 같다며 어머니에게 그 진정을 내비치었다.

소성규의 배는 임신부마냥 함지박만 했다. 윗마을의 민간의사는 그의 배에서 적잖은 물을 뽑아냈다. 그로부터 20일 인가, 21일 만인가. 소성규는 자기 집에서 심장의 고동을 멈추었다. 귀가해서 한달도 안된 때의 일이다.

그때 소성규의 딸 경자는 9살이었다. 외할머니가 외손녀에게 흰 천을 띄워주겠다고 하니 성규 할아버지가 "죽은 놈은 죽었지, 장래 아이에게 못 그런다."면서 몽상을 못하게 했다.

소성규는 갔다. 일찍 아내의 살뜰한 사랑을 맘껏 받았던 방에서 영원의 나라로 떠났다 …

김철 - 피로 얼룩진 혈서

(1902-1930)

  김철(金澈)은 일명 김창호(金昌昊)라고도 하는데 1902년 태생이다. 유감스러운 것은 그의 고향이 어디고 가정형편은 어떠하고 어느 학교를 다녔으며 초기 투쟁은 어디에서 나섰는가를 지금 알 방법이 없다. 안다면 그가 화룡현 개산툰 일대 자동 사람으로 나타나고 용정의 어느 중학을 졸업하고 화룡현 평강벌의 최서단인 수성촌의 사립영동학교에서 교편을 잡았다는 것뿐이다. 그나마 이름만 걸어 놓았고 늘 외지에 나가 있었다고 한다.

  20세기 20년대 중기부터 김철은 직업혁명가의 생애를 시작하였다. 그의 주요 동지들로는 박윤서, 강학제, 김근, 소성규 등이고 주요 활동구역은 용정과 평강벌, 개산툰의 천평벌이었다. 그는 20년대 중기에 벌써 이름난 혁명가로, 공산주의자로 널리 알려졌다.

  1926년 5월 16일에 조선공산당 만주총국이 탄생을 고하였다. 만주총국은 북만의 녕고탑에 본부를 설치하고 그 아래에 동만, 북만, 남만 등 3개 구역국을 두었다. 동만 구역국은 1926년 10월 28일에 용정에서 정식 설립(그 뒤 1927년 10월 3일에 '동만도위'로 개칭)되었는데 이 시기에 조공당 만주총국 군사부장 박윤서가 용정에 왔다.

박윤서는 조공당 엠엘파의 수령 인물이었다. 그는 용정에 오자 선참으로 김철 등을 찾아 그들을 조공당 당원(엠엘파)으로 받아들이었다. 때는 1926년이다. 그때부터 김철은 조공당 동만도 엠엘 계통의 주요 지도자로 활동하면서 직업혁명가로 나섰고 동만에서의 박윤서의 유력한 조수와 믿음직한 동지로 되었다.

조공당 엠엘파는 1926년 4월에 '서울파'의 일부분 성원과 '1월회'의 성원들로 무어진 조선공산당 내의 한 파벌인데 연변에서의 조공당 동만도 엠엘 계통의 주요 간부로는 김근, 김철, 강학제, 소성규, 고하경 등이었다.

1926년 봄 이후 김철 등은 박윤서와 함께 화룡현 평강벌을 주요 활동지대로 하고 소성규를 그 진두에 내세웠다. 그들은 힘을 합쳐 평강벌의 룡두산, 대동구, 약수동, 중평리, 어랑촌, 수성촌, 쟈피거우 등지에 육속 조공당 엠엘 세포(지부)를 조직하였다. 잇따라 평강벌 각지에 야학이 일어서고 반일계몽운동이 시작되면서 사회주의, 공산주의 사상이 널리 침투되었다.

1928년 봄에 김철 등은 활동 지대를 개산툰 지구로 옮기였다. 그들은 화룡현 삼개사 자동(오늘의 용정에 개산툰진 자동촌)에 가서 비밀리에 장자관을 만나 그를 선참 엠엘파 조공당원으로 받아들였다. 장자관은 1926년 봄경에 자동의 박의정, 한영섭, 김영식 등 4명과 함께 광주로 달려가 황포군관학교에 입학한 사람으로서 중국의 북벌전쟁과 광주봉기에 참가하였다가 금방 돌아와 사립정동소학교 교원으로 활동하고 있었다.

자동은 상촌(40여 세대), 중촌(6여 세대), 하촌(50여 세대) 등 3개 마을로 이루어진 고장으로서 100여 세대의 인가가 말짱 조선 이주민들이었다. 1926년에 원적이 조선 강원도인 안씨라는 사람이 자동의 사립정동소학교에 와서 교원으로 있으며 조공계통을 발전시켰으나 1927년 10월의 '제1차 간도공산당사건'에서 파괴되고 말았다. 1927년 10월 이후 박윤서가 자동에 와서 활동하면서 조공당 엠엘 기층지부가 다시 조직되었다.

김철은 박윤서의 지시대로 자동을 중심으로 한 개산툰 지구를 그의 주요 활동 지대로 하였다. 그는 장자관을 도와 정동소학교에 보습반을 설치하고 자동, 절골, 문암동, 개산툰, 학성 등 5개 마을의 청년들을 보습반에 받아들였다. 그 후 이들 중의 선진청년들을 고려공청조직에 받아들이고 박성춘을 서기로 한 고려공산청년회 엠엘 세포를 조직하였다. 한편 김철은 절골(애민)의 사립근동소학교 교장 정룡수와도 손을 잡았다. 정룡수는 일찍 시베리아를 다니면서 마르크스주의를 접수하고 혁명에 투신한 사람이었다.

김철은 조공당 엠엘 세포 조직을 절골, 천평(광소), 후동 등지로 넓혀갔다. 한데서 개산툰 지구는 조공당 엠엘파가 우세를 차지하였고 김철은 공인하는 개산툰 지구의 지도자로 되었다.

세포가 뿌리박힌 후 김철은 사회주의계몽운동, 정권탈취에 대한 투쟁을 드세게 벌였다.

그때 개산툰 지구에는 삼개사, 사광사 2개 기층 행정조직이 있었다. 삼개사의 관할구는 개산툰, 석문자, 회경, 자동, 사동, 대산 등이고 사광사의 관할구는 제동, 광소, 광종, 후동, 선구, 장동 등이었다. 사는 현 아래의 행정단위로서 토지세 징수와 행정사무 등을 처리했는데 지방에서는 절대적인 권리를 갖고 있었다. 1928년 이전까지만 해도 사장 등사의 주요 직원은 현에서 직접 임명하였다. 김철은 세포 조직을 핵심으로 군중을 널리 발동하여 사장과 사의 사무원을 중심으로 한 지방행정권을 민중이 쟁취하기 위한 투쟁을 활발히 전개하였다. 그들의 목표는 관선(官選)이 아닌 민선(民選), 즉 사기관의 사장과 사의 사무원을 군중이 직접 선거하는 것이다. 그 실질은 혁명을 지지, 성원하는 사람을 밀어 넣어 지방행정권을 우리의 수중에 장악하자는 데 있었다. 군중의 압력에 의하여 현에서는 민선의 방법을 동의하는 수밖에 없었다.

1928년 말에 삼개사와 사광사에서는 전 사 군중대표회의를 열고 직접 투표의 방식으로 사장과 사의 서기(書記)를 선거하였다. 현 정부에서 강압적인 초치를 댄 데서 삼개사 사장은 윤길현이 그대로 유임되고 사 서기는 군중이 선거한 한영섭이 맡았다. 사광사에서는 군중의 뜻대로 최명신이 서기로 선출되었다.

김철이 직접 지도한 삼개사, 사광사에서의 지방행정권 쟁취투쟁은 초보적인 승리를 거두었다. 2개 사의 서기는 혁명을 지지, 성원하는 사람으로서 군중의 요구와 염원에 따라 사의 일상 사무를 처리하였다. 혁명조직에도 많은 도움을 주었다. 조공당 동만도 세포조직이 2개 사의 범위 내에 깊이 뿌리를 내릴 수 있은 것은 그들의 지지와도 갈라놓을 수 없다. 이는 그 후의 대중적 투쟁에 튼튼한 조직적 토대를 닦아주었다.

1928년 겨울에 조공당 만주총국 군사부에서는 일본제국주의와 싸우자면 손에 무장이 있어야 한다면서 동만에서 김철, 강학제 등을 중심으로 반일무장단체를 무으라고 지시하였다.

김철은 강학제 등과 함께 즉각 긴장한 준비 사업에 뛰어 들었다. 드디어 이해 겨울 용정에서 김철, 강학제, 김근, 김광진, 황기범 등 7명으로 무어진 '철혈단(鐵血團)'이 조직되었다. 그들은 만주총국 군사부의 직접적인 지도하에 자금을 준비하여 반일무장 조직을 내오며 일제특무, 주구를 단호히 숙청하며 장기적인 무장 투쟁을 진행하는 것을 주요 과업으로 내세웠다. 김철 등은 군사 인재훈련소를 녕안 등 지구에 세우기 위하여 의연금모집에 나서 면서 동만과 북만의 넓은 지역에서 친일 대지주의 장원을 습격하 는 투쟁도 자주 벌였다.

1929년 봄에 김철은 강학제 등과 함께 녕안으로 갔다. 그들은 녕안의 모 지구에 동만과 동북만의 엠엘 계통 동지들의 강습반을 수차 꾸리어 숱한 반일투사들을 키워냈다. 이들 반일투사들은 김 철 등의 지도하에서 자기 고장을 중심으로 친일주구를 숙청하는 한편 10만여 원에 달하는 고리대문서를 빼앗아 소각해버리었다. 부호의 곡물 300여 석을 헤치어 빈고농민들에게 나누어주기도 하였다.

1928년 12월에 공산국제에서는 결의 『12월 테제』를 지어 여 러 개 파벌로 된 조선공산당을 해산시키고 통일된 조선공산당을 건립할 것을 요구하였다. 당 재건 사업이 뜻대로 풀리지 못한 상 황에서 공산국제에서는 해당 인원을 상해에 파견하여 중공중앙과 상의하게 하였다. 1930년 1월, 중공중앙 위원이며 중화총공회 상무위원인 소문(蘇文)이 공산국제에서 파견한 한무(조선인, 모 스크바 공산대학 졸업생), 리춘산(중국인, 모스크바공산대학 졸 업생)과 함께 하얼빈에 가서 중공만주성위 및 조공당 각과 만주 총국의 간부들이 참가한 연석회의를 가지고 조공당 당원들을 중 공당에 받아들이기로 합의를 보았다.

연석회의 후 중공만주성위에서는 공산당원 왕경(조선족)을 연 변에 파견하여 파괴된 연변 당 조직을 복구, 춰 세우게 한 뒤 4

월에 또 공산당원 박윤서(1930년 3월 남만에서 입당)를 특파원으로 연변에 파견하였다. 이해 4월, 중공당 가입을 견결히 주장한 김철은 강학제, 소성규 등과 함께 박윤서의 소개로 중국공산당에 가입하였다.

1930년 4월, 김철은 박윤서를 안내하여 삼개사 자동에 다시 나타났다. 그들은 일찍 어깨겯고 싸웠던 장자관, 정룡수 등 몇 사람을 당 조직에 받아들이고 장자관을 당 소조장으로 하는 개산툰의 첫 중공당 조직을 설립하였다.

이달(1930년 4월)에 중공동만 특별 지부에서는 '붉은 5월투쟁'을 발동하여 투쟁의 시련을 겪은 원 조공당 당원들을 중공당 조직에 받아들이기로 하였다.

4월 24일, 특별 지부서기 왕경과 특파원 박윤서는 원 조공당 동만도 엠엘파 책임비서 김근 등과 토의하고 용정에서 10여 리 상거한 승지촌 부근 하승리의 한 언덕 외딴집에서 긴급회의를 소집하였다.

하승리의 이 외딴집은 주덕해(원 연변조선족자치주 초대주장 겸 중국공산당 연변주위 제1서기)의 숙부 오원세(열사)가 당 조직의 지시에 의해 마을 동구밖 언덕에 있는 외딴집을 사서 최형익과 차정숙을 부부로 가장시켜 생활하게 한 비밀 아지트였다. 회의에는 김근과 김철, 소성규, 황기범, 강학제 등이 참가하여 김근을 책임자로 하고 상기 동지들을 위원으로 한 '5·1투쟁행동위원회'를 내오고 투쟁방안을 연구하였다. 회의는 성위의 지시에 근거하여 "일본제국주의를 타도하자!", "토지혁명을 실시하고 소비에트정부를 수립하자!" 등 구호를 제기하고 투쟁책략을 확정하였다. 김철이 용정 지구의 총지휘, 강학제가 폭동지휘를 맡고 용정, 투도구, 천도철도연선을 중심으로 민중을 발동하여 '5·1절'을 계기로 군중시위투쟁을 전개하면서 점차 대중적 폭동을 단행키로 하고 간부들을 각지에 파견하여 민중들을 조직하기로 하였다. 회의 결의에 의해 김철은 또 중공동만 특별 지부에서 제공하는 폭동비용을 맡아 나세게 되었고 폭동에 수요 되는 작탄, 권총의 사용방법과 장소, 사용자를 김철이 책임지고 결정하기로 하였다.

'붉은 5월투쟁'의 중심은 용정이었다. 김철은 강학제 등과 상의하고 긴장한 준비에 뛰어들었다. 드디어 5월 1일, 용정의 200여 명 노동자들이 동맹파업을 단행하고 청년학생들이 거리에 떨쳐나가 반일시위를 벌려 '붉은 5월투쟁'의 서막을 열어놓았다.

투쟁의 앙양에 따라 중공동만 특별 지부에서는 상해 '5·30참안' 5돌을 계기로 '5·30폭동'을 일으키기로 결의하였다. 이에 김철은 강학제와 같이 용정 일대의 폭동계획을 주밀히 짜고 들었다.

5월 30일 밤, 폭동 중심지인 용정에서는 용정과 그 일대 여러 곳에서 모여온 100여 명 군중이 김철, 강학제 등의 지휘하에 용정 동산의 '대륙고무공장' 근처에 집결하여 회의를 가지였다. 회의에서 김철은 "오늘밤 용정을 까막나라로 만들어야 한다!"고 호소하면서 원 계획대로 폭동대를 크게 3개 나누었다.

한 개 대는 용정전기회사를 파괴할 임무를 맡았다. 그들은 도끼, 몽동이, 석유 등을 휴대하고 전기회사에 밀려가서 보초를 까눕히고 전기회사마당으로 쳐들어간 뒤 송전용 전주를 도끼로 찍어 넘기고 송전실에 들어가 새로 가설한 배전판의 저항기, 전류계 등을 짓부셨다. 용정과 투도구 시내는 삽시에 암흑세계로 변하였다. 대불동 부근의 군중들은 전화선을 절단하여 회령, 대립자, 용정 간의 통신망을 끊어놓았다. 한 개 대는 용정역 천도철도의 기관고를 습격하였으나 적들의 방어가 심하여 성공하지 못하였다. 다른 한 개 대는 시내에 들어가 용정 우장거리에 있는 동점복의 철공장 일부와 곡물상 김명희 집에 불을 질렀다. 강학제 등 한패의 무장대는 일본 동양척식회사 간도출장소 사무실에 작탄 2개를 던졌는데 그중 하나가 폭발하여 사무실을 수라장으로 만들었다. 이날 밤 용정의 폭동지점마다에는 "일본제국주의를 타도하자!" 등 폭동격문들이 쫙 깔리었다.

용정시 서부근처의 다른 한 갈래 폭동대는 5월 31일 새벽에 용정서쪽 해란강을 지른 천도철도 목조다리의 양교각에 석유를 치고 불을 질러 일제의 운수망을 마비상태에 빠뜨리었다.

용정 일대의 폭동은 승리로 끝났다. 폭동임무를 수행한 각 대는 신속히 해당 구역에서 철거하여 어둠 속에 사라졌다.

6월 초의 어느 날 용정의 '폭동지휘부'에서는 모 곳에서 다과회를 열고 피로를 풀었다. 한차례 큰 폭동을 치른 김철은 홀가분한 기분이었다. 강학제가 시흥이 도도하여 즉흥노래를 지어 부르자 김철이 앞장서 박수갈채를 보내었다. 다과회는 웃음소리, 노랫소리 차고 넘쳤다.

6월 9일 밤에 김철 등 폭동지휘부의 성원들은 모아산 아래의 백가더기(광신향 광신 4대 뒤 언덕)에 자리 잡은 강학제의 집에 잠간 들려 식사를 하고는 그 길로 승지촌 부근 하승리의 비밀 아지트로 올라갔다. 그들은 밤길의 피로도 풀 사이 없이 인차 모여 앉아 차우투쟁에 관한 중요 제의안을 토론하였다. 회의는 밤새도록 끝날 줄 몰랐다.

홀제 비밀 아지트는 불의지변을 당했다. 간도일본총영사관의 경찰 40여 명이 일시에 덮쳐들었다. 때는 새벽 3시경이다. 비밀 아지트의 식모가 밀정이었다는 모양이다.

"땅, 땅—"

새벽의 찬 공기를 썰며 들리는 아츠러운 총소리, 동지들이 자리를 차고 일어날 땐 이미 늦었다.

"적들이다!"

바깥동정을 살피던 최형익이 다급히 소리쳤다. 그때 동지들의 유일한 무기는 강학제수중의 호신용 단총뿐이었다. 순간, 김철이 단총을 잡으며 외쳤다.

"동지들, 내가 엄호할 테니 빨리 뛰시오!"

"아니 내가 엄호하겠소." 강학제가 김철의 손에서 단총을 앗아 들면서 말하였다. "지금 네 시 직전이요, 순간도 지체할 수 없소, 동무들은 두 길로 나누어 뛰시오."

바로 이때, 정주간에서 자고 있던 식모가 밖으로 뛰어가면서 무엇이라 소리쳤다는 설이 있다. 삽시에 적들의 사격이 집중되었다.

강학제는 부채형을 지어 포위해 오는 적들은 향해 사격하면서 김철 등을 보고 재촉하였다.

"혁명자의 경우가 본래 이러하오, 우리는 혁명을 위하여 죽을 뿐이오."

김철은 강학제의 굳어진 얼굴에서 한 혁명전사의 비장한 결심을 읽었다. 그는 동지들을 돌아보며 강학제가 엄호하는 틈을 타서 어서 밖으로 내뛰라고 소리쳤다.

강학제의 단총이 다시 울리었다. 그가 단신으로 막아서며 걸싸게 답새기는 사이 김철이 뒷문을 열고 산으로 치달았다. 적들의 사격이 일시에 그에게로 집중되었다. 황기범 등 여럿은 그 틈에 쏜살같이 달려 나가 숲 속에 사라졌다.

김철이 갑자기 푹 꼬꾸라졌다. 그는 왼쪽 어깨와 오른 무릎(무룽에 각기 두 방 맞음) 등 세 곳에 총상을 입었다. 최형익은 미처 빠지지 못하고 기어서 부엌에 숨는 수밖에 없었다.

강학제가 총질을 해대며 적들을 향해 소리쳤다. "나의 영혼이 멀리 구천에 가서라도 폭탄이 되어 너희들을 복멸하리라!"

학제는 단신으로 두 시간 남짓이 견디어냈다. 그는 복부에 심한 상처를 입었지만 한발자국도 물러서지 않았다. 마지막 일탄(一彈)이 남자 자총자결로 24살의 순결한 삶을 마감 지었다.

강학제의 총소리가 멎자 2명의 중상자를 낸 적측에서 집안에 들이닥쳤다. 부엌에 숨었던 최형익과 몸에 중상을 입은 김철이 산기슭에서 체포되었다. 적들은 기고만장해서 마차에 김철, 최형익과 강학제의 시체를 싣고 용정으로 돌아갔다.

김철은 용정의 총영사관 지하실에 갇히었다. 적들은 그에게서 무슨 단서라도 잡으려고 갖은 수단을 다 하였지만 끝끝내 그의 입을 열지 못하였다. 김철은 모진 아픔을 참으면서 일주일간 단식투쟁을 견지하다가 일제를 단죄하는 혈서를 쓰고 끝내 희생되었다.

혈서는 피로 얼룩졌다. 혈서를 본 적들은 아연해지고 말았다.

그때 김철은 29살이었다. 동만과 북만을 주름잡으며 맹활약하던 김철은 이렇게 동지들의 곁을 떠나갔다.

왕청현위 제1임서기 김훈

(1904-1934)

1

훗날의 중공왕청현위 제1임 서기 김훈은 1904년 6월에 화룡현 명동촌(오늘의 용정시 지신진 명동촌)의 한 가난한 애국지사의 가정에서 고고성을 터치였다. 그의 아버지 김순효와 큰아버지 김순문은 모두가 반일에 뜻을 둔 애국지사들이었는데 살림이 하도 구차한 데서 김훈은 철모르는 그 시절에 목사이며 명동학교 교감인 큰아버지의 집에 양자로 들어갔다.

김훈이가 다섯 살 나던 해 큰아버지와 아버지는 두 집 가족을 데리고 연길현 의란구로 이사하였다. 이때부터 김훈의 집(큰아버지네 집)에는 늘 큰아버지의 동료들이 찾아와서 비밀회의도 하고 반일무장투쟁에 대해 의논하기도 한 데서 그는 큰아버지가 시키는 대로 밖에 나가 노는 척 하면서 망을 보았다. 한데서 김훈은 어릴 때부터 벌써 반일사상이 싹트기 시작하였다.

1920년 10월에 일본제국주의는 근 2만 명의 병력을 연변에 투입하여 전대미문의 '경신년 대토벌'을 감행하였다. 의란구도 예외가 아니었다. 의란구에 달려든 일제 '토벌대'는 15명의 애국지사들을 무참히 살해하여 불속에 처넣었다. 그 가운데는 당년 의란구에서 목사로 활동하면서 반일무장대의 후근 사업을 도맡았던 김훈의 큰아버지 김순문도 들어있었다. 김훈의 친아버지는 왕청 일대서 반일무장투쟁에 종사하다가 적탄에 부상을 입었다. 거듭 되는 참변은 나어린 김훈의 심령에 복수의 불씨를 묻어주었다. 그는 "큰 뜻을 품고 공부를 잘하라"는 큰아버지의 유언대로 월등한 성적으로 의란구에서 소학공부를 마치고 용정 대성중학교에 입학하였다.

용정의 사립대성중학교와 동흥중학교에는 망국노가 되기를 원치 않은 많은 열혈청년들이 방방곡곡에서 모여 왔다. 선생들 가운데도 초기 조선인 공산주의자들이 퍼그나 되었다. 이런 학교에서 공부하게 된 김훈은 반종교 투쟁과 반일 시위에서 몸을 내번지었다. 혁명의 장도에 오른 것은 이 시기부터였다.

그 시기 대성중학교 가까이에는 일본영사관의 엄한 통제 밑에 있는 영신중학교가 있었다. 김훈은 조직의 지시에 따라 영신중학교에 전학하여 공부하면서 학생들 속에서 러시아 10월혁명과 사회주의를 선전하며 혁명의 터전을 닦아갔다.

1925년에 김훈은 영신중학교를 졸업하였다. 그는 혁명의 진리를 보다 깊이 탐구하기 위하여 어머니와 함께 외숙부가 소련홍군 대위로 있는 블라디보스토크로 찾아갔다. 그곳에는 아버지와 큰아버지의 친구들도 적지 않았다. 김훈은 그들의 알선으로 블라디보스토크의 원동대학에서 공부하면서 마르크스주의와 프롤레타리아 혁명에 관한 이론을 체계적으로 배웠다.

1927년에 김훈은 친인들과 동지들의 만류도 마다하고 결연히 소련을 떠나 연변으로 돌아왔다. 그때 백초구 소학교에는 혁명지사 왕 교장이 교편을 잡고 있었다. 김훈은 왕 교장의 소개로 백초구향 정부의 문서로 취직하였다. 그는 직무의 편리를 이용하여 조공당 화요파의 수령인물인 장시우 등과 손잡고 백초구와 그 일대에 청년회, 부녀회, 소년회 등 혁명단체를 조직하는 한편 지하인쇄소를 꾸리고 반일삐라를 찍어 널리 살포하였다. 김훈은 활동무대를 백초구로부터 하마탕, 대흥구, 천교령 일대로 넓혀갔다.

하마탕은 감훈이가 자주 찾아가는 곳이었다. 그곳에는 대성중학교 출신인 김은식(열사)이 활동하고 있었다. 김훈은 그와 더불어 하마탕과 그 일대를 혁명화 하던 중 은식이의 소개로 최신근이란 처녀를 알게 되었다. 최신근은 1913년생이고 러시아 연해주 태생으로서 부모를 따라 이곳저곳을 다니다가 1919년에 하마탕에 들어섰고 1927년경에 마을의 야학교에 다니며 계급적으로 눈을 떴었다. 그는 소선대원으로부터 소속마을 부녀부의 선전부 책임을 맡고 목단지, 목단천, 서위자, 소백초구, 쌍하진, 소황구 등지를 다니며 부녀회조직을 건립하기에 힘 다하고 있었다. 그의 뒤에는 5촌 고모의 남편인 김은식이 서 있었다.

2

1929년경의 마가을, 김훈은 드디어 최신근과 사랑을 속삭이게 되고 몇 달 후에는 하마탕 중촌의 한집에서 결혼식 삼아 동지들의 축하를 받았다. 그때부터 최신근은 왕청현 3구 부녀회 선전부 책임을 맡고 동분서주하였다.

결혼한 후인 1930년 초에 김훈은 묘령에 가서 묘령학교 교원인 김규춘과 함께 야학실을 꾸리고 군중들에게 러시아 10월혁명의 사상과 사회주의사상을 소개하였다.

어느 날 김훈이 강연한다는 소식을 듣고 묘령, 재신재, 단천, 윗골안 등 여러 마을의 군중들이 묘령학교 강실에 모여들었다. 김훈이 연단에 나서자 강실은 물 뿌린 듯 조용하였다.

"여러분! 간악한 일제 놈들은 삼천리강산을 짓밟고도 성차지 않아 또 중국에 들어와 우리들의 숨통을 조이고 있습니다. 삶의 길은 단 하나 뿐입니다. 그 길은 바로 한사람 같이 뭉쳐 강도일제를 이 땅에서 몰아내는 것입니다 …"

강실은 울렁이기 시작하였다. 드디어 묘령과 유팡동 등지에 농민협회가 조직되고 대중적 투쟁은 일촉즉발의 경지에 이르렀다.

1930년 5월, 중공동만 특별 지부에서 '붉은 5월투쟁'을 발기하자 왕청현의 천교령, 묘령, 하마탕, 유팡동 일대의 혁명군중들은 김훈 등 동지들의 지도 밑에 한사람 같이 일떠났다.

이해 7월에 김훈은 중국공산당에 가입하였다. 그는 같은 달 중국공산당에 가입한 김상화와 함께 백초구, 대홍구, 하마탕, 천교령 등지에서 원 조공당 당원골간들을 심사를 거쳐 개인의 신분으로 육속 중공당에 받아들이고 기층 당 조직을 건립하였다. 그들의 노력으로 그해 9월에 중공하마탕 구위가 건립되고 김상화가 제1임 서기로 되었다. 10월에는 중공연화중심현위 조직부장 마준의 지도하에 현 내 룡반구(현재 동신향)에서 왕청현 제1차 당원대표회의를 열고 중공왕청현위를 건립하였다. 김훈이 제1임 현위 서기로 선거되었다.

김훈은 현위 서기로 된 후 인차 당, 단현위 확대회의를 열고 당, 단 조직을 발전시킬 문제와 기층 당 조직 사업을 활기 띠게 할 문제, 반일회, 농민협회, 부녀회, 소선대, 아동단 등 군중단체를 조직할 문제, 한간주구를 청산할 데 대한 문제 등을 전문 연구하고 사업 분공을 하였다. 회의 후 김훈은 동지들과 더불어 현 내 각지에 가서 기층 당 조직 사업을 지도하는 한편 라자구에서 라자구유격대, 즉 왕청현유격대를 조직하였다. 대원은 40여 명에 달하였다. 김훈은 이 유격대를 현 당위가 활동하고 있는 대흥구, 천교령의 신선동, 남하마탕 등지로 이동시키고 자기가 직접 영솔하였다. 그때 김훈은 왕극규라고 변성명하였기에 사람들은 그를 현위 서기로가 아니라 유격대의 '왕 대장'으로 알았다. 사실 유격대대장은 김세훈이고 정위는 허상범(한근 또는 한범이라고도 함)이었다.

그해 마가을의 어느 날 밤중, 김훈은 유격대의 무장을 해결하기 위하여 쌍하진 보위단 습격전을 조직하였다. 이날 밤 그의 지도 밑에 현 유격대와 쌍하진농민협회의 군중들은 당지 보위단을 포위한 후 빨리 총을 바치고 투항하라는 구호를 외치며 성세를 일으켰다. 돌연적 공세에 놀란 보위단 놈들은 황겁하게 또치까에 올라 대항하려고 서둘렀다. 그 사이 대기하고 있던 습격조원들이 석유를 묻힌 솜 뭉구리에 불을 달아 연속 또치까 안으로 올리 뿌렸다. 나무 또치까에 불이 달리기 시작하자 놈들은 토성 밖으로 총을 내던지며 투항하였다. 이날 습격전에서 유격대는 10여 자루의 보총과 적지 않은 탄알을 노획하였다.

김훈이 지도하는 유격대는 또 하마탕 농민협회와 배합하여 악질주구이며 한간인 남하마탕의 반광우를 처단하고 창고의 식량과 재물을 빈고농민들에게 나누어 주었다.

중공 왕청현위가 조직된 후 김훈은 활동 지대를 인차 대흥구의 용수동 남구와 하서부락으로 옮기였다. 남구와 하서는 10리 미만의 거리였는데 남구에는 현위 통신처가 비밀리에 조직되어 통신처를 통하지 않고서는 당, 단 현위 동지들을 만날 수 없었다. 김훈은 또 아내 최신근이를 십 리 평 덧골에 가서 유격대의 후방기관-재봉대 일에 살손을 대게 하였다. 그리곤 현 유격대를 지휘하여 현 내 각지에 가서 활동하였다. 당, 단현위의 김영신(열사), 최도권 등 5~6명 간부들은 김훈의 지시에 따라 하서에 머무른 10여 일 사이 여기저기 나다니는 중국육군대의 무장탈취에 나섰다. 이 기간 그들은 지방의 협조하에 서위자 부근의 서래하에서 길목을 지키다가 2명 육군대의 총 해제에 성공하였다.

그 후 현위는 천교령 위쪽의 신선동에서 한 달 남짓이 머무르며 활동하다가 남하마탕 전하부락으로 전이하였다. 이 고장은 지방혁명화가 실현되어 당, 단 활동을 포함한 모든 혁명 활동이 공개적으로 진행되었다. 며칠 후 라자구, 대흥구, 묘령, 천교령 등지에 출몰하면서 동국군벌 호로군고톤(高團) 등을 습격하며 무기탈취투쟁을 드세게 벌리던 현 유격대도 김훈의 사회하에 무장투쟁을 중심으로 한 현위 확대회의가 열리고 한차례 공개적인 반일군중집회를 소집하기로 결정 하였다. 동지들은 주야로 선전품을 등사하기도 하고 군중 속에 들어가 가도하면서 긴장이 보냈다.

군중집회가 있던 날(1930년 겨울의 어느 날) 김훈, 김영신 등 동지들이 연설하였다. 빈고농민들이 일제의 침략과 봉건의 수탈에서 벗어나자면 모두가 일떠나 일본침략자 및 그 주구들과 싸워야 한다. 일제를 몰아내자면 부녀들도 뭉쳐 일어나야 한다는 선동력이 강한 열띤 연설은 집회참가자들의 가슴을 파고들었다.

3

혁명정세의 발랄한 발전은 적들을 피눈으로 만들었다. 1930년 겨울, 동북군 돈화 제7연대 연대장 왕수당은 남대관, 권수정 등 반동무장을 앞세우고 동만 각 지에서 혁명 활동을 탄압하기 시작하였다. 왕청현에 이른 왕수당부대는 당지 보위단과 야합하여 대흥구, 하마탕, 묘령, 천교령 등지에서 우리 유격대와 혁명자들을 대대적으로 토벌하였다. 이해 12월에 김훈은 현 유격대를 이끌고 라자구 일대로 전이하였다가 겨울나기 준비가 따르지 못한 데서 유격대를 잠시 해산하기로 결정하였다.

1931년 정월에 김훈은 동지들과 함께 대흥구, 묘령, 천교령 등지에 숨어들며 적들의 토벌로 하여 파괴된 당 조직과 혁명단체를 다시 쳐 세우는 간거한 사업에 나섰다. 그러던 그달 21일, 김훈이는 천교령의 민간의사 현씨 집에서 병 치료를 하던 중 군벌군대에 체포되어 왕청현성 백초구로 끌려갔다. 적들은 김훈이를 유격대 대장인줄로만 알고 갖은 유혹과 구박을 들이대다가 길림성 제4감옥-연길감옥으로 압송하였다.

그때 김훈의 아내 최신근 여사는 계속 유격대의 재봉대 일을 하며 남편의 사업을 물심으로 받들고 있었다. 남편이 군벌군대에 체포되어 백초구를 거쳐 연길감옥으로 압송되자 최신근 여사는 눈앞이 캄캄해 났지만 투쟁의 신심을 잃지는 않았다. 후에 그는 소왕청 근거지에 들어가 구부녀회 선전부책임을 맡은 한편 의연히 재봉대일을 하면서 투쟁의 시련을 이겨갔다.

4

당년의 연길감옥은 보기만 해도 몸서리치는 인간지옥이었다. 두 길도 더 되는 높은 토성 위에 전기철조망을 늘이고 무시무시한 사면포대까지 쌓아 누구나 그 부근에 와서 감히 얼씬하지도 못하였다.

당시 연길감옥에는 수백 명에 달하는 각종 유형의 죄수들이 갇혀 있었는데 그중에는 김훈처럼 적들과 싸우다가 불행히 체포되어 온 공산당원들과 혁명자들이 적지 않았다. 김훈은 투옥된 후 옥중에서 중공연길감옥위원회를 조직하고 서기를 맡았다. 위원회 내에는 조직위원, 선전위원, 감찰위원, 군사부장을 두고 군사부에는 또 폭발대, 방화대, 탈총대 등 11개 분대를 두었다.

1932년 7월, 김훈은 오세국 등 동지들과 함께 비밀리에 파옥조직을 결성한 후 외부조직과 연계를 맺고 탈옥준비를 다그쳤다. 그러나 변절자의 밀고로 하여 100여 명 동지들이 적발되는 통에 파옥은 실패하고 말았다. 감옥당국은 적발된 사람들에게 6근짜리 족쇄를 채우고 김훈 등 25명의 '주모자'들을 경계가 심한 뒤 감방으로 전이시켰다.

그때 간수들 가운데는 쉰 고개를 넘는 창간수가 있었다. 그는 새로 들어오는 '죄수'들에게 족쇄를 채워주고 석방되어 나가는 사람들의 족쇄를 벗겨주면서 감방문이나 지키고 있었는데 '죄수'들을 대하는 태도가 다른 간수들과 같지 않았다. 김훈은 한 감방에 있는 일반 형사범 김명주를 내세워 창간수와 가까이하게 하면서 창간수한테서 족쇄를 채우고 벗기는 요령을 배워내게 하였다.

당시 감옥 안에는 혈혈단신으로 살길을 찾아 헤매다가 붙잡혀 10여 년이나 옥살이를 하고 있는 최덕권 청년이 있었다. 그는 감옥에서 죄수들의 이발을 맡아하고 있었다. 김훈은 머리 깎는 기회를 타서 내심하게 사상공작을 하여 그를 혁명의 켠에로 돌려세웠다. 그가 출옥하는 날 김훈은 그에게 쪽지를 주어 외부조직과의 연계를 맺는 중요한 임무까지 맡기었다. 김훈의 교육을 받고 나간 덕권이는 임무를 원만하게 수행하고 우리 당 조직과 감옥과의 연락을 책임졌다. 후에 놈들의 의심을 받고 체포되었다가 다시 석방된 후 조직의 지시에 의해 왕우구유격 근거지에 들어갔다.

1934년 여름의 어느 날, 김명주는 감옥 밖 하남다리 어구에서 시궁창을 가셔내다가 죄인을 발바리보다 더 천하게 여기는 한 일본여인한테 오물을 들씌웠다가 '승냥이'라고 불리는 당직간수 리 간수 놈에게 혹형을 당하였다. 죽도록 두들겨 맞은 명주는 온몸이 피투성이 된 채 인사불성이 되고 말았다. 감옥의 지하당 조직에서는 못된 짓만 일삼던 리 간수를 구축하려고 준비하던 차에 김훈의 지도 아래 저녁부터 단식을 선포하고 감옥당국에 김명주를 치료해주고 리 간수를 철직시키며 앓아누운 수인들을 치료해주며 수인대우를 개선하고 음식위생에 주의하고 량을 늘이라는 등 세 가지 조건부를 들이댔다.

단식투쟁은 벌써 3일째 계속되었다. 허나 '승냥이'는 의연히 거들먹거리며 '죄수'들을 비웃기만 하였다. 명주의 상처는 더해만 갔다. 한데서 한 칸에 들었던 김훈은 수건을 물에 적셔 연신 명주의 이마에 올려놓았다. 김훈이라야 별로 나은 데가 없었다. 혹독한 고문과 장질부사에 시달리며 운신도 바로 못하던 그라 식은 땀만 흘리다가 나중에 그 역시 까무러치고 말았다.

단식투쟁이 벌어지던 나날 놈들은 단식투쟁을 저지시키려고 꾀하다가 김훈이네 집에 면회를 오라고 알리었다. 적들의 꿍꿍이를 모르는 김훈이의 할머니와 어머니는 음식을 준비해 가지고 감옥을 찾았다. 면목조차 알아볼 수 없게 된 아들을 보는 어머니의 가슴은 칼로 생살을 저며 내듯 아팠다. 할머니의 두 눈에서는 눈물이 비오듯 하였다. 김훈이의 두 눈에도 뜨거운 이슬이 맺히었다. 김훈은 할머니와 어머니의 눈물을 닦아주면서 간곡하게 말하였다.

"할머니, 어머니, 서러워 마십시오. 지금 우리는 단식투쟁을 진행하기 때문에 음식을 먹을 수 없습니다. 우리들은 혁명을 위하여 이렇게 싸우지 않을 수 없습니다."

할머니와 어머니는 옷고름으로 눈굽을 찍으며 더는 음식을 권하지 않았다. 간수장 놈은 자기들이 애써 짜고 든 계획이 물거품으로 되자 화가 잔뜩 나서 할머니와 어머니를 나가라고 호령하였다.

시간은 더디게 흘렀다. 명주가 새벽녘에야 겨우 소르르 풋잠에 들었다가 깨여나니 곁에 누운 김훈이 흥얼거리며 리진이 작사 작곡한 『연길감옥가』를 부르고 있었다.

바람거친 남북만주 광막한 들에
붉은기에 폭탄 쥐고 날뛰던 몸이
연길감옥 갇힌 이후 몸은 시드나
혁명에 끓는 피야 언제 식으랴
… … …

누군가가 다음 절을 이어받더니 옆 칸에서, 또 다른 칸에서 모두 따라 불렀다. 온 감방이 목소리를 합치었다.

두 발에 족쇄차고 자유 잃은 몸
네 고문에 굴복하지 않으리라
옛날에 붉은 피를 많이 뿌렸고
일후에 전 세계를 정복하리라

노랫소리는 성난 파도같이 온 감방을 마구 뒤흔들어 놓는다. 우렁찬 노랫소리에 잠을 깬 간수들은 덴겁하여 앞뒤로 달아 다니며 왁작 고아댄다. 허나 무슨 소용 있으랴, 노랫소리는 오히려 점점 고조되어 갔다. 명주도 어언 노래 속에 도취되어 버렸다. 동지들은 7절로 된 『연길감옥가』를 부르고 또 불렀다. 단식투쟁은 동지들의 승리로 끝났다. '승냥이'는 다시 감방문 앞에 나타나지 않았다.

김훈의 선창과 단식투쟁의 승리는 훗날 김명주 등 동지를 골간으로 조직된 집단파옥투쟁의 승리의 기초를 닦아주었다.

그러나 감옥지하당 조직의 책임자이고 단식투쟁의 지도자이며 원 중공왕청현위 제1임 서기였던 김훈은 1934년 겨울에 놈들에게 비밀리에 살해되었다.

(리광인, 김욱현)

《부 록》

　　김훈 열사의 미망인은 최신근이다. 필자는 물론 역사분야에서
는 지난 세기 80년대 까지만 해도 김훈 열사한테 최신근이라는
미망인이 있다는 것을 몰랐다.

　　필자가 최신근 여사를 처음 만난 것은 1990년 2월 10일이었
다. 그때 여사는 연길시 장백향 신풍 3대에서 아들과 같이 생활
하고 있었다. 여사는 1913년생으로서 77살이었는데 원 소련의
연해주 안쉬청에서 태어났다. 아버지 최홍준이 소련서 결혼했으
니까 응당한 일이었다. 할아버지는 최성오로서 태어나 돌도 되기
전에 신근이는 할아버지한테 업히어 조선의 온성, 중국의 화룡현
달라자를 경유하여 왕청현 하마탕에 이르렀다. 그날의 아기가 훗
날 자라서 김훈과 결혼하고 같이 항일활동을 하기에 이르렀다.

　　그 뒤 필자는 다시 최신근 여사를 찾았고 여사한테서 남편 김
훈이를 둘러싸고 많은 이야기를 듣게 되었다. 열사부문으로 말하
면 처음 듣는 이야기들이었다. 때는 연변역사연구소에서 다시 연
변일보사로 돌아온 시기여서 필자는 그 취재기를 정리하여 연변
일보사에 사진과 함께 꽤나 되는 편폭으로 실은 바 있다. 지금도
최신근 여사는 연길시에 건재해 계신다.

김상화의 장렬한 최후

(1900-1931)

1

김상화는 중공왕청현위 제2임 서기이다. 그는 일명 김재봉이라고도 부르는데 1900년 음력 12월 26일에 화룡현 두텁골(후에 한어로 번져 후동으로 되었는데 지금의 용정시 개산툰진 후동촌)에서 햇볕을 보았다. 털면 먼지뿐인 살림이라 상화는 열 살이 넘어서야 소학교에 입학할 수 있었는데 그나마 월사금을 낼 돈도 없어 소학교도 채 다니지 못한 채 학교에서 쫓겨나야만 했다. 가난한 집 애들은 학교도 맘대로 다닐 수 없는 불공평한 세상, 어린 상화의 가슴은 원한과 증오로 가득 찼다. 다행히 농사일의 여가에 짬짬이 틈을 타 자습한 데서 문화지식은 누구에 못지않게 높아만 갔다.

가난한 집 아이 혬이 빨리 든다고 고생을 밥 먹듯 하며 자란 상화는 마음만은 대발라 남의 일을 자기 일처럼 생각할 줄 알았다. 어느 날 상화는 동구가에서 밤을 지새우려는 삯일꾼 다섯 사람을 만났다. 알고 보니 그들 수중엔 돈이 없었다. 상화는 무작정 그들을 집에 모시고 어머니께 말씀 드려 얼마 남지 않은 쌀을 털어 저녁 한 끼를 마련했다. 그러고도 모자라는 것만 같아 윤두소를 먹이려고 베여온 꼴까지 썰어 그들의 소를 먹이었다. 삯일꾼들은 무척 감동되었다. 돌아간 후 그들은 인편에 좁쌀 한 말을 보내어 사의를 표시하였다.

1924년에 후동에는 또 왕가물이 들었다. 가뜩이나 어려운 살림은 급 하강선을 그었다. 그해 가을 상화의 할아버지는 가족을 데리고 왕청현 하마탕 일대의 소백초구 5호 동네로 옮겨 앉았다. 헌데 이사 온지 두 해 만에 할아버지와 할머니마저 저 세상 사람이 되어 인젠 눈물마저 말라 버렸다.

그 모진 세월에도 상화는 한해가 다르게 자라나 어느덧 24살의 한창 나이가 되었다. 하마탕 일대에 조선인 혁명가들이 드나들더니 마을마다엔 날따라 혁명의 기운이 감돌았다. 어려서부터 대바르게 자란 상화는 인차 혁명사상을 받아들이고 고르지 못한 이 세상을 바로잡아야 한다는 결의로 가슴을 불태웠다. 1927년에는 조공당 엠엘파에 가입하고 하마탕 일대의 수령인물로 자리를 굳혀갔다.

했으나 상화는 무언가 모자라는 것만 같았다. 그는 소련 연해주행을 결단하고 연해주 땅을 두루 밟아보았다. 어딜 가나 사회주의 건설로 들끓는 참신한 모습이었다. 결론은 하나였다. 소련과 같은 노동인민이 주인 된 나라를 건설하여야 한다는 것이었다. 하마탕으로 돌아온 상화는 보다 성숙한 감이 들었다. 무얼 해도 힘이 부쩍부쩍 났다.

김상화가 혁명의 길에 나선 후 어머니와 누님, 남동생, 여동생들도 모두 그의 뒤를 이었다. 그 중에서도 여동생 순옥이와 어머니는 든든한 뒷심이었다. 후하 영안툰에 시집간 순옥이는 오빠가

가면 뒤 고방에 숨기고 바깥 동정을 살피고 통신을 나섰으며 혁명 활동에 몸을 내번지었다. 상화의 어머니는 일신의 위험도 마다하고 집안 부엌가에 땅굴을 파 아들과 혁명자들의 비밀 아지트를 마련했고 산에 있는 동지들에게 식량을 날라다 주기도 했다. 동지들을 대접하고 엄호해주고 마을마다 통신을 다니는 것은 비일비재였다. 온 가정의 혁명화, 하마탕 사람들은 김상화의 가정을 '혁명가정'이라고 너나없이 입을 모았다.

1928년에 이르러 하마탕 일대의 혁명투쟁은 대중화에로 나아갔다. 이해 여름 상화는 동지들과 손잡고 선참으로 하마탕에 조공당의 청년회, 부녀회, 소선대, 호조동맹 등 군중단체를 조직하였다. 그리곤 이 단체들을 통해 마을마다에 야학을 꾸리고 글을 배워준다는 명의로 마르크스-레닌주의와 러시아 10월혁명의 의의를 널리 선전하였다. 상화가 연해주 땅에서 보고 들은 소련 사회주의현실을 말할 때면 사람들은 흥분을 감추지 못하였다.

온 하마탕이 부글부글 끓었다. 김상화의 책임은 갈수록 중해지고 활동범위는 갈수록 넓어졌다. 어느 날 상화는 중요한 비밀편지를 가지고 자기가 직접 연길현 의란구로 떠났다. 금방 학전동 골안을 벗어나 큰길어구에 접어들었는데 먼발치에 지방 보위단 몇 놈이 느닷없이 나타났다. 그자들을 뿌리친다는 것은 어림도 없는 일이었다. 찰나 그는 비밀편지를 꺼내어 제꺽 길옆 눈 속에 묻고는 술병을 꺼내들고 술에 푹 취한 사람처럼 가재걸음을 쳤다. 어느덧 상화와 마주친 놈들은 발로 툭툭 차면서 씨부렁거리다가 "주정뱅이로군!"하면서 지나쳐 버렸다. 상화는 비밀편지를 다시 몸에 지니고 걸음을 재우쳤다.

1930년 '5·30폭동' 후 중공당 조직이 왕청현에 뿌리박히기 시작하였다. 이해 7월, 김상화는 하마탕 일대에서 첫 패로 중국공산당에 가입하였다. 그는 중공연화중심현위에서 파견된 조선족 중공당원 마준 그리고 김훈 등과 함께 하마탕 일대에서 당원발전사업을 활발히 벌였다.

1930년 9월 중공연화중심현위 하마탕 구위(이해 10월 중공왕청현위가 건립된 후 왕청현위 소속으로 됨)가 정식으로 조직되었다. 김상화가 첫 구위 서기로 되었다. 그는 구위 간부들을 이끌고 북하마탕 당지부 등 기층 당 조직을 건립, 건전히 하면서 당이 지도하는 농민협회, 반제동맹, 공청단, 부녀회 등 군중단체 설립에 모를 박았다.

김상화는 또 지방 적위대를 조직하고 무기탈취투쟁을 내미는 한편 주구청산투쟁에도 살손을 댔다. 그는 북하마탕 지부를 통하여 당지 한간 김예송과 보위단 통역 김동오를 감쪽같이 처단하고 보위단의 위풍을 여지없이 꺾어놓았다. 목단지촌의 일제주구 지창렬, 지창활, 리창연 등도 한바탕 투쟁하고 죽여 버렸다. 이해 가을에는 현위 서기 김훈이 직접 이끄는 현 유격대와 배합하여 남하마탕에 있는 대악패지주이며 한간인 반광우를 죽이고 창고의 식량과 재물을 가난한 농민들에게 나누어주었다. 감조감식투쟁도 하마탕 일대에서 크게 성세를 일구었다.

1931년 1월, 중공왕청현위 서기 김훈이 불행히 군벌군대에 체포되었다. 갓 성립된 현위는 엄중한 손실을 받았다. 이 긴요한 고비에 중공동만 특위(1930년 10월에 건립됨.)에서는 김상화를 중공왕청현위 제2임 서기로 위임하였다. 현위 서기로 된 김상화는 자기에게 부과된 혁명의 중책을 심심히 느끼고 언제나 제일 간고한 곳에 내려가 군중들과 고락을 같이하며 사업을 연구하고 투쟁을 지도하였다.

혁명의 불길은 왕청현에서 세차게 타올랐다. 이에 적들은 피눈이 되어 날뛰었다. 일제침략자들은 조선으로부터 경관증원대를 끌어왔고 동북군도 보병 한 개 퇀을 연변에 파견했다. 1930년 겨울, 대지주이며 동북군 돈화현 제7퇀 퇀장인 왕수당은 수백 명 군대를 이끌고 '한족연합회(韓族聯合會)'의 남대관, 권수정을 두목으로 한 반 동무장과 야합하여 연변 각지로 쏘다니며 야만적인 '대토벌'을 감행하였다.

1931년 1월 하순의 어느 날(1930년 음력 섣달 보름날) 저녁 김상화는 적들의 대토벌에 효과적으로 대처하기 위하여 먼저 북하마탕 영안툰에 있는 여동생 김순옥의 집으로 갔다. 그는 여동생의 집 뒤 고방에서 저녁을 대충 에때운 후 중공북하마탕 지부 서기이며 공청단 하마탕 구위 서기인 한영호 등과 함께 북하마탕 대방자촌에 가서 해당 회의를 열고 밤새껏 유격대활동을 강화할 문제를 토의하였다.

대방자는 하마탕 일대 치고 비교적 복잡한 마을이다. 보위단이 둥지를 틀고 있는데다가 지방 악패들인 구자성 형제까지 우쭐대고 있었다. 이자들이 김상화가 왔다는 낌새를 채고 토벌대에 알린 데서 권수정 패는 백초구 주둔 졸련장부대를 데리고 날 밝기 전에 벌써 대방자촌에 들이닥쳤다. 토벌대는 보위단 치대장 놈들과 배합하여 대방자를 물샐틈없이 포위하고 마을의 남여로소를 보위단 성안에 집결시켰다. 주구 놈이 보위단 실내에 숨어서 창문으로 내다보며 손가락질하니 혐의자로 뽑힌 군중은 무려 근 100명에 달했다. 이 군중들을 구지주네 집 안에 가두고 여인들을 먼저 하나하나 끌어내다가 심문하니 고홍순이란 여인은 손톱에 바늘을 찌르는 고문을 이기지 못해 김상화의 은폐처를 주워대고 말았다.

이와 때를 같이 하여 김상화는 토벌대가 왔다는 연락원의 긴급 보고를 받았으나 때는 이미 늦었다. 지방 혁명자 김득봉의 집 안 땅굴에 숨어있던 김상화는 한영호와 같이 외양간 쪽으로 금방 집 천정에 올랐는데 놈들이 달려왔다. 으슥한 곳으로 움직이다가 그만 흙이 부시시 떨어지는 데서 은폐처가 드러났다. 김상화와 한영호는 체포되고 말았다.

3

군중들은 끌려온 김상화를 보고 깜짝 놀랐다. 언제나 웃는 얼굴로 동지들을 대하며 군중의 앞장에서 나아가던 김 선생이 아닌가! 당시 유격대원들과 마을사람들은 상화를 '김 선생'으로나 알았지 그가 자기들의 지도자—현위 서기인 줄은 몰랐다.

권수정은 웃음주머니가 흔들흔들했다. 이자는 김상화를 불러내더니 빈들거렸다.

"당신이 공산당이지!"

보통 키에 앞가슴이 떡 벌어진 김상화는 우습다는 듯 머리를 돌리지 않았다. 권수정은 한걸음 다가서면서 능청을 떨었다.

"김 선생, 우리는 당신이 어떤 사람이라는 걸 다 알고 있소. 외고집만 부리지 말고 실토하시오."

"나는 당신들의 선생이 아니오."

김상화는 권수정을 쏘아보며 쓴웃음을 지었다. 그 자는 멋쩍게 게바른 웃음을 띠우더니 또 지껄여댔다.

"그럴 필요까지야 없지 않을까, 당신이 실토만 한다면 즉각 석방할 뿐만 아니라 큰 벼슬자리에 앉히고 한늬 영화와 부귀를 누리게 할 것이요."

김상화가 아예 입을 꾹 다물어버리자 악에 받친 권수정은 푸들푸들 떨었다. 워낙 다년간 반일진영에서 민족주의를 부르짖던 이 자는 놈들의 개로 전락되어 전문 '공산당잡이'에 열을 올리고 있었다. 지금 자기에게 '큰 고기'가 물렸는데 쉽사리 물러서려 하지 않았다. 권수정은 드디어 야수같이 으르렁거렸다.

"유격대가 어디 있는가?"

"모른다!"

"총을 어디에 감췄는가?"

"모른다!"

"공산당의 조직 구성을 내놓아라!"

"모른다!"

김상화의 대답은 오직 "모른다."는 한마디뿐이었다.

화가 울컥 치민 권수정은 상화를 끌어내다가 본때를 보이라고 고함쳤다

혹심한 고문이 시작되었다. 차마 눈을 뜨고 볼 수가 없었다. 한 놈이 눈을 싸매고 뒤에서 머리를 당기는가 하면 두 놈은 열 손가락을 노끈으로 매고 좌우 양켠에서 당겨댔다. 그리곤 꿇어앉히고 무릎 안쪽에 장대기를 가로지르고 네놈이 장대기 양끝에 올라서서 내리 눌렀다. 38식 총알을 열개씩 묶어 가슴팍을 찌르고는 패운 그 자리에 향불과 담뱃불을 지져댔다. 또 고춧물과 냉수

를 먹이며 찬물을 마구 온몸에 끼얹었다. 그러고도 성차지 않아 채찍으로 사정없이 후려쳤다.

상화는 벌써 몇 번이나 까무러쳤는지 모른다. 하루 수차의 혹형에 몸은 성한 데 없이 피투성이건만 한번 닫긴 상화의 입은 도시 열릴 줄 몰랐다. 한영호는 고문을 이기지 못하고 유격대에서 쓰지 못하는 권총은 어디에 있고 누구누구는 무슨 일을 한다고 일부를 누설하였다.

먼저 혹형을 다하고 나선 김상화는 뒤미처 나오는 한영호를 책망하였다.

"야, 답답하다. 너 죽으면 혼자 죽을 거지 다른 사람을 대줄 필요가 어데 있니?!"

한영호는 눈물이 그렁해서 머리를 푹 떨어뜨렸다.

"우리는 인젠 살 희망이 없다. 죽어야 한다. 젊은이들이 위험하니 모든 책임을 우리가 안아야겠다."

최후를 각오한 김상화의 비장한 말이었다.

4

또 새아침이 밝아왔다. 집집마다 자기 친인들께 아침끼니를 갖추어왔다. 금방 아침식사가 끝나자 한영호는 정주칸 문턱 한 쪽 벽에 기대어 앉고 김상화는 가마를 베고 누워버렸다.

이때였다. 한영호가 어디에선가 면도칼을 꺼내들더니 어쩔 사이도 없이 자기 목을 썩 베고 쓰러졌다. 김상화가 면도칼을 이어받아 자기 목을 베었다. 상화가 쓰러진 사이 한영호가 다시 일어나더니 재차 목을 베고 또 쓰러졌다. 그 자리에 있던 군중들은 끔직한 광경에 기가 막혀 소리도 치지 못하고 묵묵히 한숨만 지을 뿐이었다.

뒤미처 보초 놈의 전갈을 받고 권수정이 달려왔다. 이자는 쓰러진 김상화를 보고 주눅이 들었다.

“네가 정말 독한 사람이다. 네가 내 말을 듣는다면 큰 벼슬에 오르겠는데 이렇게 죽었구나!”

김상화와 한영호의 ‘시체’는 짚에 싸여 바닥에 내려졌다.

한참 후 김상화가 정신을 차리고 일어나 앉더니 손더듬이로 종이와 연필을 달라고 하였다. 희색이 든 권수정이 종이와 연필을 갖다 주자 상화는 한 글자 한 글자씩 써내려갔다.

“모든 책임은 나에게 있다! 여기에 갇힌 사람들은 아무 책임도 없는 애매한 군중들이니 당장 석방하라! 혁명은 꼭 승리할 것이다!”

일루의 희망을 품었던 권수정은 아연해지고 말았다. 죽여 달라는 김상화를 보고 어찌는 수가 없었다. 이윽고 한영호도 정신을 차렸다. 누군가 수건을 목에 감아 주었다. 권수정이 면도칼은 어디서 난 건가고 묻자 영호는 신바닥 밑에 감추었던 것이라고 대답했다.

이날 김상화는 수레에 실려 사형장으로 나갔다 …

중공 왕청현위 제2임 서기이며 조선족의 미더운 아들인 김상화는 하마탕에서 장렬한 최후를 마치였다.

그날 오전 야수보다도 못한 지방 보위단 놈들은 온 마을의 남녀노소를 모아놓고 이미 총살한 김상화 열사의 시체를 끌어내다가 작두로 목을 잘랐다. 놈들은 열사의 머리를 대방자학교 앞에 있는 큰 느티나무에 걸어놓고 “누가 만약 공산당활동을 하면 이런 끝장을 당할 줄 알라.”고 군중들을 위협 공갈하였다.

허나 무슨 소용 있으랴! 그 다음날 놈들이 물러가자 하마탕 사

람들은 열사의 시체 앞에서 추도회를 가지고 김상화를 추모하는
『십진가』까지 지어 불렀다.

> … …
>
> 셋이라면 세 번 만에 세상 떠난
> 김상화 동지 김상화 동지
> 백정들께 체포되어 희생되었네
> 희생되었네
> … …
>
> 여섯이라면 여러 가지 악형고문
> 견뎌가면서 견뎌가면서
> 목숨 바쳐 당의 비밀 고수하였네
> 고수하였네
> … …

후에 하마탕 군중들 가운데는 장례를 하는데 눈 속에 묻은 시체가 얼지 않고 녹신녹신 하더라는 말이 돌았다. 열사가 다르긴 다르다는 전설 같은 이야기가 꼬리에 꼬리를 쳤다.

(리광인, 김욱현)

유격대의 창시자 김철

(1907-1932)

김철(金澈)은 일명 김철호라고도 부르는데 1907년에 조선 함경북도의 한 극빈한 농가에서 고고성을 터지였다. 그의 어린 시절 부모들은 살길이 막막한 나머지 나어린 김철이를 업고 결연히 고향을 떠나 중국의 흑룡강성 동녕현 육참(六站) 석교촌에 이주하였다.

1

중국에 이주한 후에도 생활은 내내 피어날 줄 몰랐다. 했으나 김철의 부모는 허리띠를 졸라 매고 아들을 석교촌소학교에 입학시켰다. 아들에게 삶의 희망을 기탁한 순박한 부모들이었다. 김철은 부모들의 기대를 저버리지 않고 공부에 열중했으나 가난만이 파고드는 생활의 궁핍으로 하여 중학교로 갈 엄두도 내지 못하였다. 소학교를 마친 그는 부모를 도와 농사일에 나서야만 했다.

그런 모진 가난 속에서도 김철은 어느덧 끌끌한 젊은이로 자라났다. 20년대 후기에 이르러 그는 소련에서 학습하고 돌아온 한 마을의 조공당원 김세훈의 교양하에서 혁명 활동에 몸을 잠그기 시작하였다. 그는 투쟁 속에서 점차 숙성한 혁명가로 자라났다.

1927년 김세훈이 활동지대를 왕청현 라자구로 옮긴 뒤 김철이도 조직의 부름을 받고 라자구로 들어갔다. 이때의 김철은 조공당원이었다. 그는 김세훈 등과 함께 라자구 일대에 투쟁의 불씨를 뿌리며 한패 또 한패의 청년학생들을 혁명의 길로 이끌었다. 1930년에 김철은 중국공산당 당원으로 되었다.

1930년 동만 '5·30폭동' 이후 조선족들 가운데서 당 조직건립 사업이 활발해짐에 따라 노농홍군-유격대조직건립이 절실한 과제로 나섰다. 이해 7월에 라자구에서 리운학을 위원장으로, 김근, 리춘근 등을 위원으로 하는 왕청현 군사위원회가 조직되었다. 군사위원회는 설립되자 인차 무기해결에 착수하였다. 김철은 군사위원회의 지도하에 동지들과 함께 중소변계에 위치한 동녕현에 드나들며 보총과 권총, 탄알, 작탄제조용 류황, 화약, 염산 등을 사들였다. 그리고 라자구 부근에 산재하고 있는 엽총과 지주무장을 수집하는 한편 라자구 동쪽에 있는 동남차 등지에서 중소변계를 출몰하는 밀수상들의 보총을 얻어냈다. 김철과 그의 동지들이 구매하고 수집한 보총과 권총 등은 도합 20여 자루에 달했다.

1930년 10월 말, 새로 창립된 중공왕청현위는 라자구에서 김세훈을 대장으로 하는 라자구 유격대(즉 왕청유격대)를 조직하였다. 김철도 라자구유격대에 참가하였다. 그는 유격대와 함께 라자구를 떠나 중공왕청현위가 활동하고 있는 대홍구, 천교령, 신선동, 남하마탕 등지로 이동하였다. 김철 등은 중공왕청현위 제1임 서기 김훈(열사)의 지도하에 쌍하진 농민협회의 혁명군중들과 함께 당지 보위단을 습격하여 10여 자루의 보총과 많은 탄알을 노획하였다. 악질지주이며 한간인 남하마탕의 반광우를 처단하고 식량과 재물을 빈고농민들에게 나누어주기도 하였다.

남하마탕 전하부락에 머물고 있을 때였다. 김철이 소속된 유격대는 당지 군중들과 함께 현 당위에서 소집한 군중대회에 참가하여 군중들에게 반제반봉건투쟁을 선전하며 민중들의 사기를 북돋우어 주었다. 대홍구에서는 또 동북군벌 호로군고퇀(護路軍高團)을 습격하여 일부 무기를 탈취하였다.

1930년 가을 라자구유격대는 현 당위 김훈 서기의 지도하에서 라자구, 대홍구, 묘령, 천교령, 하마탕, 목단지, 계관라자, 대북구 등지에서 반일무장투쟁을 활발히 벌였다.

했으나 유격대의 건립과 발전은 간고한 투쟁을 동반하였다. 1930년 겨울, 동북군벌군대의 토벌이 가심화지는 데서 김철은 유격대와 더불어 대홍구 일대를 떠나 라자구로 전이하지 않을 수 없었다. 이 무렵에 해임을 치려다가 성사 못한 북만 녕안의 한 홍군대오(약 40명)가 라자구에 와서 라자구유격대와 회합하였다. 이해 12월에 무장폭동에서 좌절을 당한 돈화유격대의 소수대원들도 라자구로 전이하여 라자구유격대와 합병하였다. 라자구유격대는 수십 명으로 늘어났고 김철은 유격대골간으로 활약하였다.

1930년 겨울에 동북군 돈화주둔군 제7퇀 퇀장 왕수당은 청소한 우리 유격대를 요람 속에서 압살하려고 미쳐 날뛰었다. 이놈들은 왕청현의 당지 보안대와 결탁하여 혁명자들을 닥치는 대로 살해하고 유격대를 집요하게 토벌하였다. 한데서 미처 겨울나기 준비를 할 겨를이 없었다. 라자구유격대는 현 당위의 지시에 좇아 겨울에 잠복하고 이듬해 봄에 다시 활동하기로 결의하였다. 헌데 적들의 추격이 거듭되는 데서 김철 등 40여 명 유격대 대원들은 동녕현으로 전이한 뒤 전부의 총을 파묻고 국경선을 넘어 갔다. 호로군 고환이 유격대를 집요하게 물다가 30여 자루의 총을 파갔다는 것을 안 것은 그 후의 일이다.

소련 연해주에서의 두석 달, 김철은 별유천지에 들어선 것만 같았다. 키가 억대우 같고 얼굴이 넓고 관골이 빼어나고 눈이 크고 콧대가 덩실한 곱게 생긴 이 사나이는 소련의 들끓는 사회주의 현실에 크게 감동되었다. 그는 다시 동만(연변)으로 돌아가 원수 놈들과 피어린 혈전을 벌릴 결의로 가슴을 불태웠다.

2

1931년 봄 김철 등 다수 유격대원들은 다시 국경을 넘어 동녕 지방에 들어섰다. 도중에 그들은 로흑산에서 토비무리를 만났다. 일장 격전에서 김철은 무비의 용감성을 떨치었다. 드디어 토비무리는 전멸되고 김철 등은 다시 라자구에 발을 들여놓았다. 이해 봄에 이 유격대는 또 로흑산 등지에서 토비무리를 습격하여 20여 자루의 총을 노획하였다.

투쟁의 수요에 따라 라자구유격대는 몇 갈래 소부대로 나뉘어졌다. 김철의 소부대와 기타 소부대는 현안의 대감자, 목단지, 대흥구, 천교령, 하마탕 등지에서 기동 영활한 유격전을 벌리면서 정치공세를 결합하였다.

했으나 1931년은 불운의 해였다. 적들의 준동이 계속되는 데서 유격대는 거듭되는 손실을 입다가 끝내는 유야무야해지고 말았다.

1931년 '9·18사변' 이후 동만의 항일정세는 크나큰 변화를 가져왔다. 단결할 수 있는 모든 역량을 단결하여 공동이 항일하자는 목소리는 갈수록 커갔다. 이에 비추어 중공동만 특위에서는 왕청현유격대의 재건립을 다그치기 위하여 1932년 1월 초에 중공연화현위 군사부장 김명균을 왕청현위 군사부장으로 파견하였다. 중공왕청현위에서는 김명균에게 현 항일유격대를 건립할 중책을 위탁하였다.

2월초에 김명균은 소왕청 마촌에서 현위확대회의를 소집하고 항일유격대를 조직할 문제를 토론에 교부하였다. 김철은 리광, 량성룡 등과 함께 이 회의에 참가하여 유격대의 간부선발, 무기, 훈련 등 문제를 가지고 진지하게 토의하였다. 잇따라 김철은 또 무려 한 달간 진행된 군사강습반에 참가하였다. 군사회의와 강습반에서 급선무로 나선 것은 무기내원 문제였다. 글쎄 무기라야 엽총 한 자루와 마사진 권총 한 자루밖에 없었으니 그럴 만도 하였다. 하여 김철은 강습반기간에 대감자 공안분주소를 습격할 대담한 구상을 내놓고 놈들의 활동규율과 그 곳 자연 지리조건을 속속들이 파악하였다.

대감자촌은 왕청현 남부에 자리 잡은 산간마을이다. 왕청으로부터 도문으로 뻗은 신작로가 이 마을을 지나는데다 장거리까지 생겨나자 그때 왕청현 정부에서는 이곳에 공안분주소를 세우고 7～8명의 순경을 배치하였다.

1932년 음력 정월 대보름 날(2월 20일) 김철, 량성룡, 장룡산 등 10여 명은 구국군 차림에 구국군 완장을 끼고 대감자공안분주소에 나타났다. 순경 놈들은 보름을 쇠느라고 야단법석이었다. ‘구국군대오’인지라 주의도 돌리지 않았다.

“꼼짝 말앗!”

구국선전을 하는 척 하던 김철이 갑자기 권총을 빼들고 벽력같이 소리쳤다. 술판에 여념이 없던 놈들은 어리둥절해서 어쩔 바를 몰랐다. 그사이 10여 명 동지들은 날렵하게 벽에 세워놓은 보총을 거두어들였다.

이날 김철 일행은 보총 일곱 자루와 수백 발의 탄알을 탈취하였다. 그들은 승리의 개가높이 유유히 귀로에 올랐다. 석현 장동에 매복하였다가 지나가는 석현 무장자위단을 불의 습격하여 몇 놈을 요정내고 보총 3자루를 노획한 것은 그 뒤의 일이었다.

무기가 해결되자 항일유격대를 건립할 기본 조건이 구비되었다. 군사강습반이 결속된 후 김철은 김호, 량성룡, 리광, 장룡산, 리응만 등 6명과 함께 군사토론모임을 가지고 항일유격대를 즉각 조직하기로 합의를 보았다.

3

1932년 4월, 소왕청 최창호네 물방아간에서 왕청현 항일유격대가 정식으로 조직되었다. 유격대 대원은 12명인데 김철이 대장을 맡고 김명균이 정위를 겸하였다. 잇따라 팔인구 주둔 구국군 병사 40여 명이 60여 자루의 보총과 10여 자루의 권총을 가지고 현 유격대에 가담한 데서 유격대의 역량은 크게 장대해졌다. 당현위에서는 유격대를 제때에 현 유격중대(중대산하에 3개 소대를 둠)로 개편하고 김철을 중대장으로 임명하였다.

이해 봄에 김철은 현 유격대의 일부 대오를 거느리고 석현 영창동에 가서 친일주구 김일산을 처단하였다. 6월 중순에는 대감자 영안동의 김인연을, 6월 29일엔 또 면전동의 악패지주와 친일주구 여섯 놈을 징벌하고 그 가옥들에 불을 질렀다.

6월 22일, 쌍하진 주둔 일제수비대가 용수동 남구에 가서 최인봉의 아들 등 무고한 백성 24명을 집단 학살하였다. 이 소식을 들은 김철은 이 놈들에게 마땅한 징벌을 주기로 작심하고 룡수동 적위대의 배합 밑에 유격대를 대북구 어구에 매복시켰다. 라자구에 갔다가 돌아오던 쌍하진 일본수비대는 복수의 불벼락을 면치 못하였다. 이날 유격대와 적위대는 일제수비대 군관 1명과 위현정부, 일본군관 2명을 포함한 20여 명의 적을 격살하고 보총 20자루와 탄알 수백 발을 노획한 전과를 올렸다.

7월에 김철은 또 유격중대 30여 명을 지휘하여 소마록구에서 위만군 60여 명과 접전하였다. 결과 적 10여 명을 사살하고 10여 자루의 보총을 노획하였다. 이번 전투 후 현 유격중대는 소왕청마촌에 개선하여 소와 돼지를 잡고 전투의 승리를 경축하였다. 이어 사금구에 가서 그제 날 독립군이 파묻었던 다섯 개 차의 탄알을 운반하여 다가 사격연습을 하면서 유격대의 전투소질을 높이었다. 후에 이 탄알은 동만 4개 현 유격대들에 분배되어 유격대의 사기를 부쩍 높이었다.

그 후 몇 달 사이 왕청현유격대는 적들과 30여 차의 피어린 전투를 벌였다. 하마탕 만군병영 습격, 로송령철도 경비대 40명 무장해제, 목단지 교두에서의 위만군수송대 습격, 천교령, 묘령, 황가령 등지 진출 등은 모두 이 시기의 일이다. 우리 유격대는 김철의 인솔하에 동에 번쩍, 서에 번쩍하면서 적 150여 명을 소멸하고 수십 자루의 무기와 수천 발 탄알 및 기타 군수품을 노획하여 유격대의 위력을 널리 과시하였다.

그만큼 김철은 유격대 안팎에서 위망이 뜨르르 하였다. 그는 언제나 유격대전사들과 고락을 함께 나누며 동지들의 질고를 헤아리었다. 전투 때면 세심히 짜고 들며 지휘가 영활한데다가 남달리 용감하니 전사들은 누구라 없이 그를 좋아하였다.

4

왕청현유격대는 전투의 시련 속에서 신속히 장대해졌다. 11월에 이르러서는 최초의 12명으로부터 100여 명으로 늘어나서 대대로 편성되었다. 하나 김철은 이 기꺼운 대대모습을 볼 수가 없었다.

1932년 가을 추석을 앞둔 어느 날이다. 백초구 일대의 지하당조직의 비밀연락원이 남하마탕 주둔 위만군맹영부대의 한 개 소대가 식량과 부식물을 수레에 가득 싣고 백초구를 떠나 하마탕으로 향했다는 정보를 입수하였다. 급보를 접한 현위 군사부에서는 즉시 매복 습격전을 벌리기로 결정하고 이 전투임무를 현 유격대와 별동대에 맡기었다.

김철이 영솔한 30여 명의 유격대와 공산당원 리광이 이끄는 20여 명의 별동대원들은 마록구의 산마루로 움직이었다. 마록구는 남하마탕에서 서남쪽으로 10여 리 상거한 깊은 골짜기인데 하마탕에서 백초구로 뻗은 수레길이 바로 마록구 어구를 지났다. 그때 하마탕에서 백초구로 통하는 신작로가 있긴 했으나 대흥구를 거쳐야 함으로 수레길보다 멀었다. 하기에 하마탕 일대의 주민들이나 위만군은 당년의 현 소재지 백초구로 드나들 때면 늘 수레길을 이용하군 하였다.

유격대와 별동대는 수풀이 우거진 길옆고지에 매복진을 쳤다.

한낮이 되자 전신무장을 한 선발대 놈들과 그 뒤를 이은 우마차 10여 대가 먼발치에 나타났다. 이윽고 위만군 선두부대가 매복권 내에 들어섰다. 김철이 적을 향해 첫 방을 놓자 유격대원과 별동 대원들은 몰사격을 개시하였다.

"땅, 따땅 …"

"쾅! 쾅! 쾅!"

총소리, 연길작탄소리가 골짜기를 발칵 뒤집어놓았다. 만군 놈 들이 하나둘 나동그라지고 우마차들이 갈팡질팡 헤덤벼 쳤다. 뒤 늦게야 사태를 헤아린 놈들이 맞총질을 해댔으나 아군의 밀집사 격을 당해낼 수 없었다.

"손을 들면 죽이지 않는다!"

"공동한 원수 일본침략자에게 총부리를 돌리라!"

아군의 강대한 정치공세에 질겁한 만군 몇 놈이 두 손을 들었 다. 아군은 멸적의 함성 높이 적진으로 짓쳐 들어갔다. 이때 교 활한 적들이 식량수레와 길가 엄폐물에 의지하여 반공격을 조직 하였다. 아군이 곤경에 빠지자 김철과 리광은 발악하는 적들한테 화력을 집중케 하였다. 적들의 화력이 김철네 쪽에 집중된 사이 아군은 적진으로 돌입하였다.

찰나 김철 중대장이 가슴에 적탄을 맞고 쓰러졌다.

"김 중대장의 원수를 갚자!"

분노한 아군전사들은 소리높이 외치며 놈들을 여지없이 무찔렀 다. 요행 목숨을 부지한 놈들은 황황히 줄행랑을 놓았다.

마록구 매복 습격전에서 아군은 만군 10여 명을 살상하고 13 자루의 총과 많은 탄알, 군량을 노획한 승리를 거두었지만 김철 중대장을 잃은 큰 손실을 당해야만 했다.

중국공산당의 충성스런 전사이며 왕청현 항일유격대 창시자의 한사람인 김철은 26살을 일기로 너무도 일찍이 동지들의 곁을 떠나갔다. 그가 희생된 후 얼마 안되어 왕청현유격대는 대대로 발전하였고 도처에 신출귀몰하면서 적들에게 드센 타격을 안기었다.

유세룡은 갔다

(?-1932)

유세룡은 왕청현 석현(오늘의 도문시 석현) 신흥평 사람이다. 필자는 아직 세룡의 출생과 초기 혁명 활동에 대한 자료를 찾아내지 못하였지만 1929년부터 혁명 활동에 본격적으로 나선 것은 알고 있다.

1931년 1월에 석현의 영창동에서 중공석현 구위가 정식으로 건립되었다. 이해 2월에 유세룡은 김채옥(열사) 등 5명과 함께 오중화의 소개로 중국공산당에 가입하고 중공석현지부서기 책임을 맡았다.

당지부가 건립된 후 유세룡은 동지들과 함께 공청단, 부녀회, 농민협회 등 대중단체를 육속 일떠세웠다. 투쟁의 수요에 따라 적위대도 조직하여 지방무장투쟁의 서막을 열어놓았다.

1931년 6월에 유세룡은 구위 조직위원 책임을 겸하였다. 그는 구위 산하 진목동, 영창동, 면전, 장동 등지로 동분서주하며 기층 당 조직을 건립, 건전히 하는 데 윈심을 썼다.

1931년 가을 연변 각지를 불태운 추수투쟁의 열화는 석현지구에서도 세차게 타올랐다. 유세룡은 구위의 동지들과 함께 석현지구의 광범한 농민군중들을 이 투쟁에로 불렀다.

이해 10월경의 어느 날, 신흥평의 수십 명 군중들은 농민협회의 직접적인 지도하에 영창동 장골, 용골, 진목동, 봉오동, 홍진, 삼도구, 하목단, 룡암동 등지의 수백 명 농민형제들과 함께 대열을 지어 호호탕탕히 배초구의 현 정부로 향하였다. 대열 속에 끼인 유세룡은 끊임없이 구호를 부르며 군중들의 투쟁정서를 고무하였다.

투쟁대오가 현 정부에 이르니 무려 1000여 명에 달하였다. 1000여 명 군중들은 목소리를 합치였다.

"손중산 선생이 제기한 〈3·7〉제, 〈4·6〉제의 원칙을 철저히 실시하자!"

"현장은 나오라!"

현정부 앞은 인산인해를 이루고 구호소리는 갈수록 높아갔다. 급해난 현장은 할 수없이 군중 앞에 나서더니 "무슨 요구가 있는가?"고 물었다. 이때 대열 속에서 장락봉이라고 하는 사람이 척 나섰다.

"우리는 손중산 선생이 제기한 〈4·6〉제 소작문제를 해결하려고 모여왔소."

"그럼 대표를 파견하여 같이 연구해 봅시다."

현장이 '시원'스레 대답하니 장진우, 장락봉 등 세 사람이 대표로 나섰다.

한참 만에 대표들이 나왔다. 현장이 '4·6'제의 소작요구를 접수하였다고 선포하였을 때 1000여 명 군중들은 만세를 불렀다.

했으나 사정은 급격히 악화되었다. 대표들이 군중들과 함께 헤어져 가려할 때 토성 아래 매복했던 경찰서 순사 놈들이 달려들어 대표들을 붙잡아 용정총영사관으로 압송하였다. 약 2개월이 지나 대표들이 무사히 풀려나온 후 유세룡은 그들과 함께 석현과 영창동의 혁명군중들을 이끌어 영창동 지주 남병운의 곡식낟가리를 헤쳐 '4·6'제의 비례로 소작인들에게 나누어 주었다.

석현 지구에는 도처에 반일삐라들이 흩날리고 전화선이 절단되었다. 한간, 주구 놈들이 비밀리에 처단되었다. 그래도 맘에 걸리는 것이 무기였다.

투쟁하자면 손에 무기가 있어야 했다. 추수투쟁 가운데서 이점을 깊이 터득한 유세룡은 무기를 탈취하라는 현위와 구위의 지시를 받들고 당지부회의를 열고 전문토론을 하였다.

1931년 11월경의 어느 날 수남의 세무국을 습격할 계획이 세워지고 유세룡, 주명남, 최창진, 주일룡, 강상준 등 7명 습격조가 무어졌다.

이날 초저녁 덧저고리를 걸쳐 입은 습격조원들이 세무국에 찾아갔다. 마침 보위단 나부랭이 세 놈밖에 없었다. 보초병이 무슨 일인가고 묻자 유세룡이 세금 물러왔다고 제꺽 대답하였다. 보초병이 주의하지 않은 사이 주명남이 달려들었다. 보초병이 어느 결에 총박죽으로 주명남의 가슴팍을 들이친 데서 주씨는 피를 토하며 쓰러졌다. 뒤따르던 유세룡이 보초병을 재껴버렸다. 습격조원들은 일제히 손을 썼다. 습격조가 보안단 한 놈을 타살하는 사이 두 놈은 어둠 속에 꼬리를 뺐다.

이날 유세룡 등은 보총 세 자루와 권총 두 자루, 일부 탄알을 빼앗아가지고 승리적으로 귀로에 올랐다.

1932년 1월 25일, 유세룡은 구위와 석현당지부 연석회의를 부르고 석현경찰서를 습격할 방안을 내놓았다. 그리곤 자기가 직접 정탐하겠다면서 도끼벼리는 사람으로 가장하고 석현 시내에 들어갔다. 헌데 도끼를 벼리던 중 담배쌈지에서 삐라가 발견되었다. 순간 경찰서 홍순사가 공산당이라고 외치는 바람에 유세룡은 경찰 놈들에게 체포되어 석현경찰서로 끌려갔다. 따라서 습격조의 오중옥, 김학순, 김순길 등도 체포되었다.

경찰서 놈들은 유세룡에게 조직계통을 대라고 호통 쳤다. 세룡은 만만치 않았다. 놈들은 그에게 고춧물을 먹이고 피대로 치고 구둣발로 차면서 갖은 혹형을 다하였다. 그래도 유세룡은 굴하지 않았다. 경찰서장이 그를 심문할 때 세룡이는 경찰서장한테 침을 뱉으며 "이놈아", "이새끼"하며 욕설을 퍼붓다가 말을 이었다.

"공산혁명은 하는 사람은 나 혼자 뿐이다. 나 이외의 사람들은 모두 애매한 사람들이니 당장 내놓아라!"

이어 유세룡은 "우리 주권이 옳은가, 너의 법이 옳은가?"며 떳떳이 시비를 걸었다. 경찰서장 놈은 유세룡이를 당해낼 수 없었다. 서장 놈은 어디 두고 보자며 씽하고 나가버렸다.

1932년 3월 23일, 놈들은 드디어 눈을 싸맨 유세룡, 오중옥, 김학순, 김순길 등 5명을 수레에 태워가지고 영창동 김군섭의 집마당으로 갔다.

김군섭의 집마당에는 이미 장작가리가 준비되어 있었고 마을사람들이 끌려왔다. 악착하기 그지없는 놈들은 장작가리 옆에서 유세룡 등을 총창으로 찌른 다음 불붙는 장작가리에 떠밀었다. 유세룡은 장작가지를 틀어쥐고 옆의 순사 놈의 다리를 냅다 쳤다. 순간 그놈의 다리에선 피가 뚝뚝 떨어졌다.

유세룡은 목숨을 마감 짓는 최후의 그 순간에 있는 힘껏 외치었다.

"나 한사람을 죽여도 내 뒤에는 수많은 공산당원이 있다. 혁명은 꼭 성공할 것이다!"

"중국공산당 만세!"

동지들도 구호를 높이 불렀다. 그 광경에 감동된 마을의 한 안 노인은 생사불구하고 불무지로 다가가 불속에서 헤매는 동지들을 잡아당기었다. 경찰 놈들이 막아 나서도 안 노인은 한사코 물러서려 하지 않았다 …

유세룡은 갔다. 그는 후대들에게 미처 생년월일도 남겨놓지 않고 허다한 수수께끼를 남겨놓고 총총히 갔다.

리대렬 노인

(?-1932)

가열 처절했던 항일의 피어린 나날을 돌이키면 아들딸을 혁명투쟁에 내세우고 항일을 지지, 성원한 아버지, 어머니들이 많고도 많다. 당년 아들 셋을 둔 연길현 의란구 남양동의 리대렬도 그중의 한사람이다. 이 노인의 원적지와 출생지, 출생시간, 삶의 나날을 잘 알 수가 없지만 인생 황혼의 그 나날에 서슴없이 항일을 후원하여 나선 그 삶은 실로 빛 뿌린다.

1931년 '9·18사변', 일본제국주의 대거 동북출병은 온 중국 대지를 분노에 떨게 하였다. 이 소식에 접한 연길현 의란구의 수백 명 군중들은 그해 4월에 조직된 중공의란 구위의 지도 밑에 성세 호대한 반일 대시위를 단행하였다. 일제 놈들은 국자가 연길영사분관의 경찰들을 총동원시켜 무력으로 그 번 반일 대시위를 진압하였다. 그 서슬에 반일 대시위의 표면 주요 지도자들인 리대렬 노인의 맏아들 리태극과 동골 사람인 곽영희가 적들에게 체포되어 연길영사분관에 끌려갔다. 적들은 반일 대시위의 배후엔 꼭 숨은 조직선이 있다며 미쳐날뛰었지만 둘은 죽을지언정 굴하지 않았다. 적들은 갖은 취조를 다하며 그들의 입을 열려고 하였지만 모두 수포로 돌아갔고 리태극, 곽영희는 적들의 고문장에서 장렬히 희생되었다.

의란구의 군중들은 분노하였다. 그들은 두 동지의 시체를 메고 재차 반일 대시위에 떨쳐나섰다. 시위 대오는 4열 종대로 장사진을 이루었는데 앞뒤에 지방 적위대와 소선대가 서고 가운데 노인들과 부녀들이 섰다. 그 가운데는 리태극 열사의 아버지 리대렬 노인도 섞이었다. 맏아들의 죽음은 이 노인을 반일 대시위에로 내세웠다. 그는 시위군중들과 함께 "일제를 타도하자!", "일제는 이 땅에서 물러가라!"는 등 구호를 끊임없이 불렀다.

남양평에서 출발한 시위 대오가 중평에 이르렀을 때는 그 수가 무려 1000여 명에 달했다. 그들은 그 분노, 그 기세로 구룡평 일제경찰서를 들 부시려고 서둘렀다. 그때 경찰서 놈들과 영사분관 놈들이 급기야 달려들어 무력간섭을 한 데서 10여 명 골간들이 체포되고 누군가 1명이 중상을 입었다. 시위대열은 도중에서 해산되고 말았다.

아들의 죽음과 반일 대시위는 리대렬 노인을 딴 사람으로 만들었다. 1931년 가을, 온 동만 땅을 휩쓴 추수투쟁의 불길이 의란구에서도 타오르자 리대렬 노인은 두말없이 이 투쟁에 섞이었다.

이해 가을, 의란구의 남양동, 중평, 서구, 춘흥, 구산, 늪데기, 태평동, 요영동, 배지장, 소동구, 대동구, 신흥, 진시구, 위자구 등지의 혁명군중 2000여 명이 소작료에 대해 '4·6', '3·7', '2·8'제를 실시하자는 구호 밑에 구룡평에 모여들었다. 이날 추수투쟁대열은 구룡평에서부터 시작하여 멀리 위자구에 가서 투쟁을 마무리 지었는데 남양동의 최 지주와 위자구의 맹 지주를 중점적으로 투쟁하였다. 다른 지주들은 찍소리도 못하고 투쟁구호를 고스란히 받아들이지 않을 수 없었다. 이해 의란구의 추수투쟁, 즉 소작투쟁은 승리하였다.

리대렬 노인은 아들의 죽음으로 인한 고통에서 벗어났다. 추수투쟁에서 단결된 힘의 위력을 보아낸 그는 이듬해 봄의 춘황투쟁(기민투쟁)을 적극 받들어 나섰다. 의란구 일대의 군중들이 당조직의 숨은 지도 밑에 재차 일떠나 식량을 꾼 다음 조건부로 대소지주를 투쟁하며 양식창고를 터뜨려 가난한 농민들에게 나누어주니 대렬 노인은 못내 흡족해하였다.

추수, 춘황 투쟁의 승리는 적들을 놀래었다. 일제 놈들은 이것은 단지 농민들의 힘으로만은 할 수 없는 일이다, 여기에는 반드시 중공당의 '조직'이 뻗쳐있다고 단정하였다. 뒤따른 것은 빈번한 '토벌'이었다.

1932년 4월부터 일제 놈들은 의란구 일대에 연속 '토벌대'를 풀어 놓았다. 첫 '토벌'이 마반산으로부터 시작되더니 왕우구, 남동, 구산 등지에 마구 쓸어들었다. 적들의 '토벌'은 날로 우심해갔다. 이에 대비하여 중공의란 구위에서는 상급당의 지시정신에 좇아 각 기층당지부에 "적의 무기를 탈취하여 우리를 무장하며 무장으로 적들을 대항하자!"는 지시를 내렸다.

남양동의 열혈청년들이 당지부의 두리에 뭉치었다. 그들은 매일 모여 계책을 모이다가 집사대와 호위병의 총을 빼앗자는 데로 입을 모았는데 이것도 여의치 못하였다. 나중엔 원시무장부터 갖추자는 결론이 나왔다. 헌데 칼이나 창을 버리자니 쇠붙이가 시원치 않았다. 설마 있다고 쳐도 벼릴 줄도 몰랐다.

그때 리대렬 노인의 둘째아들 리태순이 무릎을 탁 쳤다. 방법이 있다는 말에 모두가 귀를 모았다. 그의 아버지 리대렬 노인은 워낙 석수장이여서 야장기구가 있었던 것이다. 하나 무기탈취활동은 극비밀이어서 누구에게도 함부로 말할 수 없었다. 리태순은 아버지 없는 틈을 타서 야장기구를 가만히 빼내왔다. 성수난 청년들은 마을의 소 수레바퀴 테 여럿을 벗겨 가지고 아무도 모르게 뒤 골안 으슥한 곳으로 들어갔다. 그들은 박달나무 뿌리를 뽑아 숯을 구워서는 단도와 칼, 창들을 만들어 냈다. 그 솜씨가 서투르긴 해도 숫돌에 갈아서 날을 세우니 제법 모양이 났다.

헌데 그들의 행동이 리대렬 노인의 눈에 났다. 대열 노인이 들락날락하며 뭣들 하는가고 따지고 들자 무엇해 난 청년들은 한사람 같이 부시를 만든다고 둘러댔다. 대열 노인은 그 이상 더 묻지 않았지만 이 놈들이 필경 무슨 일을 치고 있다고 단정하였다.

그러던 어느 날 김대렬 노인은 은밀히 청년들의 뒤를 밟았다. 그는 눈이 떼꾼해 났다. 이 놈들이 칼을 벼리는 것이 아닌가! 리대렬 노인은 버럭 소리를 쳤다.

"이놈들아, 거기서 뭘 하는 거냐?"

"아, 아니 …"

마을청년들은 어쩔 바를 몰랐다. 대열 노인이 허허 웃으며 다 가서자 그제야 청년들은 칼을 벼러 피 값을 하려 한다고 실토하였다. 그 말에 대열 노인은 속이 띠끔해 났다. 맏아들의 죽음을 생각하면 이가 갈렸다.

"음, 피 값을 하겠다? 그러면 그렇다고 언녕 말해야지!"

리대렬 노인은 속이 내려갔다. 그는 두말없이 팔을 걷고 나서더니 청년들의 일손을 도와 나섰다. 그리곤 집에 가서 자기가 쓰려고 두었던 석명정 70여 개를 가져다가 멋진 단도와 칼 등을 솜씨 있게 쳐주었다. 리태순은 그러는 아버지가 전에 없이 우러러보였다.

혁명자의 경우가 본래 그러했다. 언녕 수차의 투쟁에 나섰던

리대렬 노인은 일본침략자들을 이 땅에서 몰아내지 않고선 편한
날이 없다는 것을 너무나도 잘 알고 있었다. 하긴 그래도 마음이
놓이지 않아 "너희들이 이따위 것을 가지고 피 값은 고사하고 까
딱하면 무리죽음을 당한다."면서 "이 칼만은 다른 동네 청년들에
게 함부로 주지 말라"고 덧붙였다.

이는 1932년 봄의 일이다. 남양동에는 "무기탈취대" 한 개 중
대가 신속히 조직되었다. 구산과 토기막골에도 각기 한 개 중대
씩 나왔다.

그 무렵에 국자가로부터 10여 명의 호로병들이 의란구 쪽을 바
라고 온다는 소식이 왔다. 중공의란 구위에서는 남양동 등 여러 마
을의 무기 탈취대들 중에서 골간들을 뽑아 습격조를 무었다. 맹랑
한 일이다. 중평 앞에까지 왔던 놈들이 춘흥으로 되돌아가 한 객줏
집에 들어섰다는 전갈이 왔다. 습격조원들은 인차 송개 지팡의 지
영복네 집에 모여 계획을 다시 검토하였다. 그때 모인 습격조원은
구위 간부까지 23명, 놈들은 11명, 하여 토기막골에 증원령을 띄
웠으나 어인 영문인지 밤중이 되어도 증원대는 나타나지 않았다.
구위 간부는 결단성 있게 원 계획대로 움직이기로 결정하였다.

22명 습격조원들은 전화 차단대, 보초대, 작탄대, 습격대로 나
뉘어 춘흥의 객줏집으로 다가 갔다. 각 대가 자기 부서대로 행동하
는 사이 습격조 14명이 객줏집으로 돌입하며 작탄을 들이 던졌다.
보초병이 집안에 뛰어들자 놈들은 창문을 열어젖히고 목표 없이
난사하였다. 습격조가 문을 열어젖히며 "삐둥!"(別動)을 불렀다.
혼비백산한 세 놈은 총을 안고 내뛰다가 창에 찔려 넘어졌다.

이날 습격조는 6자루의 보총과 권총, 500여 발의 탄알을 노획
하였다. 그들은 그 총으로 사격하면서 전원 무사히 인차 퇴각길

에 올랐다.

리대렬 노인이 벼려준 도창무기는 대번에 은을 냈다. 구위에서 누가 총을 빼앗으면 누구를 유격대로 보낸다고 하니 청년들은 힘이 부쩍 났다. 무기탈취열조가 일어났다. 하여 남양촌에서만도 유격대 한 개 소대가 조직되어 의란구유격대에 편입되었다. 그 가운데는 리대렬 노인의 둘째아들 리태순도 끼이었다.

남양동유격소대가 구유격대 주둔지로 떠나는 날이었다. 이날 유격소대에 뽑힌 청년들은 리대렬 노인의 집에서 개 두 마리를 잡아놓고 놀면서 흥분으로 들떴다. 청년들이 아바이가 쳐준 도창무기로 숱한 총을 빼앗고 유격소대도 조직되었다고 감사를 드리니 리대렬 노인은 흐뭇해 났다. 그는 아무쪼록 몸조심하면서 놈들을 많이 쓰러 눕히라고 당부하면서 기쁨의 술잔을 들었다. 형님의 뒤를 이어 막내아들도 지방투쟁에 나섰다.

리대렬 노인은 자기 존재의 힘을 깨달았다. 비록 50대의 나이라 하지만 항일에 이로운 일이라면 어디까지나 돕고 싶었다. 그래서 그는 자진하여 여러 동네를 돌며 무기 탈취대들에 숱한 도창무기를 만들어 주었다. 이 소문이 한입두입 퍼져 지방 무장자위단 놈들에게까지 들리었다.

1932년 가을경의 어느 날, 리대렬 노인은 어디론가 다녀오다가 자위단 놈들한테 발각되었다. 언녕부터 벼르던 놈들은 그 길로 리대렬을 무참히 살해하였다. 아들 셋을 항일에 내세우고 그 투쟁에 주저 없이 몸을 내번졌던 리대렬 노인, 그는 실로 손색없는 유격대원들의 미더운 아버지였다.

뒤늦게 밝혀진 혁명가 박세진

(1904-1932)

1

　박세진은 일명 김춘식, 송일, 리치삼, 리삼이라고도 불렀다. 사람들은 그를 화룡현 약수동 태생으로 알고 있지만 그가 태어난 곳은 실상 연길현 큰 물레거우(오늘의 용정시 조양천진 덕신촌)이다. 그들이 언제 약수동으로 이주하였는가는 딱히 알 수 없지만 그의 부모들은 슬하에 아들 4형제를 두었는데 셋째가 박세진이고 막내가 훗날의 약수동 소선대 소대장으로 유명 짜한 박호철이다. 호철이가 1916년에 약수동에서 출생한 걸로 보아 그 이전에 약수동으로 이주한 것 같다.

　박씨네 원적은 조선이다. 박씨네는 조선 명천군 호산동에서 살다가 중국 땅으로 이주하였는데 생활이 하도 구차하여 쪽박 차고 내내 한 달이나 걸었다고 한다. 큰 물레거우(大母鹿溝)에서 봇짐을 푼 후 박씨네는 생계를 위해 아글타글 하다가 도기 장사업을 벌였다. 그것도 자기로 구워서 말이다. 약수동에 가서 생활이 좀 윤택해가자 한때 도기 장사를 하다가 그만 두었다.

　1916년에 세진의 막냇동생 호철이가 태어났다. 다병한 어머니가 젖이 없어 호철이는 맏형수의 젖을 먹으며 자랐다. 맏이는 큰 물레거우에서 이미 장가를 들었는데 약수동 고개 너머 상시렁엔 민간 의사로 꼽히는 노인 한 분이 있었다. 맏이는 어머니 병 때문에 가슴만 조이다가 짬만 있으면 의학공부를 하면서 노인 의사한테로 다니었다. 후에는 제법 의사질을 하여 돈도 괜찮게 번 모양이다. 한데서 셋째 세진이는 장인강의 부잣집처녀한테 장가를 들 수 있었다. 아내가 3년 만에 저 세상사람이 되자 세진은 약수동의 21살 노처녀를 후처로 맞아들였다. 아직 혁명이란 무엇인지도 모르던 시절의 일이다.

20년대에 잡아들어 러시아 10월혁명의 소식과 함께 마르크스주의가 연변에 전파되기 시작하였다. 사립약수학교를 다니던 세진이는 이때에야 비로소 혁명이란 함의를 터득하게 되고 혁명하자면 그 어느 땐가 꼭 손에 무기를 잡아야 한다는 것을 어슴푸레나마 느끼게 되었다. 그래서 남들은 용정의 동흥이나 대성 등 중학교로 달아갈 때 세진은 마을의 제 또래 정룡, 김세준과 함께 남으로 두 언덕 너머 이도구로 달려갔다. 이도구에는 반일독립지사들이 꾸리는 사관학교가 있었다. 세진이는 이 학교에서 반일교육을 받으며 군사이론과 여러 가지 무기 다루기를 배웠다.

1925년에 박세진 등은 약수동으로 돌아갔다. 세진은 조공당(엠엘)공청에 가입한 뒤 박상활 등과 손잡고 이미 꾸려진 6년제 사립약수학교(학생 약 150명)를 발판으로 야학을 꾸리며 마을의 청년들을 묶어세우기 시작하였다. 그 뒤 약수동의 상촌, 중촌, 하촌과 그 일대 마을들에는 포스터가 나붙고 반일삐라들이 공개적으로 살포되기 시작하였다. 조공당 동만도 엠엘 계통의 수령 인물들과 손잡더니 반제동맹, 농민회, 청년회, 부녀회, 소년회 등 군중단체가 연이어 조직되었다. 1928년에 이르러 박세진은 고려공산청년회 동만도 평강군책임비서 중책을 짊어졌다.

2

약수동은 혁명의 요람으로, 미래 항일의 터전으로 발돋움하였다. 1928년 5월 1일, 사립약수학교와 사립협동학교의 학생 100여 명이 연합반일시위를 가지고 '5·1국제노동절'을 기념하면서 "일본제국주의를 타도하자!", "지주, 자본가를 타도하자!", "토호열신을 타도하자!" 등 혁명구호를 높이 불렀다. 이해 9월 3일, 박세진은 상부의 지시에 좇아 또 100여 명 청년학생들이 참가한 반일시위를 조직하였다. 그 번 반일시위는 '9·7국제무산청년절'을 계기로 용정, 국자가를 중심으로 하여 세차게 터졌다 당황해 난 일제군경들은 '제2차간도공산당사건'이란 검거선풍을 일으켜 각지에서 72명의 혁명청년들을 잡아들이었다. 검거선풍의 회오리는 약수동과 그 일대에도 불어쳐 박세진과 그의 동지들은 잠시 외지로 망명하지 않으면 안되었다.

적들의 검거선풍은 그 후에도 끊임없이 몰아쳤지만 투쟁은 결코 중단되지 않았다. 1929년 말에 조선의 광주학생들을 지지, 성원하는 반일 대시위가 용정, 투도구를 중심으로 사나운 격랑을 이루었다. 박세진은 투도구 일대의 반일 대시위의 조직자로 나섰다. 약수학교의 학생들이 용평, 투도구신흥학교의 학생들과 합류하여 선참으로 투도구에 집결하여 투도구 반일 학생 시위의 서막을 열어놓았다. 약수동의 100여 명 군중이 농민협회 책임자 리경천 등의 인솔하에 기발을 들고 투도구에 달려가 성원하였다.

아동, 장인강, 세린하 등지의 학생, 청년들도 분분히 떨쳐나 투도구로 밀려들었다. "일제는 물러가라!" 등 구호소리는 적들의 간담을 서늘케 하였다. 투도구영사분관 경찰들이 준동하였지만 사람들은 물러서지 않았다. 어느 날 밤 시위자들은 가로등불을 꺼버리고 영사분관을 습격하여 수라장을 만들기도 하였다. 1929년 이해 약수동에 밭을 둔 지주나 민회에서는 소윤두, 곡식 등을 가지려오지도 못하였다. 이 투쟁은 이듬해 봄까지 지속되었다.

투도구 일대 반일 대시위는 승리로 끝났다. 투쟁 가운데서 박세진은 반일투쟁은 이파, 저파가 제 각기 할일이 아니라 모두가 뭉쳐 일어나야 할 전 민족적인 투쟁임을 깊이깊이 느끼었다. 그번 시위투쟁을 계기로 박세진의 세계관엔 질적 변화가 일어났고 자각적으로 중국공산당의 지도를 접수하기 시작하였다.

3

1930년 4월 24일, 중공동만특별지부에서는 '5·1 투쟁행동위원회'를 조직하고 '붉은 5월투쟁'을 발기하면서 조건이 성숙되는 곳에서는 "소비에트정권을 세우자!"는 등 투쟁구호를 내놓았다. 이때 '5·1투쟁행동위원회' 소성규 등의 파견을 받고 공산당원 신춘이 약수동에 왔다. 박세진은 그의 동지들과 함께 신춘을 도와 5월 5일에 약수동 일대 수백 명 군중집회와 시위를 조직하였다.

5월 27일, 박세진과 동지들은 약수동 상촌 팔간집 마당에서 성대한 집회를 가지었다. 신춘이 약수동 소비에트정부의 수립을 장엄하게 선포하자 "일본제국주의를 타도하자!", "국민당군벌정부

를 타도하자!", "지주의 토지를 몰수하여 빈고농민들에게 나누어
주자!", "소비에트를 옹호, 지지하자!" 등 구호소리가 연달아 터
져 올랐다. 이어 시위투쟁이 시작되었다. 시위자들은 이 마을 저
마을을 누비었고 주구들의 집 앞에선 구호를 더 높이 불렀다.

시위투쟁은 사흘째 계속되었다. 약수학교 소선대원들은 붉은넥
타이를 매고 시위 대열 속에 뛰어들었다. 분노한 시위자들은 박
세진 등의 지도하에 일제주구 박필종 등을 처단하고 지주와 고리
대금업자들의 소작료 문서와 토지 문서, 고리대 문서 등을 태워
버렸다. 10여 명 농민 적위대가 투쟁 속에서 조직되었다. 무장을
들고 일어나리라던 박세진의 염원이 마침내 이루어졌다.

'5·30폭동' 전야 때 중공동만특별지부에서는 "투도구를 중심
으로 약수동 소비에트의 농민군중과 농민무장 및 부근 각 농촌의
농민들을 동원하여 투도구를 점령하라."고 지시하였다.

투도구 일대의 폭동임무는 일본영사관이 도사린 투도구의 일본
기관, 조선인민회 사무실과 친일분자 등 거점을 방화, 파괴하는
것이었다. 투도구 일대 총지휘는 소성규였다. 그의 지시하에 폭
동대는 해란강 이북과 이남 두 개 대로 나뉘었는데 박세진이 약
수동, 장인강, 세린하 등 일대의 혁명군중들로 구성된 해란강 이
북 폭동총지휘로 나섰다. 해란강 이북대는 박세진의 총지도하에
인차 엽총 18자루를 준비하고 투도구 시내에서 상점을 경영하는
약수동 사람 전병화를 통해 석유와 솜 등을 장만하였다. 그들은
대낮에 약수동과 명수동 등지의 지주집을 습격하여 소작료 계약
서 등을 압수하여 군중들 앞에서 통쾌히 태워버렸다.

5월 30일 저녁, 약수동 적위대를 중심으로 조직된 수십 명 습
격조는 비밀리에 투도구 사립신흥학교 뒤 북산 언덕에 가서 매복

하였다.

약정된 시간이 되자 박세진의 지시와 함께 북산 언덕에서 우렁찬 나팔소리가 밤의 고요를 깨뜨렸다. 이어 바께쯔 안에서 터지는 폭죽소리는 기관총소리를 방불케 하였다. 집안에 처박힌 놈들은 대가리도 감히 내밀지 못하였다. 이와 때를 같이하여 투도구 '조선인민회'에 불을 질렀다. 투도구 일제보통학교는 벽돌건물이어서 소각에 성공하지 못하였다. 수북, 수남 폭동대는 힘을 합쳐 조선인민회사무실과 몇몇 친일주구의 집을 태워버리고 곳곳에 작탄을 던지고 일본영사분관에 총을 쏘아댔다.

그 후 며칠간 투도구영사분관 경찰서 놈들이 마차를 가지고 약수동 일대에 연속 부절히 밀려들어 숱한 군중들을 붙잡아갔다. (거개가 석방됨) 그에 따라 약수동 소비에트정부도 지하투쟁에로 진입하였다. 했으나 신춘, 박세진과 그의 동지들이 세운 소비에트정부는 우리 당의 지도하에 수립된 전 동북에서 처음으로 되는 인민의 정권으로서 그의 존재는 '5·30폭동'에서 거대한 위력을 과시하면서 적들을 벌벌 떨게 하였다. 중국공산당의 영도하에서 싸워 가리라는 박세진의 마음은 더욱 굳어졌다.

4

이해 6월 초에 중공동만특별지부에서 주요 간부를 약수동에 파견하였다. 박세진은 중국공산당에 가입하였다. 그는 또 특별 지부의 동지를 협조하여 6월 10일에 중공약수지부를 건립하였다. 이 당지부는 '5·30폭동' 이후 동만에서 조직된 첫 중공기층지부였다.

8월 13일에 중공연화중심현위가 약수동에서 설립을 고하였다. 10월에 박세진은 당 조직의 중시로 연화중심현위 제2임 조직부장으로 임명되었다. 그는 현위의 동지들과 함께 현위 산하 여러 기층 구위를 건립, 건전히 하는 사업에 박차를 가하면서 화룡현, 연길현 범위 내에서 '추수폭동'을 전면적으로 일으키기 위하여 동분서주하였다.

박세진의 책임은 그토록 무거웠다. 했으나 그는 가정혁명화에도 무척 신경을 썼다. 1925년 직후 그는 친어머니를 잃었지만 집에는 아내와 아버지 그리고 형님, 동생들이 있었다. 그는 온 집식구들을 혁명의 길에 내세우면서 맏형님을 설복하여 그의 연계점인 용정 동화당약방을 통해 혁명투쟁을 후원하게 하였는가 하면 막내 호철(열사)이를 약수동 투쟁의 골간으로 키워냈다. 한데서 투도구영사분관 경찰서에서는 박세진을 약수동 일대의 수령으로 눈을 박았다. 경찰서 형사 문종수는 제집 다니듯 하면서 세진의 온 집식구를 득달했다. 박세진이 나타났다는 소문만 들으면 어느 때고 달려들었다. 27살에 연화중심현위 제2임 조직부장으로 된 후 박세진은 완전히 집을 떠나 직업 혁명가의 생애를 시작하였다.

박세진은 동그스름한 얼굴에 눈이 크다는 평판이다. 그만큼 키가 장대 같고 짙은 구리수염이 여서 처음 대하는 사람은 범접하기 어려워 할 정도이다. 성격은 강의하나 마음은 비단 같아 언제나 동지들을 스스럼없이 대해준다.

박세진이 연화중심현위 조직부장으로 부임된 직후 중공훈춘현위가 10월에 건립되었다. 이에 앞서 동만당 조직에서는 류건장을 훈춘에 파견한 뒤 또 신춘과 박세진을 훈춘에 보내어 투쟁역량을 강화하게 하였다. 그때 신생한 현위는 대황구 청수동에 자리 잡고 있었는데 박세진은 구리수염이 터부룩한 데서 동지들로부터 '구리'라고 불렸다. 약수동 사람인데 성이 김씨고 별호가 '구리'라면 곧바로 박세진을 가리킨다. 그 시절엔 동지사이 서로 이름 아닌 별호를 사용했었다.

당년 훈춘현위 산하에는 대황구, 밀강, 경신, 성관 등 4개 구위가 있었다. 그해 1930년 11월에 류건장이 신분이 폭로되어 훈춘을 뜬 다음 김성도가 제2임 서기로 되었다. 12월에 또 김성도가 특위로 올라가자 김동수가 제3임 서기를 맡았다. 박세진이 그때 사업 분공은 표면에 드러나지 않아 잘 알 수가 없지만 그는 선후로 세 현위 서기를 도와 현위의 일상 사무를 처리하면서 현내의 대황구, 밀강, 경신, 성관 등지로 자주 내려가 제때에 실정을 요해하며 사업을 지도하였다. 1931년 봄에 그는 동만 특위의 부름을 받고 훈춘을 떠났다.

1930년 10월에 중공동만 특위가 설립되고 연화중심현위는 연화현위로 개칭되었다. 이듬해 봄에 연화현위는 또 연길, 화룡 2개 현위로 갈라졌다. 이럴 때 박세진은 동만 특위에 소환되었다가 인차 중공연길현위 조직부장으로 임명되었다. 이해 1931년 11월에 현위 서기 김성도가 동만 특위에 가서 조직부장을 맡게 되니 박세진이 그를 이어 중공연길현위 제2임 서기로 되었다.

했으나 이 시기의 투쟁 자료가 거의 전해지지 않는다. 문화대혁명 시기 이른바 '계급대오청리' 시에 당년의 항일투사들에 의해 박세진의 투쟁생애가 반영되기도 하였으나 해당 부문에서 미처 수집, 정리 하지 않아 이름 있는 이 연길현위 제2임 서기가 내내 전문 『항일열사전』에 오르지 못하였다.

박세진은 연길현위 제2임 서기로 된 후 현위지도기관을 이끌어 조양천, 마반산, 팔도구, 의란구 등지로 전전하면서 눈부신 투쟁을 벌였다. 그러던 1932년 7월 그는 연길현 태양 신흥동에서 활동하다가 일제 '토벌대'와 조우하게 되어 장렬히 희생되었다.

박세진은 허다한 투쟁사실을 수수께끼로 남긴 채 총총히 떠난 연길현위 제2임 서기였다.

조기석 - 그는 떳떳이 걸어갔다

(1904-1932)

연길시 원 흥안향 실현촌에 가면 이 촌 부근의 밭 가운데 28명 항일열사 순난지가 있다. 이 순난지엔 당년 중공연길 구위 서기 조기석 열사도 묻혀있다.

조기석(曺基錫)은 일명 조영훈이라고도 하는데 1904년에 두만강대안의 종성에서 약 100리 상거한 조선 함경북도 종성군 녹야동의 한 가난한 농가에서 태어났다. 그가 겨우 첫 돌을 잡았을 때 불쌍한 부모들은 페스트에 걸려 허덕이다가 약 한 첩 변변히 쓰지도 못하고 한 많은 세상을 하직하였다.

마침 삼촌집엔 아들이 없었다. 삼촌 조군삼은 형님의 유언대로 조카를 데려다 친아들처럼 키웠다. 철모르는 조기석은 삼촌내외를 친부모님으로 알고 끔찍이 따르며 자라났다.

하나 삼촌네도 털면 먼지뿐인 가난한 살림이었다. 1910년에 섬나라 일본침략자들이 조선을 삼켜버리니 살림은 더욱 쪼들려만 갔다. 나라 잃은 백성의 설움은 온 삼천리강토에 차고 넘치었다. 조기석이 여덟 살을 잡던 1912년에 삼촌일가는 정든 고향을 떠나 만주행 이민대열에 끼이었다. 그래서 봇짐을 푼 곳이 두만강 건너 해란강가의 연길현 세전마을—지금의 영성촌 부근이다.

만주는 땅이 흔하고 조 이삭이 허리를 감는다더니 모두가 뜬소문이었다. 삼촌은 땅 한 뙈기도 마련할 수가 없어 이사 온 첫해부터 '코개'라고 부르는 중국인 대지주 장채룡의 지팡살이를 하지 않으면 안되었다. 지팡살이는 갈수록 심산이라더니 매일 별을 이고 나가고 달을 지고 들어와도 그 상이 장상이었다. 그런 와중에도 조군삼은 형님의 하나밖에 없는 핏줄을 섧게 대하지 않았다. 그는 조카를 해란강 너머 중국인소학교인 현립2교에 입학시키고 억척스레 일하였다.

가난한 집의 자식이 빨리 헴이 든다고 삼촌일가의 소행이 그지없이 고마웠다. 때 이르게 철이 든 조기석은 공부를 잘하여 삼촌네 은혜에 보답하리라 맘먹었다. 과연 그는 학과마다 월등하여 칭찬이 자자하니 삼촌은 어깨가 으썩해 났다. 점차 땅마지기도 생기고 살림은 윤택해지기 시작하였다.

조기석은 어느덧 13살 소년으로 자라났다. 삼촌은 일찍 서둘러 세전이벌 손개 지팡에서 조카를 장가들이었다. 색시는 세전이벌 여자로서 남자보다 3살이나 위였는데 겨우 13살 밖에 안되는 조기석은 여자와 같이 아니 잔다고 생떼질이어서 작은삼촌이 안아 들여놓아야 했다. 이는 조기석이가 소학교에 다니던 시절의 에피소드라 하겠다. 그 시절은 15살 이상이면 벌써 '늙은 총각' 대접을 받을 때라 결혼하고 소학교를 다니는 학생들이 수두룩하였다.

당년의 용정은 조선족문화교육의 요람이었다. 이 점을 터득한 조군삼은 조기석이 소학교를 마치는 해에 용정 부근의 룡강동(동흥중학교 위쪽)으로 이사하였다. 삼촌의 배려로 조기석은 동흥중학교에 진학하여 계속 학업에 몰두할 수 있었다.

삼촌의 희망은 조카가 출세하여 가문을 빛내는 것이었다. 하여 그는 땅마지기를 부치며 갑장질을 하는 한편 용정 시가지에 소금가게도 경영하면서 뒷바라지를 게으르지 않았다.

했으나 조수처럼 밀려드는 러시아 10월혁명의 사상과 사회주의 사조는 조기석이를 판판 다른 사람으로 만들었다. 조기석은 주저 없이 혁명이란 이 길을 택하였다.

1923년 9월 소련 연해주에서 온 조선인공산주의자 박윤서, 주청송 등은 동흥중학교 내에 '사회과학연구회'와 '학생친목회'를 조직하고 조기석 등 선진적 청년학생들을 그 두리에 묶어세웠다.

조기석은 앞길이 탁 트이는 것만 같았다. 어느덧 그는 조공당 엠엘 계통의 투쟁골간으로 자라났다. 그는 박윤서의 지도 하에서 뜻을 같이 하는 학우들과 더불어 용정 원근의 룡강동, 토성리, 달라자 동량, 남양평 등 농촌마을에 찾아가 야학실을 꾸리고 글을 가르치며 러시아 10월혁명의 사상을 널리 선전하였다. 그들의 주위엔 한패 또 한패의 선진청년들이 싸고돌았다. "러시아 혁명의 길로 나아가자!", "현존한 제국주의를 멸망시키고 사회주의 새 나라를 건설하여 전 세계 인민들과 함께 자유, 평등, 행복을 쟁취하여야 한다!" 인심을 끌어당기는 열변은 마음에서 마음으로 전해졌다.

투쟁 가운데서 조기석은 지식이 옅음을 절통하게 느끼었다. 마르크스-레닌주의 학설을 깊이 있게 연구하며 혁명의 진리를 탐구하자면 보다 높은 차원에서 계속 배워야 했다. 어디로 갈 것인가, 조기석이 구지욕(求知欲)으로 가슴을 불태울 때 일본 도쿄에서 유학하고 돌아온 몇몇 조선인 공산주의자들이 그의 앞에 나타났다. 조기석은 일본행을 강단하고 그 뜻을 내비쳤다. 삼촌은 일본으로 가느니 말고 중국 관내를 선택하는 것이 어떠냐고 속셈을 터놓았다. 조기석의 뜻은 변함없었다.

때는 1925년 동흥중학교 3학년 시절이었다. 이해 조기석은 당년 4년제 동흥중학교를 중퇴하고 현해탄을 넘어 일본 도꾜 고학길에 나섰다. 고학길은 순탄치 않았지만 그는 한맘으로 많은 책을 읽으며 마르크스-레닌주의의 진리탐구에 몸을 푹 잠갔다. 하긴 금전화된 일본의 사회 환경은 조기석의 뜻과는 너무도 어울리지 않았다. 하여 그는 전 일본 '노동조합평의회'에 가담하여 노동운동에 종사하면서 자신을 한층 단련하였다.

1926년 5월, 공산당원과 공청단원을 골간으로 한 국민혁명군 제4군 엽정독립퇀이 호남으로 진격하여 중국북벌전쟁의 서막을 열어놓았다. 7월 9일에 북벌선서대회가 열리고 10여 만에 달하는 국민혁명군 8개 군이 서로, 중로, 동로 세 갈래로 나뉘어 북벌의 원정에 올랐다. 중국공산당의 영향과 추동, 인민군중의 지지 밑에서 북벌군은 반년 남짓한 기간에 오패부, 손전방의 수십만 명 군벌 주력부대를 소멸하고 중국의 절반 땅을 점령하였다. 이 희소식이 바다 건너 일본 도꾜에 전해지자 조기석은 그 이상 일본에 머무를 수 없었다. 그는 결연히 도꾜를 떠나 용정으로 돌아왔고 조공당 엠엘 계통의 파견을 받고 리창혁, 강×× 등과 함께 무한에 달려가 황포군관학교 분교인 무한 중앙군사정치학교 교도대에 들어갔다.

당년 이 학교에는 조선인 청년 200여 명이 공부하고 있었다. 그들은 광주, 무창, 상해, 남경, 장사, 동만(연변) 등지에서 모여든 열혈청년들이었다. 그들과 휩쓸리면서 조기석은 새로운 결의로 가슴을 불태웠다.

1927년 초에 조기석은 교도대 강습을 마치고 당의 지시로 구강에 주둔한 국민혁명군 등연달부대에 들어가 북벌군전사로 되었다.

생소하기만 한 이역의 땅이다. 전투여가에 사품 치며 흐르는 양자강을 바라볼 때면 고향의 기슭을 누비며 유유히 흐르는 해란강을 방불히 보는 것만 같았다. 그때마다 그는 고향 만 리에 두고 온 처자와 삼촌 내외간이 사무치게 그리워 수차나 편지를 띄웠다. 편지마다엔 북벌전쟁의 벅찬 정세며 "혁명을 위하여 한목숨 다 바치겠다."는 비장한 결의가 담기였다.

1927년 4월, 국민혁명군 총사령 장개석은 상해에서 '4·12반혁명정변'을 일으켜 공산당원들과 혁명자들을 닥치는 대로 체포하고 학살하였다. 7월 15일, 국민정부 주석 왕정위도 무한에서 공개적으로 혁명을 배반하였다. 국공합작이 파열되고 기세 드높던 대혁명은 실패로 돌아갔다.

조기석은 분노하였다. 북벌승리의 희열과 흥분이 가신듯 사라졌다. 그는 폐병을 구실로 여러 달을 들추다가 끝내는 부대를 떠나 고향집으로 돌아왔다.

이때가 1928년이다. 조기석은 조직의 배치로 고려공산청년회 소속 '동만청년총동맹'의 간부로 되어 동지들과 손잡고 '9·7국제청년절'을 맞으며 한차례 대규모의 반일집회를 준비할 때 용정의 간도일본총영사관에서 그 기미를 알아채고 일대 검거 선풍을 일으켰다. 동지들은 분분히 망명길에 나섰다. 조기석도 용정에 배겨내지 못하고 밖으로 돌았다. 그때 이미 살림살이를 하던 조기석은 비밀리에 집을 국자가에 옮기고 동지 김인중과 함께 세린하 연길현 공립 11교에 가서 교편을 잡았다.

조기석은 배움의 터전을 기지로 학생들에게 중국혁명정세와 마르크스-레닌주의 사상을 널리 선전하며 반일애국사상을 애써 고취하였다. 1929년 말 조선의 광주학생운동이 일제의 무참한 탄압을 받았다는 소식이 전해지자 분노에 치를 떨었다. 온 동만의 사립학교들이 부글부글 끓었다. 그는 조직의 지시로 사생들은 조직하여 동맹휴학을 선포하고 반일시위를 단행하였다. 이어 그는 조직선을 밟아 언덕 너머 약수동 사립약수학교와 연계하고 11월 26일에 일제히 투도구로 달려가 광주학생운동을 지지 성원하는 투쟁의 서막을 열어놓았다.

"일제는 물러가라!"

"식민지노예교육제도를 철폐하라!"

"조선광주학생들의 투쟁을 지지 성원한다!"

구호소리는 천지를 진동하였다. 급해난 투도구 일제영사분관에서는 무장경찰을 풀어 탄압을 시도했지만 반일시위는 이듬해 초까지 수차 터지였다. 앙양된 투쟁기세는 그 누구도 막을 수 없었다.

투쟁 가운데서 한패의 골간들이 형성되었다. 조기석은 그들을 제때에 조공당 엠엘 계통에 받아들이고 새로운 투쟁을 준비하였다. 1930년 4월 24일에 중공동만특별지부에서는 조공당 동만도 엠엘 계통을 선두로 〈5·1〉투쟁행동위원회'를 조직하고 조기석을 이 행동위원회 위원으로 받아들이었다. '붉은 5월투쟁'이 용정과 투도구를 중심으로 맹렬히 터져 올랐다. 국제공산당의 일국일당원칙에 의해 조공당 당원을 중공당원으로 흡수하기 위한 한차례 대중적 투쟁이었다. 조기석 등의 지도와 영향을 받던 세린하 일대의 조공당원들은 투도구 폭동에 합류되고 조기석은 행동위원회의 통일포치에 의해 왕청현 '5·30폭동' 지도자로 파견되었다. 그는 하마탕 일대의 김훈, 김상화 등 동지들과 손잡고 남하마탕의 대지주이며 한간인 판광우 등 지주집과 주구집을 습격하여 한바탕 투쟁하고 토지문서와 고리대문서 등을 빼앗아 태워버렸다.

'5·30폭동' 후 조기석은 국자가로 돌아왔으나 '〈5.1〉투쟁 행동위원회'의 주요 성원들인 김근, 김철, 강학제, 소성규 등이 희생되었거나 체포되고 망명되어 그는 일시 조직과의 연계를 맺을 수 없었다. 그가 초조와 불안에 모대길 때 국자가 공청단지부서기 유종걸(후에 유영효로 고침)이 공청단 연길 구위 서기를 통하여 조직선을 찾아주었다. 이해 여름, 조기석은 중국공산당에 가입하고 국자가에서 새로운 투쟁에 나섰다.

1930년 8월 13일, 중공동만특별지부는 중공연화중심현위로 확건 되었다. 10월에는 중공동만특별위원회가 조직되고 국자가 북산촌의 조기석 댁은 인차 특위의 비밀연락소로 되었다. 특위조직부장 왕경(문갑상)과 조직부의 리창일 등은 때때로 조기석의 집을 거점으로 삼고 활동하면서 동만의 당 조직건립과 발전에 모를 박았다. 한때 남하하여 황포군관학교로 같이 갔던 리창혁도 국자가와 훈춘에서 활동하다가 조기석의 집으로 왔고 여기에서 다시 사업배치를 받고 중공왕청현위 조직부장으로 파견되었다. 조기석은 특위비밀교통원으로 되어 특위지도자들의 유숙과 안전을 돌보면서 특위와 각 현위를 이어주는 유대 역할을 놀았다.

1931년 봄에 중공연화현위(전해 10월에 중심현위가 현위로 개칭됨)는 연길현위와 화룡현위로 나누어지고 연길현위산하 중공 연길 구위도 연길구, 의란구, 팔도구 3개 구위로 세분되었다. 조기석은 중공연길 구위 제6임 서기로 부임되었다.

당 조직의 신임은 크나큰 힘으로 되었다. 그는 구위의 동지들과 함께 구안의 소영자, 마반산, 북산, 남양동, 와룡동, 관툰, 동거우(東溝), 시거우(西溝) 등지에 가서 기층 당지부를 건립 충실히 하면서 농민협회, 반제동맹, 공청단, 부녀회, 소선대, 호제회 등 군중단체에 대한 지도를 강화하였다. 이해 봄에 그는 유종걸, 유중화 등을 직접 중공당원으로 받아들이고 북산촌 당지부를 건립하였다. 투쟁의 수요에 의해 북산촌 서기를 겸하기도 하였다.

1931년 봄에 구위는 마반산 오암동에서 수백 명 군중이 참가한 군중대회를 소집하였다. 대회에서 조기석은 일본제국주의 침략만행의 실질을 조리 있게 까밝히면서 모두가 힘을 합쳐 싸워야만이 노고대중의 참된 천하를 이룩할 수 있다고 힘주어 말하였다. 대회 후 수백 명 군중들은 악패지주와 친일주구들 집에 몰케가 식량과 재물을 들춰내어 빈고농민들에게 나누어 주었다.

그때 국자가에는 길림성 제4감옥인 연길감옥이 도사리고 있었는데 감옥 안에는 1930년 '5·30폭동'과 추수폭동 등 때에 체포된 수많은 혁명자들이 갇히었다. 중공동만 특위에서는 연길감옥에서 시달리고 있는 동지들을 구출하기 위하여 이 간고한 과업을 중공 연길 구위에 맡기였다. 조기석은 공청단연길 구위 서기 유종걸과 같이 구출방안을 면밀히 짜고 든 뒤 구체적인 사업을 유종걸에게 위임하였다. 유종걸은 조기석의 지시대로 연길사범학교 학생이며 공청단원인 김신애를 통하여 구출방안을 옥중동지들에게 교묘하게 전하였다. 이에 고무된 원 중공왕청현위 제1임 서기 김훈 등은 옥중에 지하당지부를 조직하고 파옥준비를 다그쳤다. 내외가 이어진데서 파옥 준비가 비밀리에 진척되어갔다. 그 나날에 둘째딸 계숙이가 태어났다. 계숙이가 제법 기어 다닐 때 조기석은 딸애가 너무도 고와서 무릎에 올려놓고 재롱을 피우게 했다. 그러면서 계숙이보다 5살이나 이상인 큰딸 계월이는 무릎가에 앉히고 이제 9살이

되는 봄이면 소학교에 다니게 하겠다고 약속하였다. 여자도 공부해야 한다는 의미심장한 말에 아내도 고개를 끄떡이었다.

1931년 가을, 공산당이 지도한 군중적 추수투쟁이 동만 각지에서 일시에 터지였다. 조기석은 부르하통하 동안의 중공해란 구위와 긴급 상의하고 공동으로 강태익, 강상호, 박동우, 원남희, 남동희, 박광춘 등 10명으로 구성된 '소작투쟁위원회'를 뭇고 연합투쟁방안을 작성하였다.

11월 5일, 소작투쟁위원회는 구위의 지시에 따라 연길, 해란 2개구의 수백 명 군중을 이끌어 소영자의 대지주 송보승의 집을 에워쌌다. 소작투쟁위원회의 동지들이 '3·7'제의 정당한 요구를 내놓고 송보승과 담판할 때 소영자 고개 너머의 시거우공안분주소 놈들이 뛰어들어 강태익, 박종우, 원남희, 강상호, 남동희 등 5명을 체포하였다.

이 불행한 소식은 삽시에 연길구와 해란구에 쫙 퍼지였다. 조기석은 구위와 소작투쟁위원회를 통하여 이튿날로 수천 명 군중을 불러일으켜 시거우공안분주소를 겹겹이 포위하였다. 풀이 죽은 공안분주소 소장은 할 수없이 박동우, 남동희 두 대표를 내놓으면서 다른 3명 대표는 현 공안국에 넘기었다고 탄백하였다. 격분한 수천 명 군중들은 조기석의 리면 지도하에 밤도와 횃불을 추켜들고 공안분주소 소장을 앞세우고 호호탕탕 국자가 위현부로 향하였다. 도중에 또 국자가 여러 학교의 청년학생들을 비롯한 수많은 군중들이 가담하니 군중대오는 근 만 명으로 장사진을 이루었다. 선두대열은 국자가 위현부(지금의 진학소학교 자리)에 이르렀는데 후위는 소영자를 떠나지 못하였다. 했으나 혁명자들이 몇 미터에 한 명씩 끼인 데서 앞에서 전한 소식은 잠간 새에 맨 끝까지 전해졌다.

어느덧 근 만 명 대오는 위현부를 2중, 3중으로 철통 같이 에워쌌다.

"농민대표를 내놓으라!"

"현장을 불러내라!"

수천 명 군중은 끊임없이 구호를 불렀다. 그야말로 벽력 치듯 했다. 질겁한 현장은 울며 겨자 먹기로 3명의 대표를 내놓으며 감조감식의 요구를 접수한다고 표시하지 않을 수 없었다. 승리한 군중들은 밤으로 제 지방으로 흩어져 갔는데 때는 이튿날 새벽 1~2시 경이었다. 연길구의 군중들이 그 기세로 송보승의 집에 몰케 가 곡식낟가리를 헤치고 '3·7'제의 비례대로 소작농들에게 나누어 줄 때 흩어진 군중들도 제 마을로 돌아가 지주들에게 더 바친 소작료를 찾아냈다.

새날 11월 7일은 러시아 10월사회주의혁명 승리 14돌 기념일이었다. 어둑새벽에 북산촌에 들어선 조기석은 북산단지부의 공청단원들을 지도하여 조기순의 집에서 밤새껏 수백 장의 선전삐라와 격문을 찍어내고 포스터를 써냈다. 선전문은 밤으로 각 기층단지부에 전해졌다.

사달이 생겼다. 연길사범학교의 학생 한권석이 시가지에 나가 삐라를 뿌리다가 국자가영사분관 놈들에게 체포되었다. 미리 예측하고 사복하고 다니던 놈들은 즉각 행동하여 이 사건에 참녀한 공청단연길 구위 서기 유영효, 사범학교 단지부 서기 채수익, 단구위 선전위원 등 동지들을 수색, 체포하였다. 이날 아침 조기석도 북산촌에서 발각되어 끌려갔다. 다행히 유종걸을 제외하고는 누구도 조기석의 진실한 신분을 몰랐다. 놈들도 낌새를 채지 못하였다. 조기석은 시름을 놓았다. 그는 단추 없는 시뿌연 덧저고리 위에 질끈 띠를 두르고 '머저리' 노릇을 했다. 그가 얼뜨름한 체하며 아침마다 류치장 칸칸의 대소변통을 받아내니 놈들은 짜장 '머저리' 치부를 하였다.

드디어 놈들은 조기석을 내놓았다. 하여 연길구 공청단조직의 일부가 드러났을 뿐 연길구 당 조직은 폭로되지 않았다. 1930년 말에도 처음 검거 된 적이 있었는데 아무런 단서도 쥐지 못한 놈들은 며칠 후에 석방하고 말았었다. 추수투쟁 후에 조기석은 중공동만 특위 선전부장으로 부임하였다.

1932년 봄에 특위에서는 군중적 춘황투쟁을 호소하였다. 춘황투쟁의 주요 내용의 하나가 친일 주구청산이었다. 조기석은 특위의 결의를 받들고 즉각 긴급구위회의를 열었다. 이해 음력 3월 중순 구위에서는 북산의 주구 리창순, 김창국 등 셋을 생명청산한 후 500~600명의 혁명군중을 조직하여 마반산 오암동에 가서 5일간 머무르면서 또 친일주구 5명을 한바탕 투쟁하고 죽여 버렸다.

이 소식은 적들을 놀래었다. 피눈이 된 국자가영사분관의 적 수십 명이 세 대의 자동차에 앉아 살기등등하게 북산과 남양동 등지에 덮쳐들었다. 이날 중공연길 구위 서기 조기석과 추수춘황투쟁의 골간인물이었던 유씨 3부자—중공당원 유중화, 소선대원 유태선, 공청단원 유태봉 등과 리씨 3부자—리병필, 리학산, 리학진 등 10여 명 동지들이 불행히 체포되었다.

북산촌과 남양동(지금의 광진 2대 뒤 골안) 등지의 수백 명 혁명군중은 남양동에 달려가 적수공원으로 동지탈환투쟁을 벌였다. 놈들은 물러서지 않으면 발총하겠다고 호통 쳤으나 4~5시간이 지나도록 남양동에서 한걸음도 움직이지 못하였다. 해가 서산에 뉘엿뉘엿 기울어지자 악이 난 놈들은 과연 총을 쏘아댔다. 그 서슬에 남양동의 무고한 군중들인 정창백, 김병한, 리계활, 리택룡의 아내, 김생규의 아내, 김씨 등 10명이 무참히 쓰러졌다. 그중 김씨는 임신한 여자였다.

1932년 음력 3월 24일, 적들은 조기석 등 동지들을 국자가에서 약 10리 떨어진 연집강가의 소연집강 대성촌으로 끌고 갔다. 여기저기서 체포한 동지들까지 내세우니 도합 28명이었다.

조기석은 맨 앞에서 터벅터벅 걸어갔다. 문득 그는 발길을 멈추더니 수갑 찬 두 손을 높이 들고 적들에게 욕설을 퍼부었다.

"개자식들아, 네놈들이 망할 날이 멀지 않았다!"

"중국공산당은 꼭 승리한다!"

"중국혁명은 꼭 승리한다!"

당황망조한 영사분관 놈들은 총박죽으로 조기석의 입을 들이쳤다. 그는 가까스로 아픔을 참으면서 선지피와 함께 부러진 이발을 놈들의 상판에 대고 뱉었다. 악이 난 놈들은 급기야 조기석의 입을 틀어막았다. 그리곤 조기석 등 28명 혁명동지들을 파산지주 장문환의 사랑채에 몰아넣고 기관총으로 난사하고는 불을 질렀다.

생명을 마감 짓는 순간, 조기석은 불길을 박차고 우뚝 서서 있는 힘을 다해 높이 외쳤다.

"일본제국주의를 타도하자!"

"중국공산당 만세!"

"중국혁명 승리 만세!"

잇따라 27명의 동지들이 목소리를 합치였다.

조기석은 이렇게 이 세상을 떠나갔다. 그토록 총총히 가다보니 조기석은 큰딸이 아홉 살이면 학교에 보내겠다던 약속을 지킬 수가 없었다 …

이튿날 군중들은 비분의 눈물은 쏟으며 잿더미를 헤치고 28명 동지들의 유골을 모아 합장하였다. 이 자리가 지금의 연길시 원홍안향 실현촌 밭 자리이다. 그 후 인민들은 이 합장터를 가리켜 "28명 열사순난지"라고 불렀다.

그로부터 반세기가 지난 1982년 8월 6일 『연변일보』에 필자가 정리한 조기석 열사의 사적이 처음 실리였다. 이어『연변방송』에서도 열사의 사적을 방송하였다. 방송에서 아버지의 이름을 처음 듣게 된 열사의 두 딸－조계숙과 그의 언니 조계월은 흐르는 눈물을 걷잡을 수 없었다. 그때 조계숙은 당시의 화룡현 제3중학교에서 교편을 잡고 있었다. 그 뒤 공개 출판된 『장백의 투사들』 제2집(연변인민출판사 출판, 1985. 4)에도 열사의 전기가 수록되었다.

1991년 4월 5일, 청명 날에 당시의 중공연길시위 서기 장룡준을 비롯한 시위지도일군들과 열사유가족들이 열사들의 수난지를 찾아 성묘하고 추모하였다. 연변 주공상은행 국제업무부의 박남선(30살)은 자기 돈 2000원을 내어 두 주일의 휴식시간을 타서 순난지에 높이 140㎝, 60㎝ 비석을 세워주었다. 비석을 세운 날자는 1998년 6월 28일이다.

《부 록》

　필자가 연변대학조문학부를 다니던 1981년 3월 8일과 5월 25일～필자는 용정에 가서 당년의 공청단연길 구위 서기였던 유영효(유종걸) 아바이를 찾았다. 그것이 연줄로 되어 필자는 유영호 노항일간부와 두터운 인연을 맺게 되었고 수시로 찾아뵈면서 숱한 항일투쟁이야기를 듣게 되었다. 이렇게 수집한 '조기석 열사'의 이야기를 1982년 8월 6일 부 『연변일보』 3면에 처음으로 발표하였다. 『연변일보』의 컬은 『청사에 길이 빛날 조선족혁명선열들』이었다. 『연변방송』에서도 방송된 후 열사의 딸 조계숙을 화룡에서 찾게 되었다. 하여 1983년 10월 17일 오후에 화룡에 가서 조계숙 선생을 만났다. 그 뒤 청명에 조계숙 선생을 모시고 처음으로 28명 항일열사 순난지를 찾게 되었다. 그때 28명 항일열사 순난지는 원 실현촌 북쪽가의 밭 가운데 자리 잡고 있었는데 풀이 엉성한 한 무더기 흙무지에 지나지 않았었다. 그때 엉성한 흙무지를 두고 낙루하던 조계숙 선생의 모습이 내내 잊혀지지 않는다. 당년 열사의 딸들은 너무 어려 아버지의 투쟁사실을 잘 알 수가 없었다.

　1983년 10월 19일에 연변조선족자치주 민정국에서는 연길시에서 항일열사전 『장백의 투사들』 제2집 편찬회의를 열었을 때 '조기석 열사'를 유영효와 연변대학 교원 리주섭이 쓰겠다고 하였

다. 나는 양보해야 하였다. 헌데 제2집이 출판되니 어인 영문인
지 주요한 부분들이 사실과 어긋났다. 1991년 4월 24일 부『연
변일보』 3면 옹근 면에 조기석 열사의 사적이 실렸는데 사실과
어긋나는 곳이 더욱 많았다.

하여 필자는 여러 면의 자료를 연구하고 당년의 취재기록을 자
상히 훑으면서 1998년 8월 21일에 다시 정리하게 되었다. 열사
해당 자료를 구체적으로 제공해준 분이 바로 당년 공청단 연길
구위 서기였던 항일 노간부 유영효 선배였다.

뛰어난 군사지휘관 박길

(1896-1933)

1

연길현유격대의 창시자의 한 사람이며 뛰어난 정치군사지휘관이었던 박길은 1896년 12월 7일(음력)에 함경북도 명천군 아간 면에서 반일독립투사 박증언의 맏아들로 태어났다. 그의 원명은 박윤형인데 박길이란 이름은 혁명 활동에 참가한 후의 변성명이다.

박길의 아버지 박증언은 별명이 호랑이로서 일찍 명천 일대에서 의병운동에 종사하다가 1914년에 가족을 거느리고 두만강을 건너 연길현 동성용에 이주하여 계속 반일투쟁에 몸을 잠갔다. 그는 아들을 나라와 민족을 구하는 성스런 위업에 내세우려고 이국땅 태평촌사립학교에 입학시켰다. 워낙 가정에서 반일사상의 영향을 심히 받은 박길은 학교에서 조선 역사와 지리를 배우면서 애국사상이 날로 커갔다.

1919년에 조선에서 '3·1운동'이 폭발하였다. 그 영향하에서 용정에서도 3월 13일 반일 대시위가 벌어졌다. 그날 박길도 학교의 교원 및 학생들과 함께 용정으로 달려가 반일 대시위에 참가하였다. 그 후 그는 아버지의 알선으로 왕청현 송림동 독립군사관학교에 들어가 군사를 배웠다. 이 학교는 독립군 북로군정서에서 꾸리는 사관학교였다. 이때로부터 박길은 손에 총을 들고 일제를 항격하는 성스러운 싸움에 나섰다.

1920년 6월에 박길은 홍범도가 지휘한 유명한 봉오동전투에 참가하였다. 이때 박길은 최주봉 중대의 소대장이었다.

그 번 전투에서 그는 일제침략군을 봉오동골로 끌어들이는 임무를 성과적으로 해제껴 전투의 승리를 위해 뛰어난 공로를 세웠다. 그 번 전투에서 일제침략군 100여 명이 무리로 쓰러졌다. 그해 10월 박길은 또 일제침략군 수백 명을 요정 낸 화룡현 청산리전투에 참가한 뒤 홍범도독립군 부대를 따라 러시아 연해주 일대로 전이하였다.

러시아 땅에서 박길은 원동홍군과 함께 백파군을 무찌르는 싸움에 뛰어들었다. 그러다가 1921년 6월 '이만사변' 즉 『자유시사변』에서 끌끌한 조선독립운동가들이 러시아 적군(赤軍)에 의해 일대참변을 당한 비극을 겪었다. 그 뒤 그는 불꽃 튀는 사회주의 건설장에서 억척스레 일하면서 그 번 참변의 아픔을 이겨냈다. 그는 볼셰비키 당원들과의 접촉을 통하여 혁명 스승 레닌의 무산계급 혁명학설의 기본 원리들을 알게 되었고 오직 사회주의, 공산주의 길만이 나라와 민족을 건지는 유일정확한 길이라는 것을 알게 되었다.

민족주의자로부터 공산주의자에로의 일대 전변이었다. 박길은 연해주 땅에서 사회주의, 공산주의 사상으로 자기의 이념을 새롭게 정립하고 1925년에 결연히 민족해방을 위한 성전이 치열하게 벌어지고 있는 연변으로 돌아왔다.

2

박길이 화룡 땅에 나타나자 일제 놈들과 그 주구들은 그를 '요시찰인'으로 지목하고 감시하였다. 하나 그 어떤 단서도 쥐지 못한 데서 감히 손을 쓰지는 못하였다. 박길은 놈들의 감시를 피해 가만히 할바령 부근의 장재촌으로 이사한 뒤 그곳 사립학교에서 교편을 잡고 교단을 이용하여 러시아 10월사회주의혁명에 대해서와 사회주의제도하에서 나라의 참된 주인으로 살아가는 소련인민들의 실정을 자상히 소개하였다. 그는 선전 사업과 조직 사업을 까근히 짜고 들면서 1927년 2월에 장재촌에다 '고려공산청년회' 지방조직을 건립하였다. 이 조직의 정치 강령은 마르크스, 레닌의 혁명학설을 따르고 일제침략자들을 조선과 중국에서 몰아내며 무산대중의 철저한 해방을 위해 분투한다는 것이었다. 박길은 이 지방조직의 책임자로 활약하면서 1928년 4월에 용정에 가서 고려공산청년회 동만총회창립대회에 참가하였다. 미구하여 그는 조공당 엠엘파에도 가입하였다.

그 후 박길은 조직의 결정으로 교원 사업을 그만두고 천도철도의 동성용―팔도하자 구간에서 철도부설노동자로 일하면서 노동자들 가운데서 반일선전 사업을 활기 있게 벌였다. 그의 영향과 지도하에 노동자들은 놈들의 측량용말뚝을 뽑아버렸고 철도부설물자들을 파괴하거나 없애버리는 등 방법으로 철도부설진도를 늦추었다.

박길의 활동은 인차 놈들의 주목을 받게 되었다. 지하공작원들을 통하여 놈들이 박길을 체포하려 한다는 정보를 탐지한 조직에서는 박길이를 즉각 피신시키기로 결정하였다.

1928년 가을에 박길은 조직의 배려로 온 가정을 데리고 무사히 연길현 도무거우(지금의 안도현 석문진 경내)로 이사하였다. 박길은 집일을 아내에게 부탁하고 도무거우와 차조구 일대에 혁명의 불씨를 뿌려갔다. 그의 영향하에서 둘째동생 박윤범, 셋째동생 박윤룡, 여동생 박성녀도 모두 혁명의 길에 나섰다.

박길은 1928년 가을부터 1930년 여름까지 기간에 활동무대를 할바령, 돈화, 액목, 관지 등 지구로 넓히면서 이 지구들에 농민협회와 반제동맹 등 조직을 널리 일떠세웠다. 그 후 그는 조직의 지시로 1930년 '8·1길돈폭동'에 참가하였고 이해 9월 중국공산당에 가입하였다.

3

1931년 일제는 '9·18사변'을 일으키고 공공연히 무력으로 동북을 강점하였다. 중공중앙과 중공만주성위에서는 즉각 무장으로 일제침략자들을 항격 할 것을 호소하였다. 이해 12월에 중공동만 특위에서는 연길현 옹성라자에서 동만 각 현 당, 단조직 열성자회의를 소집하고 항일유격대를 조직하며 유격전을 전개할 등 전문결정을 지었다. 1932년 초에 중공연길현위에서는 당, 단 열성자 회의를 열고 상급당의 지시를 전달하면서 적의 무기를 빼앗아 자신을 무장하며 항일유격대를 조직하라고 호소하였다. 회의 후 현안의 의란구, 로투구, 팔도구, 해란구 등지에서는 분분히 적위대, 돌격대, 유격대를 조직하기 시작하였다.

1932년 초에 박길은 중공연길현위 군사부의 지시에 좇아 옹구돌격대를 조직하고 대장책임을 짊어졌다. 그는 돌격대원들을 이끌고 장흥촌의 악질지주 리학순의 집을 습격하여 '앤주총' 2자루를 빼앗아냈다. 그 후 또 복흥촌에 주둔하고 있는 민국보안단의 보총 2자루를 노획하였다.

1932년 여름 중공연길현위에서는 각지에 조직된 무장조직을 토대로 연길현유격대를 조직하고 박길을 유격대대장으로 위임하였다. 박길은 유격대를 인솔하여 현 내 각지에서 활동하면서 적들을 연속 타격하였다.

1932년 음력 5월, 박길은 구국군부대와의 협동작전으로 팔도구 시내습격전을 조직하였다. 이날 밤 아군은 동서남북으로 철사를 끊고 시가지로 돌입하였다. 경찰서와 자위단실은 중점 타격 대상이었다. 헌데 자위단실보초가 아군을 발견하고 발총한 데서 싸움은 치열하게 번져갔다. 이날 한 갈래 대오는 광산자본가 세집에 불을 지르고 상점 등을 충격하여 지까다비(신), 천, 식량 등 숱한 물건을 빼앗았다. 팔도구의 군중 100여 명이 동원되어 노획한 물건들을 이고 지고 싣고 먼저 유격구로 떠났다. 유격대는 뒤에 남아 불질하며 적 몇 놈을 죽이고 동이 틀 무렵 팔도구에서 퇴각하였다.

이해 여름 현 유격대는 일제 놈들이 자위단 20여 명의 호위하에 국자가로부터 백초구로 물품을 운반한다는 정보를 입수하였다. 현 유격대는 박길 등의 포치하에 도중에 매복하였다가 통쾌히 기습하여 20여 대 우차에 실은 밀가루, 통졸임, 사탕류, 쌀 등 전부를 노획하였다. 자위단 놈들은 산지사방으로 도망하기에 바빴다. 유격대는 민회 소와 군중의 소를 돌리고 그날 운반비를 계산하여 주었다. 그날 일본군토벌대가 출동하였으나 유격대의 매복진에 걸려 허다한 살상만 내였다.

이해 가을 일본침략자들은 많은 군대를 집결하여 유격구를 대거 진공하였다. 연길현유격대와 지방유격대, 적위대는 박길 등의 포치와 지도하에서 삼도만 대동구에서 400여 명의 적 '토벌대'와 밤낮 이틀 동안 싸워 적 90여 명을 소멸하였으며 왕우구로 들이 닥친 일본군과 위만군을 저격하여 많은 살상자를 냈다. 유격대는 화련리, 왕우구, 석인구 등지에서 적 '토벌대'와 자위단 놈들을 연속 타격하여 적들의 거듭되는 '토벌'을 물리치고 유격구와 혁명 군중을 보위하였으며 항일유격근거지 창설에서의 걸림돌들을 하나하나 제거하였다.

1932년 10월 말에 박길은 유격대의 한 대오를 이끌어 왕우구에 가서 구소비에트정부건립대회의 보위임무를 수행하게 되었다. 도무거우에서 떠난 유격대는 삼도만을 거쳐 왕우구로 진군하게 되었는데 도중에 식량이 떨어져 사정이 어렵게 되었다. 박길은 대오를 엄격히 단속하여 연도에서 민가의 쌀 한 알, 배추 한 포기를 다치지 못하게 하였다.

유격대는 산짐승을 사냥하거나 산열매로 끼니를 에때웠다. 백성들은 감동되어 감자를 거둬 유격대에 가져왔지만 박길은 받지 않았다. 백성들이 돌아간 후 박길은 이렇게 말했다.

"우리는 노고대중을 위해 싸우는 대오입니다. 우리 힘의 원천은 그들에게 있습니다. 지금 노고대중은 기아에 허덕이고 있습니다. 헌데 우리가 어찌 그들의 식량을 소모할 수 있겠습니까? 그들이 우리를 자기 사람으로 알고 믿는 것을 보노라니 나는 온몸에 힘이 솟구칩니다. 그렇지 않습니까, 동지들!"

박길의 의미심장한 말은 대원들의 마음을 울리었다. 그들은 주린 배를 달래며 행군길을 다그쳐 그 번 임무를 훌륭히 수행하였다.

4

1932년 가을 이후 왕우구, 석인구, 삼도만 등지에 항일유격 근거지가 창설되어 연길현유격대의 책임은 보다 무거워졌으나 유격대는 도처에서 신출귀몰하며 적들을 족치었다.

이해 초겨울의 어느 날 연길현유격대는 박길 등의 지휘하에서 지방을 수비할 병력만 남기고 재차 팔도구시내습격전을 벌였다. 팔도구 7호 촌에서 떠난 유격대는 밤 12시경에 총공격을 개시하였다. 전홧줄 끊기, 경찰서와 자위단실, 상점 습격하기, 자동차와 자본가들 집에 불 지르기, 군중을 동하지 말라고 설복하기-유격대는 각기 분공대로 신속히 움직이었다. 유격대들이 놈들과 싸우는 사이 짐꾼들은 지까다비, 광목천, 방수포, 재봉침 3대, 전지약 등 노획한 물품을 운반하기에 드바빴다. 이날 유격대는 허다한 적들을 살상하고 자본가 몇 집과 자동차 몇 대를 태우고 새날 3시경에 유유히 귀로에 올랐다.

박길은 또 항일구국군을 쟁취하는 사업에도 온 힘을 기울이었다. 중국어에 능한 박길은 직접 삼도만구국군에 들어가서 반일병사쟁취 사업을 벌려 많은 무기와 탄약을 얻어왔다. 또 여러 가지 사회관계를 이용하여 삼도만, 안도현 일대의 삼림대, 홍창회, 대도회 등 부대에 유능한 유격대원들을 파견하여 사업하게 하였다.

1933년 1월, 김순덕이 인솔하는 화련리 적위대 30여 명이 왕우구에 전이하여 연길현유격대에 편입되었다. 이해 초에 연길현유격대는 130여 명으로 늘어나 유격대대로 장성하고 박길이 대대 첫 정치위원으로 임명되었다. 유격대대는 산하에 4개 중대를 두고 제1중대를 삼도만 능지영에, 제2중대를 부암에, 제3, 제4

중대는 왕우구 북동과 남동에 주둔시켰다. 일찍 소비에트 러시아에서 5년간 생활하면서 홍군전사들과 생사고락을 같이하며 홍군의 정치군사경험을 받아들였던 박길은 동지들과 더불어 유격대대를 항일유격전에 적응되는 전투대, 선전대, 공작대로 꾸리기 위하여 최선을 다하였다. 하기에 연길현유격대대는 동만 4개 현 가운데서 전투력이 가장 강한 대오로 신속히 장성하여 갔다.

1933년 초에 일제침략자들은 대량의 병력을 풀어 동만 각 항일 근거지들에 대해 제1차 대'토벌'을 감행하였다. 일제 놈들은 2000여 명의 병력으로 연길현의 왕우구, 삼도만, 석인구 등 항일 근거지를 대대적으로 진공하였다. 음력 1월 20일경에 적'토벌대' 1000여 명이 삼도만의 능지영에 기어들었다. 그때 능지영엔 1개 중대의 정도밖에 안되는 유격대뿐이었으나 박길 등의 교양과 지도하에서 시련을 이겨낸 항일유격대는 온종일 적들을 끌고 다니며 싸운 끝에 적 70여 명을 살상하고 적들을 패주시켰다. 근거지의 부녀들은 밥을 해가지고 진지에 가서 춤추고 노래 부르면서 승리를 경축하였다.

박길은 연길현유격대대 대대장들이었던 박동근, 림승규 등과 함께 적들의 대거진공에 맞서 유인전, 저격전, 습격전, 매복전의 유격전술로 도처에서 적들을 골탕 먹이었다. 때론 대담히 적후에 들어가 적후교란 작전을 벌림으로써 적들을 쩔쩔 매게 하였다. 하여 적들은 연길현 여러 항일유격 근거지들에 대한 제1차 대토벌에서 수치스러운 참패를 당했다. 이런 전과들엔 정위로서의 박길의 알찬 노력이 톡톡히 슴배어 있었다.

박길은 계속 유격대대를 이끌어 팔도구, 의란구, 삼도만 등지를 넘나들며 눈부신 유격활동을 벌려갔다. 이러할 때 연길현 항일 근거지들에도 반 ‘민생단’ 투쟁이란 터무니없는 회오리바람이 세차게 불어치기 시작하였다. 1933년 말에 박진도 이 회오리바람에 휘말려들었다. 그가 ‘민생단’이란 이 억울한 죄명을 단단히 부인해 나선 데서 악질적인 ‘민생단’ 분자란 누명이 더해졌다. 그는 끝내 1933년 12월 초순에 삼도만 동구에서 암해되었다.

그때로부터 반세기 남짓한 세월이 흘렀다. 당 조직에서는 당에 끝없이 충직하였던 항일전사 박길에게 씌어졌던 억울한 누명을 벗겨주었다.

왕청현위 제4임 서기 리용국

(1904-1933)

리용국은 함경북도 성진군 한동리에서 한 소작농의 맏아들로 태어났다. 후에 그는 부모를 따라 정든 고향을 떠나 두만강을 건너 연길현 봉림동에 정착하였다. 그는 봉림동 서당에서 3년간 공부를 하다가 1922년에 무수하 신흥학교 6학년에 진학하였으며 그해에 용정 은진중학교 1학년에 입학하였다.

리용국은 공부도 잘하고 정직하며 말수가 적었다. 그리하여 동무들은 그를 '맹자'라고 불렀다. 그는 학교에서 조기공산주의자들과 접촉하면서 진보적인 서적들을 읽었다. 그때로부터 그에게는 계급의식이 싹트게 되었고 점차 혁명의 길로 나서게 되었다. 졸업을 앞둔 1925년에 그는 선진적 지식인들과 진보적인 청년들이 비교적 집중된 사립동흥중학교로 전학하여 공부하였다. 학교에서 조기공산주의자들의 조직인 '사회과학연구회'에 가입하여 마르크스-레닌주의 진리를 애써 탐구하였다. 그는 학생운동의 선봉으로 활약하는 한편 경상적으로 근로대중과 접촉하였다. 1925년에 중학교를 졸업하고 용정에서 학생운동에 종사하였다. 일제의 잔혹한 탄압은 진보적 단체의 주력으로 활약하고 있는 리용국으로 하여금 더는 국내에서 활동하지 못하게 하였다. 조직에서는 리용국 등 일부 동지들을 소련 연해주에 가서 잠시 피신하도록 지시하였다.

1926년 여름, 그와 다른 두 사람은 훈춘 일대의 두만강연안의 한 음식점에서 요기를 하고 있었다. 이때 낌새를 챈 일본경찰 세 놈이 음식점에 들어왔다. 급한 중에 꾀가 떠오른 리용국은 인차 검댕이를 한줌 쥐여 낯에 바르고는 침을 질질 흘리며 주인에게 시비를 걸었다.

"주인, 만두 값이 얼마요?"

"10전이라고 말했는데 …"

"10전? 5전이라던 것이 어째서 10전이요?"

"하, 이 손님, 10전이라고 했지 내가 언제 5전이라고 했소?"

"그래 아까 10전에 만두 둘이라고 하지 않았소?"

리용국은 머저리노릇을 하며 시비곡직하고 음식점주인과 말다툼했다. 옆에 있던 두 사람도 때를 놓칠세라 덩달아 떠들면서 만두를 서로 빼앗으며 제가 더 많이 먹겠다고 야단쳤다.

이 광경을 보던 일본경찰들은 "제길 이런 놈들이 공산당일 수 있겠는가!"고 두덜거리며 그만 돌아섰다.

1927년 봄에 리용국은 연해주를 떠나 북만을 거쳐 동만에로 돌아왔다. 그는 봉림동에 가서 아내 김영식 그리고 동창생 김진이와 같이 혁명의 씨앗을 뿌리기 시작하였다. 얼마 안되어 마을의 진보적 청년들을 재빨리 '청년회'에 묶어세웠다.

당시 봉림동 일대에는 서당이 있었을 뿐 학교란 없었다. 많은 아동들과 청년들은 학교 문에도 가보지 못하였다. 리용국은 학교를 세워 글을 가르치며 인민군중의 각성을 깨우치려고 작심하였다.

처음 사람들은 학교란 말에 습관 되지 않아 선뜻 호응하지 않았다. 리용국 등 동지들은 사람들이 모인 곳에로, 또 집집마다 돌아다니며 교육의 중요성과 자식들을 공부시켜야 할 절박성을 애써 피력하였다. 간고한 노력 끝에 마을군중들의 마음이 합치되었다. 동골과 서골의 군중들은 의연금을 모아 초가삼간을 짓고 '사립대동학교'란 간판을 내붙였다. 학교는 신속히 근 200명을 가진 6년제 학교로 늘어났다. 학교의 교원들은 거개가 리용국이 알선하여 데려온 지하혁명자들이었다. 저녁이면 그들은 학교를 야학실과 정치 강습소로 꾸리고 마을사람들을 모아놓고 글을 가르치며 계급의식을 깨우쳤다.

리용국은 늘 야학실에 나가 선동연설을 하였다.

"망국노의 설움에 부대끼는 우리 조선 사람들은 중국 사람들과 마찬가지로 비참한 생활을 하고 있습니다. 살길을 찾아 간도 땅으로 들어왔어도 여전히 등이 시리고 굶주리는 것은 무엇 때문이겠습니까? 운명 때문입니까? 아닙니다. 이것은 손 한번 까닥이지 않고도 흔전만전 먹고 마셔대는 봉건통치배들과 일본제국주의자들이 우리를 억압하고 있기 때문입니다. 이 간악한 무리들을 없애지 않고서는 근심걱정 없이 살아보려는 우리들의 염원을 이룰 수 없습니다."

그는 가슴을 치면서 열변을 토했다. 논리정연하고 설득력 있는 그의 연설은 대중의 마음속에로 흘러들었다. 뿐만 아니라 리용국은 학교로부터 야학에 이르기까지 가지가지 지도를 주며 동지규합에 전력을 다하였다. 그의 주위에는 언제나 봉림동과 룡암동 및 그 일대의 선진청년들이 모여 있었다. 마을에는 선후하여 농민협회, 소년회, 부녀회 등 군중단체가 조직되었고 혁명의 불길이 도처에서 타올랐다. 리용국의 영향 밑에서 그의 아버지와 어머니 그리고 그의 아내와 여동생 등 온 집식구가 선참으로 이 거창한 투쟁에 휘말려 들었다. 이렇게 되자 봉림동 일대를 주시하고 있던 적들은 리용국을 붙잡으려고 도처에다 정탐을 풀어놓았다.

1930년의 어느 날, 지하공작에 나섰던 리용국은 공교롭게도 사복경찰들과 맞띠웠다.

"저 놈이 리용국이 아닌가?"

리용국에게서 음흉한 눈깔을 떼지 않던 한 경찰 놈이 저들 패거리를 몰아가지고 그의 앞을 막아 나섰다.

"네가 리용국이지?"

"리용국? 난 리용국이 아닌데요."

"네가 리용국이 아니면 그래 누구냐?"

"나는 저 동네에 사는 사람입니다."

"잔말 말아, 그래 뭘 하러 쏘다니는 거냐?"

"저, 아버지가 사경에 이르러 이렇게 뛰어다니오 … 흑흑 …"

리용국은 어린애처럼 눈물을 뚝뚝 떨어뜨리며 서럽게 우는 시늉을 했다. 경찰 놈들은 어안이 벙벙해졌다. 그럴듯한 연극에 깜짝 속히운 놈들은 대가리를 외로 꼬더니 그를 놓아주었다. 간고한 지하혁명투쟁의 시련 속에서 리용국은 적들을 속여 넘기는 투쟁예술도 배워내었다.

1930년 6월, 리용국은 중국공산당에 가입하였다. 그는 봉림동에 남아 동만 각지를 이어주는 통신기관-중공봉림동특별지부를 지도하여 투쟁을 견지하다가 연화중심현위가 연화현으로 된 때에 공청단연화현위 서기로 사업하게 되었다. 봉림동은 인차 연화현의 공청단 사업의 중심지로 되었다. 단 사업의 중요성과 비밀문건들이 봉림동으로부터 지하교통망을 통하여 재빨리 연화현 내의 동지들에게 전해졌다.

1930년 초겨울에 리용국은 공청단동만 특위 서기의 중책을 짊어졌다. 그는 동만 4개 현의 공청단 조직을 틀어쥐고 광범한 청년들을 반일투쟁에로 적극 이끌었다.

1932년 이른 봄, 리용국은 중공왕청현위 서기로 부임되었다. 왕청에 간 후 그는 선참으로 동지들을 찾아 현의 구체 실태를 요해하였다. 그리고 또 왕청현 당, 단현위연석회의를 소집하고 항일무장투쟁을 전개하라는 중공동만 특위의 지시를 관철하였다. 그는 동지들과 함께 그해 초에 왕청유격대를 기초로 하고 무장탈취투쟁을 활발히 전개하는 한편 근거지건설을 힘 있게 밀고나갔다.

1932년 가을, 소왕청항일유격 근거지가 점차 형성되었다. 당에서는 근거지내에 인민의 정권을 건립해야 한다고 지시하였다. 당의 지시를 받들어 리용국은 소비에트정부를 수립하기 위해 선전대를 무어 현 내 각지에로 보냈으며 자기도 기층 조직들에 내려가 사업을 지도하였다. 그들의 피타는 노력을 거쳐 제5구 소비에트정부가 사수평에서 선참으로 건립되었다. 11월에 이르러 또 마촌, 쟈피거우, 대감자, 대소왕청골안, 류수하 등 지구의 투쟁을 지도하는 제2구 인민정권-소비에트정부가 마촌에서 건립되었다. 제2구 소비에트정부를 수립하던 날 리용국은 마촌으로 모여 온 각지 대표와 유격대원들에게 일본제국주의를 쳐부수지 않으면 망국노가 되는 길을 피면하지 못한다고 하면서 모두가 소비에트 두리에 뭉쳐 끝까지 싸우자고 호소하였다. 그는 경상적으로 정부에 나가 보기도 하고 정부 산하의 반일자위대, 아동학교, 유치원, 병원, 피복공장, 철공장 동지들을 돌아보며 불요불굴의 투쟁을 전개하였다.

투쟁의 길은 평탄하지 않았다. 1933년 초에 이르러 얼토당토하지 않은 반 '민생단' 투쟁이 소왕청 근거지에서 전개되어 견실한 혁명자들이 '민생단'으로 몰렸거나 처단되었다. 당 조직은 파괴되고 험악한 공기가 떠돌았다. 사태를 수습하지 않는다면 형언할 수 없는 난국에 봉착하게 된다. 처음에 오유적인 당내의 '좌'적 노선을 집행하여야만 했던 리용국은 그 이상 침묵을 지킬 수 없었다. 그는 개인의 안위를 고려하지 않고 결연히 역풍을 맞받아 싸웠다. 기아에서 허덕이는 부모처자를 버리고 일본제국주의를 반대하는 가열처절한 투쟁에 궐기한 동지들이 '민생단'일 수 있겠는가, 그는 역사적으로, 사상 정치적으로 따지고 들며 변호하여 일부 동지들을 '민생단'의 혐의에서 해탈시켰다. 구원된 동지들은 리용국 서기가 아니면 자기들은 구원될 수 없었을 것이라고 하면서 감격에 겨워 말했다. 그런데 이것이 도리어 '죄'로 될 줄을 몰랐다.

험악한 공기가 가실 줄 모르던 어려운 그 나날에 왕청현과 연길현과의 접경지대에 위치한 연길현 왕우구 윗마을의 한 빈 집에서 리용국이 사회한 당의 비밀확대회의가 열리였다. 그런데 왜놈 토벌대가 불시에 덮쳐들어 회의에 참가한 13명 동지들의 처지는 그야말로 위태롭게 되었다. 동지들의 시선은 모두 리용국에게 집중되었다. 순간도 지체할 수 없는 시각에 그는 집토벽을 밀고나가라고 명령하였다. 13명 동지들이 힘을 합쳐 일시에 뒷면의 토벽을 밀자 벽 한 모퉁이가 뭉청 무너져나갔다. 쿵 하고 소리가 난 후 아무런 동정이 없다고 괴이쩍게 여긴 적들이 어슬렁어슬렁 빈집에 다가섰을 때는 우리 동지들이 가뭇없이 집 뒤 수림 속으로 언녕 자취를 감춘 뒤였다.

때가 바로 일본제국주의가 소왕청 근거지를 단번에 압살하려고 발악적으로 달려들던 1933년 봄이었다. 이런 때에 적의 포위를 헤쳐 나간 리용국 등 13명 동지들은 '민생단'의 혐의를 쓰고 내부의 감시를 받아야 했다. 리용국의 가슴은 터지는 것만 같았고 전선에 달려가 반'토벌' 전투에 참가하지 못하는 것이 안타까웠다.

1933년 4월경에 상급 당에서 한 지도자가 중공동만 특위와 왕청현위의 소재지인 소왕청 근거지로 내려왔다. 사업을 검사하며 보고를 듣던 그는 왕청 당, 정, 군의 적지 않은 사람들을 믿을 수 없다고 하면서 한차례 정돈을 진행할 것을 극력 요구하였다. 결과 리용국은 현위 서기 직무를 해임당하고 10여 명 동지들과 함께 마촌 앞에 있는 대리수구 골안에 가서 내부의 첩첩한 감시를 받으며 유격대실을 짓는 노동에 참가해야 했다. 그들이 짓는 집은 적의 토벌대가 와도 끄떡없을 견고한 귀틀집이었다.

실로 숨 막히는 나날이었다. 리용국은 전우들과 함께 날마다 산에 올라가 도끼로 아름드리나무를 찍어 내렸다. 그리고는 아름드리 통나무들을 쇠파리에 실어 목적지까지 운반하였다. 여름철이 닥쳐와 땀이 흥건한 몸에 숲 속의 잠태, 등에들이 매달려 말이 아니었다. 그러나 혁명투쟁에 몸 바쳐 나선 리용국은 비관하지 않았고 날마다 대자연의 아름다움에 도취되어 잠시나마 심리상 고통을 잊곤 하였다. 때로는 푸른 하늘을 비껴 안고 조잘조잘 흐르는 개울물을 이슥토록 지켜보며 사색에 잠기기도 하였다.

어느 날 리용국은 또 개울가에 나섰다. 이때 고향에서 온 한 친구가 뒤에서 불쑥 나타나더니 다짜고짜로 달아나자고 그를 끌었다. 민생단이란 이 억울한 누명을 쓰고 참고 나가는 고향친구였다. 리용국은 혁명을 중도에서 그만둘 수 없다고 하면서 준절히 그를 타일렀다. 당원으로서 앞으로 내달리다가 죽을지언정 뒤로 물러서 살고 싶지는 않다는 신조였다.

그는 '민생단'의 누명을 쓴 이상 수시로 이 세상을 하직할 수 있다는 것을 모르는바가 아니었지만 조직에서 아무 때든 억울한 누명을 벗겨줄 날이 있을 것이라고 굳게 믿었다. 이런 신념으로 그들은 낮에는 죽도록 일하고 저녁이면 또 귀틀집으로 들어갔다.

후에 넓다란 유격대 활동실이 덩실하게 솟아올랐다. 하건만 '민생단'감투는 벗겨질 줄 몰랐다. 그해 여름에 훈춘현 대황구 항일근거지에서 훈춘유격대대 정위 '박두남사건'(이른바 민생단사건)이 있은 뒤의 정세는 더욱 악화되었다.

1933년 9월경의 어느 날 마촌 앞 물 건너 리수구 어구 등판에서 군중대회가 열리였다. 리용국 등 13~14명의 동지들은 왕명 좌경노선의 피해로 '민생단'의 누명을 쓰고 억울하게 암해 당하였다. 그들은 모두가 왕청현의 당, 정, 군의 주요 동지들이었다. 리용국은 암해당할 때 평생의 힘을 다해 "중국공산당 만세!" 하고 높이 외쳤다.

해방 후 중공왕청현위에서는 그의 역사를 다시 조사한 후 그의 명예를 회복시키고 혁명열사로 추임 하였다.

별동대 대장 리광

(1905-1933)

20세기 30년대 초기 라자구주둔 항일구국군 오의성부대에는 '별동대'라고 부르는 한 갈래 항일무장대가 활동하고 있었다. 이 별동대의 대장은 원근에 명성이 뜨르르한 공산당원 리광이었는데 그의 본명은 리명춘이고 1905년 12월 29일에 화룡현 노루바위골(오늘의 용정시 동성용진 동명촌)에서 화전민 리주평의 장자로 태어났다.

1

리광의 아버지 리주평은 애국심이 강한 민간중의였다. 리광은 이런 아버지한테서 철모르던 그 시절에 벌써 천자문과 조선글을 깨치기 시작하였다. 그는 9살 때에 마을의 서당에 들어가 구학을 열심히 공부하다가 연길현 제2소학교에 입학하여 계속 공부에 전력하였다. 그는 소학교 6년 과정을 4년에 마무리고 연길사범학교에 들어갔다. 사범학교를 마친 후에는 모교인 제2소학교에 가서 교편을 잡았다.

연길현 제2소학교는 용정에 설치되었다고 한다. 당년의 용정은 간도조선인의 정치, 문화의 중심지로서 이곳엔 조선의 반일지사들과 조선인공산주의자들이 많이 드나들었다. 리광은 이런 환경속에서 교편을 잡으면서 혁명의식을 키웠고 조공당계통의 고려공산 청년회 공청원으로 활약하였다. 그는 조직의 지시로 학생청년들 속에 뿌리를 박고 마르크스-레닌주의 진리를 터득시켜갔다.

1928년에 리광은 조직의 파견을 받고 일가노소와 더불어 왕청현 북하마탕의 후하툰으로 이사하고 교편을 잡았다. 이해 추석에 주변 8개 학교들에서는 힘을 합쳐 북하마탕 대방자에서 성대한 운동회를 가지였다. 이날 운동회에 앞서 웅변대회가 있었는데 리광이 수백 명 학생들 앞에서 열변을 터뜨렸다. 그의 열변은 시종 하나의 중심-반일사상으로 차고 넘쳤다. 그때까지 리광은 본명대로 리명춘이라고 불렀는데 지하활동에 종사하고 있은 데서 리광으로 변성명하고 축구경기에 나섰다고 한다.

리광은 적들이 주시하는 인물로 되었다. 그래서 리광은 길림행을 맘먹었다. 그는 소학교 시절에 독립군들의 심부름으로 길림에 몇 번 다녀간 적이 있었다. 그 번 길림행에서 리광은 동지들의 소개로 길림에서 혁명 활동을 하고 있는 동지 김일성을 알게 되고 두터운 우정을 맺게 되였다. 돌아오는 길에 리광은 무송에 들러 김일성의 어머님을 찾아 보였다. 그는 며칠 동안 강반석 여사를 동무해 드리다가 왕청으로 돌아왔다.

왕청으로 간 후 리광은 하마탕으로 옮겨 앉았다. 그때 하마탕향 향장은 중국인혁명가 호택민이었다. 호택민은 리광의 사람 됨됨이를 보아내고 그한테 향정부의 문서직을 맡기였다. 1929년에 호택민은 지대를 옮기게 되자 리광을 향장으로 추천하였다. 리광은 중국어에 능통한데다가 매사에 민중의 생활고를 깊이 헤아린 데서 조, 한족 민중은 이 20대의 향장을 한맘으로 믿어주었다.

리광은 길림에서 돌아온 후 동지 김일성가정과의 거래를 끊지 않았다. 강반석 여사가 안도에 계실 때 리광은 첩약과 돈을 마련해 가지고 수차 안도현 소사하 홍릉촌에 찾아갔다.

1929년 겨울에 리광은 김일성을 만나려고 다시 길림으로 갔다. 그때 김일성이 투옥된 뒤여서 모처럼 상봉을 이루지 못하고 리광은 숙박집을 찾았다. 마침 객줏집 접대부 공숙자는 길림시로 찾아드는 청년들과 김일성을 이어주는 지하연락원이었다. 이것이 계기로 되어 공숙자는 훗날 리광의 두 번째 아내가 되었다.

리광의 첫 번째 아내는 김어린녀였다. 연길현 고성자출신이었는데 둘 사이의 금슬이 좋은 모양이었다. 하기에 리광은 김어린녀를 생각하며 일생을 홀아비로 살려고까지 하였다. 김일성이 장가를 들라고 극구 권고하였으나 그리 쉬운 일이 아니었다. 리광은 아내의 3년 상을 치른 후에야 공숙자와 가정을 이루었다. 마음씨 곱고 현숙한 이 여인은 불행하게도 아이를 낳지 못하였는데 전처의 자식들을 친자식처럼 키웠다.

리광은 향장으로 부임한 후 향장이란 이 합법적인 신분으로 자기를 은폐하면서 혁명 활동에 두각을 내밀었다.

1930년 가을에 하마탕 일대 지하공작자 수명이 당지 보안단에 체포되었다. 리광은 보안단에 가서 향장의 신분으로 보증을 서고 그들을 구출하였다. 그해 11월 초에 리광은 당 조직에서 준 과업을 맡고 백초구에 가서 흰 종이를 구해오다가 '빨갱이'혐의로 보안단에 체포되었다. 이에 당지 조선인과 중국인들은 당 조직의 배후지도 밑에 보안단에 몰케 가 리광 향장을 내놓으라고 떠들었다. 어쩔 수 없는 보안단 우두머리는 아무 단서도 잡지 못한데다가 리광의 민중위신에 놀라 7일 만에 그를 내놓고야 말았다.

2

1931년에 리광은 중국공산당에 가입하였다. 이해 겨울에 중공 동만 특위에서는 옹성라즈에서 동만 당, 단 연석회의를 열고 동만 각지에서 보편적으로 항일유격대를 건립할 것을 호소하였다. 리광은 채수항, 김일환, 량성룡, 오빈, 오중호, 김철 등 동지들과 함께 이 회의에 참가하였고 김일성과 뜨거이 상봉하게 되었다. 중공왕청현위에서는 이듬해(1932년) 초에 전문 회의를 열고 옹성라즈 회의정신을 시달하면서 현위 군사 부장 김명균한테 이 과업을 맡기었다.

1932년 초에 소왕청마촌에서 김명균이 주최한 현 당위확대회의가 열리었다. 리광이 김철, 량성룡, 김호, 리응만, 장룡삼 등과 함께 이 회의에 참가하여 유격대의 간부선발, 무기, 훈련 등 문제를 토의하였다. 이어 소왕청마촌에서 한 달을 기한으로 하는 군사강습반이 열리었다. 이 강습반에 참가하였던 리광은 또 김철, 김호, 량성룡, 장룡삼, 리응만 등 7명과 모여앉아 항일유격대 건립문제를 전문 연구하였다.

1932년 4월, 중공왕청현위 군사부에서는 소왕청 최창호네 물방아간에서 리광, 김철 등 한패의 동지들이 참가한 회의를 소집하고 김철을 대장으로 하는 왕청현 항일유격대의 창건을 선포하였다. 유격대의 첫 대원은 12명이었다. 회의에서는 또 리광, 동동순, 김은식, 황진 등 9명을 구국군 오의성부대에 파견하여 반일병사 사업을 하기로 결정하였다.

　당년의 오의성은 왕덕림을 총지휘로 하는 ‘동북국민구국군’(일명 ‘중국국민구국군’ 산하 전방사령인데 라자구에 주둔하고 있었다. 이 구국군부대 참모장은 공산당원 주보중이고 부대 전적사령부 참모장은 공산당원 호택민이었다. 이해 봄에 호택민의 제의에 의하여 전적사령부에 리광을 대장으로 하는 ‘별동대’가 라자구에서 조직(1931년 가을 이후 이미 별동대가 조직되었다는 자료도 보인다.)되었다. 오의성은 조선 사람으로 이루어진 부대는 시기상조라면서 그리 믿어주지 않았다. 하기에 호택민이 리광에게 권총 한 자루를 주었을 뿐 다른 11명 대원에게는 아무런 무기도 없었다.

　리광은 활동의 편리를 위하여 하마탕의 집을 라자구의 태평구로 옮기였다. 그의 집은 태평구 본 부락 강기슭의 올리막경사지에 외따로 떨어져 있었다. 집 옆에 용두레우물이 있었기에 사람들은 용두레집이라고 불렀다. 후에 안도로부터 왕청현으로 온 김일성은 태평구의 리광네 집을 자주 방문하면서 우정을 깊이 하였다. 그만큼 리광의 집은 동지들이 가끔 머무르는 비밀 아지트로 되었는데 주보중, 진한장, 호택민, 왕윤성 등 동지들도 머무른 적이 있었다.

　리광은 적수공권으로 무어진 별동대를 이끌고 무기탈취투쟁을 맹렬히 벌였다. 그들은 남하마탕, 쌍하진, 묘령 등지에서 악질지주를 습격하여 무철대와 베로단 등 외발베기총을 빼앗았다. 요영구, 소왕청, 남하마탕 등지에서는 경찰분서와 악질지주를 습격하여 정규적인 무기를 탈취하였다. 그중 일례로 이해 5월에 리광 별동대는 현 유격대와 함께 남하마탕 다리목에서 위만군의 한 수송대를 습격하여 적 한개 패를 소멸하고 30여 자루의 보총과 10여 상자의 탄알을 노획하였다. 하여 별동대는 인차 20여 명으로 늘어났고 대원 모두가 총을 메게 되었다.

1932년 6월 22일, 왕청현유격대와 별동대에서는 쌍하진 일본 수비대가 용수 동남구에 가서 무고한 민중 24명을 살해했다는 비보에 접하였다. 리광은 지체 없이 별동대를 이끌어 대북구 어구에 숨어들었다. 현 유격대와 룡수동 적위대가 배합하여 나섰다. 이날 쌍하진 일본군수비대는 라자구에 갔다 오던 도중 대북구 어구에서 아군의 불의습격을 당해 20여 명이 황천객으로 되어 마땅한 징벌을 받았다.

1932년 추석을 며칠 앞둔 어느 날 리광의 별동대 30여 명은 왕청현유격대와 배합 작전하여 마록구에서 위만군 수송대의 우마차 10여 대를 습격하여 적 10여 명을 요정내고 보총 13자루와 많은 식량과 부식물을 노획하였다. 이 전투가 있은 후 리광은 총을 전방사령부에 가져갔다.

이 사실은 오의성을 놀래었다. 그는 별동대가 시초의 12명으로부터 70여 명으로 장성(특위직속 '별동대'로 됨)한테 탄복한 나머지 조선 사람은 과연 대단하다면서 리광을 구국군 전적(前敵) 사령으로 임명하고 자기가 직접 리광에게 싸창 4자루와 말 2필, 군복 등을 내주었다.

리광은 구국군전적 사령으로 되었지만 자기의 대오-별동대는 중공동만 특위의 직속별동대라는 것을 한시도 잊지 않았다. 그는 구국군 내의 성망 높은 장관들과 의형제를 맺었고 구국군전사들을 형제 혹은 노형으로 부르면서 구국군장병들을 항일의 싸움터로 이끌기에 최선을 다하였다.

3

1932년 동짓달에 일제토벌대는 대북구의 구국군본영을 세 차례나 진공하였다. 그때마다 리광은 별동대를 지휘하여 앞장서 일본군의 진공을 물리치고 많은 적을 소멸하였다. 이번 전투에서 리광은 부상을 입고 치료하는데 적들은 별동대와 항일구국군을 소멸하기 위하여 민족이간정책을 실시하였다. 별동대의 거개가 조선인들인 데서 토벌대 놈들은 '토벌'을 나갈 때마다 고의적으로 중국인들의 집에 불을 놓고는 조선인 유격대가 한 것이라고 떠들었다. 이런 일이 거듭되자 중국인들은 차츰 조선인들을 경계하며 멀리하였다. 자칫하면 조선인이 다수인 항일유격대와 중국인이 다수인 항일구국군 사이에 충돌이 생겨날 판국이었다. 험악한 사태 앞에서 리광은 편안히 누워서 상처를 치료할 수 없었다. 그는 치료도 마다하고 사처로 다니며 적들의 이간책동을 폭로 규탄하였다. 리광은 중국인들과 결의형제를 맺으며 적들의 음모를 한번 또 한번 파탄시켰다.

리광의 존재는 일본침략자들에게 있어서 눈에 든 가시와 같았다. 하여 한때 "리광을 생포한자에게는 상금 2000원을 당장에서 발급한다.", "리광을 죽이는 자에게는 상금 1000원을 당장에서 발급한다.", "리광이 귀순하면 높은 벼슬을 준다."는 등 따위의 현상광고가 각지에 나붙었다. 지어는 비행기로 살포하기까지 하였다.

1932년 4월부터 11월에 이르는 사이 리광이 거느린 별동대는 현 유격중대와 더불어 빈번히 출격하였다. 그들은 주요하게 일본군, 위만군, 경찰소, 자위단, 악패지주 장원 등을 습격하여 적을 타격하고 우리 항일대오를 늘이면서 미래 보다 큰 규모의 전투를 위해 튼튼한 토대를 마련하였다.

1932년 가을 이후 소왕청에 항일유격 근거지가 형성되었다. 중공동만 특위와 왕청현위가 이 근거지에 자리 잡았다. 따라서 적들은 소왕청 근거지를 중점 토벌 지구로 확정하였다.

1933년 3월, 정찰원 최선옥으로부터 지급정보가 왔다.

"연길현우전국 여전화원의 보고에 의하면 일본군은 연길, 훈춘, 화룡, 왕청 등지의 토벌대를 규합하여 약 3000명의 병력으로 몇 갈래로 나누어 왕청 소비에트 구역을 포위 토벌할 준비태세에 있다."

중공동만 특위 서기 동장영은 인차 해당 긴급군사회의를 열고 대책을 강구하였다.

1933년 3월 30일, 일본군과 위만군 3000여 명이 일본군려단장 가메오까 무라이찌 소장의 지휘 밑에 왕청의 대두천과 마촌 일대를 진공해 왔다. 미리 대기하고 있던 항일유격대와 구국군 1000여 명은 유리한 지형과 전호에 의거하여 적들의 진공에 대처하였다. 리광과 그의 별동대는 대두천 방향으로 침입하는 적을 막아 싸웠다. 적들은 대포와 비행기까지 동원하였다. 1000여 명 구국군부대는 유리한 지점에서 적들을 연속 답새겼다. 별동대는 위만군 한 개 중대를 전멸시키고 그 전부의 무기를 노획한 전과를 올리었다. 이날 전투에서 아군은 적 여 단장과 일본군, 위만군 근 200여 명을 소멸하고 근거지를 지켜내었다.

전투가 끝난 후 별동대는 싸움터를 정리하다가 솔밭 속에서 한 대의 자동차를 발견하였다. 보고를 접한 리광이 현지로 가보니 차에는 탄약상자가 만재하고 자동차의 발동기가 파괴되어 있었다.

리광은 여기에 영문이 있다고 생각하고 주위를 샅샅이 뒤져보게 하였다. 과연 동림하 강변에서 일본인 병사의 시체하나가 발견되었다. 시체 옆의 돌 밑엔 일본어로 씌어진 한 장의 쪽지가 있었다.

친애하는 중국유격대동지들:

나는 산골짜기에 살포되어 있는 당신들의 삐라를 읽어보고 당신들은 공산당의 유격대라는 것을 알게 되었습니다. 당신들은 애국주의자이며 국제주의자입니다. 저는 당신들과 어깨겯고 공동의 원수를 족치고 싶었습니다. 하지만 전 파쇼야수들에게 포위되어 갈 길이 없었습니다. 저는 자살하기로 결심했습니다. 내가 자동차로 운반하여온 탄약 10만 발을 당신들께 드립니다. 그것은 북쪽 소나무숲 속에 감추어 두었으니 당신들이 이 탄알로 일본파쇼를 향해 용감히 사격하십시오. 저의 몸은 죽지만 정신은 영생할 것입니다. 당신들의 신성한 공산주의위업이 하루속히 성공되기를 축원합니다.

관동군 간도일본수비대
일본공산당원 이다스께오
1933년 3월 30일

리광은 숙연한 기분에 휩싸였다. 한 일본공산당원의 고결한 국제주의정신은 리광을 고무했고 별동대를 고무했고 온 근거지를 고무하였다. 근거지의 군민들은 이다스께오 열사의 유체를 이날의 전투에서 희생된 우리의 동지들과 함께 장례를 지내주고 추도식을 장중히 가지었다.

추도식이 있은 뒤 근거지의 청년들이 너도나도 입대를 청원하였다. 며칠 사이에 별동대의 인수는 배로 늘어났다.

4

당년 동녕현 노흑산 일대에는 ‘동산호’(同山好)라고 일컫는 토비무리가 있었다. 이자들은 도처에서 별동대의 이름으로 노략질을 일삼았다. 게다가 왜놈들에게 매수되어 그 영향이 대단히 악렬하였다.

이럴 즈음에 동산호 쪽에서 리광에게 청첩이 왔다. 청첩에는 별동대를 자기의 수하에 편입시킬 테니 로흑산에 와서 담판을 하자는 내용이 씌어졌다. 리광은 청첩의 내용은 믿기 어렵지만 그래도 가야 한다고 생각하였다. 동산호 토비무리는 어차피 해결해야 할 과제였었다.

1933년 5월 초에 리광은 끼끗한 조, 한족 10명으로 구성된 별동대기병대를 데리고 로흑산 삼도구로 떠나게 되었다. 그때 리광의 가족은 로흑산으로 가는 길목인 물방아 골에 있었지만 리광은 가족과 만나려하지 않았다. 그만큼 노흑산 행차가 중하였다. 헌데 동지들이 리광의 이름으로 그의 아내 공숙자(지하공작원)한테 남몰래 통지한 데서 공숙자는 동서 김명숙과 함께 밤을 새우며 시루떡을 만들어 가지고 아들 리보천(10살), 시동생 리춘익(11살)을 데리고 길목에서 기다리고 있었다.

오래간만의 상봉, 리광은 두 아이를 한품에 그러안고 다독이며 아내한테 말을 건네었다.

“지하공작에 수고가 많았겠소. 부모님께서는 무고하시오?”

아내는 머리를 끄떡이며 집에 잠간 들러 갈 수 없겠느냐고 조심스럽게 물었다. 큰아들을 애타게 기다리는 시부모님이 측은하여서였다. 동지들도 한사람 같이 입을 모아 간청한 데서 리광은 대답할 수밖에 없었다.

이 소식은 그 부근의 지하공작원들을 감동시켰다. 김용산, 김춘산, 김만석, 김금자, 한경숙 등 지하공작원들은 자진하여 보위를 맡아주었다.

어스름이 깃을 편 후 리광 일행은 물방아 골에 들어섰다. 리주평 노인은 다짜고짜 아들의 바지를 헤치고 다리의 상처를 쓸어보는 것이었다.

"바쁜 길이겠는데 들려줘서 반갑다. 상처가 아물기는 했어도 보양을 잘해야겠는 데 근심되는구나!" 그리곤 긴 한숨을 내쉬는 것이었다.

"웬걸요. 상처가 다 낳았을 뿐더러 이전보다 더 튼튼해졌는데요."

리광은 완치되지 않은 다리를 내보이며 말하곤 아들과 동생의 머리를 쓰다듬으며 말을 이었다.

"나는 집식구들이 보고 싶을수록 원수들을 더욱 미워했단다. 그놈들을 빨리 물리쳐야 집에 돌아와 집식구들과 행복하게 살 수 있을게 아니냐?"

헤어질 시각이 다가왔다. 기약할 수 없는 길에 나선 리광, 집식구들은 너나없이 길에서 조심하라며 리광의 손을 꼭 잡았다. 리광은 일주일가량이면 돌아온다며 길을 다시 조였다. 이것이 영원한 이별로 될 줄이야 누가 알았으랴.

리광 일행은 그 길로 노흑산 삼도구로 갔다가 놈들의 올가미에 걸려들었다. 야수보다 못한 '동산호'는 70여 명의 토비무리를 시켜 리광 등을 결박해 놓고 10명 동지를 밖에 끌어내다가 기관총으로 난사하였다.

동산호는 리광한테로 다가섰다.

"당신은 걸출한 사람이니 죽여 버리기는 아깝다. 당신이 귀순하기만 하면 높은 벼슬을 주어 부귀영화를 누리게 할 것이다. 항거하면 즉석에서 목을 자르겠다."

리광은 역겹기만 하였다. 그는 목소리를 가다듬어 비열한 동산호를 꾸짖었다. 리광의 질책은 동산호를 단가마에 올려놓았다. 덴겁한 동산호는 리광의 목을 자르라고 고래고래 소리 질렀다. 리광은 이렇게 29살을 일기로 불행히 희생되었다.

불행 중 다행이라 할까, 기관총 난사를 받은 동지들 중 두 대원이 구사일생으로 살아났다. 밤중에 그들은 탈출에 성공하여 희생된 리광 등 9명 동지들의 전말을 부대에 알리었다. 비분에 젖은 전우들은 총을 으스러지게 부여잡았다. 그 뒤 별동대 대원들은 왕청현유격대에 편입되었고 일본군의 주구 '동산호'는 수치스런 끝장에서 벗어나지 못하였다.

현위 서기, 전사 오빈

(1904-1933)

오빈은 일명 오학섭으로서 조선 함경북도 온성군 남양면의 한 청빈한 농가에서 태어났다. 그의 아버지는 오의선이라고 불렀는데 후에 화룡현 월청구 걸만동(지금의 도문시 월청진 걸만촌)으로 이주하였다가 다시 연길현 차조구(지금의 안도현 석문진)로 옮겨 앉았다.

차조구에서의 생활도 그 상이 장상이었다. 오의선은 남의 소작살이로 가족의 생계를 유지하면서도 아들 오빈을 용정의 동흥중학교에 보내었다. 조선 온성에서 소학교를 다녔던 오빈은 중학교에 입학한 후 부모님의 기대를 저버리지 않고 공부에 열중하여 학습 성적이 내내 월등하였다. 또한 힘이 장사여서 어느 해 여름방학에 훈춘에서 열린 운동회에 참가하여 단연 씨름 1등을 하고 황소까지 탔다.

당년의 용정 동흥중학교는 혁명의 불도가니였다. 조선인공산주의자들의 영향하에서 오빈은 불공평한 현실사회를 불사르고 말리라는 굳은 신념을 가지게 되었고 서슴없이 혁명이란 이 길을 선택하였다. 오빈은 중학공부를 중단하고 조직의 파견(그때 오빈은 조공당 상해파였음)으로 연길현 옹성라자에 가서 툰장질을 하면서 혁명가의 생애를 시작하였다.

때는 1928년경이었다. 그 뒤 오빈은 또 왕청현 라자구 하동에 자리 잡고 라자구 일대에 혁명의 불씨를 뿌려갔다. 오빈이 라자구를 떠난 것은 1930년도 초였다. 이해 6월에 그는 중국공산당에 가입하였다. 그는 선후로 연길현 동성용(지금의 용정시 동성용진)소학교에서 교편을 잡기도 하고 연길현 옹성라자(지금의 안도현소재지 명월구)에서 당 구위 서기 책임도 짊어졌다.

1931년 봄에 오빈은 중공연길현위 비서로 전근되었다. 그때 연길현위는 조양천 구수하 태양묘에 자리 잡고 있었는데 오빈은 김춘식(현위통신부에서 사업)댁에 거처를 잡고 활동하였다. 오빈이 직업혁명가로 나선 후 그의 가족은 조선 종성군 신흥촌으로 이사하였다. 오빈의 아버지 오의선은 종성반제동맹 책임자로 나섰는데 그의 집은 인차 왕청현과 종성군안의 지하혁명조직을 이어주는 비밀연락처로 되었다.

이 시기에 오빈은 용정 중학교 시절의 친구이며 중공화룡현위 제1임 서기인 채수항의 소개로 안도 일대에서 활동하는 김일성을 알게 되었다. 그들은 인차 뜻을 같이하는 전우와 동지로 되었다. 1931년 5월경에 오빈과 채수항은 김일성을 안내하여 채수항의 고향인 종성군으로 갔다. 그들이 두만강건너 신흥촌에 첫 자국을 짚었을 대 신록이 짙어가는 조선 땅에서 혁명의 미래를 두고 많은 이야기를 나누었다.

1931년 10월에 오빈은 또 채수항과 함께 김일성을 안내하여 조선 종성지방에 잠간 다녀왔다. 그 번 종성행은 조선 국내에 파견된 동지들을 만나 무장투쟁문제를 논의하고 육읍 일대에 파견된 공작원들을 소환하여 그들에게 무장투쟁과 관련된 중요 과업을 맡기자는 데 있었다.

그들 일행은 화룡현 개산툰 일대의 석건평 나루에서 배를 타고 두만강을 건너 조선 동관진의 두량조합 콩정선장에 들리었다. 그들은 간도 땅에서 품을 팔러 나온 인부로 꾸미고 노동자들과 함께 일하면서 이야기를 나누기도 하고 광명촌 청년회 회장 최성훈의 집에서 정치공작원들과 지하조직책임자들이 참가한 해당회의를 열고 무장투쟁문제를 전문 토의하였다.

오빈이 김일성과 채수항을 다시 만난 것은 그해 12월이었다. 이해(1931년) 12월 중순경에 옹성라자에서 동만 당, 단간부 연석회의가 열리였다. 회의주제가 무장투쟁문제였다. 40여 명 동지들과 함께 이 회의에 참가한 오빈은 김일성, 채수항 등 동지들과 함께 자리를 같이 했는데 옹성라자회의는 실로 연변항일무장투쟁의 시초를 열어놓은 중요한 회의였다.

1932년 2월에 중공훈춘현위 서기 허상범이 청수동에서 중국 육군대에 체포되었다. 중공동만 특위에서는 연길현위 비서 오빈이를 중공훈춘현위 제5임 서기로 파견하였다. 오빈은 아내 김일권 등과 같이 훈춘현 중강자로 갔다.

오빈은 중강자로 간 후 인차 현위확대회의를 가지고 주구청산투쟁을 전개할 결의를 지었다. 얼마 후 현위에서는 중강자학교에서 군중대회를 열고 주구 다섯 놈을 투쟁하였다. 오빈도 이 대회에 참가하였다. 오빈은 적대투쟁의 수요를 고려하여 주구를 투쟁하되 그자들의 연계를 알기 위해 너무 드세게 하지 말라고 지시하였다. 하나 군중들의 열정과 기세가 하도나 높아 5명 중 4명이 타살되었다. 한자가 구사일생으로 기어나가 적토벌대와 연계한 데서 대회가 시작되어 나흘 만에 훈춘영사분관 경찰서 놈들이 무장자위단을 앞세우고 중강자로 달려들었다. 오빈 등 현위 주요 동지들은 포위를 헤치고 뒷산에 몸을 숨겼지만 미처 피하지 못한 80여 명 당원과 혁명군중들은 불행히 체포되었다. 현성으로 가는 도중 중강자 쓰라즈에서 30여 명 군중들이 도주에 성공하였다. 그러나 나머지 당원과 군중들은 현성의 일제영사분관에 압송되어 5명이 판결을 받고 그 외는 전부가 1년간이란 유치장 신세를 면치 못하였다.

이는 한차례 침통한 교훈이었다. 오빈은 적대투쟁에서 주관념원에 의거할 것이 아니라 현실 투쟁실제로부터 출발하여야 한다는 것을 뼈저리게 느끼었다. 하나 이것이 그의 ‘죄’로 되어 철직될 줄을 그는 미처 알 수 없었다.

1932년 6월초에 중공훈춘현위에서는 연통라자에서 2일간 전문회의를 가지고 오빈의 이른바 ‘오유’를 비판하였다. 그때 오빈은 무장투쟁준비로 동홍진 분수령에 가서 활동하였는데 중공동만특위 조직부장 김성도가 사람을 파견하여 분수령에 가서 오빈이를 데려왔다. 그 번 회의에서 오빈은 현위 서기 직무에서 해임되고 현위 위원 서광이 제6임 현위 서기로 임명되었다.

오빈은 일순 이해가 가지 않았지만 조직의 결정을 받아들일 수밖에 없었다. 그는 당 조직의 파견을 받고 동홍진 분수령(오늘의 춘화진)에 가서 훈춘의 구국군 두령 왕옥진을 쟁취하는 간거한 사업에 나섰다. 분수령에서 동홍진까지는 왕복 40킬로미터 거리였다. 그는 이 구간을 내왕하면서 동지들과 함께 구국군 상층인사들과 병사들 속에서 통일전선 사업을 억세게 내밀었다. 한데서 왕옥진은 시초 우리 당의 주장을 받아들이고 공동이 항일하는 데 동의하였다. 1932년 9월에 ‘9·18사변’ 한 돌을 맞으며 연통라

자 마적달소학교에서 3000여 명이 참가한 병민연합대회가 열렸
을 때 왕옥진은 대회에 축하편지를 보냈으며 같은 날 동홍진에
열린 대회에도 구국군부대를 가담시켰다.

허나 1932년 10월, 왕옥진은 일제 놈들의 위협과 매수, 대지
주 양락도의 유혹에 넘어가 우리 유격대와의 합작을 거절하고 투
항하였다. 이것이 또 오빈의 '죄'로 되었다.

1933년 7월, 중공동만 특위에서는 대황구에서 훈춘현위확대회
의를 소집하였다. 회의에서 중공만주성위 순시원 반경유가 통일전
선 사업에 대한 중공중앙의 '1·26'지시정신을 전달하였으며 소비
에트 수립에 급급한 현위를 비판하고 인민혁명정부를 세울 것을 호
소하였다. 한편 오빈이 구국군 쟁취 사업을 잘하지 못하여 왕옥진
구국군의 투항을 초래하였고 민족단결을 잘하지 못했다고 오유적으
로 지적하였다. 회의는 계속하여 오빈, 서광(회의직전에 희생), 박
두남의 이른바 '오유'를 비판하고 그들의 지도직무를 해임시켰다.

억울한 죄명이었다. 오빈은 어디에 가서 하소연할 곳도 없었
다. 회의 후에 오빈은 훈춘현유격대 2소대에 내려가 전사로 활약
하였다. 그때 2소대 소대장은 강석환이었는데 긴장한 전투 때문
에 유격대원들은 잠잘 때에도 의복과 신발을 벗을 수 없었다.

1933년 9월, 중공동만 특위에서는 항일유격대와 항일구국군
이 참가한 동녕현 성진공전투를 벌였다. 왕청현유격대와 훈춘현
유격대가 이 전투에 참가하게 되었는데 오빈 등 27명의 훈춘현
유격대 대원들이 선발되었다.

동녕현성전투를 앞두고 오빈은 라자구에서 왕청현유격대대 정
위 김일성을 만났다. 그해 5월 단오를 김일성은 종성군 신홍촌의
오빈의 집에서 쇠게 되었다. 그때 오빈의 아버지 오의선은 30리

밖에 있는 풍계장에까지 가서 메밀가루를 구해다가 메밀국수를 눌러주었고 동지들은 물 고생이 막심한 오의선의 가족을 위해 그 집 뜨락에서 샘 줄기를 찾고 박우물까지 만들어 주었었다. 김일성이 5월 단오 날 메밀국수를 먹던 이야기를 할 때 오빈은 못내 흐뭇한 심정을 감추지 못하였다. 김일성이 전사로 강직되었다 하여 낙심하지 말라고 고무하여 주자 오빈은 자기는 이렇게 생기발랄한 인간으로 남아있다면서 웃음보를 터뜨렸다.

동녕현성전투는 1933년 9월 6일 밤에 시작되었다. 전투의 주공방향은 서산포대였다. 오빈은 서산포대를 진공할 때 작탄을 품고 앞장에서 돌격로를 헤치어 대번에 소문이 났다. 이 전투는 이튿날 낮에 끝났는데 전투 후 동만 2개 현 유격대는 로흑산 일대서 약 한 달간 활동하다가 왕청현 라자구에서 동녕현성전투승리경축모임을 가지였다. 경축모임에서 오빈은 높은 평가를 받았다.

경축모임이 끝난 후 훈춘현유격대는 대황구에로의 귀로에 올랐다. 2일간의 강행군을 거쳐 대황구에 이른 것은 10월 6일(음력 8월 17일) 저녁 무렵이었다. 유격대는 주둔지의 한 농가에서 단잠에 곯아 떨어졌다.

이튿날 새벽 유격대 주둔지는 적들의 불의습격을 받았다. 이날 10월 7일, 훈춘과 밀강, 마적달 3개 방면에서 덮쳐든 훈춘토벌대와 일본군수비대 및 밀강무장자위단 놈들은 청수동을 거쳐 대황구에 덮쳐들었는데 청수동 첫 번째 보초선의 두 부녀회원이 그만 적들에게 체포된 데서 미처 적정을 알릴 수 없었다.

유격대 주둔지의 앞산에서 보초를 서던 신입대원 김재근이 적정을 발견했을 때는 이미 늦었다. 전투경험이 없는 김재근은 총을 발사할 엄두도 내지 못하고 달려와 "토벌대가 왔다!"고 소리친

데서 보귀한 시간을 놓치었다.

금방 보초를 교대하고 돌아선 오빈은 인차 동지들을 깨우며 구들에서 뛰어내렸다. 찰나 적들의 기총소사와 적탄통, 수류탄은 유격대 주둔지를 발칵 뒤흔들어 놓았다. 어느 결에 오빈은 복부에 적탄을 맞았다. 창자가 밖으로 흘러나오자 오빈은 한손으로 밸을 밀어 넣으며 다른 한손으로 연발사격을 가하면서 동지들의 철퇴를 엄호하였다. 그는 주둔지 앞 30미터가량 지쳐 나갔다가 그만 쓰러졌다. 최후를 각오한 그는 총의 유조를 빼어 던진 후 총을 깔고 누워서 장렬히 희생되었다.

이날 반격전에서 박광영, 강창운 등 동지들은 적들과 피어린 혈전을 벌리며 안전하게 뒷산에 올랐으나 오빈, 박진홍(중대장) 등 13명 동지들은 가열한 싸움에서 다시 일어서지 못하였다. 적들이 물러가자 유격대와 군중들은 오빈 등 13용사들을 주둔지 서쪽 언덕 밑에 고이 모시였다.

오빈은 이렇게 두 번 다시 돌아올 수 없는 세상으로 갔다. 이 비보가 왕청 땅에 전해졌을 때 동녕현성전투 지휘자 김일성은 놀라움을 금치 못하였다. 그는 회고록 『세월과 더불어』 제3집에서 "오빈을 포함한 13용사의 최후에 대한 비통한 소식은 나에게 청천벽력 같은 충격을 주었다."고 하면서 "그 13명 가운데서 오빈은 가장 잊지 못할 전우였고 동지였다."고 높이 평가하였다.

대황구 13열사 전투 때로부터 반세기 남짓한 세월이 흘렀다. 인민들은 대황구에 대황구 13열사기념비를 세우고 그날의 열사들을 깊이 기념하고 있다.

훈춘 땅에 쓰러진 서광 서기

(1899-1933)

항일투쟁 시기, 더 적절히 말하면 1930년 10월부터 1935년 3월까지 중공훈춘현위 서기는 도합 11명이었는데 서광은 제6임 서기였다.

서광은 1899년에 조선 함경북도의 한 농민가정에서 첫 울음보를 터치였다. 아버지는 그가 아들이라고 밝은 세상에서 맘껏 살아가라며 서광이란 이름을 지어주었다. 하나 어지러운 그 세상에서 별들 날이 어디 있으랴, 광이는 어려서부터 부모를 도와 농사일에 나서지 않으면 안되었다. 때론 여린 손을 놀리며 땔나무를 해서는 장거리에 내다 팔아야만 했다.

그때 마을 사람들 속에서는 두만강 너머 북간도가 살기 좋다는 소문이 자자하였다. 이 소문에 귀가 솔깃해진 광이 아버지는 북간도이주를 결단했다. 그래서 정든 고향을 등지고 새 삶의 터전을 마련한 곳이 두만강 이북 땅인 화룡현 토산자였다. 했어도 생활은 내내 펴이지 못했다. 광이는 학교 갈 나이가 되었어도 매일 호미를 메고 일 밭으로 나가야 할 가긍한 신세, 그때마다 학교 가는 아이들을 멀거니 바라보며 눈물과 한숨 속에서 보내야 하는 동년 시절이었다.

째지게 가난한 살림은 어린 광이를 일찍이도 철이 들게 하였다. 생활고로 아글타글하는 부모님들을 생각하면 차마 학교 가겠다는 말을 꺼낼 수가 없었다. 일 밭에서 잔뼈를 굳히던 그는 자습을 결심하고 쯤쯤히 남한테서 글을 배우기 시작하였다. 워낙 총명한 광이라 몇 해가 지나지 않아 소학교의 전부 과정을 끝내었다. 그런 아들을 지켜보는 아버지는 대견스럽기만 하였다.

토산자는 사면이 산으로 둘러싸인 아담한 분지이다. 평지는 꽤나 넓은데 청산리 베개봉에서 발원하는 해란강은 서남쪽 관문에서 이 평지에 흘러들어 동북쪽으로 빠져 60리라 일컫는 평강벌을 적신다. 평강벌 동쪽은 용정이라 한다. 근 100리 밖의 용정에는 그 무슨 사립대성이요, 동흥이요 하는 중학교들이 새로 일떠섰다는가, 종종 들리는 풍편을 귀동냥할 때면 마음이 세차게 풀무질 했다. 그때마다 서광은 버릇처럼 마을 서쪽을 주름잡은 서산 등성이에 올라 용정 쪽에 눈길을 던지군 하였다. 그러면 저 멀리 모아산, 비암산이 줄달음치며 시야에 안겨든다.

어느 날 서광은 또 서산 등성이에 올랐다. 그러는 아들을 점토록 지켜보던 아버지는 집히는 데가 있었다. 하도나 학교 가고프면 저럴까, 그는 가슴이 뭉클하였다. 그날 서광의 아버지는 조용히 말을 꺼냈다.

"광이야, 모두가 아버지구실을 못한 탓이구나. 너도 인젠 20대의 대문을 넘어섰다. 지금이라도 늦지 않으니 용정으로 가거라. 새로 섰다는 대성중학교가 소문이 높단다. 이 애비가 쪽지게 장사를 해서라도 네 뒤를 댈 테다."

아버지는 아들을 소학교문전에도 들여놓지 못한 '죄책'감으로 시달리다가 마침내 이주에 못지않은 큰 결단을 했다. 그러는 아버지의 눈굽엔 이슬이 맺히었다.

"아버지, 아버지의 마음을 알만합니다. 그러나 제가 어찌 갈 수 있겠습니까, 제가 가면 …"

20대의 서광은 설움이 북받쳐 올라 뒷말을 잇지 못하였다 …

서광은 이렇게 구지욕에 불타는 심정을 안고 용정에 가서 사립 대성중학교에 입학하였다.

당년 대성중학교는 '붉은 대성'이라고 불렸다. 그만큼 대성에는 조선본토와 소련 연해주, 남만과 북만에서 온 조선인 혁명가들이 적지 않았다. 그들은 대성, 동흥 등 중학교를 터전으로 맹활약하고 있었다. 서광은 그들과 접촉하면서부터 일부 마르크스－레닌주의 고전적 노작과 사회주의를 소개한 서적들을 읽기 시작하였다. 이때로부터 그는 사회주의, 공산주의 신앙자로 되었으며 노고대중의 해방 사업을 위하여 헌신할 뜻을 세웠다.

중학교를 졸업한 후 서광은 동지들과 함께 연길현의 농촌들을 돌아다니며 반일계몽운동에 뛰여들었다.

1930년 5월, 연변 각지에서는 '붉은5월 투쟁'이 발랄하게 일어났다. 서광은 이 거세찬 군중투쟁 속에서 시련을 겪으며 단련을 받았다. 그해 여름에 서광은 중국공산당에 가입하였다. 그는 당 조직의 파견을 받고 연길현 각지에 가서 기층당 조직의 조직 사업을 활발히 벌였다.

1931년 봄에 중공연화현위가 연길현과 화룡현 2개 현위로 갈라졌다. 신생한 중공연길현위는 조양천 구수하 태양촌에 첫 터전을 마련하였다. 서광은 조직의 부름을 받고 무산촌에 가서 현위 조직부 일군으로 사업하게 되었다. 이 기간에 그는 현 당위비서 오빈이를 알게 되었고 극진한 사이로 되었다.

1932년 2월에 오빈은 중공훈춘현위 제5임 서기로 부임되었다. 오빈의 청구에 의해 서광과 강일무는 중공동만 특위의 비준을 받고 오빈 부부와 함께 훈춘현 중강자로 갔다. 서광은 중공훈춘현위 위원으로 활약하면서 오빈 서기의 유력한 조수로 되었다.

1932년 6월 초에 중공동만 특위 조직부장 김성도의 사회하에 연통라자에서 중공훈춘현위 긴급회의가 열리였다. 회의는 이른바 오빈에 대한 '오유' 비판으로 열기를 띠였는데 그 '오유'란 오빈이 중강자 주구청산투쟁을 폭이 넓게 벌려 조직을 노출시키고 많은 군중이 체포된 악과를 초래하였다는 것이다. 물론 이는 사실이라 겠지 만 이는 어디까지나 상급 당의 지시에 좇아 당의 중심과업으로 전개된 일이여서 오빈만을 탓할 수 없었다. 하나 현실은 준엄하였다. 회의는 오빈의 현위 서기 직무를 해임하고 서광을 제6임 서기로 임명하였다.

서광은 제6임 현위 서기로 된 후 자기의 전임서기를 버리지 않았다. 그는 오빈을 고무하여 계속 춘화분수령에 가서 반일병사 쟁취 사업에 나서게 하는 한편 통일된 현 유격대를 조직하기 위하여 동분서주하였다.

그때 훈춘현에는 강석환을 대장으로 하는 대황구별동대와 강일무를 대장으로 하는 연통라자 돌격대가 활동하고 있었다. 이런 분산된 무장대오 중 연통라자돌격대는 오빈 시기에 조직된 것으로서 현 유격대를 조직하기 위한 전주곡이었다. 헌데 무기가 결핍한 것이 걸림돌로 나섰다. 서광은 적의 손에서 무기를 빼앗아 자기를 무장하자고 호소하면서 이 투쟁의 진두에 나섰다.

훈춘현 반석 일대 남진맹에는 일제의 동척회사가 있었는데 이 회사에는 한 무리 무장자위단이 둥지를 틀고 있었다. 이해 6월

초, 서광은 강일무와 함께 10여 명 연통라자 돌격대를 거느리고
남진맹 부근의 장륙촌 서쪽에 매복하였다. 그리곤 한 대원에게
무장자위단을 유인할 임무를 주어 한 유격대공작원이 산에서 내
려왔다는 것을 미끼로 한창 자고 있는 놈들을 끌어내게 하였다.
이자들은 과연 속임수에 걸리었다. 자위단 놈들이 매복권 내에
들어섰을 때 서광은 권총을 손에 잡고 "꼼짝 말앗!"하고 벽력 같
이 소리쳤다. 강일무 등 돌격대원들은 날렵하게 뛰어나가 놈들을
둘러쌌다. 어둠 속에서 의외의 형편에 맞띠운 놈들은 어인 영문
도 알아차리기 전에 삽시간에 무장해제를 당하고 말았다. 서광은
놈팡이들에게 항일구국의 도리를 선전하면서 다시는 일제 놈들의
개다리로 되지 말라고 깔끔하게 지적한 후 빼앗은 10여 자루의
보총을 가지고 승리적으로 숙영지로 돌아왔다.

그 시기의 일이다. 연통라자돌격대의 오일파, 이해봉 등은 동
알라경찰분대가 집을 수리하는 틈을 타서 경찰분대의 보총 두 자
루를 탈취하였고 다른 3명 대원은 경신구 회룡봉의 해관장숙사를
야습하여 권총 한 자루를 노획하였다. 분수령에 파견된 오빈, 윤
석원, 량혜민 등은 구국군 쟁취 사업을 알차게 벌려 구국군 가운
데의 일부 사병들은 적지 않은 총을 보내주었다.

서광 등 동지들의 노력과 지도로 훈춘현의 항일무장대오는 신
속한 발전을 가져왔다. 1932년 6월 서광의 직접적인 지도 밑에
연통라자 서골에서 강일무를 대장으로 하고 림청(한족)을 정위로
하는 연구유격대(즉 령남유격대) 한 개 중대가 조직되었다. 그
뒤 2개 중대로 발전하였다가 또 3개 중대를 가진 대대로 개편
(겨울)되었다. 같은 달(6월), 대황구에도 강석환을 대장으로 하
는 황구유격대(즉 령북유격대)가 조직되었다. 그해 여름과 가을

에는 연구청년의용군과 성구돌격대, 반구(오늘의 춘화진) 유격중대가 나타났다.

통일적인 훈춘현유격대를 내올 조건이 드디어 성숙되었다. 1933년 1월, 서광의 지시로 연구유격대와 황구유격대는 훈춘현유격총대로 확건 되고 총대 아래에 2개 대대를 두었다. 유격총대의 유격대원은 180여 명으로 급증하였다. 이 유격총대는 현위의 지도를 받으며 현안의 대황구, 연통라자, 왕청현 라자구 일대에서 활동하면서 적후유격전을 활발히 벌였다.

1932년 여름 연통라자의 항일군민들은 적들의 끊임없는 토벌로 하여 식량, 소금, 의복 등 면에서 큰 곤란을 받았다. 서광은 인차 현위회의를 열고 군중들의 물질상 곤란을 제때에 타개하기로 결의하였다.

당시 연통라자에서 멀지 않은 곳인 반석구 장류촌에 일본인이 경영하는 축산회사의 목축장이 있었는데 이 목축장에는 160여 마리의 소가 있었다. 서광은 이 소를 몽땅 빼앗기로 하고 유격대 정위인 림청과 상의한 후 6명의 유격대원과 적위대원을 선발하여 이 과업을 맡기였다. 7월의 어느 날 밝을 무렵에 6명 습격대원들은 목축장 뒷산에 이르렀다. 그들은 날이 어둡기를 기다려 소울타리에 접근하였다. 마침 다른 놈들이 없었다. 그들은 방목원을 꼼짝 못하게 한 후 160여 마리의 소를 몽땅 몰고 연통라자를 향해 떠났다. 만일의 경우를 고려하여 최주룡 등 4명의 유격대가 뒤에 남았는데 과연 날이 밝기도전에 토벌대 놈들이 트럭 네 대에 앉아 추격해왔다. 4명의 유격대원들은 석두하자 산기슭에서 적들과 허장성세하면서 숨바꼭질을 하였다. 이 저격전에서 그들은 적 장교 놈을 쏘아 눕혔다. 혼비백산한 토벌대 놈들은 저들 장교의 시체를 끌고 물러가고 말았다.

소 160여 마리는 무사히 연구에 도착하였다. 서광은 그들의 슬기로운 작전행동을 표창한 후 60여 마리 송아지를 유격대와 군중들에게 나누어주어 생활개선을 하게 한 뒤 친히 몇 사람을 데리고 나머지 100여 마리의 소들을 몰고 춘화로 갔다. 그는 그곳에 주둔하고 있는 산림대와 협상하여 천, 소금 등 물자들을 바꾸어가지고 연통라자로 돌아가 근거지군민들에게 나누어 주었다.

같은 달 서광은 또 림청, 강일무 등 10여 명 유격대를 파견하여 태양촌 일본인 목축장의 소 313마리를 탈취하게 하였다. 순조로이 이 과업을 수행한 그들은 그 길로 동홍진 분수령을 거쳐 국경을 넘어가 의복, 천, 화약, 흘레브(즉 빵) 등 많은 물자를 바꾸어왔다.

태양촌 목축장 습격소식은 적들을 놀래었다. 김봉송, 구선일, 김태준 등 5명 저격대원들이 회막동의 대지주 랑 포수집에서 아침식사를 준비시키는데 일제 놈들이 두 대의 트럭에 앉아 뒤를 좇았다. 저격대원들은 두어 시간 교전하다가 연통라자로 퇴각하였다. 우리 유격대 30여 명은 적들의 추격을 예견하고 이미 고지에 올라 대기하였다. 이튿날 100여 명 적들이 연통라자로 기어들었다가 유격대의 호된 반격을 받고 급급히 물러설 수밖에 없었다. 이것이 연통라자의 첫 전투로 된다.

서광은 목축장습격과 적 토벌대와의 습격전 승리를 제때에 총화하고 소련서 바꾸어 온 물자를 유격대는 물론 반일병사와 군중들게 많이 분배해 주었다. 구국군 주퇀장부대에만도 천 17필을 선사하였다. 구국군 공중대장부대도 그 혜택을 입었다. 유격대와 상기 구국군부대와의 관계가 보다 밀접해진 것은 두말할 것도 없었다.

서광은 구국군에 대한 쟁취 사업을 큰 대사로 삼고 틀어쥐었다. 당시 훈춘현 경내와 이웃 동녕현에는 원 동북군의 왕덕림부대 13, 14, 15연대가 주둔하고 있었는데 '9·18사변' 후 일부는 투항하고 일부는 항일구국의 기치를 들었다. 구국군 13연대 주련대장부대와 왕옥진부대가 그러했다. 서광은 우수한 당원, 간부들을 현안에 주둔한 주련대장, 왕옥진 구국군 부대에 파견하는 한편 동지들을 데리고 자주 구국군주둔지를 찾았다. 또 연통라자의 부녀들을 근거지부근의 구국군 13연대에 보내어 위문활동을 짜고 들게 하였다. 부녀들은 식량과 천을 갖추고 신과 담배쌈지, 각반을 만들었으며 찰떡, 돼지고기, 조선족간장 등도 마련하고 비누와 손수건도 준비하였다. 손수건에는 "공동의 원수 일제를 타도하자!" "병민은 연합하자!" 등 글을 새기었다. 서광의 지시를 명심한 연통라자 서골의 부녀회책임자 안순화(열사)는 구국군들이 즐겨 피우는 잎담배를 구하기 위하여 수십 리 밖의 묘령에 가서 얻어오기까지 하였다.

이해(1932년) 여름의 어느 날, 서광 등은 부녀, 청년, 아동들로 무어진 근거지의 위문공연대를 구국군 13연대 주둔지로 보내었다. 위문공연에 앞서 안순화가 위문사를 드리면서 "당신들도 나라를 위한 항일구국군이니 힘을 다해 잘 싸워주기를 바란다."면서 우리도 "후방에서 당신들이 잘 싸울 수 있도록 모든 것을 아끼지 않겠다."고 하니 심히 감동된 주련대장은 안순화의 손을 뜨거이 잡으면서 항일의 대업을 위해 힘써 싸우겠다고 표시하였다.

이날 위문공연대는 구국군병사들에게 항일가요도 배워주었다. 13연대 주둔지는 온통 환락으로 들끓었다.

1932년 9월 18일, 중공훈춘현위에서는 '9·18사변' 한 돌에 즈음하여 연구 마적달 소학교운동장에서 '병민연합대회'를 성대히 열었다. 이날 운동장은 3000여 명의 군민으로 차 넘쳤다. 주 연대장의 100여 명 항일구국군의 참가는 대회에 참가한 근거지의 군민들과 삼도구, 사도구, 5도구, 마적달 등지에서 모여온 혁명군중들의 사기를 부쩍 높여주었다. 서광이 대회의 시작을 선포하고 "견결히 항일하며 인민군중과 한 마음으로 공동이 싸워 일본침략자를 몰아내자!"는 요지의 연설을 하였다. 이어 유격대, 공청단, 부녀회, 아동단 대표들이 연이어 연단에 올랐다. 주 연대장도 연단에 올라 열정에 끓어 넘치는 연설을 하였다. 견결히 항일하겠다는 그의 연설은 거듭 우레와 같은 박수갈채를 받았다.

대회는 이어 구국군부대와의 기념품교환이 있었다. 근거지의 부녀들이 자기들이 손수 만든 손수건, 담배쌈지 등을 선사할 때 대회장은 끓어 번졌다. 구국군 병사들은 눈물을 흘리면서 부모형제들과 한맘으로 끝까지 항일하겠다고 다지었다.

같은 날 현위의 포치에 따라 동흥진에도 병민연합대회가 열리고 시위행진이 있었다. 대회연설에서 구국군 왕옥진사령이 "중국인민은 금일에 망국노가 되었다."고 통탄하였다. 서광 등 동지들은 마적달과 동흥진의 '병민연합대회'의 순리로운 성황을 위해 전날인 9월 17일에 리수구학교 운동장에서 2000여 명이 참가한 예비대회와 시위행진을 가지기까지 하였다.

서광을 선두로 한 현위의 노력은 헛되지 않았다. 동흥진의 구국군 사령 왕옥진은 사령부 실내의 한 칸을 우리 측 반일회사무실로 내주고 회의실까지 빌려주며 반일 활동을 여러 모로 보장해주었다. 공중대장은 수하 병사들을 거느리고 유격대에 넘어왔다. 이해 가을 서광은 항일유격대와 항일구국군의 위력을 과시하고자 훈춘현성 진공 전투를 발기하였다. 어느 날 밤 우리 항일유격대 30여 명은 공중대장이 인솔한 60여 명과 혁명군중 70여 명의 배합하에 3면으로 훈춘현성을 들이쳤다. 그때 현성 동쪽과 서쪽에 위만군 각기 근 100여 명이 있었고 일본군과 영사관경찰들은 영사관 앞에 있었다. 순정국의 100여 명 순사나부랭이들은 시가지 안의 3개 거처에 머무르고 있었다. 아군은 3면에서 나팔을 불고 함성을 지르며 총탄을 퍼부었다. 서산포대의 위만군은 포대를 비우고 시가지로 퇴각하였다. 아군은 이튿날 새벽 3시까지 허장성세하다가 귀로에 올랐다.

1932년 가을, 서광과 현위 동지들은 전 현 인민을 영도하여 산세가 험악하고 군중토대가 좋은 대황구와 연통라자에 항일유격 근거지를 창설하였다. 근거지 안에는 소비에트정부가 수립되고 근거지의 혁명군중들은 항일유격대의 튼튼한 뒷심으로 되었다. 근거지는 어딜 가나 약동하는 기상으로 차고 넘쳤다.

1933년 초, 일본침략자들은 대량의 병력을 풀어 훈춘현 연통라자와 대황구 근거지에 덮쳐들었다. 당시 서광은 연통라자에서 사업을 순시하고 있었다. 그는 현위의 동지들과 함께 근거지군민들을 영도하여 반'토벌' 투쟁을 벌였다. 그의 직접적인 포치 밑에 훈춘현유격대는 주동적으로 출격하여 1월부터 5월까지 기간에 분수령, 오도구, 로룡구, 대륙도구 등지와 근거지 안팎에서 적들과 20여 차의 전투를 벌이어 적들에게 심대한 타격을 안기고 적들을 근거지에서 몰아냈다.

적들은 저들의 실패를 달가워하지 않았다. 1933년 초의 '토벌'에 이어 적들의 토벌은 끊임없었다. 서광은 살벌한 정세에 직면하여 새로운 유격구를 개척하며 보다 넓은 지역에서 보다 많은 항일부대와 연합하여 적들을 타격하리라 결심하였다. 1933년 6월에 서광은 근거지의 혁명군중과 아동들로 조직된 위문대를 데리고 삼도구 마영툰에 가서 주연대장구국군과 연환모임을 가지었다. 서광은 이 기회에 삼도구 일대의 형편도 알아보고 현위를 옮길 타산도 하였다.

구국군주둔지에 도착한 위문대는 구국군 병사들의 환대를 받았다. 위문대는 가지고 간 위문품들을 구국군 장병들에게 나누어주고 그들과 함께 노래하고 춤추면서 주둔지를 들썽하게 하였다. 연환모임은 밤중까지 계속되었다.

연환모임이 끝난 후 서광을 비롯한 위문대는 마영툰 서쪽 가까이에 있는 유격대의 주둔지에서 휴식하였다. 그날 위문대가 마영툰으로 갔다는 정보를 입수한 적들은 날이 어두워지자 유격대 주둔지에 기어들었다. 날샐 녘에야 적정을 발견한 보초병은 총소리로 신호를 알리었다. 급기야 자리를 차고 일어선 동지들은 저마다 결사전을 각오하였다. 서광은 동지들에게 즉각 포위를 헤칠 것을 명령하고 권총을 잡고 앞장에서 돌진하였다. 적들의 주의력은 서광한테로 쏠리었다. 그 사이에 동지들은 사면으로 포위를 헤치었다. 했으나 서광은 포위돌파의 진두에서 적들을 자기한테로 끌며 싸우다가 적탄에 치명상을 입었다.

그때 중공훈춘현위 제6임 서기 서광의 나이는 34살이었다. 두번째 고향 화룡현 토산자를 떠나 용정을 거쳐 혁명의 장도에 올랐던 서광은 훈춘 땅에서 항일유격대를 창건하고 구국군 쟁취 사업에 열을 올리면서 근거지창설과 보위에 힘 다하다가 이렇게 동지들의 곁을 떠나갔다.

연화유격대 총지휘 신춘

(1907-1934)

신춘은 1907년에 조선 경상도에서 출생하였다. 망국의 치욕과 민족적 원한은 그를 비분에 잠기게 하였다. 그때 그는 한 신문사의 기자로 있으면서 격정에 차 넘치는 반일애국시편들을 적지 않게 썼다. 그 후에 나라와 인민을 구할 진리를 찾아 중국에 왔으며 1926년에 조직의 파견에 의하여 광주황포군관학교에 들어갔다.

1927년 12월 11일에 신춘은 황포군관학교 특무대대 제2중대 (당시 특무대대 밑에 3개 중대가 있었는데 최용건이 제2중대 중대장이었음.)의 조선인전사들과 함께 광주봉기에 참가하였다. 그러나 국민당반동파와 일본제국주의가 연합으로 무력침공을 감행하였기 때문에 부대는 봉기한 지 3일 후에 광주성에서 철거하지 않을 수 없었다. 신춘은 비분을 가득 품고 광주를 떠나 동만에 와서 인차 당 조직을 찾았었다.

1930년 4월에 중공동만성위에서는 '전만농민투쟁강령'을 반포하여 각지의 농촌들에서 토지혁명을 실시하는 동시에 소비에트정권을 수립할 것을 호소하였다. 그해 4월 하순에 중공동만특별지부에서는 '5월투쟁행동위원회'를 조직할 조건이 성숙된 곳에서는 '소비에트정권을 세우고' 광범한 군중들을 붉은5월투쟁에 뛰어들도록 환기시킬 것을 결정하였다. 조선족 공산당원인 신춘은 군중 기초가 좋고 혁명성이 강한 화룡현 약수동에 파견되어가서 소비에트정권을 세우는 일에 착수하였다.

약수동은 투도구 서쪽으로 약 20킬로미터 되는 곳에 있다. 그때 상촌, 중촌, 하촌 등 몇 개 자연부락으로 이루어진 약수동은 호수가 100여 세대밖에 안되었다. 이곳은 20세기 20년대 초기부터 혁명이 생기를 띠기 시작하였다. 그 가운데서 박상활과 같은 사람들을 선두로 하는 조선족의 진보적 청년들은 연이어 혁명에 뛰어들었는데 그들 중의 대다수는 용정 동흥중학교의 학생들이었다. 이러한 학생들은 마을에 돌아간 후에 야학을 꾸리는 방법을 통하여 혁명사상을 전파하였다. 약수동의 곳곳마다에 표어와 삐라들이 나붙었으며 반제동맹, 농민협회, 청년회, 부녀회, 그리고 소년회와 같은 혁명적 군중조직이 선후하여 조직되었다.

약수동에 이미 이러한 혁명의 기초가 있었기 때문에 신춘이 오자마자 온 마을에서 마른나무에 불이 달리듯이 혁명의 불길이 활활 타올랐다.

5월 1일에 용정의 수백 명 노동자들이 솔선적으로 파업을 단행하여 붉은5월투쟁의 서막을 열어놓았다. 약수동의 수백 명 군중들은 노동자들의 파업에 호응하여 신춘 등의 영도 밑에 즉시 제국주의, 봉건주의를 반대하는 시위행진을 단행하였다. 5월 하순에 이르러 약수동 일대의 투쟁열의는 더욱더 높아갔다.

5월 27일에 약수동 그리고 그 인근 마을의 군중들은 약수동 상촌의 한 집 큰 뜨락에 모여 소비에트정권을 세웠다. 이 대회에서 신춘은 자기의 연설에서 약수동 소비에트정권이 수립된 의의와 그 역사적 사명을 이야기하였다. 회의 후에 성세 호대한 시위행진을 단행하여 조직된 농민들의 큰 힘을 남김없이 보여주었다. 시위행진은 3일 동안 지속되었다.

천지개벽의 그 나날에 군중들은 극악무도한 친일주구를 몇 놈 처단하고 지주와 고리대업자들의 재산을 몰수하여 빈곤한 농민들에게 나누어 주었으며 또 토지문서와 고리대문서를 불살라 버리었다.

약수동 소비에트정권의 수립은 동만 붉은5월투쟁의 고조를 상징한다. 이 소비에트정권은 동만 뿐만 아니라 전 동북에서의 첫 인민정권이었다.

약수동 소비에트정부의 성원들은 중공동만성위의 지시를 받들고 소비에트의 영도하에 있는 광범한 농민군중들과 농민무장대오를 영솔하고 투도구로 진군하여 가서 기세 드높이 일어난 '5·30폭동'에 참가하였다. 이것은 소비에트가 나온 후에 있어서의 첫 행동이었다.

6월 10일에 '5·30폭동' 후에 있어서의 동만 첫 중공기층지부인 약수동당지부가 나오게 되었다. 7월 10일부터 11일까지 화룡현 평강구 제1차당대표대회가 약수동에서 열리였고 이 회의에서 중공평강 구위원회를 선거하였다.

무장투쟁문제는 그 번 당대회에서 가장 관심을 끄는 의제로 되었다. 이 대회에서는 평강유격대와 적위대를 조직할 데 대한 결의를 채택하고 신춘에게 군사총지휘를 위임하였다. 대회에서 신춘은 당면 정세하에서 첫째가는 과업은 적들에게서 무기를 탈취하는 것이라는 점을 강조하여 지적하고 지방 적위대 가운데서 우수한 사람들을 선발하여 유격대를 조직할 방안을 제기하였다. 신춘은 장인강으로 올라갔다가는 쟈피거우로 가군 하면서 무장대오를 조직하기 위하여 침식을 잊고 뻗질나게 돌아다니었다.

7월 말에 평강유격대가 정식으로 창건되었다. 유격대원들은 약수동, 소양구, 태양구, 장인강과 같은 곳의 적위대원들 가운데서 뽑아왔다. 이 유격대는 대외 명칭이 ‘연화유격대’였고 그 군사총지휘는 신춘이 맡았다. 신춘은 80~90명이 되는 유격대원들을 3개 중대로 편성하고 그 아래에 9개 소대를 두었다. 대원들은 낮에는 농사일을 하고 밤에는 약수동과 장인강 유격구에 모여 군사훈련을 긴장하게 하였다.

어느 한번 신춘은 연화유격대를 영솔하여 돈화, 액목 일대의 ‘8·1길돈폭동’을 지원하러 가라는 상급의 지시를 받았다.

그때 유격대는 헐망한 보총 몇 자루 밖에 없었으므로 신식무기로 무장한 적을 대처하자면 반드시 무기를 얻어야 하였다. 그때 장인강에 육군 1개 소대가 주둔하고 있었다. 신춘은 이 육군 1개 소대를 습격하여 그들의 무기를 빼앗을 것을 결정하였다.

1930년 8월 초의 어느 날이었다. 신춘은 연화유격대를 영솔하여 비밀리에 장인강에 들어갔다. 그런데 뜻밖에 정황이 변하였다. 바로 그날 로투구, 동불사, 투도구 등지의 300여 명 육군이 장인강으로 들어갔다. 신춘은 급급히 대오를 거느리고 장인강 산속으로 철퇴하여 간 다음 밤도와 연길현 도무거우 상촌으로 달려가 ‘8·1길동폭풍’을 지원하는 수밖에 없었다.

도무거우 상촌은 인가가 10새 대도 되지 않은 편벽한 산간 마을이었다. 신춘은 대원들을 마을에서 잠간 쉬게 하였다. 이때 마을 밖으로부터 보초병이 달려와 도무거우에 주둔하는 중국육군 1개 중대가 이미 산꼭대기에 기어 올라갔다는 급보를 알리였다. 쌍방이 접전하게 되었다. 유격대원들은 콩밭에 숨어서 완강하게 적을 맞받아 족치었다. 이때 작전을 지휘하던 신춘이 불행히 총에 맞아 발을 부상당하였다. 하지만 그는 아픔을 참고 모젤총을 휘두르며 더욱더 험악해지는 국면을 돌려세우려고 애를 썼다. 신춘은 바위 뒤에 숨어서 때때로 적을 사격하면서 적의 주의력을 자기에게 끌어오려고 시도하였다. 과연 적들의 사격이 그에게 집중되었다. 이 짬을 타서 유격대원들은 첩첩한 포위를 뚫고나갔다.

그 번 조우전에서 연화유격대는 심한 손실을 보았다. 몇 명의 대원이 영광스럽게 희생되고 몇 명이 포로 되어 연길감옥으로 압송되어 갔다.

약수동으로 돌아온 신춘은 인차 구당위서기 주현갑에게 정황을 회보하였다. 상급에서 2명의 동지를 파견하여 사업을 협조하며 경험교훈을 총화 하는 것을 돕게 하였으며 동시에 유격대를 다시 조직하기로 결정하였다.

같은 해 8월 13일에 중공연화중심현위가 평강구 약수동에서 창립되었다. 당일에 소집된 제1차 연화당원대표대회에서는 다시 소비에트정권을 세울 문제를 주요한 임무로 삼아 토의하였으며 또한 곧 닥쳐올 '9·7국제무산청년일'을 계기로 소비에트정권을 보편적으로 세울 것을 결정하였다. 중공평강 구위에서는 구유격대 총지휘 신춘을 파견하여 이 중대한 임무를 완수하도록 하였다.

1930년 9월 7일에 평강구 소비에트창립대회가 약수동 상촌에서 거행되었다. 대표들은 리봉삼을 소비에트정부 회장으로 선거하고 그 밑에 선전, 행정, 경제, 군사 등 여러 부문을 설치하였다. 그 후 어떻게 경축대회를 거행할 것인가 하는 의제를 토의하는 데로 넘어갔다. 신춘 등은 세린하대지주 손가네 대장원을 습격하는 것으로써 소비에트정권의 수립을 경축할 것을 주장하였다. 회의에서는 장인강 군중들이 약수동에 도착하면 곧 행동을 시작하기로 결정하였다. 이때 투도구에 주둔하고 있던 중국육군이 이 소문을 듣고 쳐들어오고 있었다. 당 조직에서는 이 급보를 받자 손실을 피하기 위하여 모인 군중들을 급히 소산시키었다.

그런 후에 소비에트정부와 중공평강 구위는 그 곳에서 몇 킬로미터 떨어져 있는 한 산 밑 비밀거점으로 옮겨갔다. 그때 신춘은 부상당한 다리가 아직 완전히 낫지 않았지만 아픔을 참고 자기희생적으로 사업하였으며 평강구 소비에트정권을 내오는 일을 하는 동시에 중공연화중심현위 군사부장을 협조하여 유격대를 조직하는 간고한 사업에 뛰어들었다.

그해 가을에 화룡현 평강구에서는 유격대를 제조직하였다. 이 유격대는 신춘 등의 영도 밑에 약수동, 장인강, 쟈피거우, 대동구, 이도구 등지에서 활동하면서 무기를 빼앗고 친일주구들을 청산하는 투쟁을 광범히 벌였다.

1930년 10월 중공동만특별위원회가 정식으로 나오자 연화중심현위는 연화현위로 개칭되었다. 신춘이 새로 나온 연화현위 제1임 군사부장으로 임명되었다.

조직의 신임은 신춘에게 무궁무진한 힘과 신심을 가져다주었다. 그는 부상당한 다리를 끌고 온종일 전 현 각지를 돌아다니면서 본 현의 유격대를 조직하고 공고히 하기 위하여 부지런히 사업하였다. 과도한 피로로 하여 그의 다리의 상처는 잘 아물지 않았다. 중공동만 특위에서는 신춘을 훈춘에 보내어 부상당한 다리를 치료하게 하였다.

신춘이 훈춘에 도착하였을 때 마침 중공훈춘현위가 10월 말에 대황구 청수동에서 창립되었다. 새 현 당위에서는 군사투쟁경험을 많이 가지고 있는 신춘을 훈춘현위 제1임 군사부장으로 임명할 것을 결정지었다.

새로 나온 훈춘현위에서는 끊임없이 앙양되는 인민군중들의 항일열의를 제국주의, 봉건주의를 반대하는 투쟁의 궤도에 이끌어올리기 위하여 조직 사업과 정치동원 사업을 바싹 틀어쥐었다.

신춘은 다리를 부상당하긴 하였지만 아무리 생각하여도 열화같이 타 번지는 투쟁정세 앞에 앉아있을 수 없었다. 그는 양도익이라고 변성명하고 대황구에 가서 악질지주와 친일주구를 청산하는 투쟁을 직접 지휘하였다.

1930년 11월에 신춘은 동지들과 함께 대황구 일대에서 황아장수로 분장하고 정보를 탐지하는 주구 리××를 잡아내어 북구에 끌고 가서 처단하였다.

1931년 음력설 전야에 훈춘에 주둔하는 중국 육군이 혁명구역에 대하여 대규모적인 포위토벌을 하였다. 2월 상순의 어느 날 신춘은 대황구 북구의 어느 농민의 집에서 삐라를 긴장이 찍고 있다가 뜻밖에 적들에게 잡혀 훈춘육군대대부로 압송되어갔다. 그와 때를 같이하여 빈랑구, 일송정, 류정평, 앤퉁라즈 일대에서도 40여 명의 동지들이 선후하여 체포되었다.

적들은 체포된 사람들을 악착스레 고문하면서 북구, 류정평, 일송정 등지에서 주구를 청산한 투쟁에 참가한 사람과 그 지휘자들을 공술하라고 하였다. 이 위급한 고비에 신춘은 자기 개인의 안위를 돌보지 않고 선뜻 나섰다.

"청산추쟁은 이 사람들과 관계가 없다. 그놈들은 모두 나의 명령에 의하여 처단되었다."

"무엇이라고? 네가?"

적들은 너무 놀라서 눈이 휘둥그레졌다.

이 준엄한 시각에 신춘은 모든 일을 자기가 끌어안고 기타 동지들을 보호함으로써 헌신적으로 남을 구하였다. 그 결과 체포된 40여 명의 동지들은 얼마 가지 않아 모두 석방되었다.

1931년 5월에 적들은 신춘을 연길감옥에 압송하여 가두었다. 적들은 신춘을 무기도형으로 판결하였다가 그 후에 항일형세의 핍박으로 하여 유기도형으로 고쳐 판결하지 않을 수 없었다. 1934년 6월에 신춘은 형기가 '만기'되어 출옥하였다. 그런데 이것은 적들이 피워댄 술책이라는 것을 누가 알았으랴. 적들은 "형기가 만기되어 석방한다."는 허울 밑에 연길 일본헌병대 특무를 사촉하여 암암리에 신춘을 살해하였다.

신춘은 희생되었다. 그러나 그의 불후의 명성과 특출한 공훈은 세월이 흘러도 사라지지 않을 것이다. 70여 년이 지난 오늘까지도 사람들은 더구나 존경하는 마음으로 광부봉기의 참가자이며 동북에서의 첫 인민정권인 약수동 소비에트정부의 창건자이며 연변에서 제일 일찍 조직된 무장대오의 하나인 평강구유격대ー연화유격대의 조직자이고 지휘자이며 조선족혁명가인 신춘을 길이 그리고 있다.

연길연대 첫 연대장 김순덕

(1911-1934)

　김순덕은 동북인민혁명군 제2군 독립사 연길연대의 첫 연대장이다. 그는 1911년에 왕청현 백초구 려성촌의 한 조선인농가의 아들로 첫 울음을 터치였다. 궁핍한 살림은 그의 부모들을 달달 볶았다. 순덕의 부모는 하는 수 없이 어린 아들을 데리고 연길현 계림촌으로 이사하였다.

　가난한 생활은 어딜 가나 매일반이었다. 잔뼈가 굳기도 전에 순덕은 부모를 도와 지주의 땅을 부쳐야 하는 데서 소학교공부를 가까스로 지탱해냈다.

　20년대 후기에 이르러 마을에는 김철진이라고 하는 한 조선인 혁명가가 나타나 야학실을 꾸리였다. 김순덕은 이 야학실에 다니며 보다 깊이 지식을 닦았을 뿐만 아니라 혁명의 도리를 터득하기 시작하였다. 마을에 농민협회, 반제동맹, 호조회, 소선대 등 군중단체가 결성되자 순덕은 선참으로 소선대에 가입하고 소선대 중대장으로 활동하였다. 후에는 농민협회 주요 책임자로 되어 마을의 농민들을 계급적으로 각성시키는 일에 몰두하였다.

　1930년 연변 ‘5·30폭동’ 이후 계림촌에도 중공당소조가 조직되었다. 이 당소조는 화전자 당지부에 소속되어 중공의란 구위의 지도를 받다가 1931년 11월에는 새로 건립된 중공해란 구위의 지도를 받았다. 김순덕은 1930년 가을에 입당한 뒤 점차 자각적인 혁명전사로 자라났다.

1931년 가을 온 연변 땅을 휩쓴 추수투쟁의 불길은 해란구 일대에서도 세차게 타올랐다. 11월 5일, 연길구와 해란구의 농민대표로 무어진 '소작투쟁위원회'의 5명 성원들이 소영자의 대지주 송보승과 담판하다가 시거우(西溝) 공안분주소에 체포되었을 때 김순덕은 계림촌과 그 일대의 군중들을 이끌어 시거우공안분주소로 달아갔다. 연길구와 해란구에서 모인 군중은 2000여 명에 달했다. 공안분주소 소장은 2명 대표를 내놓았으나 3명 대표는 이미 국자가 연길공안국에 넘어갔다고 실토하였다. 이날 밤에 분노한 시위 대열이 횃불을 들고 공안분주소 소장을 앞세우고 소영자로부터 국자가로 향할 때는 그 수가 근 만 명에 달했다. 수천 명 군중들이 연길현부를 겹겹이 에워싸고 "농민대표를 내놓아라!", "현장을 불러내라!"하고 구호를 부르니 겁을 먹은 현장은 체포한 3명 대표를 내놓고 군중들이 제기한 소작료 3·7제, 4·6제의 정당한 요구를 접수하지 않을 수 없었다.

연길구와 해란구를 들썽한 이 일대의 추수투쟁은 군중들의 승리로 끝났다. 김순덕은 단결된 힘의 위력이 얼마나 큰가를 심심히 느끼었다. 이듬해 봄 기민투쟁(즉 춘황투쟁)이 터졌을 때 김순덕은 또 이 투쟁의 진두에 나섰다. 그는 여러 마을의 투쟁골간들과 손잡고 친일주구인 화련리의 툰장 김성기, 하동촌의 주구 허병팔, 계림촌 촌장 겸 조선인민회 참의원이며 일본의 훈8급(勳八級) 수훈자인 김동후 등을 붙잡아 끌고 다니며 투쟁하였다. 그리고 친일지주와 그들의 식량재물을 몰수하여 빈고농민들에게 나누어 주었다.

추수춘황투쟁의 승리적 진행은 적들을 놀래었다. 일제 놈들은 1932년 3월, 화련리에서 무장자위단을 조직한 뒤 이 놈들을 선두로 본격적인 '토벌'에 나섰다. 5월 1일(음력 3월 28일) 첫 토벌에서만 해도 남화련리, 중촌, 류정촌, 학교촌에서 행인까지 도합 18명이 쓰러졌다.

무장한 적은 무장으로 대처하여야 했다. 1932년 5월, 중공해란 구위에서는 김순덕을 대장으로 하는 해란구 적위대를 조직하여 적들의 학살과 역청산에 맞서 나섰다. 김순덕은 구위의 지도하에 류정촌, 중촌, 상촌과 계림촌 삼호동네의 심산 속에 대장간을 차려놓고 큰칼, 단도, 날창 등 원시적인 도창무기를 만드는 한편 적위대를 이끌어 무기탈취투쟁을 줄기차게 벌였다.

이해 봄의 어느 날, 일본군차림을 한 김순덕은 10여 명의 적위대원을 지휘하여 화전자 대지주집을 습격하였다. 이날 그들은 화승총 2자루와 목갑총 1자루를 노획하였다. 같은 시기 그들은 일본군의 집사대로 가장하고 화전자 경찰분주소를 습격하여 보총 10자루와 옷을 빼앗은 전과를 올리었다. 적위대의 김정문은 동지들과 함께 벽수의 지주집을 기습하여 보총 한 자루와 권총 한 자루를 손에 쥐였다면 적위대는 또 길가에 매복하였다가 지나가는 철도호로대 네 놈을 본때스레 재끼고 총 네 자루를 빼앗기도 하였다.

김순덕과 그의 적위대는 무기탈취투쟁에서 눈부신 성과를 거두었다. 짧디 짧은 두 달 동안에 그들은 30여 자루의 보총과 권총, 목갑총을 갖게 되었다. 그해 7월 해란구 적위대는 구유격대로 개편되었다.

어느 날 김순덕은 철도호로대 네 놈이 화련리 수침동 마을에 가서 농민들의 부림소와 식량을 빼앗아 갔다는 소식을 들었다. 격분한 김순덕은 인차 유격대를 데리고 류정촌 고갯길 옆에 매복하였다가 불의습격을 했다. 두 놈은 목숨만 살려달라고 벌벌 떨었고 다른 두 놈은 죽기내기로 내뛰었다. 그 놈들이 200미터가량 뛰었을 때 김순덕은 천천히 보총을 추켜들었다. "땅, 땅" 두 방의 총성과 함께 두 놈이 다 나동그라졌다. 그날로 그들은 부림소와 식량을 원주인에게로 돌리었다. 그때부터 김순덕은 명사수로 소문났다.

김순덕은 빈고농민들의 생활에도 관심을 돌리었다. 그는 유격대를 거느리고 솜옷을 여덟 수레나 빼앗아 유격대와 빈고농민들이 겨울을 나도록 하였다. 우와 같이 농민들의 식량 등을 약탈해 가는 놈들을 습격하여 도로 빼앗아 농민들에게 돌려 준 일은 한두 번이 아니었다.

해란구유격대의 활동은 일제 놈들의 두통거리로 되었다. 빈번히 유격대의 타격을 받은 놈들은 "조선청년 백 명을 죽이면 그 속에 공산당 한두 명은 들어있다."면서 일본군토벌대와 무장자위단을 내몰아 해란구 일대에 연속 덮쳐들었다. 1932년 5월 1일부터 시작하여 1933년 2월까지 10개 월 밖에 안되는 기간에 놈들은 200여 세대가 살고 있는 화련리 일대 12개 마을을 참빗질하며 무려 50여 차의 토벌을 감행하여 혁명자와 군중 170여 명을 학살하였다. 그중 1932년 음력 8월에 있었던 '8·7참안'에서만 해도 50여 명이 쓰러졌다. 그중 23명은 개산툰, 평강구, 삼도구 등지의 골간들로 무어진 '연화유격대'의 유격대원들이다.

피의 세례였다. 이들 유격대원들은 계림촌에 주둔하고 있는 철도호로대의 40여 자루의 보총을 탈취하러 왔었다. 8월 6일 저녁 소홀한 탓으로 문전보초만 세우고 바깥보초를 세우지 못한 데서 일이 생겼다. 그들은 류정촌의 리삼달네 집에 머물렀는데 이튿날

새벽 3시경에 일본수비대와 무장자위단 수십 명이 주구의 밀고를
받고 돌연습격을 들이대니 오전 9시까지 반격하며 피어린 싸움을
해도 피동적 국면을 돌려세울 수 없었다. 다행한 것은 유격대 35
명 중 12명이 포위를 돌파했고 해란구유격대의 대원들은 그날
류정촌에 없었던 것이다.

그 후 김순덕은 혁명군중들의 지지 밑에 유격대를 이끌어 계속
당지에서 무장투쟁을 견지하였다. 적들의 토벌이 갈수록 가심해
지는 데서 1932년 말에 중공연길현위에서는 해란구유격대를 왕
우구 근거지로 전이하도록 하였다. 1933년 1월에 김순덕이 거느
린 해란구유격대 30여 명은 왕우구에서 연길현유격대에 편입되
었다. 이해 초에 현 유격대가 대대로 발전된 후 김순덕은 중대장
책임을 맡았다. 그는 소속 중대를 거느리고 현안의 마반산 일대
와 의란구, 팔도구, 로투구 등지에서 활약하면서 도처에서 적들
을 타격하였다. 그중 길청령습격전만 해도 수차나 된다.

길청령은 왕청현과 연길현 간의 경계를 이루는 영마루인데 산
이 높고 수림이 무성하였다. 2개 현을 통하는 적들의 군용물자수
송은 모두 이 영마루를 거쳐야 했다. 여기에서 김순덕은 수차나
매복전을 벌려 적들의 군용운수차를 습격하면서 적들을 쩔쩔 매
게 하였다.

1933년 9월의 어느 날 밤, 연길현유격대는 김순덕의 지휘하
에 로투구 시내 습격전을 벌였다.

로투구는 일제 놈들의 중요한 군사거점의 하나였다. 여기에는
놈들이 발전소와 탄광이 있고 많은 노동자들과 이른 바 '정치범'
들이 강제적 고역에 시달리고 있었다. 사전에 로투구 시가지의
적들 병영과 주요 기관을 샅샅이 정찰한 데서 약 한 시간의 치열

한 전투를 거쳐 우리 유격대는 로투구를 완전히 공제하였다. 유격대는 적의 병영과 주요기관을 불바다로 만들고 일본군대와 경찰, 주구 등 수십 명을 격사시켰다.

이는 로투구에 대한 항일유격대의 첫 습격전이었다. 철옹성이라고 떠들던 로투구 시가지는 하룻밤 새에 녹아났다. 이날 유격대는 숱한 물품을 노획하여 가지고 무사히 귀로에 올랐다.

1933년 초 동만항일 근거지들에 대한 제1차 대'토벌'에 이어 일본침략자들은 1933년 겨울부터 이듬해 초까지 제2차 대'토벌'을 발동하였다. 이에 앞서 적들은 근거지의 주변에 '집단부락'을 설치하고 보갑제도를 강화하면서 유격 근거지들을 엄밀히 봉쇄했는데 그 기염이야말로 대단히 창궐하였다. '춘기토벌'과는 달리 첫 시작부터 근거지들을 불바다로 만들며 도처에서 근거지인민들을 야만적으로 살육하였다.

1933년 겨울, 김순덕 소속중대는 여러 중대들과 함께 석인구, 왕우구 일대에서 이동하면서 장재촌, 7호촌, 왕바버즈 등지에서 20여 일간에 적'토벌대' 300여 명을 소멸하였다. 이해 겨울 근 2000명의 적들이 삼도만 일대에 기어들었는데 김순덕 등이 지휘한 유격대는 14일간에 23차의 격전을 벌려 적'토벌대' 150여 명을 소멸하고 적들을 마침내 근거지에서 몰아냈다.

연길현유격대대는 일제 놈들의 제2차 대'토벌'을 분쇄하는 피어린 투쟁 가운데서 새로운 장성을 가져왔다. 이 유격대대는 1933년 초에 성원이 130여 명이었는데 1934년 초에는 300명으로 늘어났다. 1934년 봄에 연길현유격대대는 동북인민혁명군 제2군 독립사 제1연대로 개편되고 김순덕이 제1연대 첫 연대장으로 임명되었다.

일제 놈들의 제2차 대'토벌'에서 연길현 여러 근거지의 가옥들과 밭의 곡식은 완전히 잿더미로 되었다. 제1연대 연대장으로 새로 부임한 김순덕은 현실을 정시하고 현위와 연대의 지도 일군들과 연구하고 왕우구 근거지의 인민혁명정부와 혁명군중들을 고성자와 남동, 북동을 떠나 사방대 깊은 산속으로 전이하도록 하였다. 김순덕은 부대를 크게 두 갈래로 나누어 한 갈래가 새로운 근거지 개척에 나서도록 하는 한편 자기가 직접 주요 병력을 이끌고 주동적으로 출격하면서 적후 교란작전을 대담히 벌였다.

길청령에서 적들은 유격대의 수차의 기습을 받아 큰 손실을 입었다. 이에 대처하기 위하여 일제 놈들은 1934년에 이르러 길청령 마루에 포대를 쌓고 전문 수비대를 배치하였다. 김순덕은 이 포대를 없애버리기로 작심하고 이해 여름에 부대를 이끌고 재차 길청령을 습격하였다. 허나 이 습격전에서 김순덕은 부대를 지휘하다가 그만 복부에 중상을 입고 쓰러졌다. 분노한 장병들은 멸적의 함성높이 짓쳐 들어가 적포대를 까부시고 승리를 거두었으나 자기들의 존경하는 연대장을 잃는 슬픔을 겪어야 했다.

김순덕은 희생될 때 23살 밖에 안되었다. 그만큼 그는 나젊은 군사지휘관이였으며 일제 놈들의 간담을 서늘케 하던 산 호랑이였다.

김명균 가짜 귀순 진짜 혁명

(1899-1934)

　20세기 30년대 초 '민생단'으로 몰려 달아났다가 '반변'했다고 역사에 오점만 남겨왔던 사람, 이 사람의 이름은 김명균이라고 부른다. 그는 1899년에 조선 함경북도 회령군에서 태어났다. 열네 살 나던 해에 부모를 따라 정든 고향을 떠나 두만강을 건넌 곳이 화룡현 양목정자이다.

　이국땅에 와서도 살아가기가 어려웠다. 허나 큰 뜻 품고 공부하려는 명균의 마음은 드팀없었다. 그는 당지에서 소학교공부를 마치고 열일곱 살 때 국자가 연길사범학교에 입학하였다. 그해가 1916년이었다. 그는 연길사범학교를 다니던 기간에 이동휘가 1914년도에 왕청현 라자구 태평구에 무관학교를 세웠다는 말을 들었다. 왕청 경내에는 이러한 사관양성소가 한두 개 아니란다. 귀가 솔깃한 김명균은 공부를 하다말고 1917년 초에 무작정 왕청현 대왕청 일대의 사관학교로 달려갔다. 이 사관학교는 조선인 반일독립지사들이 꾸린 학교인데 그는 이 학교에서 군사를 배우며 반일의 뜻을 키웠다. 그해(1917년) 10월 명균이는 독립군수령 홍범도를 따라 러시아 이만으로 가서 독립군이 꾸린 사관학교 조직부에서 서기장 책임을 맡았다. 이에 앞서 그는 바다 건너 일본에 가서 와세다(早稻田)대학을 다니기도 했단다.

어언 만 4년 세월이 가까워 왔다. 러시아 땅에서 보고 들은 현실은 한가슴으로 받아 안기엔 너무나도 벅찼다. 러시아 레닌의 길을 걷자, 사회주의, 공산주의 길만이 이 세상 노고대중이 행복에로 통하는 길이다. 이렇게 사상을 정비한 김명균의 마음은 홀가분해났다. 1921년 5월에 김명균은 연해주를 떠나 연변으로 돌아왔고 연길현 팔도구의 태평구 현립 제3소학교와 동성용 남쪽의 석마동사립소학교에서 교편을 잡고 학생들에게 반일계몽사상을 애써 고취하였다.

김명균은 태평구와 석마동 등지에서 교편을 잡으면서 민중교육에 관심을 모았다. 20년대 후기에 이르러 '고려공산청년회'에 가입하고 한패 또 한패의 열혈청년들을 혁명의 길로 이끌었다.

1928년 초에 김명균은 조직의 파견을 받고 돈화로 가서 반일무장투쟁 준비 사업에 나섰다. 그는 적위대 교관으로 활약하다가 황석건의 소개로 조선공산당 조직에 가입한 후 액목현 군사책임자로 발탁되었다. 그는 주야 뛰어다니며 반일무장투쟁에 골몰하였다.

1930년 동만 '5·30폭동' 후 김명균은 조직의 부름을 받고 용정으로 돌아왔다. 이해 7월에 중공연변특별지부 서기 왕경의 소개로 중국공산당에 가입하였다. 조공당원으로부터 중공당원으로의 전변─김명균은 공산국제의 일국일당이 원칙을 받아들이고 중국공산당의 지도하에서 싸워 가리라고 다짐하였다.

이해 '5·30폭동'은 단결된 대중의 반일의 힘을 과시하였다. 조직이 노출되어 일부 피해를 입긴 하였으나 투쟁은 또 이를 수요하였다. 동만당 조직에서는 중공만주성위 특파원 박윤서의 발기하에 국제반제운동기념일인 8월 1일을 계기로 돈화에서 대규모의 '8·1길돈폭동'을 단행하기로 결정하고 박윤서를 총지휘로 하는 총지휘부를 내왔다. 총지휘부 아래에 돈화, 액목 두 개 대대를 내왔는데 김명균이 액목대대 대대장, 즉 총지휘를 맡기로 하였다.

김명균은 박윤서 등과 함께 지체 없이 돈화로 갔다. 7월 28일, 돈화현 관지에서 해당 폭동준비회의를 부르고 폭동대를 일곱 개 파괴대와 두 개 습격대로 나누었다. 회의의 결정에 의해 일부 폭동대가 관지 일대에 남은 외 대부분 폭동대오는 교하, 신참 일대를 맡아 나섰다.

7월 31일 밤 10시, 폭동은 돈화, 액목, 교하 등 넓은 범위에서 일제히 일어났다. 파괴대는 철도를 뒤집고 교량에 불을 질러 길하(吉哈)철도와 길돈(吉敦)철도를 마비상태에 빠뜨렸다. 습격대는 적들의 주요 기관과 부서들을 기습하여 보총 16자루와 탄알 천여 발, 적잖은 군용물자를 노획하였으며 보안대병영 아홉 칸을 태워버렸다. 몰수한 식량은 농민들에게 나누어주었다.

박윤서, 김명균 등이 지도한 '8·1길동폭동'은 이튿날 8월 1일까지 지속되었다. 이에 반동당국은 "8·1폭동은 세계 공산당이 일으킨 대규모운동"이라고 아우성치면서 현지에 많은 군경들을 풀어 미처 피하지 못한 폭동대원 139명을 체포하였다. 김명균은 최일 등 5명과 함께 황니허로 가서 공산당원 황석현과 연계를 가졌으며 연길현 세린하 일대로 전이하여 새로운 투쟁에 나섰다.

1931년 봄에 연길현 구수하 태양묘에서 중공연화현위가 연길, 화룡 두개 현위로 갈라진 후 김명균은 중공연길현위 제1임 군사부장을 맡았다. 1932년 1월에는 중공왕청현위 군사부장으로 파견되었다.

중공왕청현위에서는 김명균이 현위 군사 부장으로 부임되어 온 후 인차 전문회의를 소집하고 전해 12월에 옹성라자에서 열린 동만당, 단 열성자 회의(옹성라자회의) 정신을 전달하였으며 김명균에게 왕청현유격대 건립을 위임하였다.

1932년 2월 초에 김명균은 소왕청 마촌에서 한 달을 기한으로 한 군사강습반을 꾸리고 유격대 건립을 첫째가는 자리에 놓았다. 그리곤 김철, 김호, 량성룡, 리광, 장룡삼, 리응만 등 7명 골간이 참가한 군사회의를 열고 유격대의 간부선발, 무기, 훈련 등 문제를 토의하였다.

회의에서 난제로 제기된 것은 무기내원이었다. 이에 김명균은 장룡산에게 지시하여 대감자공안분주소를 습격하도록 하였다. 석현자위단도 이 시기에 장동에서 이들의 매복습격을 받았다.

드디어 이해 4월, 소왕청에서 김철, 장룡산, 량성룡, 리응만, 리원섭 등 12명으로 구성된 왕청현유격대가 조직되었다. 김명균은 김철을 대장으로 임명하고 리광을 대장으로 하는 별동대를 따로 무어 구국군 오의성 부대에 파견하였다.

왕청현유격대대부는 마촌 뒤 골안의 사시나무숲 속에 자리 잡았다. 김명균은 대원 여럿을 팔인구에 주둔하는 구국군잔 여 부대에 파견하여 항일을 원하는 40여 명 사병을 현 유격대에 편입하도록 하였다. 이들이 60여 자루의 보총과 10여 자루의 권총을 가지로 온데다가 무기탈취투쟁이 드세고 군중들까지 지원한 데서 무기와 대오는 크게 불어났다.

유격전을 벌릴 수 있는 토대가 이루어졌다. 1932년 5월부터 김명균과 리광은 유격대와 별동대를 지휘하여 하마탕 전하툰 지주집 습격, 남하마탕교두에서의 만군수송대습격 등을 연속 조직하였다. 만군수송대습격에서 이들은 적 한개 소대를 소멸하고 보총 33자루, 탄약 10여 상자, 양식 수십 마대를 노획한 전과를 올리었다. 김명균은 또 리원섭이 한 갈래 유격대를 거느리고 길청령에 가서 일제의 군용자동차를 매복 습격하도록 하였다.

6월 하순에 김명균은 쌍하진 주둔 일제수비대가 위만군을 앞세우고 용수동에 덮쳐들어 무고한 백성 24명을 학살하였다는 비보를 접하였다. 분노한 김명균은 즉각 현 유격대를 파견하여 용수동적위대와 함께 대북구 어구에 매복하도록 하였다. 라자구에 갔다가 돌아오던 쌍하진 일제수비대는 유격대의 매복습격을 받아 20여 명이 황천객이 되었다.

왕청현유격대는 김명균의 직접적인 지도하에서 두개 월 사이 신속히 장대해졌다. 김명균은 현 유격대를 제때에 한 개 중대로 개편하고 중대 아래에 세 개 소대를 설치하였다.

1932년 8월, 김명균은 직접 한 갈래 유격대를 거느리고 목단지교두 매복전을 벌려 위만군수송대에 섬멸적인 타격을 가하는 한편 유격중대가 별동대와 협동작전 하여 마록구에서 위만군의 다른 한 수송대를 매복 습격하도록 하였다.

왕청현유격중대는 현위 군사부의 통일포치에 따라 현안의 하마탕, 로송령, 목단지, 천교령, 묘령, 황가령 등지에서 적들과 연속작전을 벌였다. 그들은 30여 차의 전투에서 적 150여 명을 소멸하고 많은 무기와 탄알 등을 노획하였다. 그중 하마탕 위만군병영을 습격하고 10월 초에 로송령에서 일제철도경비대 40여 명이 녹아나고 무장해제를 당한 것은 그 대표적 실례라 하겠다.

김명균은 반일병사쟁취에도 큰 힘을 기울였다. 1932년 봄에 그는 리광, 황동순, 호택민, 김은식, 황진 등 9명으로 별동대를 조직하여 라자구의 구국군 오의성 부대에 파견한 뒤 이해 10월 초에 또 김은식을 소환하고 은식 등 5명 유격대원을 소왕청 마촌 부근의 산림대-관보전 부대에 파견하였다. 최금숙 등도 육속 관 부대에 들어가 반일병사쟁취 사업을 벌였다. 한데서 관보전은 한 시기 항일에로 기울어졌고 항일유격대와 혁명조직을 도와 나서기 도 하였다. 배신행위로 김은식 등 4명을 살해하고 일제에게 투항 한 것은 그 후의 일이다.

1932년 4월부터 반년 남짓한 기간 왕청현유격대는 당현위와 김명균의 올바른 지시와 지도 아래 리광 별동대와의 협동작전으로 일본군, 위만군, 경찰서, 자위단, 악패지주 장원 등을 중점적으로 타격하면서 전투의 시련 속에서 부단히 발전, 장성하였다. 하여 현 유격대는 대원이 200여 명으로 늘어나고 각종 무기는 보총 160여 자루, 권총 20여 자루, 경기관총 3정에 달하였다. 이해 11월에 왕청현유격중대는 김명균의 사회하에 대대로 개편되고 대 대산하에 4개 중대를 두었는데 김명균이 대대장을 겸하였다.

왕청현유격대의 흥성발전은 적들을 놀래었다. 피눈이 된 일제 놈들은 1933년 벽두에 저들 수비대와 위만군, 무장자위단, 경찰 등 700여 명을 긁어모아 새로 창설된 소왕청 근거지에 살기등등 하게 달려들었다. 적들이 사수평(삼도구) 쪽으로부터 밀려든다는 급보를 받은 김명균은 량성룡이 1중대와 2중대를 지휘하여 맞서 싸우도록 지시하였다. 이 전투에서 왕청유격대 2개 중대는 기동 영활한 전술로 적 30여 명을 쓰러 눕히었다. 적들은 도처에서 얻어맞기만 하다가 나중에 트럭 두 대에 저들 시체를 박아 싣고 패주하고 말았다.

일제 놈들은 저들의 실패를 달가워하지 않았다. 김명균은 적들이 엄청난 병력으로 대소왕청을 포위하고 근거지를 일거에 소탕할 준비를 서두르고 있다는 정보를 입수하였다. 정보에 의하면 적들은 석현에서 한창 군사작전회의를 하고 있다고 한다. 김명균은 '토벌'지휘부를 짓부서 적들을 마비상태에 빠뜨리려고 결심하고 친히 유격대 1개 중대를 거느리고 석현에 진출하였다. 결사대는 김명균의 명령을 받고 회의장소에 숨어들어 보초병들을 재껴버렸다.

그때 한 결사대원이 선참으로 회의장소에 돌입하여 "꼼작 말앗!"하고 벽력같이 소리쳤다. 적 장교들은 어안이 벙벙하여 일순 어찌할 바를 몰랐다. 헌데 다른 결사대원들이 미처 회의장소에 이르지 못하였다. 어느 놈인가 선불을 안긴 데서 먼저 돌입한 결사대원이 피못에 쓰러졌다.

적들은 인차 반격을 개시하였다. 김명균은 신속히 대오를 지휘하여 하루 종일 적들과 피어린 싸움을 벌이다가 철거하였다. 영창동에서 우세한 적들과 맞다든 데서 김명균은 유격대와 함께 적들과 여러 날이나 생사 판가리 전투를 벌리지 않을 수 없었다. 나중에 탄알이 다 떨어지고 수류탄도 얼마 남지 않았다. 마침 장룡산이 후원군을 인솔하여 짓쳐들어왔기에 김명균은 전체 중대를 지휘하여 적들의 포위에서 벗어날 수 있었다.

이해 1933년 4월 17일, 일제침략자들은 끝내 1500여 명의 병력을 풀어 소왕청항일유격 근거지를 대거 진공하였다. 그때 근거지에는 2개 중대와 수십 명의 반일자위대 밖에 없었다. 유격대는 김명균, 김일성, 량성룡 등의 지휘하에 유인전, 매복전, 습격전 등 변화무상한 전술로 적들을 끌고 다니면서 3일 동안에 적 400여 명을 살상하였다. 적'토벌대'는 근거지에서 물러서지 않을 수 없었다.

실천은 김명균이 유능한 군사지휘관이라는 것을 증명하고도 남음이 있다. 그는 일제 놈들과의 피어린 싸움마다에서 언제나 진두에 섰다. 적들의 한 해당 자료에 의하면 김명균이 직접 지휘하여 일본 놈을 사살한 사건이 20여 건, 일만 관헌을 습격한 사건이 20여 건, 무기를 탈취한 사건이 8건에 달한다고 한다.

헌데 누가 알았으랴, 1933년 봄부터 소왕청 근거지에서 시작된 이른바 대내 반'민생단' 투쟁은 김명균마저 휘몰아 넣었다. 6월에는 중공만주성위 순시원 반경우와 양파가 소왕청에 내려와서 통일전선에 대한 중앙의 '1·26지시편지'와 이 지시편지를 접수할 데 관한 성위의 결의를 시달한다면서 중공왕청현위확대회의를 소집하고 왕청현위의 지도자들은 '파쟁분자'이고 '우경기회주의로선'을 집행하였다고 극단적으로 선포하였다. 그리곤 당현위 서기 리용국과 김명균 등의 직무를 철소하였다. 이에 불만을 품은 김명균은 '민생단'으로 몰리다가 기회를 타서 아내와 함께 탈주에 성공하였다. 하나 도중에 체포되어 도로 '민생단'감옥에 갇히었다.

억울했다. 통분했다. 하다고 순순히 '좌'경로선의 생죽음을 당할 수가 없었다. 마침 현위 간부 리건수가 보초를 섰다. 리건수는 김명균이 일본 와세다대학에 입학했을 때 같이 공부했던 동기동창이었다. 김명균은 리건수와 이말 저말 주고받다가 그가 주의하지 않은 틈을 타서 재차 '감옥'에서 탈주하였다. 리건수는 이로 해서 '민생단'에 연루되어 처단되고 김명균은 대두천일본수비대에 걸려들었다. 백초구영사분관에 끌려간 뒤 그는 적들을 얼려 넘기기 위하여 놈들이 아는 이른바 '죄행' 30여 차 습격행동을 '진심'으로 교대하는 척 하면서 "손 씻고 나앉으며 귀순"하겠다고 표시하였다.

적들은 과연 김명균의 속임수에 걸려들었다. 이자들은 김명균이 정말 '회개'하는가고 여기고 그를 톡톡히 훈계하고는 석방하였다. 김명균은 전에 교편을 잡은 적 있던 연길현 태평구에 가서 태평구소학교 교장을 부임하였다.

기회는 다시 왔다. 김명균은 자기가 혁명자이고 중공당원이라는 것을 잊을 수 없었다. 그는 교장신분으로 자기의 진실한 신분을 가리면서 선후로 11명 동지를 중공당원으로 발전시키었다. 그는 이 동지들과 함께 백색구역에서 간고한 지하투쟁을 벌였다. 그러던 1933년 8월, 그가 발전시킨 당원 량덕해가 일제경찰에 체포되어 반변한 데서 들통이 났다. 김명균의 가짜 귀순, 진짜 혁명의 진상이 적들에게 드러났다.

이해 8월 16일, 김명균은 재차 적들에게 체포되었다. 백초구 경찰서와 로투구경찰서에서는 『공비가 허위 귀순한 후 비밀공작을 진행한 데 관한 지건(之件)』이란 보고를 위에 보냄과 함께 김명균을 용정의 저들 총영사관으로 끌고 갔다.

1934년 1월, 김명균은 '정치중범'이란 낙인이 찍힌 채 서울 서대문형무소로 압송되었다. 이해 8월에 경성지방법원에서는 김명균을 사형에 언도하고 집행하였다.

이것이 김명균의 진실이다. 김명균은 또 이런 사람이었다. 그는 적들을 속이고 다시 혁명하다가 체포되어 서대문형무소에서 비장한 최후를 마쳤지만 이른바 '도망'과 '귀순'이란 딱지가 역사의 오해로 되어, 그의 걸림돌로 되어 죽어서도 내내 반역자란 더러운 멍에를 짊어져야만 했다. 역사는 때론 무정하게, 본의 아니게 인간을 들볶기도 하였다.

하지만 시간의 흐름 속에서 역사는 또 공정하게 냉정을 찾기도 하였다. 1988년에 연변 주당사업위원회와 당사연구소에서는 신민주주의혁명 시기 『연변역사사건 당사인물록』을 펴낼 때 김명균을 정면수록하면서 그의 가짜 귀순, 진짜 혁명의 진실한 내막을 처음으로 세상에 밝혔다. 1989년 12월에 출판된 중국조선민족 발자취총서 『봉화』(3)는 상기 『인물록』 주필을 맡았던 리창역과 당사연구소 백성정의 글 『〈민생단〉사건』을 실어 김명균은 "혁명의지를 굽히지 않고 옥중투쟁을 전개하다가 1934년 9월에 사형받았다."고 올바르게 평가하였다.

　김명균 열사여, 고이 잠드시라, 역사는 억울함을 당하고도 절개를 굽히지 않은 그대의 공적을 객관적으로 평가하였고 사람들은 영원히 그대를 추모할 것이리라!

유격대대 량성룡 대대장

(1906-1935)

1

　량성룡(일명 량병진)은 1906년 음력 2월 21일 왕청현 북하마탕의 한 빈농가에서 태어났다. 여섯 살 되는 해에 부모를 따라 왕청현 대흥구 하서마을로 이사하였다. 아홉 살에 하서마을의 구학서당에 들어갔다.

　성룡이는 13살에 부모들의 주선으로 자기보다 4살 위인 리명옥이라는 처녀와 결혼식을 올리었다. 그 세월은 남자 10여 살이면 으레 장가를 들어야 하는 때라 어린 성룡이는 결혼이라는 함의를 다는 몰랐으나 아내 되는 사람을 아끼고 받들며 살아야 한다는 것은 잘 아는 터였다.

　1920년 성룡이가 열다섯 살 되는 해에 일본침략자들은 대량의 군대를 연변에 끌어들여 치 떨리는 '경신년대토벌'을 감행하였다. 이 토벌에서 일찍 반일독립군에 참가하여 활동했던 성룡의 아버지와 외할아버지도 무참히 학살당했다. 비록 나이는 어려도 장가까지 든 성룡이는 장차 커서 이 원수를 꼭 갚고야 말겠다고 다짐하였다.

　아버지를 여읜 후 성룡이는 서당에 다니다말고 어머니를 도와

가정의 '어른'노릇을 해야 했다. 우차몰이, 유벌공, 가야하 배사공
―그는 닥치는 대로 품팔이를 찾아했다. 그래도 생활은 내내 펴
일 줄을 몰랐다.

성룡이가 금방 20대에 잡아들자 왕청현의 하마탕과 대흥구 등지
에는 김훈, 김상화 등 조선족혁명가들이 활동하고 있었다. 늘 아버
지의 원수를 잊지 않고 있던 성룡이는 그들의 영향하에서 인차 반
일열조 속에 휘말려들었다. 그는 뱃사공질하는 기회를 타서 비밀리
에 선배동지들을 건네주기도 하고 선전삐라를 살포하기도 하였다.
한번은 한주일간의 신고로 뗏목을 탄 삯전을 받았다. 그는 경찰들
의 눈을 피해가며 동무들에게 부탁하여 10여 켤레의 신을 사서 산
에 있는 동지들에게 보내었다. 성룡이는 바로 이런 사람이었다.

1929년에 성룡이는 조직의 위탁을 받고 하서마을에 아동단조직
을 꾸리었다. 아동단은 성룡의 지도 밑에 대흥구 일대의 삐라살포
와 비밀통신 사업에서 한몫을 담당하였다. 아내와 어머니, 동생들
도 성룡이를 이해하고 혁명 사업이라면 두말없이 도와 나섰다. 친
척들과 마을의 적지 않은 청년들도 그를 따라 혁명의 길에 나섰다.

1930년에 량성룡은 중국공산당에 가입하였다. 헌데 주구가 밀
고한 데서 량성룡은 망명길에 올라야 했다. 그는 그길로 소련 연해
주로 가서 연해주 땅을 두루 돌아보았다. 들끓는 소련의 사회주의
현실은 그를 크게 고무하였다. 그는 동녕현을 거쳐 라자구에 들어
선 후 동녕현에서 혁명 활동을 하다가 라자구로 온 동지 림세운과
함께 라자구에서 라자구유격대(일명 현 유격대)를 조직(1930년
10월)하고 하마탕, 천교령, 대흥구 등지에서 맹활동을 벌였다. 이
시기에 그들은 현위 서기 김훈의 지도하에서 현 내 각지를 다니며
악패지주와 한간을 처단하고 무기를 빼앗았으며 지주의 창고를 털

어 식량과 물건을 가난한 농민들에게 나누어 주었다. 허나 이해 겨울부터 시작된 적들의 거듭되는 탄압으로 하여 라자구유격대는 1931년 초에 잠시 자취를 감추지 않으면 안되었다.

투쟁은 간고하였지만 량성룡은 결코 물러서지 않았다. 유격대의 대부분 동지들이 라자구, 동녕현으로 해서 국경을 넘어갈 때 그는 지방에 남아 투쟁을 견지하면서 항일유격대를 조직하는 준비 사업에 달라붙었다.

2

1932년 2월1일, 김명균이 현 당위 군사부장으로 부임되면서 한달을 기한으로 한 군사강습반이 마련되었다. 김철, 리광 등 동지들과 함께 이 강습반에 참가한 량성룡은 강습반이 끝나자 또 김철, 리광, 김호, 장룡삼, 리응만 등 7인 군사회의를 가지고 항일유격대 조직문제를 전문 연구하였다. 문제로 남은 것은 무기내원이었다. 그래서 적의 무장을 탈취할 작전방안이 이루어졌다.

그해 음력 정월 보름(2월20일) 량성룡은 김철 등 동지들과 함께 대감자공안분주소를 불의 습격하여 보총 7자루와 많은 탄알을 노획하였다. 또 석현 장동에서 자위단을 매복, 습격하여 보총 3자루를 빼앗았다.

1932년 4월, 소왕청 최창호네 물방아간에서 김철을 대장으로 하는 왕청현유격대가 고고성을 터치였다. 대원은 량성룡, 리응만, 리원섭 등 12명이었다.

왕청현유격대가 조직된 후 량성룡은 현위 군사 부장 김명균, 대장 김철의 지휘하에 빈번히 출격하였다. 하마탕 전하툰 지주집 습격, 남하마탕교두에서의 만군수송대 습격, 일제수비대를 소멸하기 위한 대북구 어구 매복전 등에서 량성룡은 용맹과 슬기를 떨치었다. 하기에 이 기간 왕청현 유격대는 신속히 발전하여 2개월 밖에 안되는 사이에 유격중대로 편성되었으며 량성룡은 유격대의 골간으로 활약하였다.

1932년 봄에 량성룡 소속유격대는 대흥구 하서촌을 습격하여 주구 허현익과 최인용을 처단하였으며 7월에는 대감자를 기습하여 민분이 큰 유벌장의 최감독을 처단하였다.

이해 8월에 량성룡은 30여 명의 유격대원들을 거느리고 대두천에 있는 자위단단장 오상회의 집을 습격하여 많은 물건을 노획하였다. 같은 달 그는 또 리광 별동대와의 협동작전으로 된 마록구 만군수송대 습격전에 참가하여 적 10여 명을 사살하고 보총 13자루 등을 노획하는 데 크게 힘을 보태였다.

전투의 시련 속에서 량성룡은 왕청현유격대(중대) 제3임 대장으로 부임하였다. 이해 가을에 왕청현유격대는 량성룡의 통일포치와 지휘하에 동에 번쩍, 서에 번쩍하면서 하마탕 만군병영습격, 로송령 철도경비대 40여 명 무장해제, 목단지 교두 만군수송대 습격, 류지동에서의 가야하수비대와 자위단습격, 가야하기습전 등 30여 차의 연속작전을 벌려 적 100여 명을 소멸하고 많은 무기와 탄알 및 군수품을 노획하는 전과를 올렸다. 이런 일련의 전투들은 소왕청항일유격 근거지의 수립에 조건을 지어주었다.

1932년 가을 이후 소왕청항일유격 근거지가 정식으로 수립되었다. 왕청현유격대도 11월에 이르러 최초의 12명으로부터 100여 명으로 늘어나서 3개 중대를 망라한 대대로 발전하였다. 현위 군사 부장 김명균이 대대장을 겸했다가 량성룡이 인츰 대대장의 중책을 짊어졌다.

소왕청 근거지의 형성과 왕청현유격대의 장성발전은 적들을 미쳐 날뛰게 하였다. 일제침략자들은 1933년 벽두에 일본군수비대와 위만군, 경찰 등 700여 명을 내몰아 사수평(삼도구) 쪽으로부터 살기등등하게 달려들었다. 대대장 량성룡은 1중대와 2중대를 인솔하여 도처에서 적을 매복, 습격하여 30여 명을 요정 냈다. 적들은 상망자가 갈수록 늘어가자 저들의 시체를 자동차 두 대에 싣고 가야하 쪽으로 물러섰다.

그 시기 일제 놈들은 쟈피구에서 전주와 철로침목용 목재를 실어내기 위해 수많은 백성들을 강제부역에로 내세웠다. 그럴 때마다 무장자위단과 일본수비대 놈들이 뒤를 따랐다. 량성룡은 쟈피구 매복전을 짜고 들었다.

때는 1933년 초였다. 소왕청 근거지에서 떠난 유격대 한 개 중대는 날 밝기 전에 목적지에 이르러 청림동으로 들어가는 골짜기의 양켠에 매복하였다.

지루한 긴장과 초조 속에서 시간은 각일각 흘러갔다. 오전 10시가 되어서야 왕청 쪽 골짜기 어구에 놈들의 선두가 얼굴을 내밀었다. 수십 대의 우차 앞에 20여 명 자위단 놈들이 서고 우차 뒤에 수비대 놈들이 따라섰다. 물 뿌린 듯 고요하던 골짜기는 갑자기 어지러운 구둣발소리로 가득 찼다.

놈들이 어느덧 눈앞에까지 다가왔다. 그때 사격을 알리는 신호총소리가 울리었다. 유격대원들의 복수의 총탄이 비발같이 적진에 들씌워졌다. 불의 습격에 자위단 놈들이 하나 둘 너부러지자 적진은 일대 혼란을 이루었다. 서로 살겠다고 맹탕총질하며 줄행랑을 놓았다. 이날 유격대는 한 명의 희생자도 없이 10여 명의 놈들을 살상한 뒤 보총 10여 자루와 군도, 탄알 등 많은 군수품

을 노획하고 유유히 귀로에 올랐다. 이해 봄에 량성룡은 중공동
만 특위 위원으로 당선되었다.

3

적들은 저들의 실패를 달가워하지 않았다. 1933년 봄에 일제
침략자들은 왕청현 소왕청 근거지에 대한 '춘기대토벌'을 발동하
였다. 이에 앞서 당현위 서기 리용국은 군사부장 김명균, 유격대
대대장 량성룡이 참가한 현위확대회의를 열고 방어대책을 강구하
였으며 량성룡에게 근거지보위전 중임을 맡기였다.

1933년 2월과 3월에 적들은 소왕청 근거지와 그 일대에 덮쳐
들었다가 숱한 주검만 남기고 격퇴 당했다. 4월 17일, 1500여
명의 적토벌대가 소왕청 근거지에 달려들었다. 이때 3중대와 4중
대는 각기 다홍왜와 요영구에서 활동하고 있었기에 근거지에는 2
개 중대와 수십 명의 반일자위대 밖에 없었다. 이에 당현위와 유
격대대는 혁명군중들을 피신시키고 반일자위대와 함께 세 갈래로
출격하도록 하였다.

유격대는 량성룡 대대장의 직접적인 지휘하에 유리한 지형지물
을 이용하면서 뾰족산과 쟈피거우, 마반산에서 적들에게 된 타격
을 안기었다. 피어린 근거지보위전은 3일째 계속되었다. 부녀들
도, 노인들도, 아동단원들도 모두가 근거지보위전에 궐기하였다.
결과 적들은 근거지에서 창황히 패주하고 말았다. 그 번 근거지
보위전에서 유격대는 반일자위대와 협동작전하여 400여 명의 적
들을 살상하고 많은 보총과 박격포, 군수품을 노획하였다.

1933년 6월부터 동만 각급 당 조직에서는 중공중앙의 '1・26

지시편지' 정신을 시달하기 시작하였다. 이 편지란 '만주 각급 당조직 및 전체 당원들에게 보내는 편지'를 말하는데 그 주요 정신은 항일민족통일전선을 결성하여야 한다는 것이었다. 그해 6월 9일, 중공왕청현위에서는 '1·26지시'를 시달할 데 대한 현위의 결의를 통과하였다. 량성룡은 이 결의를 앞장서 실천하면서 항일구국군 및 반일산림대와 광범한 통일전선을 맺고 공동이 항일하기에 최선을 다하였다.

량성룡은 동지들과 더불어 왕청 일대에서 활동하고 있는 오의성, 사충항, 채세영, 리삼협 등 항일구국군부대와 주동적으로 연계를 맺었고 유격대 내에서 우수한 동지들을 선발하여 그들 속에 정치공작원으로 들여보냈다. 하여 우리 항일유격대와 반일부대들이 손을 잡고 공동이 항일하는 국면이 형성되었으며 한차례 큰 연합작전이 온양되었다. 1933년 9월, 중공동만 특위에서는 동녕 현성 진공 전투를 벌일 데 대한 량성룡 등 동지들의 계획을 비준하였다.

동녕현성은 중·소 변경지대에 자리 잡은 현성으로서 일제 놈들의 주요한 군사요새지의 하나였다. 현성에는 일본군 수백 명과 위만군 한 개 연대가 도사리고 있었다. 이 외에도 위만경찰과 자위단까지 있고 현성주위가 견고한 포대로 옹위된 토성이 삥 둘러져 진공하기란 여간 쉽지 않았다.

1933년 9월 6일 밤, 왕청현 유격대대 제3중대와 훈춘현유격대대 제4중대는 채세영, 오의성, 사충항, 리삼협 등이 지휘하는 항일구국군 1000여 명과 연합하여 동녕현성 진공 전투를 벌였다.

전투는 그날 밤 9시경에 시작되었다. 량성룡 등이 지휘한 항일유격대는 아군의 주력부대로 되어 적의 주요 보루인 서산포대를 공격하고 구국군부대는 남대문과 동대문을 진공하였다. 전투는 새날이 밝도록 계속되었다. 항일유격대는 끝내 서산포대를 함락하여 일본군을 완전히 제압하였으며 구국군부대에 진군로를 틔워주었다. 구국군부대는 물밀듯이 시가에 쳐들어가 놈들에게 호된 타격을 안기었다. 가열한 전투 속에서 구국군 여장 사충항이 중상을 입고 쓰러지자 왕청유격대 제3중대 중대장 황해룡 등은 위험을 무릅쓰고 사충항을 사경에서 구해냈다.

전투는 우리의 승리로 끝났다. 이 협동작전에서 연합부대는 일본군 200여 명과 위만군 300여 명을 살상한 전과를 올리었다. 동녕현성 진공 전투의 승리는 량성룡 등이 지휘한 항일유격대가 공산당의 항일민족통일전선의 방침을 올바르게 시달하여 거둔 또한 차례의 휘황한 전과였다.

4

1933년 9월 16일, 중공동만 특위에서는 소왕청항일유격 근거지에서 '제1차 특위확대회의'를 소집하였다. 량성룡도 이 회의에 열석하였다. 회의는 그해 6월 이래 중공중앙 '1·26지시' 정신을 시달한 형편을 총화하고 '1·26지시' 정신을 보다 시달하고 당의 건설을 강화하고 항일유격대를 발전시키고 항일민족통일전선을 늘일 등 금후 사업방침과 주요 과업을 제정하였다. 회의는 '중공동만 특위 제1차 확대회의 결의'를 짓고 동만당 조직이 반일통일전선방침을 받아들인 이후의 사업실적을 충분히 긍정하였으며 동장영을 서기로 하고 리상묵을 조직부장으로 하는 새로운 특위를 조직하였다. 회의에서 량성룡은 특위위원으로 보충, 선거되었다.

했으나 피와 생명으로 고수한 동만의 여러 항일근 거지들에는 검은 구름이 비끼기 시작하였다. 1933년 봄부터 시작된 얼토당 토않은 반'민생단' 투쟁은 소왕청 근거지에서도 험악하게 번져갔다. 이해 봄에 현 당위 서기 리용국 등 13명 당정군 지도동지들이 '민생단'으로 몰려 구속되더니만 가을에 이르러 '민생단'혐의분자들이 '감옥'에 차고 넘치었다.

이해 말 눈보라 휘몰아치는 어느 날 근거지의 대리수구유격대 실에서는 군중대회가 한창이었다. 사회자는 반'민생단' 투쟁의 성과를 장황히 늘여놓더니 사형선고를 내린 '민생단분자' 18명을 끌어내라고 명령하였다.

사람들은 깜짝 놀랐다. 부리부리한 두 눈에 웅장한 체구를 가진 량성룡 대대장이 제일 앞에 나섰으니 말이다. 수십 차의 전투를 벌리며 피어린 싸움의 길을 헤쳐 온 대대장도 '민생단'이란 말인가? 군중들은 의혹에 찬 눈길을 던질 뿐 누구도 감히 입을 열지 못하였다.

한동안 장내에는 무거운 침묵이 흘렀다. 사회자는 곧 사형을 집행하겠다고 선포하였다.

바로 이때 군중들 속에서 서홍범의 어머니 박씨가 일어서며 입을 열었다. 그의 어조는 격동으로 하여 떨렸다.

"성룡이는 죽일 수 없소. 그 사람은 절대로 나쁜 사람이 아니요. 나는 비록 그의 친어미는 아니지만 5구(석현지구)에 있을 때부터 잘 알고 있소. 그래 우리 항일유격구 사람들 치고 누군들 우리 량 대장을 모른단 말이요?!"

일대 충격이었다. 회장은 삽시에 울렁거리기 시작하였다. 박씨는 사회자에게 만약 성룡이가 사업상에서 오유가 있다면 시정하도록 기회를 주어야지 절대 죽여서는 안된다고 단단히 그루를 박았다.

거의 모든 군중들이 떠들었다. 사회자는 하는 수 없이 량성룡에 대한 사형을 취소한다고 선포할 수밖에 없었다. 민심은 천심이었으니까. 허나 '민생단혐의분자'라는 감투만은 벗겨주지 않았다. 량성룡은 당내외의 모든 직무를 철소당하고 보통 전사로 강직되었다. 억울했고 도무지 이해되질 않았다. 하긴 량성룡은 자기가 혁명전사라는 것만은 잊지 않았다.

어느 날 왕청현유격대대 정위 김일성이 량성룡이네 집에 가서 기타를 탔다. 마음이 흥겨워서일까, 편안해서일까? 아니었다. 울적한 마음을 기타에 담을 뿐이었다. 그들은 생사를 같이 했던 유격대의 쌍벽이었다. 어제 날의 대대장은 '민생단' 감투를 쓴 것을 분하게 여겼지만 그보다 더 근심한 것은 사태의 험악한 발전이었다. 이러다간 근거지의 조선족 당정군 책임자들이 다 꺼꾸러질 판국이었다. 량성룡은 김일성이 자주 찾아주는 것을 고맙게 생각하면서 이 전우가 부대를 잘 이끌어 근거지의 난국을 타개해 줄 것을 간절히 바랐다.

5

1933년 겨울부터 이듬해 초까지 일제침략자들은 이른바 '제2기 치안숙정공작' 계획을 실시한다며 보병, 기병, 포병, 항공대 등 대량의 병력을 긁어모아 동만 항일유격근거지들에 대한 제2차 '대토벌'을 발동하였다. 잔혹한 '동기토벌'의 중점진공대상은 의연히 소왕청항일 유격 근거지였다. 1933년 11월부터 이듬해 2월 중순까지 일제 놈들은 1000여 명의 병력에다 비행기, 대포를 배합하여 가지고 소왕청에 대해 옹근 3개 월이란 가장 야만적이고 가장 잔혹한 "대토벌"을 들이댔다. 량성룡은 복수의 총가목을 틀어잡고 근거지의 군민들과 함께 뾰족산과 마반산 등지에서 연속 적들을 답새 졌다. 기동 영활한 매복전, 유인전, 야간기습전, 적후교란작전 등 유격전술 앞에서 적들은 쩔쩔 맸다. 나중에 적들은 90여 일 만에 소왕청 근거지에서 물러서지 않을 수 없었다.

그러나 근거지는 참혹한 파괴를 당하였다. 적들은 근거지안의 가옥들을 모조리 태워버리고 곡식밭과 곡식가리에 불을 질렀다. 근거지의 1500여 명 군중들 중 대부분이 흩어지고 죽고 400여 명밖에 남지 않았는데 나머지 군중들은 다홍왜, 요영구의 대북구, 소북구 등지로 전이할 수밖에 없었다. 소왕청 근거지에서 부녀회책임을 맡았던 량성룡의 아내 리명옥과 그의 어머니를 비롯한 일가식솔이 무참히 살해당하고 나어린 딸― 량귀동녀 하나밖에 남지 않았다.

근거지의 참혹한 현실과 심리적 타격, 가정의 봉변도 혁명에 몸 바친 량성룡의 굳은 의지를 허물지 못하였다. 전이 길에 오른 근거지의 군민들에게 식량난이 절실한 문제로 나서자 량성룡은 1934년 봄 이후 선뜻 식량공작에 나섰다.

량성룡은 번마다 혼자서 말 두필을 몰고 적구에 있는 훈춘현 북대동 등지에 가서 소금을 구입하였다. 때론 멀리 조선 온성에 까지 나갔다. 그는 구입한 소금을 다시 라자구에 싣고 가서 식량과 바꾸었다.

그러던 1935년 초의 어느 날 량성룡은 라자구에 갔다가 돌아오는 길에서 느닷없이 적 '토벌대'를 만났다. 피하려야 피할 수 없는 외통길, 그는 최후를 결심하고 적들과 싸우다가 중과부적으로 장렬히 희생되었다. 그때 그의 나이 겨우 29살!

(리광인, 김욱현)

혁명군의 명사수 장룡산

(1903-1935)

지난 세기 30년대 왕청현유격대에는 유격대 초창기부터 명사수라고 소문난 용감한 유격대중대장 장룡산이 있었다. 그의 별호는 장폴, 또는 장폴리였다.

1

1903년 8월 5일에 장룡산은 왕청 지방의 한 명포수의 가정에서 태어났다. 어려서부터 아버지를 따라 사냥터에 다닌 데서 철이 들면서 총 쏘는 솜씨가 제격이었다. 그 솜씨가 얼마나 대단했던지 민간에는 '밀가루반죽을 해놓고 밖에 나가 단번에 8마리의 노루를 잡아다가 수제비국을 해먹을 정도'였다는 소문이 파다했다.

명포수의 가정에 새 일대의 명포수가 탄생하였다. 했으나 어지러운 그 사회에서 가난한 사람들이 어디 간들 시름 놓고 살 수 있겠는가, 장룡산은 한때 라자구 가까이의 전각루에서 삼차구까지 다니는 뗏목꾼으로 일하기도 했다.

그러던 전각루 일대에도 조선족인민의 반일투쟁의 기운이 팽배해지기 시작하였다. 1926년 이후 조선공산당 만주총국 엠엘 계통이 왕청 땅에 뿌리를 박으면서 이 계통의 투쟁골간으로 자리를 굳히었다. 일제 놈들을 한없이 증오하는 그는 용정 일대의 조공당 동만도 엠엘 계통의 동지들인 김철, 강학제 등 동지들과 막역한 사이로 지냈다. 일제 놈들을 때려 부수자면 손에 무기를 잡아야 한다는 것을 깨닫기 시작한 것도 그때의 일이다.

1928년 겨울에 용정 일대에서 동지들인 김철, 강학제, 김근, 김광진, 황기범 등 7명이 '철혈단'을 조직하였다는 것을 듣고 장룡산은 제일처럼 기뻐하였다. 그들이 북만 녕안에 군사인재훈련소를 꾸리기 위해 의연금모집에 나섰을 때 장룡산은 그들과 함께 동만과 북만의 넓은 지역을 넘나들며 친일 대지주의 장원을 습격하는 투쟁에 직접 참가하였다.

1929년 봄에 김철과 강학제 등은 녕안 모 지구에 가서 엠엘 계통 동지들의 군사강습반을 수차 꾸리였다. 장룡산도 이 군사강습반에 참가하여 반일투사양성에 전력을 다하였다. 투쟁 가운데서 장룡산은 반일무력의 지휘관으로 자라났다.

1930년 동만 '5·30폭동' 이후 조공당 여러 파의 동지들은 공산국제의 일국일당제의 지시에 따라 분분히 중국공산당 조직에 합류되기 시작하였다.

1930년 10월에 갓 조직된 중공왕청현위는 라자구에서 김세훈을 대장으로, 한근(즉 한범)을 정치위원 겸 참모장으로 하는 라자구유격대(즉 왕청현유격대)를 조직하였다. 이 유격대는 라자구를 떠나 대흥구, 천교령신선동, 남하마탕 등지에서 활동하다가 동북군벌군대의 '토벌'이 가심해지는 데서 다시 라자구로 돌아왔다.

이럴 즈음에 녕안에 남았던 장룡산은 원 조공당 만주총국군사부의 지시를 받고 해임을 치려다가 성사 못하고 북만 '홍군'의 약

40명 대오를 인솔하여 가지고 라자구 일대에 넘어갔다. 북만홍군의 총대장은 장룡산이었다. 그들은 라자구유격대와 회합한 뒤 합병하고 산속에서 군사조련에 나섰다. 연변출신인 주덕해가 북만홍군의 일원으로 군사조련을 책임졌다. 이해 12월에 무장폭동에서 좌절을 당한 돈화유격대의 소수대오도 라자구로 전이하여 라자구유격대와 합병하였다.

2

1930년 이해 겨울에 일제 놈들과 야합한 동북군 제7연대는 왕청현의 당지 보안단과 결탁하여 유격대 전문 '토벌'에 나섰다. 라자구유격대는 현위의 지시에 좇아 겨울에 잠복하고 이듬해 봄에 가서 다시 활동하기로 결의하였다.

헌데 적들의 추격이 거듭되는 데서 장룡산은 동지들과 토론하고 라자구유격대를 동녕현으로 철수시킨 뒤 전부의 무장을 파묻고 소련국경을 넘어갔다.

1931년 2월경에 장룡산 등이 이끄는 수십 명 유격대오는 다시 국경선을 넘어 동녕 지방에 나타났다. 도중에 그들은 노흑산에서 10여 명 토비무리를 만나 전멸시키었다. 이해 봄에 장룡산은 유격대를 지휘하여 노흑산 등지에서 연속 토비무리를 치고 20여 자루의 총을 노획하였다.

투쟁의 수요에 따라 장룡산 등은 유격대를 여러 갈래의 소부대로 나누어 활동하였다. 여러 소부대들은 대감자, 목단지, 대홍구, 천교령, 하마탕 등지에서 유격전을 벌리면서 정치선전활동을 결합하였다. 통일된 왕청현유격대를 조직할 수 있는 토대가 마련되어 갔다.

그러나 1930년 립산노선을 시정할 때 중공상급 당 조직에서는 사람을 보내어 1930년 유격대를 '립산노선의 산물'이라면서 해산을 강요하였다. 장룡산 등이 지휘하는 유격대는 어인 영문인지도 모르고 침체상태에 빠지었다. 한데서 이 시기의 유격대활동에 대해서는 갈피를 잡기 어렵다. 다시 노획한 총들은 어떻게 처리되었고 수십 명에 달하는 대원들은 어디로 갔는지 자료가 전혀 보이지 않는다. 1932년에 잡아들어 장룡산은 다시 활동을 보인다.

3

1932년 1월에 왕청현위에는 연길현위 제1임 군사부장으로 있던 김명균이 신임 군사부장으로 파견되어 왔다. 당현위 서기 리용국은 김명균과 함께 전문회의를 소집하고 지난해 12월에 옹성라즈에서 열렸던 동만당, 단 열성자회의(즉 옹성라즈회의) 정신을 전달하였으며 왕청현유격대 건립을 의사일정에 올려놓았다.

2월 초에 김명균은 소왕청 마촌에서 장룡산 등 군사골간들이 참가한 강습반을 꾸리고 유격대 건립을 첫째가는 자리에 놓았다. 군사강습반은 한 달 동안 내내 진행되었다.

이 기간에 김명균의 사회하에 장룡산, 김철, 량성룡, 리광, 김호, 리응만 등 7명 골간이 참가한 군사회의가 열리었다. 회의에서 장룡산은 유격대의 간부선발, 무기, 훈련 등 문제에 대해 자기의 견해를 밝히면서 동지들과 함께 열띤 토론을 벌였다.

회의에서는 유격대의 무기내원문제가 첫째가는 문제로 토의되었다. 이에 장룡산은 강습반 진행 중인 정월 대보름 날(양력 2월

20일)에 현위 군사부의 지시에 따라 7~8명 동지를 데리고 신흥 위의 구장거리에 위치한 대감자공안분주소로 곧추 들어갔다. 그들은 저마다 팔에 "죽음을 두려워하지 않고 백성에게 폐를 끼치지 않음(不怕死 不扰民)"이라는 한자를 새긴 구국군 완장을 끼고 항일구국선전을 하는 한편 전부의 무장을 해제하였다. 이는 그 뒤 조직된 왕청현유격대의 기본 무장으로 되었다.

이해 4월에 소왕청 최창호의 물방아 칸에서 김철을 대장으로 하는 왕청현유격대가 정식으로 조직되었다. 대원은 장룡산, 량성룡, 리응만, 리원섭, 김철 등 12명인데 모두가 말짱 한다하는 포수군 출신들이었다.

장룡산은 키는 작다는 평판이나 얼굴은 둥글고 앞뒤가 딱 바라진 위인이었다. 성격이 또한 강의하여 장풀이 나간다하면 막히는 일이 없었다.

왕청현유격대가 조직된 뒤 장룡산은 김명균의 파견을 받고 대원 몇몇과 함께 팔인구에 주둔하는 구국군 잔여부대에 들어갔다. 이 부대에는 항일을 원하는 사병들이 적지 않으나 구체방도를 찾지 못해 헤매고 있었다. 장룡산은 그들에게 왕청현에는 항일유격대가 이미 활동하기 시작했는데 모두가 항일의 기치 밑에 일치단결하여 공동의 원수 일제침략자들을 때려 부수자고 호소하였다. 이에 감동된 구국군부대의 40여 명 사병들은 분연히 일떠나 60여 자루의 보총과 10여 자루의 권총을 가지고 항일유격대에 가담하였다.

항일무장투쟁의 터전이 마련되었다. 1932년 5월 이후 장룡산은 김명균의 지휘하에 리광 별동대와 함께 하마탕 전하툰 지주집 습격, 남하마탕 교두에서의 만군수송대 습격 등 전투에 참가하여 위훈을 떨치었다. 6월 하순에는 또 유격대와 룡수동 적위대와 함께 대북구 어구에 매복하였다가 라자구에 갔다가 돌아오는 쌍하진 일제수비대를 습격하는 전투에 뛰어들었다. 이날 매복습격전에서 룡수동 마을에 들어가 무고한 백성 24명을 학살했던 장본인 20여 명이 뻐드러졌다.

이해 여름에 왕청현유격대는 시초의 12명으로부터 3개 소대를 가진 중대로 편성되었다. 장폴(張炮)로 통하는 장룡산은 제2소대 소대장으로 임명되었다. 그는 그 후에도 계속하여 유격대와 더불어 마록구에서의 만군수송대 습격, 하마탕 만군병영 습격, 노송령 철도경비대 습격 등 대소 30여 차의 전투에 참가하여 본때를 보이었다.

장룡산의 군사지휘능력은 동지들의 시인을 받았다. 이해 1932년 겨울에 왕청현유격대는 다시 대대로 개편(어떤 자료는 1933년 여름으로 되어 있다)되었는데 장룡산이 그대로 제2중대 중대장으로 제발되었다.

1932년 가을 이후 소왕청항일유격 근거지가 정식으로 세워지고 동만 특위와 왕청현위는 모두 소왕청 근거지 리수구 골짜기에 자리를 잡았다. 이에 피눈이 된 적들은 1933년 새해 벽두에 일제수비대와 만군, 경찰, 등 수백 명을 동원하여 사수평 쪽으로부터 쳐들어오다가 여지없이 얻어맞고 퇴각하였다.

이때 현위 군사부에서는 적들이 소왕청 근거지 대거 ‘토벌’을 획책하고 있다는 군사정보를 입수하였다. 이에 군사부장 김명균은 석현에서 한창 군사작전회의를 열고 있다는 적‘토벌’ 지휘부를 짓부수기로 결심하고 장룡산이 이끄는 제2중대를 손수 지휘하여 석현에 숨어들었다.

김명균은 먼저 결사대를 무어 회의장소에 뚫고 들어가 적 보초병을 재껴버리게 하였다. 한 결사대원은 남 먼저 회의장소에 돌입하여 지휘부를 통제했으나 뒤의 결사대원들이 미처 이르지 못한 데서 피못에 쓰러지고 말았다.

뜻밖의 돌변으로 결사대는 철거하였다가 영창동에서 적들의 포위에 들어 여러 날이나 생사 판가리를 벌려야 했다. 사태는 갈수록 험악해지는데 탄알마저 다 떨어졌다. 최후를 각오하고 나설 때 마침 장룡산이 후원군을 거느리고 젓쳐들어왔다. 적들은 양면협공에 들어 얻어맞는 신세가 되었다. 적들이 미처 정신을 차리지 못할 때 장룡산은 김명균과 함께 전체중대를 이끌어 적의 포위를 돌파하였다.

4

소왕청 근거지로 돌아오니 김일성이 이끄는 안도의 한 갈래 유격대가 요영구를 거쳐 곧 근거지에 들어선다는 희소식이 전해졌다. 장룡산은 기뻐서 어쩔 바를 몰라 했다. 지난해 가을에 라자구로 움직이고 있던 그들 유격대가 소왕청에 머무르고 있을 때 김일성을 잠간 대한적이 있는 룡산이었다.

1933년 2월 하순에 김일성 유격대는 보무당당히 소왕청 마촌에 들어섰다. 온 근거지가 떨쳐나서서 연도환영을 하였다. 잇따라 김일성은 왕청유격대대 정위로 부임되었다. 언녕부터 김일성의 위인 됨을 알고 있던 장룡산은 나이의 격차에도 불구하고 동지인 김일성을 진심으로 믿고 따랐다. 그들 사이는 나이와 상하급 관계를 초월한 친형제와도 같은 사이로 발전하였다. 서로 못하는 말도 없었다.

그 뒤 어느 날 장룡산은 김일성과 이야기를 주고받다가 그가 1932년 4월에 안도 소사하에서 반일유격대를 건립했던 일이며 류하, 해룡, 몽강 등지에로의 남만원정길에 올라 량세봉 등 독립군부대들과 어울리던 일이며 1932년 9월에 구국군부대들과의 협동작전으로 돈화현성전투에 참가했던 일이며 라자구로 퇴각하는 반일부대들과의 사업차로 돈화, 액목을 거쳐 라자구 일대로 진출했던 일이며 동녕 쪽으로 후퇴하는 왕덕림부대를 돌려세우려고 중소변경에까지 진출했다가 18명밖에 안되는 대오를 거느리고 돌아섰던 일 모든 것을 자상히 듣게 되었다. 실로 존경이 앞서가는 미더운 정위였다. 그들은 힘을 합쳐 적들의 대거 '토벌'을 치부실 작전방안을 면밀히 짜고 들었다.

1933년 4월 17일, 일제침략자들은 끝내 1500여 명의 병력을 내몰아 소왕청항일유격 근거지를 일거에 박살내려고 미쳐 날뛰었다. 장룡산은 김명균, 량성룡, 김일성의 한쪽 팔이 되어 근거지를 철통같이 지켜 싸웠다. 적들은 3일간이나 머무르며 발광하다가 나중에 400여 명의 살상을 내고 패주하고 말았다.

그러나 적들은 저들의 실패를 시인하지 않았다. 1933년 11월 17일부터 1934년 2월 중순에 이르는 기간에 일제침략자들은 대병력을 풀어 소왕청 근거지에 대해 무려 3개 월에 걸치는 전대미문의 대'토벌'을 감행하였다. 장룡산은 또 중대를 지휘하여 90여 일에 달하는 근거지방어 전투에 뛰어들었다.

장룡산이 매일 원수들과의 피어린 싸움에 생사를 걸고 있을 때 뜻하지 않은 액운이 들이닥쳤다. 명사수로, 훌륭한 지휘관으로 소문났던 이 유격대중대장이 '민생단'이란다. 하여 전방에서 싸우던 장룡산은 졸지에 '민생단'으로 몰리여 리수구의 '민생단' 감옥에 갇혀야 했다.

하늘이 무너지는 것만 같았다. 너무도 억울하여 조직에 자기의 청백함을 완강하게 주장하여도 아무 소용이 없었다. 돌이켜 보면 억울한 일은 자기에게만 국한되는 개인적 일이 아니었다.

잊을 수 없는 지난해(1933년) 봄이다. 이른바 얼토당토않은 대내 반'민생단'이 소왕청 근거지에서 열풍으로 몰아치기 시작하더니 그토록 믿고 존경하던 당현위 서기 리용국과 현위 군사 부장 김명균이 '민생단'의 첫 희생품으로 역사무대에서 사라지지 않았던가. 그 후 반'민생단' 투쟁은 숱한 견실한 동지들을 마구 잡아 죽이더니 오늘은 장룡산마저도 '민생단'이라고 잡아 가둔다. 뭔가 뒤틀려도 보통 뒤틀림이 아니었다.

헌데 어디 가서 하소연하려해도 하소연 할 데조차 없었다.

그런 어느 날 근거지밖에 진출하여 적의 후방을 답새기 던 김일성이 뜻밖에 '민생단'감옥을 찾아와서 물었다.

"장폴리, 똑똑히 말해보오. 동무가 〈민생단〉이라는 게 사실이요?"

순간 장룡산의 가슴속에는 뜨거운 격정이 솟구쳐 올랐으나 사실 그대로 말할 수가 없었다. 까딱하면 김일성에게 영향이 미칠 수 있기 때문이었다. 그래서 그는 '민생단'이라고 대답해버렸다.

김일성은 억이 막히었다. 너무도 통분한 그는 '민생단'이라면서 무엇 때문에 왜놈새끼들을 수태 쏴 죽였는가고 단도직입적으로 찍어 질문하였다.

이는 부인할 수 없는 사실이었다. 지금까지 장룡산의 총 앞에서 죽어나간 놈들이 얼마인지 모른다. 연속되는 소왕청 근거지 방어 전투에서만 해도 적들은 장룡산한테서 무리로 쓰러졌다. 하다면 '민생단' 조직은 일본 놈들을 옹호하는 반동조직으로서 1932년 2

월에 용정에서 건립되었다가 그해 7월에 스스로 해산한 조직인데 '민생단'이라는 사람이 그자들을 수태 쏘아 잡았을 수 있을까, 김일성은 이 점을 틀어쥐고 "목에 칼이 들어와도 말이야 바른대로 해야 할 게 아닌가, 솔직하게 말해보라."고 이끌었다.

장룡산은 오열을 터뜨리더니 김일성의 손을 붙잡고 자기가 어찌 '민생단'일 수 있는가며 하소연을 터놓았다.

그날 김일성은 동만 특위 서기 동장영을 만나 이를 설명하고 목숨을 걸고 보증하면서 석방을 강렬히 호소하였다.

장룡산은 이렇게 되어 '민생단'의 혐의에서 해탈되었고 다시 중대장의 직책을 이행하면서 항일의 최전선에서 싸워나갔다. 한때는 녕안현 일대에 파견되어 식량공작에 나서기도 하였다.

5

1934년 봄에 왕청현유격대대는 연대로 개편되었다. 명칭은 동북인민혁명군 제2군 독립사 제3연대였다. 연대로 개편될 때 모두 5개 중대였는데 연대로 된 후 6, 7중대가 새로 생겨나 안도처창즈로 파견되었다. 2중대와 3중대, 4중대는 각기 십리평과 소왕청, 황구에 주둔하고 1중대와 5중대는 유동대로서 연대 정위 김일성이 직접 인솔하고 다니었다. 장룡산이 어느 중대 중대장이었는지는 잘 알려지지 않는다.

1935년 여름에 김일성은 북만부대들의 요구에 의해 주력부대를 이끌고 북만으로의 원정길에 올랐다. 부대는 박격포와 중기관총, 포탄과 총탄을 군마에 싣고 노야령을 넘기 시작하였다. 이 행군대오에는 장룡산도 섞이었다. 말들이 기진맥진할 때 장룡산은 선뜻 나서서 앞에서 군마를 끌기도 하고 뒤에서 군마를 떠밀어 주기도 하였다.

7월 하순경에 3연대의 주력부대는 노야령을 넘어 녕안현 신동툰에 이르렀다. 동만의 '고려 홍군'이 녕안 땅에 나타났다는 낌새를 챈 적들은 급급히 수백 명의 대병력을 신동툰에 내몰았다. 장룡산은 김일성의 지시에 따라 적탄이 빗발치는 속을 헤치며 남먼저 서북 쪽 능선에 올라 기어드는 놈들에게 불벼락을 안기었다.

이때 김일성이 노흑산전투에서 노획한 박격포로 지원사격을 조직하여 주었다. 이와 때를 같이하여 장룡산은 전 중대를 이끌어 적진으로 짓쳐 내려갔다. 남쪽산룡선을 지켜 섰던 아군도 기어드는 적들을 본때스레 족치었다.

전투는 아군의 승리로 끝났다. 부대 내에는, 장룡산 중대장은 역시 '장폴'이답다는 찬사가 여기저기서 터져 나왔다. 그는 언제 어디서나 싸움마다에서 진두에 나섰다.

녕안현 신동툰전투 후에 장룡산은 김일성의 파견을 받고 주보중의 5군에 들어갔다.

1935년 가을 장룡산은 녕안현 일대의 어느 밀영에 들어가 5군의 무기수리소를 책임지고 운영하였다. 어느 날 동지들은 모두 자재공작에 나섰는데 적들이 밀영을 포위하고 다가들고 있었다.

그때 밀영에는 장룡산 하나밖에 남지 않았다. 그는 주저하지 않고 무기수리소의 총들을 몽땅 사방에 배열해놓고 닥치는 대로 적들을 쏘아 넘기였다. 귀틀집은 채뿌리마냥 구멍이 숭숭했지만 장룡산은 한발자국도 물러서지 않고 단신으로 적들을 막아 나섰다. 총신이 달아오르도록 그는 방아쇠를 당기고 또 당기였다.

이슥토록 적들은 귀틀집에 다가설 엄두를 못했다. 장룡산이 가

습과 어깨, 허벅다리에 적탄을 맞고 쓰러졌어야 적들은 어슬렁어
슬렁 귀틀집에 몰켜들었다.

바로 그 순간이다.

"꽝, 꽈르릉-"하는 폭음과 함께 적들은 무리로 쓰러졌다. 최후
를 각오한 장룡산은 작탄무지를 폭발시키고 적의 무리와 함께 포
연 속에 휘말려 들었던 것이다.

그날은 1935년 11월 1일이라고 한다. '장폴'로 세상에 널리
알려졌던 이 왕청현유격대 중대장은 이렇게 북만 땅에서 장렬한
최후를 마치었다.

항일연군의 정위 김산호

(1911-1936)

김산호(金山浩)는 일명 태산호라고도 부르는데 중국공산당 당원이다. 그는 동북항일연군 제1노군 제2군 6사 8연대 정위로서 항일연군의 우수한 정치공작자였으며 재능 있는 군사지휘관이었다.

1

1911년 1월 11일에 미래 항일연군장령으로 자라난 김산호는 조선의 한 가난한 농가에서 태어났다. 1910년 8월 일본제국주의가 조선을 삼켜버린 후 철부지 김산호는 부모 등에 업히어 두만강을 넘어섰고 연길현 팔도구 땅을 처음 밟게 되었다. 그러나 망국노의 설움은 이 땅에서도 마찬가지였다. 일제가 침략의 마수를 동만에 까지 뻗친 데서 팔도구도 극심한 유린에 모대 겼다. 일제의 침략을 반대하여 팔도구의 군중들은 떨쳐났으며 여러 가지 형식의 반일 활동을 줄기차게 벌렸다. 이는 소싯적의 산호에게도 영향을 주지 않을 수 없었다. 그의 조그마한 가슴속에는 원수에 대한 원한과 증오가 불타올랐다. 팔도구에서 활약하는 초기 조선족공산주의자들의 영향 밑에서 혁명의 길에 나선 그는 팔도구 일대의 혁명골간으로 자라났다. 산호는 1930년 '5·30폭동' 이후 중국공산당에 가입한 뒤 동지들과 함께 구내 각지에서 건당활동을 맹렬히 벌렸으며 인민군중을 반제반봉건투쟁에로 궐기시켰다.

1931년 가을 중공동만 특위에서 군중적추수투쟁을 호소하자 산호는 구위 서기 리신춘 등 동지들과 함께 팔도구의 2,000여 명 군중을 불러일으켜 당지 부향장이며 지주인 장절란의 집을 포위하고 "3.7제, 4.6제를 실시하자!" 등 구호를 높이 불렀다. 한편 김산호 등은 장절란더러 나와서 담판하자고 강력히 요구하였다. 장절란이 대문을 꼭 닫아걸고 담판을 거절하자 분노한 군중들은 초겨울의 추위를 무릅쓰고 지주집 장원을 겹겹이 에워쌌다. 간이 콩 알만해진 장절란은 깊은 밤중에 여자로 분장하고 허겁지겁 장원을 빠져나갔다. 팔도구경찰분서로 달아간 이 놈은 농민들을 고발하면서 경찰을 풀어 추수투쟁을 진압해 달라고 애걸복걸하였다.

이튿날 팔도구경찰 놈들이 총출동하였다. 현장에 이른 경찰 놈들이 큰 소리로 호령하면서 군중들은 해산하라고 위협하였으나 군중들은 물러서지 않고 팔에 팔을 끼고 "경찰은 물러가라!"고 외치였다. 군중들은 김산호 등의 지도 밑에 경찰 놈들을 뿌리치고 현 당국과 담판하고자 현 정부가 있는 국자가(연길)를 향해 움직이었다. 연도에서 수많은 군중이 합류되어 시위 대오는 근 10리에 늘어섰다. 팔도구경찰 놈들은 장사진을 이룬 군중물결을 막아낼 재간이 없었다.

그런데 의외의 사태가 벌어졌다. 국자가에서 10여 리 떨어진 백석구에서 무장결찰들을 거느린 현 정부의 관리들과 맞다들었다. 현 정부의 관리가 누가 대표인가고 묻자 군중들은 지도자들을 에워싸고 너나없이 자기가 대표라고 자처해 나섰다. 놈들은 여러 가지 기만술책으로 군중대오를 해산시키려 꾀였으나 4.6제, 3.7제를 강력히 요구하는 시위군중들은 속아 넘어가려 하지 않았다. 헛총질도 시위 대오를 돌려세우지 못하였다. 수천 명의 구호 소리는 하늘땅을 뒤흔들었다. 놈들은 농민군중들의 요구 조건을 들어주지 않을 수 없었으며 돌아가서 농민들 자체로 하라고 하였다. 승리한 군중들은 그길로 돌아서서 부락별로 장절란을 위수로 한 정전방, 서갑전, 수풍강 등 지주집 창고를 헤치고 더 바친 소작료를 되찾았다. 김산호 등은 또 군중을 이끌어 신흥동에 가서 일본인이 경영하는 '구제회농장'의 양곡을 전부 몰수하여 소작농들에게 나누어주었다.

팔도구 일대의 추수투쟁은 농민들의 승리로 끝났다. 이듬해 봄에 김산호는 또 동지들과 함께 동만 특위의 호소를 받들고 군중적 춘황투쟁을 지도하였다.

김산호는 투쟁의 진두에 서서 지주의 양식창고를 헤쳐 빈곤한 농민들에게 분배하여 주었다. 한편 김산호는 이해 4월부터 시작된 일제의 대거소탕에 직면하여 팔도구돌격대를 조직하여 무장탈취투쟁을 활발히 벌리며 도처에서 적들을 혼쌀 냈다.

1932년 5월, 팔도구돌격대는 반일부대와 연합하여 팔도구경찰분서와 자위단실을 습격하여 큰 승리를 거두었다. 팔도구의 군중들은 즉시 동원되어 대량의 물자를 돌격대주둔지로 날라 갔다. 이해 여름과 가을사이 팔도구돌격대는 김산호 등의 조직, 지도 밑에 팔도구 제2차 습격전투, 동불사 습격전투, 의란구 구룡평습격전투 등을 빈번히 벌리면서 적들을 넓은 범위에서 타격하였다. 적들이 미쳐 날뛰자 김산호는 유격 근거지를 개척하기 위하여 주야로 분전하였다. 드디어 1932년 가을, 석인구, 부암을 중심으로 한 유격 근거지가 건립되고 팔도구 내의 혁명군중들은 새로 건립된 유격 근거지에 모여들었다.

1933년에 이르러 팔도구돌격대는 40여 명으로 늘어나 장재촌과 부암촌 두 곳에 나뉘어 주둔하였다. 유격대후비대로서의 돌격대는 김산호 등의 지도 밑에 신생한 구소비에트정권과 근거지 보위임무를 담당하면서 식량운반, 적통치 구역에서의 선전 사업, 농민생산을 위한 보위, 정착 등 임무를 뛰어나게 수행하였다. 1933년 초 동만 여러 근거지에 대한 제1차 대'토벌'을 발동한 일제가 2,000여 명의 병력을 집결하여 연길현의 석인구, 왕우구, 삼도만 등 근거지를 대대적으로 진공할 때 팔도구돌격대는 현 유격대와 함께 용감히 싸우며 적들의 대'토벌'을 물리쳤다. 1933년 초에 연길현유격대가 유격대대로 발전하자 팔도구돌격대는 유격대와 합병하여 부암유격중대로 개편되었다. 중대 산하에 장재촌, 7호촌, 부암촌과 석인구 유격소대를 두었다.

1933년 겨울부터 이듬해 초까지 일제는 5000~6000명의 병력을 투입하여 동만항일유격 근거지들에 대한 제2차 대'토벌'을 발동하였다. 연길현유격대대는 석인구, 왕우구 대에서 활약하면서 장재촌, 7호촌, 왕버버즈 등지에서 20여 일간에 적 300여 명을 소멸하였다. 그러나 적들의 대'토벌'은 참혹하였는바 근거지를 불바다로 만들어 도처에서 근거지인민들을 야만적으로 살육하였다. 적들의 대'토벌'을 분쇄하기 위하여 산호는 조직의 파견을 받고 군중 속에 들어가 군중조직을 벌리며 군중들은 반'토벌' 투쟁에로 묶어세웠다. 그는 군중에 의거하여 유격대의 후원 사업을 활기 있게 조직하고 방어시설을 수축하였으며 작전방안을 세웠다. 이에 따라 김산호는 익숙한 지형지물을 이용하여 유격대와 배합하였다. 적을 유인하고 분산시키는 전술, 동에 번쩍 서에 번쩍하는 전술, 적의 주력을 피하고 약한 고리를 답새기는 전술 앞에서 적들은 얻어맞기만 하였다. 1934년 초에 이르러 연길현의 근거지들은 재난적인 파괴를 가져 왔으나 적들은 더 배겨내지 못하고 근거지에서 패주하였다.

2

1934년 3월 하순, 중공동만 특위와 유격대 주요 책임자 10여 명은 연길현 삼도만 능지영의 한 산에서 중요한 회의를 가지였다. 회의는 연길현유격대대와 화룡현유격대대를 동북인민혁명군 제2군 제1독립사로 개편하기로 결정하였다. 회의결정에 의해 연길현유격대대는 제1독립사 제1연대로, 화룡현유격대대는 제3연대로 개편되었다. 제2연대는 반일부대를 흡수하여 편성하기로 하였다. 회의는 또 왕청, 훈춘 유격대대를 연대로 개편하고 반일부대로 1개 연대를 무어 적당한 시기에 제2독립사를 조직하기로 결정하였다.(여러 가지 원인으로 제2독립사와 제1독립사 제2연대는 내내 건립되지 못하였다. 1933년 말 혹은 1934년 초에 왕청연대와 훈춘연대는 제1독립사에 망라되고 연길, 화룡, 왕청, 훈춘연대를 각기 1-4연대라고 불렀다.) 그 뒤 김산호는 사부에 전근되어 정치공작을 하게 되었다.

이해 4월에 화룡 3연대의 1중대와 4중대는 연대부의 지도 밑에 처창즈 일대에 진출하여 유격구개척전투에 뛰어들었다. 5월에 동만 특위에서는 연길연대와 왕청연대에서 각기 1개 중대를 뽑아

독립연대 구성한 뒤 안도에 들어가 화룡연대와 협동작전을 벌리도록 하였다. 4월부터 8월까지 기간에 화룡 3연대와 독립연대는 안도 일대에서 대전자(만보), 따푸차이허 등 일련의 전투를 벌려 적들을 구축하고 처창즈 근거지를 개척하는 과업을 성과적으로 수행하였다.

당시 처창즈 일대에는 구국군이라 자칭한 전영림부대가 활동하고 있었다. 동만 당 조직에서는 전영림부대를 쟁취하여 항일의 최전선에 내세우기 위하여 김산호를 이 부대에 파견하였다. 전영림부대에 들어간 김산호는 어려운 환경 속에서 갖은 곤란을 박차고 장끼를 다 발휘하여 부하들의 존경과 전영림의 신임을 얻었다. 전영림은 자기가 애지중지하는 기관총을 메고 구국군과 우리 항일부대 사이를 자유로이 오갈 수 있었다. 이는 전영림의 친신과 구국군 두령들의 우려와 불안을 자아냈다. 구국내의 악질분자들은 산호와 전영림 사이에 쐐기를 박으면서 김산호가 기관총을 메고 달아난다는 요언을 퍼뜨렸다. 처음 요언에 속아 산호의 행동을 은근히 감시했던 전영림은 그의 헌신적 애국정신에 머리를 숙이었다. 뒤미처 오직 공산당만이 나라를 도탄 속에서 건지고 인민을 피바다에서 구할 수 있다는 도리를 깨달았다. 전영림은 악질분자들 앞에서 대성질호하였다.

"나의 기관총은 왜놈들을 죽이는 데 사용된다. 항일을 하는 총이 아무데서나 항일을 하면 되지 근심할 건 뭐냐, 너희들의 대가리나 주의해라!"

악질분자들은 저들의 이간책동이 실패되자 슬금슬금 꽁무니를 뺐다. 이 사실이 있은 후 전영림은 보다 진심으로 산호를 믿어주었고 산호에게 기관총중대의 지도원책임을 맡기었다.

김산호의 노력은 헛되지 않았다. 당의 항일민족통일전선의 주장은 인심을 끌었다. 1935년 5월 30일 동북인민혁명군 제2군 군부가 조직될 때 혁명군의 통일적 영도를 접수한 전영림 부대는 제2군 직속유격대대로 개편되었다. 전영림이 대대장을 맡고 김산호가 정위를 맡았다. 이어 김산호는 부대 내에 당 조직과 당원을 발전시켰다. 전영림은 산호의 열정적이고도 내심한 사상교양을 거쳐 중국공산당에 가입하였다. 낡은 군대의 두령이 무산계급의 선봉전사로 전변되었다. 이는 놀라운 전변이 아닐 수 없었다.

1935년 음력 8월, 이해 봄과 여름의 두 차례 '토벌'에서 헛탕을 친 일제 놈들은 세 갈래로 나뉘어 처창즈 근거지에 대한 전면적인 대'토벌'을 감행하였다. 1연대와 2연대 그리고 근거지의 반일자위대는 2군 군장 왕덕태의 지휘하에 완강히 싸웠으나 절대적으로 우세한 적들을 당해내기 어려웠다. 이해 음력 10월 9일 1연대와 2연대는 새로운 전략적 전이방침을 받들고 근거지를 주동적으로 포기하고 내두산 근거지로 들어갔다. 1936년 3월, 2군 부대는 동북항일연군 제2군으로 개편되었다. 2군 산하에 3개 사를 두었는데 전영림 유격대대는 제3사 8연대로 확충되었다. 잇따라 새 사단편성을 완수한 2군 부대는 두 갈래로 나뉘어 남만과 북만의 광활한 지역에서 유격활동을 벌리게 되었다.

그때 마안산에는 아동단원밀영이 있었다. 그들은 처창즈 근거지가 해산된 후 여기저기 헤매다가 이곳에 이르게 되었다. 했으나 항일부대의 보살핌을 받을 수 없게 된 데서 아동단원들은 추위와 굶주림에 허덕이었다. 이 소식을 듣고 마안산밀영에 이른 3사 사장은 소중히 간직했던 돈 20원을 김산호에게 내놓으면서 무송 시내에 가서 천을 사오도록 하였다. 평민으로 가장한 김산호는 무송 시내에 들어가 천을 사 내오는 데 성공하였다. 그런데 도중에 악질적인 산림대를 만나 천을 빼앗기고도 나무에 묶이었다. 통분한 일이었다. 임무를 완수하지도 못하고 몸이 결박당한 것을 생각하면 눈앞이 캄캄하기만 했다. 그저 그대로만 묶이어 있을 수가 없는 그였다. 다행히 그를 기다리기에 지친 동지들이 약속된 방향을 따라 찾으며 마중을 나와서야 결박에서 풀릴 수 있었다. 동지들은 산호를 결박하고 달아난 산림대를 쫓아가서 무장을 해제했으며 천을 되찾았다. 그러나 사온 천은 너무나 부족했다. 수십 명이나 되는 아동단원들을 추위에 떨게 할 수는 없었다. 3사 사장은 자기의 친필편지를 산호에게 주면서 무송현성에 들어가 장울화라고 하는 부유한 가정출신의 사람과 연계를 지으라고 하였다. 장울화는 3사 사장의 학생 시절의 친구이고 초기 혁명 활동 시기의 혁명동지였다.

때는 3월이라 하지만 장백산은 의연히 눈보라 휘몰아치고 맵짠 날씨가 계속되었다. 어느 날 김산호는 적들의 경계가 삼엄한 무송시내에 뚫고 들어가 장울화의 집을 찾았다. 자아소개와 편지를 거쳐 장울화는 여윈 얼굴에 정기 도는 큰 눈을 가진 대방이 8연대 정위 김산호라는 것을 알았다. 자기를 잊지 않고 믿어주는 데 감격한 장울화는 많은 천과 솜, 신, 양말, 사진기재, 약품, 식량 등을 사들인 뒤 믿을만한 사람들을 조직해서 마안산에까지 보내주었다.

3

미혼진회의 후 2군 주력부대는 중조변경지대에 새 근거지를 창

설하기 위하여 남만으로 진출하였다. 1936년 4월 초에 2군 1사
는 안도현을 떠나 돈화현 경내에 들어섰다. 1사가 돈화 경내에서
활동하면서 연속 적들을 족치는 사이 3사는 적의 빈틈을 타서 곧
추 무송과 림강 경내로 진군하였다. 4월과 5월에 제8연대가 소
속된 3사는 만강, 동강, 소탕하, 시난차 등지에서 연거퍼 전투를
진행하여 많은 적을 살상하고 거듭 승리를 거두었다. 6월 무송
서강에 움츠린 위만군 병영을 습격할 때 김산호는 지휘원의 재질
과 용감성을 남김없이 발휘하였다.

1936년 7월에 제2군 3사 8연대는 금천현 '하리회의' 결정으
로 동북항일연군 제1노군 제2군 제6사 8연대로 재편성 되었다.
연대장은 의연히 전영림이고 김산호가 계속 연대정위로 되었다.
하리회의 후 제1노군 1군 2사와 2군 군부 및 4사(원 1사), 6
사(원 3사)는 2군 군장 왕덕태의 통일적인 지휘하에 통화, 림
강, 몽강, 무송, 장백 등지의 백두산 서부 지구에서 유격전쟁을
맹렬히 전개하였다. 그런데 연대장 전영림은 나이가 많고 행동이
굼떴다. 이를 속속들이 헤아린 김산호는 2군 군장과 청시하고 연
대장을 후방의 안전지대에 두거나 군부와 같이 다니도록 하고 여
러 모로 돌봐주었다.

이해 8월 17일, 2군 6사와 군부는 항일구국군 만순, 만군,
리사령 등 항일부대와 연합하여 1800여 명의 병력으로 무송현성
을 진공하였다. 무송현성은 일제가 장백산산구를 통제하는 중요
한 거점으로서 일본군수비대 200~300여 명과 위만군 1개 대
대, 치안대, 경찰대 등 방대한 무력이 도사리고 있었다. 2군 군
부에서는 인민군중과 반일부대들에 승리의 신심을 안겨주고 장백
산 근거지 창설에서의 이 장애를 제거하기 위하여 8연대 정위 김

산호에게 적의 군사 배비와 화력포치 등 적정정찰과업을 맡기였다. 산호는 재빨리 정찰조를 무어가지고 무송현성과 송수진에 숨어들어가 며칠 새에 정찰임무를 성과적으로 수행하였다.

8월 16일, 무송현성의 적을 끌어내기 위한 송수진진공전투가 벌어진 뒤 군부의 명령을 받은 산호는 8연대의 일부 병력을 떼어내어 선봉대를 조직하고 주력부대의 진두에 나섰다. 선봉대는 무송현성 동산의 포대와 소남문을 신속히 점령하였다. 그런데 대남문을 공략할 임무를 맡은 구국군부대가 겁을 먹고 임무를 감당해내지 못한 데서 대남문을 점령할 수 없었다. 적의 역량이 소남문과 동산포대에 많이 집중되었다. 적들은 소남문과 동산포대를 빼앗으려고 수차나 달려들었지만 번마다 김산호가 지휘한 선봉대와 주력부대에 의해 격파당하고 숱한 주검만 던지었다. 날이 활짝 밝은 데서 아군은 성내돌입계획을 포기하지 않을 수 없었다. 이튿날, 적 증원병이 밀려들고 신경에서 적기가 날아와 동산을 폭격하기에 아군은 주동적으로 진지에서 철거하였다. 무송현성전투는 비록 예기목적을 이루지 못했지만 적에게 참중(慘重)한 손실을 주고 적들의 기염을 여지없이 꺾어놓았으며 항일연군의 영향을 과시하였다. 이 전투 후 6사는 장백현 경내에 들어가 대덕수, 소덕수 등 일련의 전투를 하여 장백산 근거지 창설에서의 하나 또 하나의 장애를 애써 제거하였다.

동북항일연군 제1노군의 건립과 산하 각 부대의 적극적인 출격은 일제의 식민통치를 크게 타격하였다. 일제는 1936년 4월부터 1939년 3월까지의 3년 치안숙청계획을 제정하고 1936년 10월부터 1만여 명의 병력을 풀어 1노군이 활동하는 동남만 지구에 대해 1936년 추기와 동기 대토벌을 개시하였다. 한편 '집단부락'

정책을 강압적으로 실시한 데서 항일연군의 처지는 갈수록 어려웠다. 험악한 정세를 타개하며 적들의 대'토벌'을 분쇄하고자 산호가 거느린 부대는 의연히 무송현 북부 경내에서 신출귀몰하면서 도처에서 적들을 족치었다.

1936년 11월 하순에 2군 군장 왕덕태는 무송현 소탕하에서 김산호 등 6사 간부와 2군 4사, 1군 2사의 간부들이 참가한 회의를 부르고 군사작전계획을 짜고 들었다. 이때 송수진 등지에서 위만군 제7연대 등 600여 명의 적들이 갑자기 소탕하에 덮쳐들었다. 사태는 엄중하였다. 왕덕태 군장은 부대를 이끌어 완강히 반격하였다. 왕덕태는 2군 6사 8연대의 기관총중대 조선족중대장 원금산에게 적 내부에 뚫고 들어가라고 명령하였다. 공교롭게도 이 시각에 유격대 시기 동만인민들이 돈을 모아 산 막심기관총이 고장 났다. 자기 부대를 지휘하여 싸우던 김산호는 안달아 났다. 그는 전력을 다하여 기관총을 수리하라고 지시하였다. 이때 부근에 지휘부를 설치했던 왕덕태 군장이 선뜻 나서서 한 둔덕에서 전투를 지휘하다가 영용히 희생되었다. 군장을 잃은 김산호의 눈에는 불이 펄펄 일었다. 그는 원금산더러 수리한 기관총을 맹렬히 휘두르라고 명령하면서 앞장에서 적을 쏘아 눕혔다. 둔덕에서 기관총을 휘두르던 원금산도 희생되었다. 분노로 타 번진 김산호는 자기가 제격 기관총을 틀어잡고 불을 토했다. 헌데 적의 사격이 기관총에 집중된 데서 김산호도 그 자리에 쓰러지였다.

"왕 군장의 원수를 갚자!"

"김산호의 원수를 갚자!"

눈에 달이 오른 아군전사들은 왁왁 소리 지르며 결사적으로 맹사격을 퍼부었다. 아군은 적 70여 명을 살상하고 끝내 적의 진공을 물리쳤다. 허나 8연대 전사들은 자기들의 친애하는 지휘자 김산호를 잃고 왕덕태 군장과 원금산 중대장을 잃었다. 김산호의 교양 밑에서 항일연군의 연대장으로, 공산당원으로 되었고 그와 두터운 정을 맺었던 전영림은 실신할 지경이었다. 그는 왕 군장이 희생되고 또 김산호가 희생되었으니 나는 어떻게 해야 하는가 하면서 대성통곡하였다.

항일연군의 우수한 정치공작자와 재능 있는 군사지휘관의 한 사람이었던 김산호는 전영림 연대장의 대성통곡도, 전사들의 피타는 부르짖음도 들을 수 없었다. 그는 자신의 모든 것을 당의 통일전선 사업에 바쳤으며 일제를 항격하는 성스런 투쟁에서 마지막 순간까지 싸웠다.

《부　록》

　김산호 열사 전기초고를 마무리 지은 것은 10여 년 전인 1987년 3월 7일이다. 그때 급급히 정리에 들어간 것은 료녕민족출판사에서 1992년 3월에 출판한 『조선족혁명열사전』 제3집에 싣기 위한 것이었다. 헌데 이 전기는 다른 열사들과 같이 초고를 써서 5년 만에야 햇빛을 보게 되었다.

　김산호 열사 사적은 『열사집』에 실리었어도 자료결핍으로 열사의 출생시간을 밝히지 못하고 '?'로 대체하는 수밖에 없었다. 그 시기는 필자가 연변역사연구소에 근무할 때였다. 열사사적을 정리하다나니 장춘에 계시는 길림성위 당사사업위원회의 김성진 선생과 합작하게 되었는데 그분도 출생시간이나 초기 형편을 알지 못하였다. 그것이 내내 마음에 걸리었다. 그 뒤 필자는 조선에서 출판한 3권으로 된 『백과전서』에 흥미를 가지고 뒤지게 되었는데 『백과전서』(1) 708페이지에서 끝내 김산호 열사의 출생시간을 찾아내었다. 김산호 열사는 생전에 2군 6사 부대였기에 그의 간력이 똑똑히 『백과전서』에 실릴 수 있었다. 그때 필자는 얼마나 기뻤는지 날 것만 같았다. 허나 그날은 1987년 8월 21일, 이미 원고가 넘어간 뒤여서 지나치는 수밖에 없었다.

　그때로부터 10여 년 세월이 흐른 오늘 필자는 소원 성취하여 한국에서 『인물조선족항일투쟁사』를 펴낼 기회를 가지게 되었다.

그래서 10여 년 전에 베껴둔 『백과전서』의 해당 필기본을 찾았는데 그간 살림집을 수차 옮기다보니 어디에 숨었는지 찾아낼 수가 없었다. 몇 번 시도도 실패로 돌아갔다.

그러던 2003년 9월 30일, 필자는 여기저기 자료 더미를 모조리 뒤지다가 이전 신문 속에 끼인 필기본을 다시 접하게 되었다. 이때의 심정은 모래불에서 금붙이를 줍고 대사막에서 오아시스를 발견한 기분이었다. 필자는 종시 김산호 열사에 대해 성의를 다할 수 있게 되었다. 인젠 시름을 놓아도 될 것 같다.

【'남성 편'(상, 하권) 참고문헌과 자료】

항일노선배 유영효, 차정희 취재자료(리광인, 1983. 10. 11.)

항일투사 김창렬 취재자료(리광인, 1983. 1. 13.)

항일투사 김창렬 취재자료(리광인, 1983. 1. 16.)

항일노선배 려영준 취재자료(리광인, 1983. 4. 4.)

항일투사 김광해 취재자료(리광인, 1982. 2. 1.)

항일열사 조기섭 아들 조명남 취재자료(리광인, 1982. 3. 2.)

항일노선배 차정희 유영호 취재자료(리광인, 1983. 1. 12.)

항일투사 황순옥 취재자료(리광인, 1982. 11. 11.)

항일투사 박창범, 박창숙 취재자료(리광인, 1988. 10. 10.)

항일투사 장은희 취재자료(리광인, 1983. 1. 13.)

항일투사 황순옥 취재자료(리광인, 1982. 2. 19.)

문두찬 열사의 친척 박용한의 어머니 취재자료(리광인, 1982. 2. 19.)

리구희 열사의 6촌 리승희 취재자료(리광인, 1982. 2. 19.)

항일투사 리영우 취재자료(리광인, 1982. 2. 12, 9. 12.)

항일노선배 차정희 부부 취재자료(리광인, 1981. 4. 22.)

항일노선배 김광희 취재자료(리광인, 1982. 12. 28.)

항일투사 채동식 취재자료(리광인, 1981. 3. 27, 5. 12.)

항일열사 박상활의 동생 박동활 취재자료(리광인, 1983. 1. 25.)

김문수, 신현권, 김봉연 등 노인 취재자료(리광인, 1983. 3. 28.)

박인식 노인 취재자료(리광인, 1983. 3. 28.)

항일투사 황운룡 취재자료(리광인, 1983. 10. 11.)

김동우 열사의 친척 윤영문 취재자료(리광인, 1983. 3. 12~3. 13.)

항일노선배 차정희 취재자료(리광인, 1981. 3. 8.)

항일투사 김광해 취재자료(리광인, 1983. 2. 1.)

항일투사 리찬덕 취재자료(리광인, 1983. 3. 16.)

항일투사 정창근 취재자료(리광인, 1981. 7. 22.)

항일투사 박상준 취재자료(리광인, 1981. 7. 22.)

항일투사 리경숙 취재자료(리광인, 1983. 2. 1.)

항일노선배 고철 취재자료(리광인, 1983. 3. 16.)

항일투사 김승룡 취재자료(리광인, 1986. 12. 16.)

항일투사 류덕규 취재자료(리광인, 1983. 3. 14.)

김순희 열사의 아들 손성찬 취재자료(리광인, 1981. 8. 3.)

항일노선배 차정희 취재자료(리광인, 1982. 2. 18.)

항일투사 손태극 취재자료(리광인, 1983. 3. 18.)

화룡현 해당자료 1971. 1~9~8

화룡현 해당자료 1971. 1~9~8

화룡현 해당자료 1971. 1~1~8

화룡현 해당자료 제6권, 제7권

화룡현 해당자료 1971. 1~1~2

화룡현 해당자료 1971. 제2권 종

화룡현 해당자료 1971. 1~1~3

화룡현 해당자료 1971. 1~1~9

화룡현 해당자료 1971. 제12권

화룡현 해당자료 1971. 제3호 권 종

화룡현 해당자료 1971. 1~1~10

화룡현 해당자료 1971. 1~1~36

연변역사연구소자료: 2~B22

연길현 지신구혁명투쟁상황

연변역사연구소자료: 2~D09

양철운 열사의 아내 김순희 취재기록(1981. 5. 16.)

화룡현 지방당사조사자료(1)

연변조선족자치주당안관자료: 3061, 3068, 3049, 3063, 3024,
　　3059

『조오선 어머니』, 장백현 장평정리(1986. 7.)

항일시기 노간부 좌담회(1983. 11. 3~11. 8.)

연변부녀운동에 대한 좌담회(1982. 3. 26.)

한국공산주의운동사(1) 제 167페이지

조선 『노동신문』 1986. 9. 11(3)

『명사수로 알려진 유격대중대장』

려영준 자료:『안도현 항일투쟁역사』

『혁명투쟁이야기』제1집-제4집, 연변인민출판사(1958. 12~1959. 7)

▪ 후 기 ▪

선열들 찾아 천만리

열사전-『인물조선족항일투쟁사』를 정리, 출판하는 것은 필자의 다년래의 오랜 염원이었다. 2003년 10월 15일, 전 4권으로 된 이 책의 타자와 교정을 마치니 가슴은 한없이 후련해났다. 이 나날을 위한 노심초사는 그 얼마였던가, 돌이켜보면 『선열들 찾아 천만리』의 첫 발자국은 30년 전으로부터 시작된 것 같다.

1973년 1월, 고중시절을 마친 필자는 백두산 아래 두만강 상류에 위치한 화룡현 광평농장에 자리 잡았다. 얼마 안되어 『광평농장사』를 편찬할 과업을 지니고 현 내 각지 답삿길에 올랐다. 갓 20살의 한창내기, 그때 필자는, 광평과 그 일대는 동북항일연군 제1노군 제2방면군이 활동했던 유서 깊은 고장이라는 것에 놀라움을 금치 못하였다. 우리 겨레가 걸어온 피어린 항일투쟁사를 펴내려는 생각이 머리를 든 것도 아마 그 시기라 할까. 조선문 장편 『혁명열사시초』 등을 통하여 필자는 동북항일연군을 알고 양정우, 진한장, 주보중, 리조린을 알게 되었다.

그 뒤 필자는 소원 성취하여 연변대학 조문학부 78년 급 학생으로 되었다. 조선족항일투쟁역사를 공부하고픈 일념이 굴뚝같았다. 마침 중공당사를 가르치는 최후택선생의 사심 없는 도움으로 필자는 중공만주성위자료와 항일연군자료 등 허다한 역사자료를 처음 접하게 되었고 하얼빈에 있는 '동북 열사기념관'을 견학하게 되었다. 이 열사기념관에서 필자는 조선족의 이름난 항일투사 김순희 열사를 알게 되었고 선색을 찾아 화룡현 약수동(오늘의 화룡시 투도진 약수동)에 가서 김순희 열사 투쟁사실을 취재하게 되었다.

때는 1980년 8월 3일이었다. 이를 시작으로 필자는 대학재학시절에 수십 명의 항일투사들을 방문, 취재하였고 수많은 역사자료들을 뒤지게 되었다. 이 기간에 필자에게 크나큰 도움을 주고 이끌어준 이는 연변주정협문사판공실의 항일노간부 량환준 노인이었다. 한데서 필자는 1982년 12월에 100명 조선족열사전을 펴낼 뜻을 세울 수 있었다. 대학을 마친 후 선후로 화룡현위 당사연구실, 연변일보사, 연변역사연구소에 근무하면서 상기 뜻을 펼치기 시작하였다. 『선열들 찾아 천만리』 본격적인 행정차로 필자는 지난 80년대 선후하여 북경, 천진, 산해관, 청도, 상해, 남경, 항주, 소주, 남창, 구강, 광주, 서안, 연안 등지와 하북성, 동북 각지 취잿길에 나섰고 연변의 산과 들은 물론 두만강, 압록강을 답사하고 여러 독립운동전적지와 항일근 거지, 전적지들을 답사하였다. 또 항일연군 제2군의 발자취를 따라 그제 날의 동만과 남만의 항일싸움터들을 두루 돌아보았다. 여러 해에 걸친 그 전반 노정은 수천수만 리에 달했다. 이 가운데서 필자는 보관서류관, 기념관, 박물관 등을 통한 역사자료 수집 작업을 제외하고도 선후 100여 명 항일투사와 역사의 견증자들을 찾아뵐 수 있었다. 이 가운데서 필자는 강렬한 사명감, 긴박감을 느끼지 않을 수 없었다. 필자가 정리하지 않으면 허다한 열사들은 영원히 햇

빛을 보지 못할 수도 있고 이름조차 남길 수도 없게 된다. 이러한 사정은 필자를 항일열사정리에로 힘 있게 떠밀었다.

『선열들 찾아 천만리』 행정이 시작된 지도 어언 20여 년 세월이 지났다. 지금에 와서 80년대에 방문한 100여 명 항일투사들을 거의 다시 찾아볼 수 없는 실정이다. 그때 방문이 얼마나 다행인지 모르겠다. 이 기간 필자는 수차에 걸쳐 마침내 140명 항일열사전기를 정리해내게 되었다. 아내 림선옥의 도움이 컸다. 연변대학 한 기 선배인 아내는 대학시절의 자료 수집으로부터 자료 정리, 투사들 방문, 열사전기 정리에 이르기까지 살손을 대였는데 특히 항일여열사와 소년아동열사의 허다한 정리는 아내가 맡아 나섰다. 쌍둥이딸애들인 설이와 향이의 도움도 크다. 쌍둥이는 공부의 여가를 타서 근 100만 자에 달하는 전부의 타자를 맡아주었다. 아내와 쌍둥이딸애의 도움이 없었더라면 『인물 조선족 항일투쟁사』(전 4권) 출판은 상상하기도 어려웠을 것이다.

이 『인물전기』에 오른 항일열사들의 이야기 거개는 선열들의 발자취를 더듬으면서 널리 조사하고 정리해 낸 것이다. 일부는 다른 사람들의 조사 정리에 기초하여 새로 정리했거나 새 자료에 기초하여 다시 썼다. 밝히고 싶은 것은 열사전기들을 서술하면서 완전히 역사사실에 준하였다는 점과 『소년아동 편』에서 필요에 따라 소년아동들의 항일이야기를 따로가 아니라 한데 묶었다는 점이다. 조사, 수집의 실마리가 막히고 자료 등의 제한을 받아 마땅히 짚어야 할 열사들을 언급하지 못하고 부분적 열사의 똑똑한 연령, 초기 활동 등을 밝혀내지 못한 것을 자못 미안하게 생각한다.

이 계열책의 자료수집과 정리과정에 려영준, 량환준 등 항일투사들과 항일 노선배들, 항일유가족들, 최후택 등 교수, 학자님

들의 사심 없는 지지와 배려를 받았다. 이에 뜨거운 사의를 표시
하면서 이제 곧 『선열들 찾아 천만리』를 집필, 출판하여 선후로
방문한, 이미 세상 뜨신 허다한 항일투사들의 투쟁업적을 세상에
널리 알릴 것을 감사한 여러 분들과 독자들에게 약속하는 바이다.

저 자

인물조선족항일투쟁사 제 1 권

• 초판 인쇄	2005년 10월 1일
• 초판 발행	2005년 10월 1일
• 지 은 이	리광인
• 펴 낸 이	채종준
• 펴 낸 곳	한국학술정보㈜
	경기도 파주시 교하읍 문발리 526-2
	파주출판문화정보산업단지
	전화 031) 908-3181(대표)·팩스 031) 908-3189
	홈페이지 http://www.kstudy.com
	e-mail(e-Book사업부) ebook@kstudy.com
• 등 록	제일산-115호(2000. 6. 19)
• 가 격	28,000원

ISBN   89-534-3506-4 93810 (Paper Book)
        89-534-3507-2 98810 (e-Book)